MICHEL CLERMONT
11-03

Bone

Titre original : *Bone* (The Mysterious Press)

© George C. Chesbro, 1989
© Éditions Rivages, 1991
pour la traduction française
© Éditions Payot & Rivages, 1993
pour l'édition de poche
106, bd Saint-Germain – 75006 Paris

ISBN : 2-86930-680-6
ISSN : 0764-7786

George C. Chesbro

Bone

Traduit de l'américain
par Jean Esch

Collection dirigée par
François Guérif

Rivages/noir

Prologue

Dormir auprès de Jésus l'avait toujours protégée jusqu'à maintenant ; mais ce soir, les voix électriques avaient réussi à pénétrer dans ce sanctuaire. Voguant sur les vents âpres du début avril, enveloppés de ténèbres, copiant le langage primitif et le zézaiement de la pluie, les Orateurs – ils étaient trois cette fois-ci – l'avaient retrouvée peu après minuit. En d'autres occasions, quand les Orateurs l'avaient découverte à cet endroit, Jésus les avait convaincus de s'en aller et de la laisser en paix ; mais ce soir, Hô Chi Minh n'avait eu de cesse de défier Jésus et de persuader les autres de l'imiter ; pendant presque deux heures, les Orateurs avaient juré et craché, ils lui avaient uriné dessus depuis le paquet de nuages noirs frémissants que le Sauveur de pierre tenait au-dessus de sa tête dans ses bras tendus. La douleur provoquée par les voix des Orateurs – des décharges électriques frémissantes qui contractaient ses muscles, faisaient vibrer ses os, lui brûlaient et lui gonflaient les yeux – ne cessait d'empirer ; elle savait qu'il lui fallait échapper aux Orateurs si elle ne voulait pas mourir.

Marilyn Monroe le lui avait dit.

Mais elle avait tellement froid. La chaleur humaine emprisonnée par les cinq épaisseurs de vêtements et de sacs poubelle en plastique qui l'enveloppaient s'était dissipée dans les premières heures de la nuit ; l'urine qui avait coulé le long de ses jambes jusque dans ses chaussettes et ses chaussures avachies commençait à geler. Elle avait connu des nuits beaucoup plus froides que celle-ci en hiver, songea-t-elle en posant sa joue sur

7

le granit glacé qui constituait son lit. Mais ces nuits-là, Jésus était présent pour la protéger des Orateurs. Le fait de se retrouver dépouillée de cette protection, tout comme le vent l'avait dépouillée des journaux qu'elle avait transportés toute la journée pour appuyer et isoler sa tête cette nuit, la rendait terriblement vulnérable et lui donnait encore plus froid.

Mais il ne fallait pas rester là. Marilyn le lui avait dit.

Mary Kellogg glissa la main à l'intérieur de son manteau trop mince pour retirer les tampons de papier journal qu'elle avait fourrés là afin d'avoir plus chaud, puis elle les balança dans le vent violent. Elle fit de même avec les pages de journaux glissées entre sa jupe en sac poubelle et, en dessous, le grand caleçon en laine raidi par la crasse. Ainsi libre de ses mouvements, elle tendit une main frêle et tremblante vers le gros anneau de fer sur la porte en bois derrière elle. Ses doigts nus se refermèrent autour du métal froid et glissant, et elle parvint à se relever. Cet effort, ajouté au froid, à l'humidité et à la douleur causée par les Orateurs électriques, lui coupa le souffle. Haletante et tremblante, elle dut s'appuyer contre le pied froid de Jésus. Joseph Staline l'insulta ; alors elle finit par lâcher les orteils sculptés dans la pierre et marcha d'un pas raide et boitillant jusqu'à la rampe en fer forgé qui divisait le grand escalier en pierre sous son lit. Agrippant la rampe à deux mains, s'arrêtant à deux reprises pour se reposer et taper ses mains sur ses cuisses afin de faire circuler le sang dans ses doigts gourds, elle atteignit enfin le trottoir. Tapie dans l'ombre, elle regarda furtivement autour d'elle, terrorisée à l'idée d'être repérée et agressée de nouveau par les jeunes sauvages gris qui l'avaient brutalisée et essayé de l'obliger à faire une chose affreuse et répugnante. Mais elle n'apercevait aucune trace des types en gris, ni de personne d'autre. De temps à autre, une voiture passait à toute vitesse, les pneus sifflaient sur la chaussée détrempée.

Mary tourna à gauche et se dirigea vers l'extrémité du bloc en traînant les pieds. Les Orateurs la suivirent, hurlant des injures depuis leurs cachettes derrière Doubleday, Garrano, Gucci et Fortunoff, de l'autre côté de la grande avenue. Elle s'arrêta au bord du trottoir, cherchant encore à reprendre son souffle, essayant faiblement d'écarter les fines mèches de cheveux plaquées sur son visage avec ses mains devenues totalement insensibles.

Plantée au bord du trottoir dans la pluie et le vent, la vieille femme laissa vagabonder ses pensées.

Parfois, surtout dans des moments difficiles comme celui-ci, et sans raison apparente, Mary se surprenait à repenser à son mari ; elle souffrait si cruellement de son absence dans ces moments-là que la douleur dans son cœur dépassait celle causée par les Orateurs. Elle repensait à tous les instants de bonheur qu'ils avaient partagés, quand elle était beaucoup plus jeune, avant que les Orateurs ne lui rendent visite avec leur supplice électrique, avant que ses enfants ne la placent dans un hôpital psychiatrique.

Le premier établissement n'était pas si mal, songea Mary dont l'esprit voguait désormais loin d'ici, sans se soucier du taxi qui la frôla à toute allure, et projeta un mur d'eau sale qui s'éleva et retomba sur elle en cascade, l'inondant de la poitrine jusqu'aux pieds. Elle était presque heureuse là-bas. Les médecins et les infirmières étaient dévoués, de gentils bénévoles l'emmenaient souvent faire des promenades à pied ou en voiture ; parfois même, ils l'emmenaient en pique-nique quand il faisait beau. Et surtout, les médecins lui donnaient des médicaments qui la rendaient invisible aux yeux des Orateurs, et ils avaient fini par s'en aller. Elle avait même une télévision.

Puis un jour, les médecins lui annoncèrent que l'Etat avait modifié certains règlements ; on estimait que sa santé mentale ne nécessitait plus d'hospitalisation, on allait donc la transférer dans un centre privé plus petit

9

où les Orateurs, lui dit-on, n'avaient aucune chance de la retrouver tant qu'elle continuait à prendre ses médicaments.

Mais le centre médical où on l'envoya était surpeuplé, le personnel débordé se montrait agressif et méchant envers elle. Souvent, ils oubliaient de lui donner ses médicaments et ils la rabrouaient quand elle essayait de le leur rappeler. Un jour, un membre du personnel l'avait poussée contre un mur, si violemment qu'elle n'avait pas pu sortir pendant trois jours. Puis les Orateurs l'avaient retrouvée et elle avait dû fuir pour leur échapper. La police l'avait découverte endormie dans une gare routière et l'avait ramenée au centre ; mais elle n'avait eu aucun mal à tromper la surveillance du personnel et elle était repartie quand les Orateurs le lui avaient ordonné. Cette fois, personne ne l'avait retrouvée.

Il y a si longtemps.

Depuis, elle vivait dans la rue. Elle était obligée de rester dehors, car c'était la seule façon d'échapper pendant un certain temps aux Orateurs. Apparemment, elle ne pourrait jamais faire comprendre ça aux nombreux travailleurs sociaux et médecins qui l'interrogeaient. Dieu soit loué, ils ne l'avaient encore jamais placée dans un endroit d'où elle n'ait réussi à s'échapper. Et les nuits de grand froid, quand on la trouvait dans la rue et qu'on la faisait monter dans une de ces camionnettes bleues, parmi tous ces visages souriants, et qu'on la conduisait de force dans un foyer, elle appréciait la chaleur et la nourriture, et elle parvenait à supporter la douleur causée par les voix électriques des Orateurs jusqu'au matin. Elle savait où réclamer de la nourriture et des habits quand elle ne trouvait pas son bonheur dans les poubelles de la ville ; les jours de beau temps, elle s'asseyait en compagnie de son ami sur les marches en pierre sous Jésus, et elle écoutait parler Zoulou dont la voix profonde et tonitruante savait faire fuir les Orateurs.

Elle était reconnaissante aux gentils travailleurs sociaux comme Anne et Barry qui venaient avec leur camionnette bleue et lui donnaient toujours un sac en papier contenant un sandwich, un biscuit et un carton de jus d'orange ; ils ne se mettaient jamais en colère quand elle refusait de monter dans leur camionnette ou qu'elle jetait la carte qui se trouvait dans le sac et sur laquelle figuraient l'adresse et le numéro de téléphone de leur organisme. Le Dr Hakim, lui-même, qui accompagnait parfois Anne et Barry dans la camionnette et qui la faisait monter quand il faisait très froid, semblait accepter le fait qu'il n'existait aucun établissement susceptible de la retenir contre son gré. Le Dr Hakim semblait comprendre sa peur des Orateurs ; il savait comment les faire fuir, disait-il, si elle acceptait de se laisser conduire à l'hôpital. Mais elle ne croyait plus que quiconque puisse chasser les Orateurs ; Jésus lui-même l'avait abandonnée cette nuit. La seule solution c'était de rester dehors afin de fuir dès qu'ils la retrouveraient.

Mary se demanda si le Dr Hakim et les travailleurs sociaux avaient dit la vérité en affirmant qu'elle courait un très grand danger depuis qu'un fou en liberté coupait la tête des sans-abri. Cela avait tout l'air d'une histoire destinée à l'effrayer pour qu'elle accepte de monter dans leur camionnette bleue, mais Zoulou qui savait tout l'avait mise en garde lui aussi contre le tueur et l'avait suppliée d'aller se réfugier dans un foyer. Mais Zoulou ne connaissait pas les Orateurs. Elle était terrorisée par les jeunes en gris, mais apparemment, ils voulaient seulement martyriser, violer et voler leurs victimes. Excepté les Orateurs qui eux venaient d'un autre monde, elle ne comprenait pas pourquoi quelqu'un chercherait à tuer une vieille femme vêtue de sacs poubelle qui ne voulait de mal à personne.

Mary fut arrachée à sa rêverie par le gargouillement subit et douloureux de ses intestins. Parfois, quand elle

11

ne pouvait absolument pas se retenir, elle faisait sur elle ; elle n'avait même pas conscience d'uriner avant de sentir la chaleur plutôt agréable du liquide couler le long de ses jambes. Mais déféquer, ce n'était pas pareil, elle devenait une créature puante qu'elle ne pouvait supporter. Horrifiée à l'idée de se souiller, et sachant qu'il lui fallait du temps pour relever ses trois jupes en sacs poubelle et abaisser ses deux caleçons, Mary chercha désespérément du regard un endroit discret qui lui apporterait un minimum d'intimité.

Au bloc suivant, la façade d'une église était en rénovation ; une galerie couverte constituée de planches de bois s'avançait sur le trottoir, sur toute la longueur du bâtiment. Une ampoule grillée sous la galerie ménageait une vaste zone d'obscurité. Mary répugnait à se soulager sur le trottoir devant une des nombreuses demeures du Sauveur de pierre, mais elle n'avait guère le choix si elle ne voulait pas courir le risque de se souiller et subir ensuite l'humiliation suprême : se rendre dans un foyer d'hébergement pour réclamer des vêtements propres et de l'eau pour se laver.

Ralentie par les torrents d'eau qui dévalaient les caniveaux, Mary traversa la rue d'un pas traînant, monta sur le trottoir, et pressa le pas lorsqu'un Orateur caché à l'intérieur de la Lufthansa l'invectiva. Elle parcourut rapidement la galerie jusqu'à la zone d'ombre, souleva sa première jupe en sac poubelle et tenta désespérément de défaire avec ses doigts gelés et paralysés par les rhumatismes, l'épingle à nourrice qui retenait son premier caleçon. Ayant enfin réussi à soulever ses jupes et à baisser ses caleçons, elle s'agenouilla rapidement au pied de l'escalier de pierre qui menait à l'entrée principale de l'église située dans un renfoncement, et se soulagea avec un soupir de volupté et de fierté, car elle avait fait preuve d'une grande maîtrise de soi.

Une voiture tourna au coin de la rue et remonta l'avenue, aveuglant momentanément Mary dans la lueur de ses phares. La vieille femme détourna la tête, regarda entre ses jambes et s'étonna de voir une abondante quantité de sang se mêler à l'urine et aux selles liquides ; le mélange de sang, d'excréments et d'urine s'accumulait dans les fissures et les creux du bitume avant de se diviser en minuscules ruisseaux qui se répandaient sur le trottoir jusque dans le caniveau.

Mary crut tout d'abord qu'elle allait mourir ; elle avait trop attendu pour quitter Jésus, les Orateurs avaient réussi à pénétrer dans son corps et à la blesser mortellement. Le sang se déversait de son corps en même temps que les déchets, et bientôt elle serait morte.

Pourtant, elle n'avait pas la " sensation " d'agoniser, et la douleur causée par les paroles électriques s'était estompée dès qu'elle avait quitté Jésus et descendu l'escalier de pierre. Elle n'avait pas l'impression que ses viscères se déversaient sur le trottoir ; le froid et l'humidité exceptés, elle n'éprouvait que du plaisir et de la fierté d'avoir réussi à se soulager sans souiller ses vêtements. Quand elle eut fini, elle glissa timidement sa main entre ses cuisses ; elle examina ses doigts mouillés d'urine, aucune trace de sang. Peut-être que ce n'était pas son sang, songea Mary, et elle se demanda s'il ne s'agissait pas encore d'une farce abominable des Orateurs pour la tourmenter.

– Bonsoir, Mary.

C'était un autre Orateur, celui-ci se cachait quelque part dans l'obscurité du porche de l'église derrière elle. Sa voix était plus douce, plus aimable que celle de tous les autres Orateurs, elle lui rappelait la voix d'un ami.

Alors c'était une ruse.

Gênée qu'on l'ait observée en train de se soulager, effrayée de penser qu'un Orateur l'avait retrouvée si rapidement alors qu'elle croyait leur avoir échappé, Mary se releva, remonta précipitamment ses deux caleçons, referma l'épingle à nourrice et s'éloigna de son pas traînant.

– Ne t'en va pas, Mary, dit la voix douce et apaisante. Tu me connais, tu sais que tu n'as aucune raison d'avoir peur. Je m'aperçois que tu es trempée jusqu'aux os, tu dois mourir de froid. Il ne faut pas attraper une pneumonie. Je peux t'aider. Reviens.

Mary s'immobilisa. Peut-être que c'était vraiment lui, songea-t-elle, et non pas un Orateur ; la voix avait prononcé un tas de mots et pourtant, elle ne ressentit aucune décharge électrique. Elle se retourna lentement, pencha la tête sur le côté et plissa les yeux pour tenter de percer l'obscurité qui enveloppait le porche de l'église.

– Je projetais justement de venir te voir prochainement, Mary.

Perplexe, Mary secoua la tête.

– Vous me voyez tout le temps.

– C'est merveilleux que tu sois ici avec moi ce soir. C'est un moment propice. Viens vers moi, Mary. Regarde ce que je t'ai apporté.

La vieille femme rebroussa chemin et s'enfonça dans l'obscurité, tâtonnant avec le pied jusqu'à ce qu'elle sente la première marche en pierre.

– Qu'est-ce que c'est ?

– Je sais combien tu as froid et sommeil, Mary. N'aimerais-tu pas te reposer ? Te reposer vraiment, ne plus avoir jamais froid ni faim, ne plus jamais souffrir ?

– Oh ! si, répondit Mary d'une voix faible qui se brisa, tandis qu'un violent frisson glacé la traversait de part en part.

– Alors viens vers moi.

La vieille femme s'exécuta, du moins elle essaya. Elle gravit deux marches avant de trébucher dans l'obscurité ; elle serait tombée si une main puissante et nerveuse gantée de caoutchouc ne l'avait pas retenue par le bras. Une voiture tourna au coin, de l'autre côté de la rue ; ses phares éclairèrent brièvement une partie du renfoncement. Mary leva la tête et sourit à un homme vêtu d'un imperméable orange vif, strié de rouge, boutonné jusqu'au col et coiffé d'un chapeau de pluie orange.

— Oh ! Seigneur, je suis si heureuse que ce soit vraiment...

Elle se tut et laissa échapper un hoquet quand un gros camion qui suivait la voiture tourna au coin de la rue et que ses phares puissants illuminèrent un court instant le renfoncement du porche. Mary ne pensait plus au sang qu'elle avait vu couler sur le trottoir, mais soudain, elle découvrit d'où il provenait. Près du cadavre qui en était la source se trouvait un sac à provisions en plastique rempli d'une autre horreur et surmonté de cheveux blancs collés par le sang.

— Oh ! mon Dieu, gémit Mary. Oh ! mon Dieu.

— Désolé de ne pas être venu plus tôt, Mary, déclara d'un ton doux l'homme de nouveau enveloppé de ténèbres. Il y en a tant qui souffrent, comme tu le sais. Pardonne-moi, je t'en prie, de t'avoir fait attendre si longtemps.

— Mais je ne veux pas mourir, répondit Mary juste avant que la lame du rasoir ne réduise les Orateurs au silence pour toujours.

Chapitre 1

1

Il éprouva tout d'abord une vague sensation d'inconfort, un froid moite qui se transforma presque aussitôt en une humidité glaciale si brutale et perçante qu'il lui sembla que son cœur allait geler et voler en éclats ; puis il prit conscience de la pluie froide qui martelait son crâne et plaquait ses cheveux sur son cuir chevelu...

" ... entendez, Bone ? "

Une voix de femme résonna quelque part dans les profondeurs obscures de sa conscience naissante, un son humain désincarné en équilibre au sommet de la courbe entre le sommeil et l'état de veille, ou entre deux rêves.

" Vous m'entendez, Bone ? "

Puis vint l'inquiétude qui s'enfla rapidement pour devenir de la peur. Il y avait un grave problème quelque part, mais il ignorait lequel. Un rêve ? Le rêve de qui ? Il ne se souvenait de rien. Il lui manquait d'énormes morceaux de lui-même, mais pas moyen de se rappeler où il les avait laissés ou perdus. Sans ces parties de lui-même mystérieusement disparues, il se sentait réduit à une simple paire d'yeux prisonnière d'un corps étranger et incontrôlable, accroupi dans la boue froide qui recouvrait le bout de ses chaussures et traversait le fond de son pantalon. Il sentait que le corps serrait quelque chose dans sa main droite, sans savoir de quoi il s'agissait. La peur se mua en terreur ;

il eut alors l'impression d'étouffer, une main invisible comprimait ses poumons.

Qui était cet inconnu accroupi dans la boue ? Qui suis-je ?

Quelque part sur sa droite dans cet océan noir glacé de pluie et de boue, une voix d'homme s'éleva :

" Regardez ce pauvre type ; il tremble comme une feuille. Je vais... "

" Non, Barry ! " La femme. Le ton sec, sûr de soi, un ton de commandement. " Ne vous approchez pas tout de suite. Laissez-le encore quelques instants. "

" Anne a raison, Barry. " Seconde voix d'homme. Autoritaire malgré un accent étranger qui lui conférait un aspect mélodieux, presque chantant. Sur sa gauche. Les deux hommes entouraient la femme qui était plus près de lui. Très près. " A mon avis, il tremble autant de peur que de froid ; il pourrait être dangereux. "

" Allons, Ali, répondit la femme. Inutile de l'effrayer davantage. Il n'a jamais donné aucun signe d'agressivité, bien au contraire. "

" Certes, mais il n'est jamais resté accroupi dans la boue sous la pluie pendant deux jours, répliqua la voix autoritaire haut perchée et mélodieuse. Visiblement, un changement s'est opéré en lui, et il ne me paraît pas prudent de l'approcher avant d'avoir déterminé la nature et l'ampleur de ce ou ces changements. L'os qu'il tient à la main est un fémur humain qui semble s'être ossifié ; cela pourrait constituer une arme redoutable. Vous êtes trop près, Anne. "

" Ne vous inquiétez pas. "

" Je peux me charger de lui, dit l'homme sur sa droite, celui à la voix plus grave. Si vous nous donnez l'autorisation de l'emmener, Docteur, je le fais monter dans la camionnette. "

" Non ! protesta la femme. Si vous commencez à le brutaliser, on risque de le perdre une fois de plus. C'est la plus forte réaction que nous ayons enregistrée chez lui. Ce qui se passe dans sa tête est très important ; il ne faut surtout pas brusquer les choses. "

18

" Je suis d'accord, dit la voix mélodieuse. Anne, revenez sous le parapluie. "

" Ça va, Ali. "

" Combien de temps va-t-on rester ici sous la pluie à attendre ? "

" Si vous avez froid, Barry, retournez dans la camionnette. "

Il cligna des paupières... et soudain, il vit. Il était accroupi au milieu d'un très grand pré bordé d'arbres. Au-delà des arbres, enveloppés de brume et de brouillard, des dizaines de buildings gigantesques se dressaient vers un ciel couleur de plomb. Au sommet de l'un d'eux se trouvait une enseigne : Essex House. Cela ne lui apprenait rien, si ce n'est que l'inconnu savait lire. La vue de ces magnifiques immeubles de pierre et de verre qui entouraient le pré et les arbres l'émouvait profondément pour une raison qui lui échappait. Il ignorait qui et où il était, et il ne se souvenait pas d'avoir jamais vu ce pré, ni les arbres et les immeubles tout autour, mais ils lui rappelaient quelque chose ça ne faisait aucun doute. Peut-être n'était-ce qu'un rêve, un cauchemar ; il allait se réveiller d'un instant à l'autre et se rappeler qui il était.

Ça s'effrite !

– Fichez-moi la paix, Anne. Je ne vois pas pourquoi deux employés municipaux et un psychiatre devraient attraper une pneumonie à attendre qu'un type veuille bien se mettre à l'abri. Ça fait déjà deux jours que Bone est assis là, impossible de savoir combien de temps encore il pense rester sous la pluie. Si le docteur Hakim accepte de signer les papiers, emmenons-le au moins dans la camionnette, on s'occupera de ce qu'il a dans la tête plus tard. Si ça se trouve, il est déjà à moitié mort. On gèle ici.

Il estima que l'homme à la voix rauque qui venait de parler, celui qui était sur sa droite, avait tout juste la trentaine. Costaud, mesurant dans les un mètre quatre-vingts, il portait un coupe-vent bleu électrique frappé du logo des New York Giants, par-dessus un pull à col roulé noir, un jean tendu à craquer sur ses cuisses musclées et glissé dans ses bottes en cuir à lacets et semelles de crêpe. Ses cheveux noirs et ras, en pointe sur le devant, étaient plaqués sur son front large. Son nez paraissait trop petit pour le reste de son visage dominé par un menton puissant et saillant qui semblait défier la pluie qui martelait sa tête nue. Ses yeux verts éclatants, maintenant fixés sur lui, ainsi que tous ses traits et sa posture trahissaient un mélange d'émotions : de la curiosité, de l'étonnement, de la prudence, et peut-être même une bonne dose de peur et d'hostilité.

Les visages des deux autres disparaissaient dans l'ombre des capuches des amples imperméables gris qui leur descendaient jusqu'aux genoux. L'homme qui se tenait sur sa gauche, fluet presque frêle, semblait perdu dans son imperméable trop large sous le grand parapluie noir qu'il tenait au-dessus de sa tête.

La femme, un mètre soixante, soixante-cinq peut-être, se tenait juste devant lui, très près, pas plus de deux mètres.

– Non Anne, ne... !

Ignorant la mise en garde du costaud aux yeux verts, la femme fit soudain un pas en avant et vint s'accroupir face à lui, à moins d'une longueur de bras. Son mouvement brusque fit glisser sa capuche, mais elle n'essaya pas de la relever. Avant que la pluie battante ne les assombrisse et les aplatisse sur son crâne, il eut le temps d'apercevoir des cheveux châtain foncé épais et soyeux, mi-longs et prématurément gris au niveau des tempes. Il lui donna une trentaine d'années ; séduisante à défaut d'être réellement belle, elle dégageait une aura de ténacité, mais aussi de tendresse. Elle avait une bouche pleine avec une lèvre supérieure exagérément fendue, un nez fin et aquilin, des pommettes saillantes, une peau blanche, des yeux noisette vifs que faisaient briller les larmes. Il discerna un reflet de tendresse à la surface miroitante de ces yeux, de l'espoir aussi et une bonne dose d'inquiétude ; mais cette inquiétude, il le sentait, elle ne l'éprouvait pas pour elle, mais pour lui.

Soudain, la femme plongea la main dans la poche profonde de son imperméable et en ressortit ce qui ressemblait à un sandwich enveloppé de papier sulfurisé ; elle le lui tendit d'une main tremblante. La pluie crépitait sur l'emballage comme une mitraillette.

— Je vous en prie, Bone, supplia la femme d'une voix tremblotante proche du sanglot. (Les larmes qui scintillaient dans ses yeux débordèrent de ses paupières et se mirent à couler sur ses joues, avant d'être balayées par la pluie.) Prenez au moins ce sandwich, vous n'avez rien mangé depuis deux jours, vous devez être affamé. Vous allez mourir.

Les yeux fixés sur le sandwich dans la main tendue et tremblante de la femme, il regardait les grosses gouttes de pluie éclater sur l'emballage en papier sulfurisé. Tacatacatacata...

Un rêve ?

La femme reprit le sandwich, baissa la tête et poussa un profond soupir. Puis, sans se relever, elle pivota sur elle-même et s'adressa au type chétif sous le parapluie noir.

— Il faut nous donner l'autorisation de l'emmener contre son gré, Ali. C'est pour ça qu'on vous a traîné jusqu'ici.

— Je comprends, répondit l'homme de sa voix mélodieuse. Mais pour quels motifs ? A qui nuit-il ?

— A lui, Ali ! Vous le savez bien, bon sang !

— Il ne fait pas si froid que ça, nous sommes loin du zéro qui constitue la température critique. Après tout, c'est le printemps.

— Ali, il est dehors depuis deux jours ! il va attraper une pneumonie, si ce n'est déjà fait !

— On me répondra que ce n'est pas un motif suffisant pour justifier une hospitalisation forcée. Votre façon d'apprécier la situation a relativement peu d'importance, et vous le savez. La tuberculose prolifère parmi cette population, comme vous le savez également, mais le fait qu'un homme ou une femme soit atteint de tuberculose et qu'il transmette le virus à un grand nombre d'autres personnes, n'est pas considéré en soi comme un motif d'hospitalisation forcée. Un jeune con d'avocat nous demandera avec le plus grand sérieux comment nous pouvions être certains que notre homme ne voulait pas simplement prendre une douche.

– C'est vous maintenant qui parlez comme un de ces enfoirés d'avocats ! cracha la femme.

Sa voix s'était enrouée, comme si elle allait tomber malade elle aussi.

– Vous savez bien dans quel camp je me situe, Anne, répondit l'homme au parapluie sans se départir de son calme. Mais c'est moi qui dois rendre des comptes aux avocats et aux juges, c'est moi qui perdrai mon temps à répondre aux questions et à remplir des formulaires qui conduiront peut-être un juge à décréter sa remise en liberté au bout du compte. Vous faites comme si vous n'étiez pas au courant de tout ça. Cet homme a-t-il quelque chose de particulier ? Nous n'aurions aucun mal à trouver cinquante autres sans-abri rien qu'ici dans ce parc.

– Non, Ali ! Pas comme Bone ! Pas accroupi dehors sous la pluie ! Pas pendant deux jours ! (Elle s'interrompit, poussa un nouveau soupir et reprit d'un ton suppliant.) On peut au moins le mettre à l'abri pendant quelques heures, le sécher et lui donner à manger.

– Peut-être, peut-être pas. Il pourrait résister – d'une manière violente – à toute tentative pour le déshabiller, le soigner ou lui donner à manger. C'est une erreur professionnelle que d'entreprendre une action qui a toutes les chances d'être contrée, Anne. Une erreur pour moi, pour vous et pour la cause que nous servons. C'est à la municipalité et aux tribunaux qu'incombe la responsabilité d'établir des directives, ce qu'ils ont fait. Nous savons qu'elles sont totalement irréalistes, mais nous pouvons juste proposer des modifications et travailler dans le cadre de ces directives. Dans ce cas précis, on nous fera certainement comprendre en termes clairs que ce n'est pas parce qu'un type refuse de se protéger de la pluie qu'il faut le priver de ses libertés civiques. Je regrette, Anne. J'ai envie autant que vous d'aider cet homme que vous appelez Bone.

— Ça m'étonnerait, déclara sèchement le costaud au blouson bleu. Anne en pince pour Bone.

La femme secoua la tête d'un air agacé.

— Ali, vous êtes le psychiatre de service ; la HRA a besoin de votre autorisation écrite pour héberger cet homme contre sa volonté. Donnez-la nous, je vous promets de m'occuper des avocats. Je crois que vous êtes trop pointilleux. Bone semble sur le point de tourner de l'œil, pourquoi refusez-vous de signer cette saloperie d'autorisation ?

Bone ? Voilà donc le nom de l'inconnu dont il habitait le corps.

— Je pense que c'est prématuré, Anne. Il ne fait rien de physiquement répréhensible, il ne met pas ouvertement en danger la vie des autres, ni la sienne. Je regrette.

Bone se leva brusquement.

— Attentior, Anne ! cria le costaud au blouson bleu en s'élançant, ses énormes poings serrés.

La femme se retourna en levant la tête ; elle se releva rapidement et se rapprocha de Bone comme pour le protéger de l'autre homme. Elle s'approcha si près qu'à travers la matière épaisse de l'imperméable, il sentait la douceur caractéristique d'une forte poitrine appuyée contre son bras gauche.

— Non, attendez, Barry ! Ne le touchez pas ! Ça va aller ! Il ne me fera pas de mal !

L'homme aux yeux verts brillants et aux cheveux ras

s'immobilisa, mais il garda les poings serrés et demeura en équilibre sur la plante des pieds, prêt à bondir. Le type sous son parapluie n'avait pas eu la moindre réaction.

– Je suis responsable de votre sécurité, déclara le costaud d'une voix tendue en chassant d'un geste agacé la pluie qui s'accumulait sur son menton saillant. C'est pour ça qu'on m'a mis avec vous.

– Je ne crains rien, répondit-elle, avant de tourner lentement la tête pour dévisager l'inconnu.

Il n'y avait aucune trace de peur dans ses yeux noisette, songea Bone. De l'excitation, de l'espoir et de la compassion, mais pas de peur. Il demeurait conscient du contact de ses seins contre son bras, de la douceur confiante de sa voix.

– Nous ne voulons pas vous faire de mal, Bone. Je vous en prie, n'essayez pas de nous en faire.

Elle baissa lentement les yeux. Il suivit son regard et découvrit avec stupéfaction qu'il tenait un os énorme dans la main droite, et que son bras était à demi levé comme pour frapper avec cet étrange objet qui, maintenant qu'il le découvrait, lui semblait aussi lourd, froid et dur qu'une pierre. Il comprit alors l'inquiétude du type en blouson bleu, et fut étonné une fois de plus par l'assurance et l'intrépidité de cette femme.

C'est lui qui avait peur.

Il abaissa le bras, sans toutefois lâcher l'os. Il se demanda pour quelle raison un individu pouvait bien se promener avec un os, tout en sachant que l'inconnu dont il habitait le corps le faisait – l'avait fait. Ces gens semblaient connaître l'inconnu, ils l'appelaient Bone. Où donc avait-il pris cet os ? Et pourquoi ?

Il avait peur. Et soudain, il se découvrit une faim de loup.

La femme recula ; une fois encore, lentement, elle lui tendit le sandwich.

Tacatacatacata...

Il transféra l'os sous son aisselle gauche, sans brusquerie, posément, pour bien montrer qu'il ne menaçait personne, puis il prit le sandwich que lui tendait la femme. Ses mains tremblantes s'énervèrent sur l'emballage qu'il finit par déchirer, laissant tomber les bouts de papier sulfurisé dans la boue à ses pieds. Il mordit dans le sandwich ; le goût et la texture du pain, du jambon, du fromage, de la salade et de la mayonnaise lui arrachèrent un grognement de satisfaction et de plaisir. Il engloutit le premier sandwich et prit le second que la femme, rayonnante de bonheur, avait sorti des poches profondes de son imperméable gris. Après avoir fini celui-ci, il se sentit mieux, malgré quelques vertiges. Il lécha la mayonnaise sur ses doigts, puis leva la tête pour s'apercevoir que les deux hommes s'étaient rapprochés ; ils encadraient la femme. A cette distance, il découvrit que le petit homme frêle sous le parapluie avait une peau mate qu'accentuait une fine moustache très noire de la couleur de ses cheveux, et de très grands yeux noirs limpides qui le dévisageaient avec une intense curiosité.

– Qui diable êtes-vous ? demanda-t-il en les regardant l'un après l'autre.

Les sourcils noirs du type au parapluie se dressèrent légèrement.

– Je suis le docteur Ali Hakim, dit-il. (Sa voix mélodieuse trahissait maintenant une bonne dose d'amusement en plus de l'étonnement.) Voici ma collègue, Anne Winchell et son assistant, Barry Prindle. Puis-je vous demander à mon tour, qui diable êtes-vous ?

Il fouilla le cerveau de l'inconnu à la recherche d'une réponse qui ne vint pas. Sa peur, oubliée lorsqu'il avait identifié et partiellement assouvi sa terrible faim, réapparut, plus forte encore.

– Je... je ne sais pas, répondit-il d'une voix rauque en regardant autour de lui la boue et l'herbe mouillée, les arbres, les trottoirs et les lampadaires, les grands buildings qui se dressaient autour d'eux comme une chaîne de montagnes. Où suis-je ?

Le sourire radieux de la femme s'évanouit ; elle fronça les sourcils.

– Vous êtes dans Sheep Meadow. Vous ne vous souvenez pas d'être venu jusqu'ici ?

Les muscles de son estomac se contractèrent tandis que la peur continuait à croître en lui. Instinctivement, il s'empara de l'os sous son bras gauche et l'agrippa fermement. Le costaud sur sa droite se raidit ; la femme posa aussitôt sa main sur son bras.

– Sheep Meadow ? où est-ce ?

La femme échangea un regard inquiet avec le type à la peau mate sous le parapluie, avant de reporter son attention sur lui.

– Sheep Meadow se trouve dans Central Park. A New York. Vous ne savez pas qui vous êtes ni où vous êtes, Bone ? Ces noms n'évoquent rien pour vous ?

De nouveau, il fouilla la mémoire de l'inconnu, sans plus de succès. Il observa les visages des gens qui lui faisaient face : la femme, inquiète et songeuse ; le type costaud, prudent et soupçonneux. L'homme au parapluie conservait un air impassible ; seul l'éclat de son regard limpide et expressif trahissait son intense curiosité.

– Pas pour l'instant, répondit-il enfin en regardant l'étrange objet qu'il tenait dans la main. Vous m'appelez Bone, je suppose que c'est à cause de ceci. (Il dévisagea la jeune femme avec insistance.) Mais vous me parlez comme si vous me connaissiez. Est-ce le cas ?

– Oui, répondit la femme d'une voix tendue qui reflétait nettement son désarroi et sa déception. Du moins, j'ai l'impression de vous connaître.

– Depuis quand ?

– Un peu plus d'un an ; depuis que Barry et moi vous avons abordé dans la 8e Avenue.

Il déglutit avec peine et constata qu'il avait la bouche très sèche. Il lécha la pluie sur ses lèvres, puis ferma les yeux et sonda désespérément la mémoire de l'inconnu à la recherche d'un sentiment familier, aussi flou soit-il. En vain. Il rouvrit les yeux.

– Je suis ici depuis un an ? demanda-t-il en désignant la ville d'un geste large, sans chercher à dissimuler sa peur.

Un an !

La femme hocha la tête.

– Il y a presque un an que l'on vous a repéré dans la rue. Jusqu'alors vous restiez muet ; c'est la première fois que l'un de nous vous entend parler. Comme vous ne vous sépariez jamais de cet os, on a commencé tout naturellement à vous appeler Bone[1]. Vous ne vous souvenez pas de votre véritable nom ?

Il recommença à fouiller le cerveau de l'inconnu, mais abandonna rapidement ; il n'y avait là aucune réponse, uniquement la peur, la confusion et la frustration. Il secoua lentement la tête.

– Ecoutez, Bone... Oh ! pardonnez-moi si ce surnom vous gêne.

Malgré lui, malgré sa peur et le cauchemar surréaliste au milieu duquel il s'était réveillé, il se mit soudain à rire.

– Vous vous moquez de moi, Madame, dit-il tandis que son rire s'éteignait rapidement pour laisser au fond de sa gorge une sensation de brûlure et un goût amer. (Saisi tout à coup d'une bouffée de chaleur et de vertiges, il dut se concentrer pour conserver son équilibre.) Je ne sais pas qui je suis, où je suis, ni d'où je viens, ni comment j'ai atterri ici, et vous pensez que je me soucie du surnom que vous m'avez donné ?

Cette réponse lui valut un sourire discret et un léger hochement de tête de la part de l'homme à la peau mate sous le parapluie. Le jeune type costaud ne se départit pas de son air méfiant et inquiet, tandis que la femme lâchait un petit rire hésitant.

– Bone, dit-elle en lui prenant timidement la main, visiblement nous avons beaucoup de choses à nous dire, mais il n'y a aucune raison pour que nous res-

1. Os en anglais. (N.d.T.)

tions dehors sous la pluie, n'est-ce pas ? Voulez-vous nous accompagner ?

Il recula, loin de cette femme et de l'abîme infini de solitude que ce contact avait ouvert en lui sans prévenir.

– Où ça ?

– Dans un endroit où l'on vous donnera des vêtements chauds, de la nourriture décente, et où l'on vous fera un examen médical complet. Vous n'avez pas l'air très bien ; il ne faudrait pas tomber malade.

– Je crois que je n'ai pas d'argent.

De nouveau, les larmes emplirent les yeux noisette de la femme.

– Pas besoin d'argent, Bone.

– Vous avez dit que vous m'aviez vu pour la première fois dans la 8e Avenue, où est-ce ? Où m'avez-vous déjà vu ?

La femme essuya son visage ruisselant, repoussa des mèches de cheveux emmêlés qui lui tombaient devant les yeux ; elle haussa les épaules et désigna les environs d'un geste large.

– Un peu partout. Vous aimez bien marcher, Bone. Mais je pense que la plupart du temps vous vous cantonniez dans le bas et le centre de Manhattan.

– Manhattan ?

– C'est l'endroit où nous sommes. Ce nom n'évoque absolument rien pour vous ?

– Pour l'instant, Madame, rien n'évoque quoi que ce soit.

– Manhattan est un quartier, une partie de New York. C'est une très grande île, et je ne serais pas surprise que vous l'ayez presque parcourue à pied d'un bout à l'autre.

– Où est-ce que j'habite ? Où est-ce que je dors la nuit ?

– Je crois que nul ne le sait, Bone. On vous a vu dans différentes soupes populaires, mais vous ne vous êtes jamais inscrit dans un de nos refuges ou dispensaires. Personne n'a jamais...

Il leva la main gauche ; la femme se tut.

— Je ne comprends pas de quoi vous parlez. J'ignore ce que sont ces soupes populaires, ces refuges et ces dispensaires. Je ne me souviens de rien.

— Nous vous avons abordé de nombreuses fois dans la rue, Bone, déclara le type costaud en venant se placer aux côtés de la femme.

Son changement de ton et d'attitude était frappant ; la tension et la vague hostilité que reflétait le langage de son corps avaient disparu ; il parlait maintenant d'une voix douce, aimable. Il protège énormément cette femme, songea Bone. Peut-être est-il amoureux d'elle. Pour une raison quelconque, il venait de décréter que cet inconnu armé d'un os ne représentait pas une menace pour elle.

— Comme vous l'a dit Anne, reprit-il, vous restiez muet, mais apparemment vous saviez prendre soin de vous. Vous étiez toujours propre, et vous connaissiez les adresses des soupes populaires, des églises et des centres de l'Armée du Salut où l'on distribuait de la nourriture et des vêtements. Vous n'avez jamais importuné personne, à notre connaissance du moins. Parfois, vous transportiez des choses...

— Quelles choses ?

Barry Prindle haussa ses larges épaules.

— Des trucs que vous aviez dénichés dans les poubelles ou ailleurs ; des habits, de vieilles couvertures, des bricoles dont vous pensiez sans doute avoir utilité. La seule chose dont vous ne vous sépariez jamais, c'était cet os ; vous l'aviez toujours avec vous. (Il s'interrompit et plissa légèrement les yeux.) Vous ne vous souvenez pas où vous l'avez trouvé ?

— Non.

— Il ne représente rien pour vous ?

— Non. Vous dites que je suis ici depuis deux jours ?

Anne Winchell acquiesça.

— Quelqu'un nous a appelés pour nous prévenir ; il semblerait que vous ayiez débarqué ici avant-hier.

Jeudi, au lever du jour. Et depuis, vous êtes resté accroupi à regarder dans le vide. C'est la quatrième fois que Barry et moi venons vous voir.

Le Dr Ali Hakim s'avança en se raclant la gorge.

– Voilà une conversation fort passionnante, Madame et Messieurs, dit-il avec une ironie désabusée. Mais compte tenu des conditions climatiques quelque peu défavorables, je propose que nous en arrivions à l'essentiel. Monsieur Bone, mes collègues et moi travaillons pour la Human Resources Administration, un organisme municipal. Nous essayons de convaincre les sans-abri qui semblent privés de ressources d'accepter les repas, l'hébergement, les soins médicaux et l'assistance pour trouver un emploi offert par la ville. Toutefois, nous ne pouvons obliger quiconque à accepter cette aide contre son gré, à moins que cette personne ne représente une menace évidente et immédiate pour elle-même ou pour les autres. Je suis psychiatre, c'est à moi qu'il revient de prendre cette décision. Pour le moment, vous ne semblez pas faire partie de cette catégorie. C'est donc à vous de choisir.

Anne Winchell prit la main de Bone entre les siennes et pressa de toutes ses forces. Barry se raidit imperceptiblement.

– Bone, ce que veut dire le docteur Hakim, c'est que vous " devez " choisir de venir avec nous et nous laisser vous aider. Qu'en dites-vous ? Notre camionnette est garée tout près d'ici. N'aimeriez-vous pas enfiler des vêtements secs et chauds, prendre un bon repas et dormir à l'abri ?

Sans prévenir, les larmes vinrent aux yeux de Bone et coulèrent sur ses joues ; il dut étouffer un sanglot. Le visage et la voix de cette femme, ses paroles, le contact ferme mais doux de ses mains autour de la sienne semblaient offrir tant de choses en même temps qu'il se sentit encore plus vulnérable et perdu. Perdu. Il avait si froid, si faim, il était si fatigué. Et malade. Soudain, il sentit la chaleur de la fièvre brûler en lui. Sa vision commençait à se brouiller ; il craignait que ses jambes ne se dérobent.

— Je veux rentrer chez moi, murmura-t-il d'une voix qui se brisa.

— Et où habitez-vous, monsieur Bone ? demanda Ali Hakim du même ton neutre et détaché. Vous en souvenez-vous ?

Les larmes continuaient à couler sur son visage tandis qu'il interrogeait le cerveau de l'inconnu, n'y trouvant que le silence et le vide. Il déglutit et secoua la tête.

— Où allez-vous m'emmener ?

— A l'hôpital pour commencer, déclara Anne avec un long soupir de soulagement. (Elle pressa sa main gauche et lui sourit. Elle aussi s'était remise à pleurer.) On vous donnera à manger, vous pourrez vous laver et enfiler des vêtements secs. Ensuite, les médecins vous examineront. Qui sait ? peut-être découvriront-ils la cause de votre amnésie et ils vous aideront à retrouver la mémoire. D'accord ?

Il acquiesça.

— Merci de nous laisser vous aider, Bone, dit Anne, avant d'éclater en sanglots. J'essaye depuis si longtemps...

Barry ôta brusquement son coupe-vent pour en couvrir les épaules de Bone.

— Je n'ai pas besoin de ça ! protesta Bone en repoussant Barry. Ça fait deux jours que je suis assis sous la pluie, je ne peux pas être plus mouillé que je le suis déjà ! Remettez votre saleté de blouson !

Mais quand ses genoux commencèrent à flageoler, il laissa les deux hommes le soutenir par les aisselles.

— Fier et même rebelle, commenta Ali Hakim comme s'il se parlait à lui-même. Vocabulaire étendu, intelligent. Processus cognitifs apparemment intacts, en grande partie, mais perte totale de la mémoire. Très intéressant.

31

2

Précédé d'Anne qui lui jetait de fréquents regards
anxieux par-dessus son épaule, on l'escorta autant
qu'on le porta à travers le parc, avant de gravir une
volée de larges marches en pierre conduisant au trottoir qui bordait une rue immense saturée de voitures et
de camions roulant au pas. On le conduisit vers une
camionnette bleue dont le flanc s'ornait d'un éclatant
visage souriant jaune et noir, à côté de l'emblème officiel de la ville. Anne qui semblait de plus en plus
inquiète, fit coulisser la porte latérale ; on aida Bone à
monter et à s'asseoir. Anne prit place à ses côtés et
serra très fort sa main ; les deux hommes s'assirent à
l'avant. Barry conduisait tandis que Bone, qui suait à
grosses gouttes et dont la vue ne cessait de se troubler,
regardait avec ahurissement au-dehors la foule des
gens et des voitures qui avançaient péniblement sous
la pluie, les gigantesques buildings, immenses mono-
lithes de pierre, d'acier et de verre érigés côte à côte
sur le trottoir et qui s'étendaient dans toutes les directions aussi loin que portait le regard. Soudain, pour
une raison inconnue, il eut le sentiment indubitable
que ce paysage de canyons de pierre que formaient les
rues de la ville était à la fois totalement étranger à l'inconnu et totalement familier, paradoxe impossible qui
n'en demeurait pas moins vrai dans l'univers inexploré
du cœur de l'inconnu.

Barry conduisait la camionnette avec assurance et
adresse parmi le flot de voitures tandis que Bone,
trempé de sueur, dérivait vers l'inconscience. Dans un
moment de lucidité et de vision claire, il se surprit à
regarder à travers la vitre une magnifique église dont la
façade s'ornait de sculptures complexes. Deux esca-
liers menaient à deux entrées différentes. Le grand
escalier qui conduisait à l'entrée principale était séparé
en son milieu par une rampe de fer. En haut des

marches, sous un porte-à-faux de pierre, une vingtaine de personnes aux tenues les plus hétéroclites étaient pressées les unes contre les autres pour se protéger de la pluie. Sur le devant de ce groupe se détachait l'étrange silhouette d'un immense Noir paré d'une large tunique aux couleurs vives que faisait gonfler le vent. L'homme se tenait très droit, les mains refermées autour d'un solide bâton de bois poli presque aussi grand que lui.

Bone ressentit de nouveau les effets des lois affectives paradoxales qui régissaient l'univers de l'inconnu : il se sentait à la fois autochtone et étranger, chez lui et très loin de chez lui.

Il s'assoupit. La fièvre fit naître des rêves d'endroits obscurs, froids et humides, de cimetières, il respirait l'odeur de pourriture des choses en décomposition et des choses mortes depuis longtemps ; il se noyait dans les ténèbres, il tombait, il y avait du sang, une forêt d'os, des éclairs d'orange vif, de rouge et de violet, les lueurs vacillantes de bougies gigantesques...

Il se réveilla au moment où la camionnette ralentissait pour prendre un virage. Jetant un regard par la vitre, il aperçut une pancarte : " Bellevue Hospital Center ". Puis la fièvre le submergea et il perdit connaissance.

Chapitre 2

1

Conscient ou inconscient, il ne sentait pas le temps s'écouler, au sens habituel ; il se faisait l'impression d'une énorme masse d'eau contrôlée par de puissantes forces psychiques marémotrices qui croissaient et décroissaient selon des rythmes totalement imprévisibles. Durant ses moments fugitifs de conscience trouble et voilée, il avait le sentiment vague d'être couché dans un lit dans une petite pièce aux murs rose pâle dont le plafond en plâtre blanc se lézardait. Des gens – des médecins et des infirmières en blouse blanche, les deux types et la femme qui l'avaient conduit ici – entraient et sortaient, accompagnés parfois d'un Noir à la carrure imposante et tiré à quatre épingles qui se plantait près du lit et restait là à l'observer, sans bouger, pendant un temps infini. Il percevait des bribes de conversations sur les risques de mourir de froid, de pneumonie, ou bien encore assassiné et affreusement mutilé par un dingue.

A moins qu'il n'ait seulement cru entendre ces conversations.

Une fois, il se réveilla, secoué de violents frissons, sur un matelas en plastique gonflable qui semblait rempli de glace ; à la fois brûlant de fièvre et transi jusqu'aux os, encore un paradoxe dans l'univers de l'inconnu. Il se souvint combien il avait froid quand il s'était " réveillé " dans le pré... Et avant cela...

Avant cela, il n'y avait rien. Toutes ses tentatives

34

pour explorer ce qui se trouvait au-delà de cette barrière dans le cerveau de l'inconnu avaient pour seul effet de l'épuiser, et il replongeait dans l'inconscience.

Alors il rêvait. Le cerveau infirme de son inconnu le torturait avec des images vacillantes éclairées à la bougie qui le montraient prisonnier sous terre, enterré vivant, englouti par des sables mouvants, dans une sorte de vaste grotte où des os dépassaient des murs, du sol et du plafond comme des stalactites et des stalagmites jaillis de l'enfer. Des galeries. De l'orange zébré de rouge vif. Du violet. Quelque chose l'attendait dans cette grotte, le poursuivait à travers les galeries, quelque chose d'une horreur indicible. Il avait découvert le trésor caché de la chose, et il devait mourir...

Il rêvait qu'il tombait dans le vide...

Ça s'effrite !

..

2

En se réveillant au matin, il comprit que sa fièvre avait disparu. Sa blouse d'hôpital en coton blanc était humide et moite de transpiration nocturne, mais ce petit désagrément excepté, il se sentait déjà mieux, bien qu'encore très faible.

Il s'assit sur le bord du lit et dut se cramponner des deux mains pour repousser une vague de nausées et de vertiges. Une fois le malaise dissipé, il regarda autour de lui.

Il n'était plus dans la même chambre. Les murs et le plafond de celle-ci étaient peints en marron foncé ; les deux fenêtres ainsi que le petit carreau découpé dans la porte au niveau de l'œil étaient protégés par un épais grillage. Une petite caméra fixée dans un coin sous le plafond était braquée sur lui. Sans savoir comment il le savait, il comprit alors qu'il se trouvait dans le quartier de sécurité de l'hôpital.

Quel acte avait donc commis son inconnu pour qu'on le considère comme un individu dangereux ?

Son cœur s'emballa ; il ferma les yeux et prit une série de profondes inspirations pour se calmer. Une fois de plus, il entreprit de sonder lentement le cerveau de l'inconnu pour découvrir ce qu'il était capable d'identifier à part un quartier de sécurité, et ce dont il se souvenait. Il se souvenait d'Anne Winchell, de Barry Prindle et du Dr Hakim le conduisant à l'hôpital après qu'il se soit réveillé dans le parc. Il se souvenait des premiers mots entendus ici, le contact glacé et gluant de la boue dans ses chaussures et sur ses fesses, le tiraillement soudain de la faim, le plaisir incroyable qu'il avait éprouvé en dévorant les deux sandwichs. Il se souvenait du frisson d'effroi et du choc paralysant de la solitude qu'il avait ressentis au contact de la main d'Anne et de ses seins contre son bras. Il se souvenait de tout ce qui s'était passé... depuis le moment où il s'était réveillé. Rien avant. Il ne savait pas ce qu'il savait.

Il ne savait même pas à quoi il ressemblait.

A en croire la femme aux yeux noisette, il errait dans les rues de New York depuis au moins un an. Une année dont il n'avait conservé aucun souvenir. D'où venait-il ? Que faisait-il avant ? Combien d'autres années avait-il perdues ? Quel âge avait cet inconnu dont il occupait le corps ?

Il se leva, marcha jusqu'au pied du lit et prit la feuille de température suspendue à une ficelle. On l'avait inscrit sous le nom de John Doe[1]. Il entra dans la minuscule salle de bains et se pencha au-dessus du lavabo pour se regarder dans le petit carré de métal poli fixé au mur en guise de miroir. Il y découvrit le reflet d'un homme d'une trentaine d'années. Ses yeux

1. M. Dupont. (N.d.T.).

36

étaient d'un bleu intense ; une fine cicatrice dentelée coupait son sourcil gauche et remontait sur son front jusqu'à la racine des cheveux. Il possédait une épaisse chevelure châtain clair, emmêlée et collée par la sueur séchée, qui lui tombait sur les épaules quand il était dans le parc, il s'en souvenait, mais qu'on avait coupée, pas trop mal d'ailleurs, pendant qu'il était inconscient. Il avait la peau claire et un nez assez petit qui semblait avoir été cassé. Un menton et une bouche volontaires. Il examina ses dents ; elles étaient relativement blanches et propres, aucune ne manquait. Dans l'ensemble, songea-t-il avec un petit sourire, cet inconnu n'était pas trop mal de sa personne, D'aucuns pourraient même le trouver beau. Il estima sa taille à un mètre quatre-vingts environ.

Il se détournait du carré de métal poli lorsque quelque chose sur le côté droit de son crâne, trois ou quatre centimètres au-dessus de son oreille, attira son regard. Il repoussa ses cheveux et fut surpris de découvrir un creux de la taille d'une pièce de cinquante " cents " recouvert de tissu cicatriciel plissé.

Il s'éloigna du lavabo, dénoua les lacets de son ample blouse d'hôpital et la laissa glisser sur le sol. L'examen de son corps lui révéla un ventre plat et dur, des jambes puissamment musclées avec des cuisses épaisses. Après une année passée dans la rue, songea-t-il, sans parler d'une période de coma indéterminée dans un hôpital, l'inconnu semblait dans une forme remarquable, bien qu'un peu trop amaigri du torse et du visage. Même ses dents et ses gencives étaient en bon état ; comment était-ce possible ? De toute évidence, l'inconnu possédait de remarquables dons de survie. Il savait prendre soin de lui dans les circonstances les plus défavorables ; il trouva cela rassurant.

Car il se trouvait dans des circonstances défavorables.

En regardant les paumes de ses mains, il fut surpris

de découvrir qu'elles étaient couvertes de larges cals, pas seulement à l'intérieur des paumes, mais du bout des doigts jusqu'au poignet. Ils étaient moins durs certainement qu'il y a un an, mais ils demeuraient épais. Certes, il avait peut-être effectué un travail manuel très pénible durant cette année passée dans la rue, mais il doutait qu'on puisse acquérir de tels cals aux mains en l'espace d'un an ; ils dataient d'une période antérieure, de sa vie d'avant, la première, dont il avait perdu le souvenir.

Quand il examina le dessus de ses mains, il y découvrit les mêmes traces de mauvais traitement, en l'occurrence tout un lacis de cicatrices et d'entailles, des doigts déformés. Deux ongles de sa main gauche et trois de sa main droite avaient été arrachés, la peau avait recouvert les extrémités de ses doigts.

Un ouvrier du bâtiment ? songea-t-il. Quel genre de travail était susceptible de laisser de telles marques ? Et pourquoi, dans ce cas, ne portait-il pas des gants pour se protéger ? Un accident ? Non, les accidents ne laissent pas de cals. Quelle que soit l'activité qui avait ainsi abîmé ces mains larges et puissantes, il l'avait exercée de son plein gré.

Excepté cette perte totale de mémoire, le cerveau de l'inconnu semblait fonctionner parfaitement. Il lui permettait de parler, de lire, de penser et même, semble-t-il, de raisonner. Cet inconnu possédait une certaine solidité émotionnelle ; il n'éprouvait plus cette angoisse proche de la panique qu'il avait ressentie dans les premiers instants en se réveillant dans le parc sans savoir qui il était ni où il se trouvait. Sa situation présente était aussi mauvaise, voire pire puisqu'il demeurait incapable de se rappeler quoi que ce soit avant ce moment où il s'était réveillé en plein milieu de Sheep Meadow accroupi dans la boue sous la pluie battante, mais il semblait s'en accommoder. Apparemment, l'inconnu savait conserver son sang-froid.

Pourvu qu'il continue ainsi.

Il éprouvait un sentiment de solitude, mais rien d'accablant. N'y avait-il donc personne qui tenait à lui et qui aurait pu déclarer sa disparition ?

Quelle que soit la raison pour laquelle il avait tout oublié de sa première vie et s'était retrouvé dans la rue, il n'en demeurait pas moins vrai qu'il avait continué, visiblement, à se débrouiller, errant dans Manhattan pour se procurer de la nourriture, des habits et trouver un endroit pour dormir. Que s'était-il donc passé pour que l'inconnu cesse brusquement de se prendre en charge et décide de rester immobile sous la pluie pendant deux jours ?

Avait-il envie de mourir ?

Pourquoi l'avait-on placé dans un quartier de sécurité ? D'après la femme, il n'avait jamais eu un comportement agressif, malgré le curieux trophée dont il ne se séparait jamais. Pourquoi, tout à coup, le considérait-on comme un individu dangereux ? Qu'avait-il fait ?

La salle de bains était équipée d'une petite cabine de douche. Il se lava, s'essuya à l'aide d'une serviette en lambeaux suspendue à un porte-serviette près de la cuvette des WC, puis il enfila une blouse en coton propre qu'il trouva dans le petit placard en métal blanc à côté du lavabo. Juste au-dessus du placard se trouvait une seconde caméra braquée sur lui. Il leva la tête vers l'objectif et tapota sur son estomac ; il mourrait de faim tout à coup.

Etait-il fou ?

Sans prévenir, cette pensée venimeuse avait jailli des profondeurs obscures du cerveau de l'inconnu pour se jeter sur lui, lui coupant le souffle et lui nouant les muscles de l'estomac.

Il ne faut pas y penser, se dit-il, penché au-dessus du lavabo et respirant à fond pour chasser la peur. C'était ridicule de s'inquiéter à l'avance de ce qu'il risquait d'apprendre sur lui-même. Sa tâche désormais consistait à faire le maximum pour ressusciter les archives mentales de ses deux existences disparues, sans se soucier de ce qu'elles pouvaient lui révéler.

Même si le monstre qui le poursuivait à travers les grottes de ses rêves se révélait être lui-même.

Il ne s'était pas senti à l'aise dans le corps de l'inconnu, il avait apprécié sa capacité de réflexion ; maintenant il était bien obligé de lui faire confiance.

En ressortant de la salle de bains, il fut surpris de découvrir le grand Noir élégant – celui dont il avait perçu la présence à plusieurs reprises durant ses brèves périodes de lucidité – adossé au mur près du pied du lit ; il n'avait pas entendu la porte s'ouvrir ni se refermer, il n'avait entendu aucun bruit de pas.

L'homme avait des traits puissants, un front haut, des ombres grises ornaient ses tempes là où il s'était rasé les cheveux. Bone lui donnait dans les quarante-cinq ans. Il avait dans l'œil gauche une petite tache laiteuse qui flottait sur l'iris noir comme une toile d'araignée épaisse. Aucune trace d'humour dans son sourire en coin, plutôt une certaine curiosité et une bonne dose de soupçon. Il portait un costume trois-pièces gris avec de fines rayures à la coupe impeccable, une chemise bleu ciel et une cravate bordeaux. Lorsqu'il contourna le lit, Bone aperçut ses chaussures noires étincelantes. Voilà, se dit-il, un homme soucieux de son apparence, et sans doute vaniteux. Un homme très sûr de lui.

– Bonjour, dit simplement le Noir.

Bone s'assit au bord du lit et croisa son regard.

– Bonjour.

La porte de la chambre s'ouvrit dans une sorte de bourdonnement électrique que Bone n'avait pas entendu quand le Noir était entré. Un jeune médecin à l'air renfrogné, un stéthoscope autour du cou, entra d'un pas vif, suivi d'un aide-soignant costaud qui portait un plateau avec du jus d'orange, des céréales et du lait, du café, un plat couvert et une petite tasse en carton contenant deux gélules bleues. L'aide-soignant déposa le plateau sur une table réglable près du lit, pivota sur ses talons et s'empressa de sortir ; la porte se referma derrière lui avec un puissant déclic, encore un bruit que Bone n'avait pas entendu. Le Noir en costume trois-pièces qui semblait s'y connaître en sonneries et déclics, recula jusqu'au mur à l'autre bout de la chambre d'où il continua à observer Bone avec le même mélange de curiosité et de soupçon.

— Je suis le docteur Graham, déclara pour la forme le jeune médecin.

Les bras croisés sur la poitrine, il se planta devant Bone et le dévisagea. Les yeux marron clair du médecin exprimaient eux aussi de la curiosité et de la méfiance, peut-être même du dégoût. Pourquoi ? se demanda Bone.

— Comment vous sentez-vous ?

— Je ne sais pas, répondit prudemment Bone. J'ai l'impression d'avoir perdu la mémoire.

— Savez-vous où vous êtes ?

— Dans un endroit qui s'appelle le Bellevue Hospital Center à New York.

— Comment le savez-vous ?

— Les personnes qui m'ont amené ici m'ont indiqué le nom de cette ville, et j'ai vu la pancarte en arrivant. Je me souviens de m'être réveillé dans un parc sous la pluie, mais j'ignore ce qui s'est passé avant.

Le Noir adossé au mur mit sa main devant sa bouche et toussa discrètement. Le médecin fit entendre un grognement, puis d'un geste brusque, il enfonça les écouteurs du stéthoscope dans ses oreilles pour ausculter Bone. Au bout de quelques minutes, il se redressa et ôta le stéthoscope de ses oreilles.

— Vous avez encore des sécrétions dans les poumons, déclara-t-il sèchement, mais grâce aux antibiotiques, tout devrait disparaître dans un jour ou deux.

— Vous ne paraissez pas vous soucier de ma perte de mémoire.

– Je suis spécialiste des maladies organiques, pas psychiatre ni neurologue, répondit le médecin du même ton sec. L'amnésie ce n'est pas mon domaine. Les symptômes que vous décrivez sont très intéressants, malheureusement mon emploi du temps dans cet hôpital m'interdit de satisfaire ma curiosité.

– Et vous ? demanda Bone en s'adressant à l'homme appuyé contre le mur. Vous êtes psychiatre ?

Le Noir secoua la tête, lentement.

– Quel jour sommes-nous ? demanda Bone au docteur.

– Le 17 avril. C'est un samedi.

– Depuis quand suis-je ici ?

– Sept jours. Vous souffriez d'une double pneumonie aggravée de différents facteurs liés au refroidissement. Pendant un moment, nous avons cru que nous ne pourrions pas vous sauver. (Graham s'interrompit, il cligna lentement des paupières, puis reprit :) Visiblement, vous vous souvenez de la signification des mois et des jours ; vous n'avez pas perdu les notions de temps et de date.

– Est-ce inhabituel ?

Le type adossé au mur toussa de nouveau.

– Je vous répète que l'amnésie n'est pas mon domaine, répondit Graham en jetant un regard agacé en direction du Noir.

– On dirait que j'ai conservé un ensemble de connaissances générales, dit Bone en regardant alternativement les deux hommes. Je suppose que je suis assez cultivé, car ce domaine de connaissances semble assez étendu ; je ne cesse de découvrir des choses que je connais. Mais impossible de me souvenir d'événements précis de mon passé, ni d'aucun détail me concernant.

Le médecin passa la main dans ses cheveux châtains clairsemés.

– Si l'on considère que vous relevez d'une grave maladie, vous me paraissez dans une forme étonnante pour quelqu'un qui a vécu sans abri. Vous ne pouvez pas imaginer l'état de certaines personnes que nos patrouilles des rues...

– Les patrouilles des rues ?

– C'est ainsi que nous appelons les équipes mobiles qui travaillent pour la HRA, la Human Resources Administration, un organisme municipal. Les individus qu'ils nous ramènent souffrent très souvent de maladies telles que la tuberculose ou la gale, ils ont des engelures, j'en ai même vus atteints de la peste ou du choléra. On doit presque tous les épouiller avant de les installer dans un lit. En hiver et au début du printemps, pas un jour ou presque ne se passe sans que nous devions amputer un clochard à cause de la gangrène consécutive aux engelures, et il n'est pas rare que nous soyons obligés de couper les doigts ou les orteils d'une personne que nous avons déjà soignée. Bref, par rapport à tous les sans-abri que nous accueillons ici, vous constituez une exception frappante.

– Comment la municipalité peut-elle tolérer ça ?

– Tolérer quoi ?

– Que des gens sans foyers meurent de la tuberculose et des autres maladies que vous avez mentionnées. Comment peut-on laisser des gens mourir de froid en hiver ?

– Si vous voulez discuter des réformes sociales, vous vous trompez d'interlocuteur. Ce n'est pas mon domaine.

– C'est vrai, j'avais oublié, répondit Bone. Vous êtes spécialiste des maladies organiques.

Si le jeune médecin détecta une note de sarcasme dans la voix de Bone, il n'en laissa rien paraître.

– Exact.

– Pourquoi suis-je dans un quartier de sécurité, Docteur ?

Les yeux marron du médecin scrutèrent le visage de Bone, avant de se détourner.

– Voici un exemple intéressant de cet ensemble de

" connaissances générales " dont vous parliez ; non seulement vous possédez le concept de quartier de sécurité, mais vous savez les identifier.

– Qu'ai-je donc fait ?

– Ça c'est plutôt mon domaine, déclara d'un ton détaché le Noir élégant à l'œil blanchâtre à l'autre bout de la chambre. (Il s'avança vers le pied du lit et s'accouda sur la barre en cuivre.) Avez-vous terminé, Docteur ?

– Les médicaments, dit Graham en désignant la tasse sur le plateau. Ce sont vos antibiotiques, prenez-les, je vous prie.

Bone mit les deux gélules dans sa bouche et les avala avec une gorgée de jus d'orange.

– Il est à vous, Lieutenant.

Le médecin nota quelque chose sur la feuille de température et quitta rapidement la chambre.

– Vous êtes policier ?

– Inspecteur Perry Lightning. Police de New York. Je vous conseille de manger avant que ça ne refroidisse.

Bone vida son verre de jus d'orange, avant de s'attaquer aux deux œufs sur le plat accompagnés de tranches de bacon qu'il découvrit sous le couvercle en métal. C'était déjà froid, mais c'était bon ; pourrait-il réclamer une part supplémentaire ? Il termina les œufs et le bacon en sirotant son café, avant de porter son attention sur les céréales et les toasts ; il se sentait étrangement serein. Pour le meilleur ou pour le pire, il était sur le point d'apprendre quelque chose sur l'inconnu ; s'il s'agissait d'un criminel, il ne pouvait rien y faire. Rencontrer une sorte de témoin, même hostile, du comportement de l'inconnu dans le passé lui procurait un soulagement. Bizarrement, il était rassuré. De tous les cauchemars, le plus effrayant était l'absence de passé.

– Parfois, pour un homme dans ma position, reprit l'inspecteur sur le ton de la conversation, il est bon de posséder un nom peu courant[1]. Les gens se souviennent plus facilement de vous. Et vous, comment vous appelez-vous ?

Bone mangea le dernier toast et leva les yeux vers son interlocuteur. Il y avait une chaise dans la chambre, mais Lightning ne semblait pas décidé à s'asseoir. Au contraire, il contourna le lit et vint se planter devant Bone, tout près, ce qui accentua encore sa forte présence physique. Malgré son ton détendu, il ne faisait aucun doute dans l'esprit de Bone que l'inspecteur Perry Lightning cherchait à l'impressionner, et il s'aperçut que cela ne le dérangeait pas particulièrement.

Intéressant, se dit-il. L'inconnu ne se laissait pas aisément intimider.

– Je l'ignore, répondit-il d'un ton neutre en repoussant la table roulante avec le plateau, obligeant ainsi l'inspecteur à reculer. Je ne m'en souviens pas.

– Comment vous appellent les gens ? Vous aimez le nom de John Doe ?

L'inspecteur s'était rapproché ; il se tenait si près du lit que son torse puissant n'était qu'à quelques centimètres du nez de Bone. Celui-ci remonta vers la tête de lit, releva ses jambes et s'assit en tailleur.

– Bone, dit-il.

– Bone ? Vous vous faites appeler Bone ?

– C'est comme ça que m'appelaient les gens durant l'année que j'ai passée dans la rue... et je pense que vous le savez.

– J'aime recueillir mes renseignements à la source. Vous vous souvenez d'avoir entendu ce nom ?

– Non, pas avant de me réveiller dans le parc. Vous pensez que je joue la comédie ?

– C'est le cas ?

– Non.

– C'est cela que vous faisiez dans le parc, vous dormiez ?

1. Lightning : « Eclair » en anglais. (N.d.T.)

Bone s'adossa contre le mur et examina les traits sévères de son interlocuteur, l'éclat brutal de son regard que n'éclipsait pas entièrement la tache laiteuse dans son œil gauche, le trait pincé de ses lèvres qui contrastait si violemment avec son ton détendu presque amical.

— J'ignore ce que je faisais dans ce parc avant d'apercevoir ces trois personnes de la HRA devant moi. La première chose dont je me souvienne, c'est d'avoir entendu la voix de cette femme, elle semblait venir de très loin. Il faisait nuit, je ne voyais rien. Puis j'ai retrouvé la vue et je les ai aperçus tous les trois. Je me souviens de tout ce qui s'est passé depuis, sauf pendant que j'étais inconscient évidemment. J'utilise le terme " réveiller " car c'est l'impression que j'ai eue, et c'est ainsi que je vois la chose. Ai-je commis un crime ?

— Je vous pose la question.

— Tout ça ne nous mènera nulle part, Lieutenant. Vous êtes convaincu que je joue la comédie, alors vous essayez de jouer au plus fin avec moi. Croyez-moi, je tiens sincèrement à savoir ce que je vous me soupçonnez d'avoir fait, ou ce que j'ai fait. Ça me faciliterait les choses.

— Vous le pensez vraiment ?

Le ton avait changé ; quelque chose dans la voix et le regard de cet homme mettait Bone terriblement mal à l'aise.

— Je ne sais pas, répondit-il. Je vous explique seulement que je suis impatient de retrouver la mémoire.

— Parfois, la mémoire nous joue de drôles de tours, Bone, déclara Perry Lightning qui avait repris un ton détendu. Vous dites que vous voulez vous rappeler, mais peut-être ne le souhaitez-vous pas réellement. Peut-être ressentez-vous le besoin d'effacer de votre mémoire une ou deux choses que vous voulez oublier, et la seule façon d'y parvenir, c'est de tout effacer.

— Dois-je comprendre que vous m'accordez le bénéfice du doute quand j'affirme que, pour une raison quelconque, j'ai oublié tout ce qui m'est arrivé jusqu'au moment où j'ai repris connaissance dans le parc ?

L'inspecteur sortit un paquet de cigarettes de la poche de sa veste ; il en coinça une entre ses lèvres, sans l'allumer.

– J'aimerais vous poser quelques questions.

– Je pensais que vous aviez déjà commencé.

– Non, nous discutions agréablement de votre état de santé physique et mental, monsieur Bone.

Bone eut un petit sourire.

– Bone suffira, Lieutenant.

– Avant de vous interroger d'une manière officielle, je dois vous préciser que tout ce que vous direz pourra être retenu contre vous devant un tribunal, et je dois vous demander si vous souhaitez la présence d'un avocat lors de cet interrogatoire. Si vous n'avez pas les moyens de payer un avocat, ce qui semble être le cas, la municipalité vous en fournira un gratuitement. Voulez-vous un avocat, Bone ?

– Non, merci.

– Ces paroles ont-elles un sens pour vous ?

Bone réfléchit.

– C'est le code Miranda, dit-il enfin, sans savoir d'où lui venait cette réponse.

Perry Lightning haussa légèrement ses épais sourcils.

– Je suis très impressionné. Quelqu'un vous a-t-il déjà récité ces paroles par le passé ?

– Je ne m'en souviens pas. Mais je comprends leur sens.

– Laissez-moi vous dire une chose, Bone : pour un homme qui a tout oublié soi-disant, j'ai l'impression que vous vous souvenez d'un tas de choses au contraire. Comment expliquez-vous ce miracle ?

– Je ne sais pas, répondit Bone en soutenant le regard fixe de l'inspecteur. Comme je vous l'ai expliqué, je possède semble-t-il un vaste ensemble de

connaissances générales ; et certains faits, la signification de certaines choses remontent parfois à la surface.
Mais j'ai oublié tout ce qui me concerne. Je n'essaye
pas de vous mener en bateau, Lieutenant.

Perry Lightning émit un grognement prudent, recula
et contourna le lit. Il se pencha vers le sol et se releva
avec un grand sac en papier que Bone n'avait pas
remarqué. Lightning plongea la main gauche dans le
sac d'où il ressortit un petit magnétophone et un
micro. Il mit l'appareil en marche et déposa le tout sur
le lit, à quelques centimètres de la cuisse droite de
Bone. Il revint se placer de l'autre côté du lit et posa le
sac en papier aux pieds de Bone.

– Bone, vous ai-je informé de vos droits conformément à ce que vous-même avez reconnu comme étant
le code Miranda ?

Bone soupira.

– Oui, Lieutenant.

– Avez-vous renoncé à votre droit de vous faire
assister d'un avocat pendant que je vous interroge ?

– Exact. Venons-en au fait, Lieutenant.

– Je vais vous dire une chose, Bone, déclara le lieutenant d'une voix grondante et rauque qui semblait
presque teintée de tristesse. (Son regard, plongé dans
celui de Bone, semblait plus brillant.) Je suis dans la
police depuis un bail, presque vingt ans, et j'ai vu les
trucs les plus dingues, vous pouvez me croire, mais
votre histoire du type qui n'a conservé que des fragments de sa mémoire, ça c'est le bouquet. Vous êtes
capable de me citer le code Miranda et après vous
venez me dire que vous avez oublié jusqu'au moindre
détail vous concernant.

– Ce n'est pas tout à fait exact, répondit calmement
Bone. Je vous ai dit que j'avais tout oublié jusqu'à la
semaine dernière quand j'ai pris conscience de la réalité qui m'entourait.

Le regard de Lightning dériva vers le plafond,
comme s'il cherchait des fissures.

– Je vous ai expliqué comment, et pourquoi, un homme peut laisser son cerveau lui jouer de drôles de tours. Par exemple, au long de ma carrière, j'ai eu l'occasion de rencontrer des criminels endurcis, et parmi eux des meurtriers, qui au fond d'eux-mêmes désiraient ardemment se faire prendre. Peut-être en avaient-ils assez de buter des gens, ou bien craignaient-ils d'avoir la police à leurs trousses. A moins que leur conscience ne commence à les harceler. Quoi qu'il en soit, Bone, j'ai vu plus d'un assassin se recroqueviller, s'endormir aussitôt et dormir comme un nouveau-né lorsqu'il savait qu'on avait toutes les preuves contre lui et qu'il allait se retrouver à l'ombre. Ces types éprouvent un immense soulagement, Bone. En fait, ils recherchaient la tranquillité d'esprit.

– Je dors très bien, Lieutenant, je vous remercie.

– Vous avez été très malade.

– Je ne me sens pas coupable de quoi que ce soit.

– Vous êtes pourtant un cas à part, non ?

– Si vous me disiez exactement où vous voulez en venir, Lieutenant ? De quoi m'accusez-vous ?

– Vous continuez à prétendre que vous ne vous souvenez de rien jusqu'au moment où vous vous êtes accroupi dans le parc ?

– Je ne me souviens même pas de m'être accroupi. J'ignore d'où je venais et ce que je faisais là. Je me souviens uniquement de mon réveil. Et je ne *prétends* rien, Lieutenant, je dis la vérité.

Lightning ôta la cigarette de sa bouche sans l'avoir allumée, il la remit soigneusement dans le paquet et rangea celui-ci dans la poche de sa veste. Il approcha une chaise du lit, s'assit et croisa les jambes d'un air décontracté. Visiblement, songea Bone, la tentative d'intimidation par la présence physique était terminée ; pourtant, au lieu d'être soulagé, il sentit la tension croître en lui. Le lieutenant était un adversaire dangereux, sans doute en possession d'éléments qu'il n'avait pas encore dévoilés, et l'inconnu, lui, n'avait qu'une seule arme pour se défendre : la vérité.

– Très bien, reprit Lightning, supposons que je vous croie, pour le plaisir de discuter. Pourquoi, à votre avis, avez-vous atterri à cet endroit précis et à ce moment-là ?

– Je l'ignore. Ça pourrait peut-être m'aider si je connaissais les endroits précis où les gens m'ont aperçu dans le passé, et si ces gens m'expliquaient ce que je faisais. M'aviez-vous déjà vu dans la rue, Lieutenant ?

– J'aimerais vous poser quelques questions bien précises au sujet de certains crimes...

– Pourquoi refusez-vous de répondre à ma question ?

Lightning décroisa lentement les jambes ; il se pencha en avant sur sa chaise.

– Je suis venu ici pour que vous répondiez à mes questions, Bone, pas le contraire. Je disais donc que je souhaitais vous interroger au sujet de certains crimes qui ont été commis dans cette ville. (Il s'interrompit. Sans quitter Bone des yeux, il plongea la main gauche dans le sac en papier posé sur le lit près des pieds de Bone. Il en ressortit un objet scellé dans un sac en plastique transparent auquel était fixée une grosse étiquette jaune portant un numéro.) Reconnaissez-vous l'objet qui est à l'intérieur de ce sac ?

Bone acquiesça.

– On dirait l'os que je tenais dans la main quand je me suis réveillé dans le parc.

– Où l'avez-vous trouvé ?

– Je n'en sais rien.

– Savez-vous qu'il s'agit d'un os humain ?

– Le Dr Hakim y a fait allusion. C'est un fémur.

– A votre avis, pourquoi vous êtes-vous trimbalé pendant un an avec un fémur humain ?

– Je n'en sais rien et j'ai envie de le savoir. Apparemment, cet os représentait quelque chose pour moi. (Il se tut et regarda, par-dessus l'épaule de l'inspecteur, la plus proche des deux fenêtres grillagées. Il pleuvait dehors et, comme venu d'un autre monde, il entendait le murmure du vent et de la pluie qui cinglait le flanc de l'immeuble. Il reprit calmement.) Quand je saurai enfin où j'ai trouvé cet os, et pourquoi je ne m'en séparais jamais, je découvrirai peut-être qui je suis et ce qui m'est arrivé.

– Avez-vous frappé quelqu'un avec cet os ?

Bone reporta rapidement son regard sur le visage de l'inspecteur qui demeurait impassible.

– Je l'ignore, Lieutenant. J'espère que non.

– Les types du labo ont découvert des traces de sang humain et des cheveux dans les fissures à une extrémité de votre petite babiole, Bone. C'est stupéfiant ce que ces hommes et ces femmes arrivent à faire, n'est-ce pas ? Même après avoir été inondé de pluie et enfoui dans la boue, les traces de sang et de cheveux étaient encore là, et les gens du labo ont réussi à les repérer. Il semblerait que vous vous soyez servi de cet os, au moins une fois, pour assommer quelqu'un. Est-ce que cela stimule votre mémoire ?

Lightning haussa les sourcils, attendant visiblement une réponse. Bone ne dit rien. En dépit de sa résolution première de s'accorder le bénéfice du doute, il nourrissait de plus en plus de soupçons à l'égard de l'inconnu ; il se sentait de nouveau coupé en deux, une paire d'yeux qui hante le corps d'un autre.

Lightning rangea l'os dans le sac et sortit un second objet beaucoup plus petit, enveloppé lui aussi dans un plastique et marqué d'une étiquette jaune.

– Reconnaissez-vous ceci ? demanda-t-il d'un ton doux et neutre en tendant l'objet à Bone.

Bone se saisit du sac en plastique et le leva vers la rampe de néons juste au-dessus de sa tête. Quelque chose miroitait à l'intérieur, un petit médaillon en forme de cœur incrusté de nacre au bout d'une fine chaîne en or. Au dos du médaillon, à peine lisibles sur le métal usé par le temps, étaient gravées trois initiales : MHK. Il fit tourner plusieurs fois le sac entre ses doigts, regardant fixement la face du médaillon incrustée de nacre et les initiales gravées au dos, s'efforçant d'établir un lien entre cet objet et le passé de l'inconnu. En désespoir de cause, il finit par renoncer.

– Non, répondit-il simplement en tendant le sac avec le médaillon à l'inspecteur.

Ignorant le médaillon, Perry Lightning continua à scruter le visage de Bone.

– Vous êtes sûr ? demanda-t-il sèchement. Ce bijou n'évoque rien pour vous ?

Bone posa le médaillon à côté de lui sur le lit, près du magnétophone qui continuait à tourner.

– Non, absolument rien, Lieutenant. Si vous me disiez ce que ce médaillon est censé m'évoquer, ça pourrait peut-être m'aider.

– Vous le portiez autour du cou.

Bone se saisit prestement du sac contenant le médaillon et la chaîne et le porta de nouveau à la lumière. MHK.

– C'est un bijou de femme, dit-il en sentant son cœur s'accélérer. Il appartient peut-être à une parente. C'est un objet ancien. Les initiales ; peut-être que ma mère...

-- Il n'appartenait pas à votre mère, à moins que celle-ci soit une clocharde, répondit l'inspecteur qui avait repris son ton doux et neutre.

Bone plongea son regard dans les yeux sombres de l'inspecteur ; il devinait toute l'intensité derrière les traits impassibles, il savait que l'autre jugeait sa réaction.

– Nous avons eu de la chance avec ce médaillon, enchaîna Perry Lightning du même ton neutre, sans cesser de dévisager Bone. Un bain d'acide a permis de faire ressortir ces initiales, ainsi qu'une date visible seulement sous un certain angle. On a également relevé des traces de cheveux et de liquide organique différents des vôtres. De fil en aiguille, ce médaillon nous a permis de remonter jusqu'à une vieille clocharde complètement folle, mais inoffensive, nommée Mary

Helen Kellogg. Nous possédons un tas de dossiers sur Mary. Elle entendait des voix, il semblerait que ces voix la poussaient à faire des trucs insensés. Il y a une trentaine d'années, ses deux enfants et d'autres parents ont décidé qu'elle serait mieux dans un hôpital psychiatrique. Effectivement, les médecins lui trouvèrent un traitement adapté et elle se portait relativement bien, compte tenu de sa schizophrénie. Puis l'État a commencé à vider les hôpitaux psychiatriques, et Mary s'est retrouvée dans un centre de soins du Queens. Apparemment, elle ne se plaisait pas là-bas, alors elle s'est enfuie. On l'a ramenée et elle s'est enfuie une nouvelle fois. Finalement, elle a réussi à passer à travers les mailles du filet. Soit ses enfants et ses autres parents n'ont pas pris la peine de la rechercher, soit elle n'avait pas envie qu'on la retrouve, ils sont nombreux dans ce cas-là. Depuis une vingtaine d'années, elle vivait dans les rues de New York.

Bone déglutit, il avait la bouche sèche. Il s'était dit que la vérité au sujet de l'inconnu ne pouvait être pire que le vide dans son esprit ; il s'apercevait maintenant que ce n'était pas forcément vrai. Il s'imagina une femme à l'esprit torturé vieillissant dans les rues, souffrant du vent, de la neige, du soleil, du froid et de la pluie, les yeux embués de larmes.

– Peut-être que je m'appelle Kellogg, dit-il d'une voix étranglée. (Il serra le médaillon dans son poing tremblant et détourna le regard.) Peut-être suis-je de sa famille. Cette femme était peut-être ma mère, ou ma grand-mère. Peut-être suis-je venu ici pour la chercher, et il m'est arrivé quelque chose. Ecoutez, Lieutenant, si je pouvais parler à cette femme, il est possible que...

Se retournant, il s'interrompit en voyant Perry Lightning secouer lentement la tête.

– Ses deux enfants sont beaucoup plus âgés que vous, Bone. On les a retrouvés, et leurs enfants aussi. Et vous ne pouvez pas parler à Mary Kellogg. Elle a été assassinée il y a neuf jours, entre deux et quatre heures du matin, le jour même où vous avez atterri à Sheep Meadow soit dit en passant. On a découvert son corps, et celui d'un vieil homme que nous n'avons pas encore réussi à identifier, sur les marches d'une église presbytérienne de la 5e Avenue. L'église est située à moins de cinq blocs de Central Park.

Bone referma le poing sur le médaillon enveloppé de plastique en voyant Perry Lightning plonger une fois de plus la main dans le sac en papier devenu un sac aux horreurs. L'inspecteur en sortit lentement quatre agrandissements en couleurs sur papier glacé qu'il disposa avec soin l'un à côté de l'autre sur le drap près de la cuisse de Bone.

– Oh ! mon Dieu, fit Bone dans une sorte de grognement déformé en regardant avec horreur et dégoût les photographies.

Paralysé, il ne pouvait détacher son regard de la chair réduite en bouillie, des flaques et des éclaboussures de sang, essayant de faire le lien entre ce spectacle obscène et... lui. Timidement, comme quelqu'un qui tend la main pour voir si un gril est chaud, il sonda le cerveau de l'inconnu, mais recula aussitôt de crainte de brûler la peau si fragile du seul cerveau qui lui restait. Il ne souhaitait pas pénétrer plus profondément dans l'esprit de l'inconnu, car il avait peur de ce qu'il allait y découvrir. Si cette horreur était l'œuvre de l'inconnu...

Il réussit enfin à détourner la tête. Il obligea son poing à s'ouvrir ; le médaillon tomba sur une des photos avec un bruit mat.

– C'est moi qui ai fait ça ? demanda-t-il d'une voix soudain très rauque.

– A vous de me le dire, Bone, répondit Lightning dans un murmure.

Bone ne put que secouer la tête.

– Dois-je comprendre que ce n'est pas vous ? demanda l'inspecteur.

– Je... n'en sais rien.

54

– Qu'est-ce qui peut pousser quelqu'un à massacrer ainsi un vieil homme et une vieille femme ?

Bone sécha ses larmes du revers de la main et poussa un long soupir. Il se sentait si fatigué, si accablé, qu'il avait les paupières lourdes. Puis il se souvint de la remarque de Lightning sur les criminels qui ne désirent qu'une chose, se faire prendre pour pouvoir enfin dormir, alors il s'efforça de garder les yeux ouverts et l'esprit vif.

– C'est l'acte d'un fou, dit-il à voix basse. Si j'ai fait une chose pareille...

– C'est vous ?

– Je ne sais pas ; je ne me souviens de rien.

– Allez, Bone. Racontez-moi tout. Vous en mourez d'envie ; c'est pour ça que vous êtes resté accroupi dans la boue et que vous avez inventé cette histoire invraisemblable d'amnésie. Qu'avez-vous fait des têtes ? Vous n'avez pas pu aller bien loin dans New York avec deux têtes sanglantes, même en pleine nuit.

Bone avait mal à la mâchoire.

– Lieutenant, soupira-t-il, je ne me souviens de rien. Je ne dis pas que ce n'est pas moi, je dis simplement que je ne me souviens pas de l'avoir fait. Visiblement, je suis incapable d'expliquer pourquoi je portais ce médaillon autour du cou, car je ne me souviens de rien jusqu'au moment où je me suis réveillé dans le parc.

– Nous savons que c'est vous, Bone. Vous avez raison quand vous dites que celui qui a massacré ces innocents, qui les a décapités et a emporté les têtes est un fou. Le jury en tiendra compte. La partie de vous-même qui est saine d'esprit et honnête devait trouver un moyen d'arrêter le dément, et vous l'avez fait. Mais vous n'avez parcouru que la moitié du chemin ; vous vous êtes fait remarquer pour qu'on vous arrête, c'est très bien, mais vous vous sentirez sacrément mieux quand vous cesserez de vous mentir à vous-même. La mémoire vous reviendra si vous vous laissez aller. Racontez-moi tout dans les détails et dites-moi ce que vous avez fait des têtes.

Bone prit une profonde inspiration et regarda l'inspecteur droit dans les yeux.

– Je vous ai dit que je ne pouvais pas expliquer pourquoi j'avais ce médaillon autour du cou, Lieutenant, mais le fait que je le porte ne signifie pas que j'ai tué l'une ou l'autre de ces personnes.

Perry Lightning renifla avec mépris et repoussa cette objection d'un geste, tandis qu'il se renversait sur sa chaise et croisait les jambes une fois de plus.

– Vous avez commencé votre sit-in dans la boue le matin même où ces deux personnes âgées ont été assassinées, et à quelques blocs seulement du lieu du crime.

– Même ça ne signifie pas...

– Vous aviez des traces de sang sur votre pantalon et vos poignets de chemise, Bone. On a relevé deux groupes sanguins différents, aucun ne correspondait au vôtre. Le sang retrouvé sur vos vêtements appartenait aux deux vieillards sauvagement assassinés sur les marches de l'église.

Ces dernières paroles, rendues encore plus terribles par le ton détaché sur lequel elles étaient prononcées, lui firent l'effet d'une série de coups de boutoir qui menaçaient de faire céder ses ultimes résistances à la culpabilité et son fragile attachement à l'inconnu. Maintenant il le détestait, il avait peur de lui. Il avait l'impression de se noyer dans l'horreur. Il était prêt à faire le saut dans la mémoire dont l'inspecteur le croyait capable ; il était disposé à se souvenir d'avoir tué une vieille femme et un vieil homme, de leur avoir tranché la tête, il était disposé à condamner l'inconnu... pourtant il n'y parvenait pas. Il n'éprouvait que dégoût devant ces meurtres et ces mutilations, mais malgré tous ses efforts, il ne se souvenait pas d'avoir commis de telles atrocités. La proximité de temps et de lieu entre les meurtres et son apparition dans le parc, le médaillon et le sang sur ses vêtements, tout cela semblait démontrer sa culpabilité, pourtant il n'en trouvait aucune trace dans son cerveau. Avant qu'il ne se réveille sous la pluie dans le parc balayé par le vent, il n'y avait rien.

Bone n'avait pas conscience du temps qui s'écoulait, mais quand il baissa les yeux, il s'aperçut qu'il devait réfléchir depuis plusieurs minutes déjà, absorbé par sa recherche cauchemardesque des souvenirs qui condamneraient définitivement l'inconnu ; d'autres photos étaient éparpillées autour de lui, transformant le drap en un patchwork criard. Couleur sang. Les clichés montraient d'autres corps décapités, de toutes tailles et de toutes races, des deux sexes, vêtus de haillons pour la plupart.

– Ceux-là aussi ? demanda-t-il d'une voix qu'il ne reconnut pas, ou ne voulut pas reconnaître.

– Ceux-là aussi.

– Combien ?

– Vous l'ignorez ?

– Combien, Lieutenant ?

– Vingt-huit en comptant le vieil homme et la vieille femme que vous avez tués la semaine dernière. Le premier meurtre avec décapitation a eu lieu à peu près à l'époque où vous êtes apparu dans les rues, m'a-t-on dit. Voilà encore une étrange coïncidence vous en conviendrez. En outre, il n'y a eu aucun meurtre de ce type depuis neuf jours, c'est-à-dire depuis que vous avez repris vos esprits, si je puis dire. Vous n'avez pas ménagé votre peine, Bone, depuis que vous êtes revenu de je ne sais quel enfer, mais je peux vous dire que vous avez fait vendre des journaux et vous avez foutu la trouille à des millions de personnes. De nos jours, différentes catégories de sans-abri traînent dans les rues des grandes villes, mais vous choisissiez toujours vos victimes parmi les cas les plus désespérés, des individus incapables de se prendre en charge et que nul ne semblait en mesure d'aider. Pendant les dix derniers mois, après les six premiers meurtres, des milliers de sans-abri ont débarqué dans les refuges de la ville, la nuit tout au moins ; des gens qui n'avaient jamais mis les pieds dans un refuge s'y rendaient dès la tombée de la nuit. Mais pas vos victimes. Vous avez tué des psychotiques et des alcooliques invétérés incapables de faire la différence entre le jour et la nuit, des gens qui agonisaient à petit feu de toute manière, mais que personne ne pouvait approcher. En un sens, on peut dire que vous avez accompli des actes de miséricorde, bien que je doute que vos victimes auraient vu les choses de cette façon. Ce que je veux dire, c'est que même vos crimes prouvent qu'il y a en vous un fond d'honnêteté, c'est cette honnêteté qui vous a poussé finalement à arrêter. C'est sans doute cette honnêteté qui vous a évité de vous faire prendre, jusqu'au jour où vous avez voulu être pris. D'après ce que j'ai entendu dire, personne n'aurait imaginé que ce jeune homme bien mis – perturbé de toute évidence, sinon il ne serait pas dans cette situation, mais inoffensif – qui marchait dans les rues la journée, tuait des gens la nuit et leur coupait la tête. Avez-vous envie de m'en parler, Bone ? Si vous commenciez par me dire ce que vous avez fait des vingt-huit têtes, ça pourrait vous aider. Vous comprenez bien que les familles des victimes, quand elles avaient de la famille, seraient soulagées si les têtes étaient enterrées comme il convient avec le reste du corps. Vous pouvez d'ores et déjà commencer à expier pour tout ce que vous avez fait en me disant ce que sont devenues les têtes.

– Si je suis vraiment responsable de ces horreurs, je vous remercie de m'avoir enfermé dans un endroit où je ne peux faire de mal à personne, déclara Bone avec la voix de son inconnu torturé. Mais je ne me souviens de rien. Je sais bien que je n'aurais plus rien à perdre en me rappelant, mais je ne peux pas. Je suis désolé, Lieutenant. Sincèrement.

Perry Lightning fit la moue et secoua la tête, puis il se leva et commença à rassembler les photos qu'il rangea dans le sac en papier avec le médaillon. Seul le magnétophone qui continuait de tourner resta sur le lit.

– Je suis désolé moi aussi, Bone, répondit l'inspecteur avec dans la voix comme un regret sincère. Nous savons que c'est vous le meurtrier, mais maintenant nous savons aussi que vous êtes très malade. Peut-être que les médecins ici pourront faire quelque chose pour vous, et un jour, peut-être, vous aurez la possibilité de bâtir une nouvelle existence. Mais ça prendra du temps. Certes, je pourrais prendre le risque d'affirmer que vous n'étiez pas responsable de vos actes. Mais le premier pas vers la guérison consiste à vous libérer de toute cette merde. Et pour ça, vous devez vous souvenir et raconter ensuite à la police tout ce que vous savez. Vous vous sentirez mieux après ; je vous le demande pour votre bien. J'espérais que vous étiez prêt.

Bone songea qu'il était perdu. Il ne pouvait rien dire pour se défendre, pour défendre celui qui voyait par ses yeux, celui qui avait tout oublié. Il était seul.

Toutefois...

L'inconnu dont il occupait le corps était seul lui aussi. Et l'inconnu n'avait d'autre voix que la sienne. Quand il parlait, c'était pour lui-même, pour ses yeux, ses oreilles, sa voix et sa conscience âgés d'un peu plus d'une semaine. Qui parlerait pour l'inconnu ?

Il se redressa et désigna le sac à provisions que l'inspecteur tenait au creux de son bras gauche.

– Tous ces gens sur les photos que vous m'avez montrées n'ont certainement pas été battus à mort avec un os, dit-il d'une voix beaucoup plus forte qu'il ne l'aurait cru. Les vingt-huit têtes n'ont pas été coupées avec un os.

– Non, avec un rasoir ou un grand couteau très aiguisé, répondit Lightning en penchant la tête sur le côté comme pour observer Bone sous un angle différent. (Pour la première fois, son ton trahissait un soupçon d'étonnement véritable et de doute.) Merde alors, ne me dites pas que vous vous souvenez ?

Bone soutint le regard fixe de l'inspecteur. Il soupira.

– Non. Merci quand même de croire au moins à cela.

– Ecoutez, Bone, je n'ai pas besoin qu'on m'explique qu'un type qui reste accroupi pendant deux jours dans le froid et sous la pluie a perdu la boule. J'ai une sorte de sixième sens pour flairer les arnaques, et ce sixième sens me dit que vous racontez peut-être la vérité sur ce point, vous ne vous souvenez plus de rien. Pour l'instant. Mais ça viendra. C'est inévitable. Vous ne pourrez pas étouffer éternellement vos souvenirs, car vous ne le voulez pas véritablement. Vous ne seriez pas venu vous asseoir dans le parc si, au fond de vous-même, vous ne souhaitiez pas être découvert et mis hors d'état de nuire. Faites-moi confiance, je sais de quoi je parle.

– Vous me demandez d'avouer des actes dont je ne me souviens pas, Lieutenant ?

– Non. Je vous demande de vous concentrer sur une seule chose à la fois. Pour commencer, si vous essayiez de vous rappeler où est votre planque ?

– Ma planque ?

– L'endroit où vous conservez vos affaires personnelles, les petites choses que vous ne voulez pas trimbaler avec vous. Presque tous les clochards ont une sorte de planque, quelque part, même si c'est juste dans un caddie de supermarché.

– Mais qu'est-ce qui vous fait croire que j'ai une planque moi aussi ?

– On vous a vu habillé différemment à différents moments, et la seule chose que vous transportiez avec vous, c'était ce foutu os. Ça signifie que vous conserviez vos vêtements de rechange quelque part, peut-être près d'un point d'eau, car vous sembliez toujours assez propre. Vous dormiez certainement à proximité de votre planque ; peut-être dans un coin de Central Park. C'est peut-être là également que se trouvent les vingt-huit têtes manquantes. Dès que vous vous souviendrez de l'emplacement de votre planque, un tas d'autres choses vous reviendront en mémoire, même si c'est par fragments. Je m'en contenterai. Dites-moi ce dont vous vous rappelez ; on pourra éclaircir cette affaire et vous pourrez commencer à oublier. Il existe d'excellents hôpitaux psychiatriques dans cet Etat ; vous y serez mille fois mieux que dans la rue. Les gens là-bas vous comprendront.

– Vous me prenez pour un idiot, Lieutenant. Pouvez-vous m'assurer qu'on m'enverra dans un hôpital psychiatrique si je me souviens d'avoir commis ces meurtres et si j'avoue ?

L'inspecteur se racla la gorge ; il jeta un coup d'œil vers le magnétophone sur le lit.

– Non. Je ne peux pas vous le garantir. Mais je ne pense qu'à votre intérêt. Je sais qu'au fond de vous-même, vous voulez vous libérer de toutes ces horreurs.

Je dois défendre l'inconnu, se dit Bone. Parler en son nom. Faire tout mon possible.

– Votre sollicitude me touche, Lieutenant. J'aimerais beaucoup parler à quelqu'un, à tous ceux, qui m'ont vu dans les rues au cours de cette année.

– Non, répondit sèchement Lightning. Pas pour l'instant.

– Pourquoi ? où est le mal ? Peut-être qu'une de ces personnes sait où se trouve ma planque ?

L'inspecteur fit passer le sac dans son autre main ; il tourna légèrement la tête pour regarder par la fenêtre.

– Voyons d'abord ce dont vous vous souvenez, Bone. Ne compliquons pas les choses avec les souvenirs ou les idées des autres. Mieux vaut éviter qu'un tas de gens vous bourrent le crâne avant que vous ne sachiez ce qu'il y a à l'intérieur.

– Vous, en revanche, vous pouvez me bourrer le crâne, c'est bien cela, Lieutenant ? répliqua Bone, envahi soudain d'un étrange sentiment d'allégresse en sentant que quelque chose troublait son interlocuteur. Le doute ? Il semblerait que je possède un sixième sens moi aussi, et il émet des ondes très puissantes en ce moment. Vous avez eu une semaine pour vous renseigner sur moi, pour interroger les gens que j'ai connus, ou du moins que j'ai rencontrés, durant cette année d'errance. Si l'une de ces personnes savait où se trouve ma planque, vous ne me poseriez pas toutes ces questions. Pourquoi ne pas me laisser leur parler ? Peut-être n'êtes-vous pas aussi convaincu de ma culpabilité que vous l'affirmez. Essaieriez-vous par hasard de me faire avouer des crimes dont vous n'êtes pas certain que je sois l'auteur ?

La mâchoire crispée, Perry Lightning recula jusqu'au lit, reposa le sac et arrêta le magnétophone. Une pellicule de sueur luisait sur son crâne rasé.

– Qui cela pourrait-il être à part vous ? demanda-t-il avec brusquerie. Vous aviez le sang des deux victimes sur vos vêtements, et vous portiez le médaillon de la vieille femme autour du cou.

– Et mes mains ? Avais-je du sang sur les mains ?

– Deux jours de pluie ont suffi à ôter toute trace de sang sur vos mains.

Bone porta une main noueuse à son front, il comprima ses tempes avec son pouce et son index. L'inconnu était capable de raisonner, mais c'est lui qui devait parler, le défendre le mieux possible... il y avait quelque chose...

– Les empreintes ! dit-il tout à coup en laissant retomber sa main. Vous avez sans doute relevé les empreintes sur les lieux des crimes. Correspondent-elles aux miennes ?

La colère et la frustration se reflétèrent un bref instant dans les yeux noirs de l'inspecteur.

– Vous n'avez pas d'empreintes, déclara Lightning d'une voix étrangement terne. Elles ont été effacées.

Bone retourna lentement ses mains puissantes et larges, mais curieusement abîmées et mutilées pour examiner les extrémités de ses doigts tordus. En effet, sa peau était couverte de cals épais et de cicatrices. Il n'y avait plus d'empreintes.

Ça s'effrite !

Il entr'aperçut une scène, une vision fugitive de... Bone voulut s'en saisir, mais elle avait disparu. Tant pis, se dit-il. Elle était là, elle reviendrait, mais il devait se montrer patient et ne pas la brusquer. Pour l'instant, il devait défendre l'inconnu contre un dangereux adversaire qui voulait l'enfermer dans un endroit où il ne pourrait jamais retrouver ce qu'il avait perdu.

– Qu'est-ce qui a pu faire ça ? demanda-t-il en tendant les mains.

Lightning haussa les épaules.

– A vous de me le dire.

– Qu'en pensent les médecins ?

– Et vous ? ce sont vos mains après tout.

– Bon sang, Lieutenant ! s'emporta Bone. (Il fut saisi d'un accès de colère et d'un sentiment d'indignation réconfortants.) Maintenant que vous m'avez fait le coup du bon vieux copain qui cherche simplement à décharger ma conscience de toutes ces horreurs, si vous acceptiez de m'aider un tout petit peu ? Vous aimeriez me faire enfermer pour vous vanter ensuite d'avoir résolu tous les meurtres ? Allez-y. Mais ayez au moins l'obligeance de me donner quelques renseignements. Qui sait ? Peut-être que je finirai par me trahir. Alors, que disent les médecins au sujet de mes mains ?

Le petit sourire de Lightning se refléta presque dans ses yeux où brillait désormais une lueur de respect.

– D'après eux, un tas de choses peuvent être à l'origine de ces blessures, y compris une auto-mutilation masochiste.

– Je n'ai pas de pulsions masochistes, et je ne dirais pas que mes mains sont mutilées. J'ai l'impression au contraire qu'elles possèdent une force incroyable.

– Tout à fait d'accord. Je vous dis simplement que les médecins n'ont pas la moindre idée de ce qui est arrivé à vos mains. Vous avez des cicatrices un peu partout sur le corps, mais ce sont vos mains qui ont le plus souffert.

63

– Vous dites qu'on a trouvé sur mes vêtements du sang appartenant aux deux personnes assassinées sur les marches de l'église. Et les vingt-six autres victimes, Lieutenant ? A-t-on également retrouvé leur sang sur mes vêtements ?

– Vous pouviez être habillé autrement.

– Donc, vous pouvez peut-être faire le lien entre moi et ce crime, mais pas les autres. Et les traces de sang et de cheveux relevées sur l'os ?

Perry Ligthning ne répondit pas immédiatement.

– Il n'existe pas des milliers de groupes sanguins, Bone, dit-il enfin. Et les traces découvertes sur le fémur étaient des échantillons microscopiques...

– Conclusion, c'est impossible à dire.

– Ça vous intéressera peut-être d'apprendre que les types du labo ont découvert autre chose dans les fêlures de l'os : des traces de poudre qu'ils ont identifiée comme étant de l'humeur aqueuse séchée.

– Quoi ?

– Vous vous êtes servi de cet os pour crever l'œil de quelqu'un, Bone.

Pendant quelques instants, Bone demeura muet de stupeur. Puis, utilisant ce nouveau renseignement comme une sorte de bêche psychique, il se mit à sonder timidement le cerveau de l'inconnu. Puisqu'il ne faisait aucun doute que l'inconnu avait trimbalé le fémur pendant un an, il ne faisait aucun doute qu'il s'en était servi pour crever l'œil de quelqu'un. Il ignorait dans quelles circonstances, aussi continuerait-il à défendre l'inconnu jusqu'à ce qu'il soit définitivement prouvé que c'était un tueur psychopathe. Mais il n'était pas certain de vouloir se remémorer cette scène. Il abandonna.

– Avez-vous consulté les fichiers des personnes disparues depuis un an ? demanda-t-il.

– Depuis deux ans même, et dans tout le pays. Ça prend du temps, et tous les services de police ne disposent pas des mêmes moyens sophistiqués que nous, alors on continue à chercher. Pour l'instant, nous n'avons trouvé aucune description physique qui vous corresponde.

– Je pense que je n'ai ni femme ni enfants. (Il se tut et grimaça, submergé tout à coup par une vague de tristesse qui laissa derrière elle un sentiment de perte qui n'avait rien à voir avec la mémoire. Il éprouvait désormais de la pitié pour l'inconnu.) Je vivais certainement seul et j'avais peu d'amis... si j'en avais.

– Pas nécessairement, répondit Lightning. Vous avez peut-être dit à votre épouse, vos enfants et vos amis que vous partiez quelque part.

– Pendant un an ? Sans donner de mes nouvelles ?

Lightning haussa les épaules.

– Peut-être vous croient-ils mort ?

– Et les prisons ? Les hôpitaux psychiatriques ?

Lightning secoua la tête. Il rangea le magnétophone dans le sac en papier. Il paraissait distant désormais, songeur, comme s'il pensait à autre chose.

– Lieutenant ?

– Oui ?

– Aidez-moi.

– C'est ce que j'essaye de faire.

– Dites-moi quelque chose sur moi.

– Je l'ai fait.

– Vous ne m'avez pas tout dit. Et vous pourriez me laisser rencontrer les gens que vous avez interrogés.

– Pour l'instant, essayez plutôt de vous concentrer sur vos souvenirs.

– Vous m'avez accordé le bénéfice du doute quand je vous ai dit que j'avais tout oublié. Accordez-moi le bénéfice du doute quand je vous dis que j'ai envie de retrouver la mémoire, même si cela signifie que je dois mourir, ou bien finir ma vie dans une prison ou un hôpital psychiatrique. Si j'ai vraiment commis les actes dont vous me croyez coupable, alors il est normal qu'on m'enferme dans un endroit où je ne pourrai plus faire de mal à personne. Je ne peux pas faire grand-chose pour me venir en aide tant que vous me gardez ici. Donnez-moi de quoi réfléchir.

Pour toute réponse, le lieutenant Perry Lightning pivota sur ses talons et se dirigea vers la porte ; il adressa un signe de tête en direction de la caméra de surveillance et la porte s'ouvrit avec le bourdonnement habituel. Au moment de quitter la chambre, il hésita et se tourna vers Bone. Ses paupières semblaient étrangement tombantes, comme s'il essayait de dissimuler ses véritables sentiments.

– Où que vous ayez déniché ce fémur que vous trimbaliez en permanence, il ne provient pas d'une de vos victimes. Les spécialistes de ce genre de choses m'affirment qu'il date d'au moins quatre cents ans, sans doute un os d'Amérindien. En fait, il s'est ossifié, c'est davantage de la pierre que de l'os. Je me demande où vous avez pu trouver un truc pareil, à moins que vous n'ayez squatté le sous-sol du Museum d'Histoire Naturelle. Cogitez là-dessus.

Chapitre 3

Il ignorait à quel point la femme aux yeux noisette et aux cheveux châtains veinés de gris lui avait manqué, jusqu'à ce qu'il revoie Anne Winchell pour la première fois depuis le jour où il s'était réveillé au son de sa voix dans le parc. A cet instant seulement, en la regardant, il comprit qu'il fonctionnait, en grande partie, grâce à la force et à la confiance qu'elle lui avait apportées. Il se souvenait encore de la terreur qu'il avait éprouvée en se retrouvant transi de froid, seul et perdu dans un monde qui lui était totalement étranger. C'était la voix de cette femme qui avait percé les ténèbres et éclairé le chemin pour lui permettre de quitter l'univers terrifiant où il évoluait. C'était son contact qui lui avait procuré assurance et chaleur, c'était son désir de rester près de lui qui l'avait convaincu qu'il ne risquait rien. Anne Winchell et sa chaleur – qui contrastait avec la méfiance et l'hostilité vague de Barry Prindle, et la curiosité indifférente, presque stupéfaite du Dr Hakim – l'avaient arraché à l'étrange océan noir où il se noyait. Elle avait exprimé sa foi en l'inconnu, et Bone découvrait maintenant combien cette foi lui avait permis à son tour d'avoir confiance en l'inconnu, et de le défendre.

Sans elle, songea-t-il, il serait sans doute mort.

Sous la pluie, elle ressemblait à une apparition, ses yeux embués de larmes et son visage inondé de pluie étaient comme un phare qui le guidait. Elle lui avait semblé belle alors. Elle l'était encore à ses yeux, même s'il savait que certains hommes seraient d'un avis contraire. Anne portait un jean et des baskets, avec un chemisier en soie bleu électrique. Ses longs cheveux châtains tombaient doucement sur ses épaules. Elle était très peu maquillée et portait des lunettes à larges montures avec des verres légèrement teintés. Barry Prindle dont les yeux verts éclatants reflétaient toujours le doute et la méfiance, pénétra dans la chambre d'une démarche raide à la suite d'Anne ; la porte se referma derrière eux avec un déclic. Barry retint la jeune femme par le bras en la voyant s'avancer vers Bone, mais elle se libéra d'un mouvement d'épaule et s'approcha du lit.

– Bonjour, dit-elle gaiement en posant son paquet sur le lit pour lui tendre la main.

– Bonjour, répondit Bone en se redressant dans son lit.

Ils se serrèrent la main. Comme dans le parc, le contact de cette femme était chaud et rassurant ; comme dans le parc, elle semblait ne pas éprouver la moindre peur, bien que le lieutenant Perry Lightning l'ait certainement mise au courant de sa conviction et de tous les indices qui le désignaient comme tueur psychopate. Comme dans le parc, elle n'accordait pas seulement à l'inconnu le bénéfice du doute, elle lui montrait qu'elle avait confiance en lui.

Profondément ému, au bord des larmes, Bone se demanda s'il trouverait un jour, et quand, les mots pour dire à cette femme combien sa simple confiance lui avait donné courage.

– Comment vous sentez-vous ?

– Sacrément mieux que si vous n'aviez pas été là. (Il observa les traits tendus de l'homme aux larges épaules planté au pied du lit.) Je tiens à vous remercier tous les deux pour m'avoir conduit à l'abri. J'aimerais me lever pour vous accueillir comme il convient, mais la police m'a pris toutes mes affaires, et cette blouse d'hôpital laisse un peu passer les courants d'air dans le dos.

Anne sourit ; elle tapota le paquet qu'elle avait

déposé sur le lit et désigna celui que Barry tenait dans les mains.

– Nous vous avons apporté des vêtements. Je pense qu'ils vous iront ; je suis très douée pour deviner les tailles.

– Ils devraient vous aller, ajouta sèchement Barry en se penchant pour déposer son paquet sur le lit. Anne vous a dans son collimateur depuis longtemps, Bone.

Le regard de Bone alla de l'un à l'autre ; il vit le visage d'Anne s'empourprer et se crisper sous l'effet de la colère.

– Je ne comprends pas, dit-il.

Barry passa une main dans ses cheveux coupés ras.

– Anne vous a toujours trouvé beau mec, dit-il du même ton sec.

– Ça suffit, Barry, répondit Anne d'une voix rauque, sans le regarder.

La gêne et la colère empourpraient encore son visage. Bone sentit qu'elle s'éloignait de lui ; il se surprit à maudire cet homme pour ses paroles stupides.

– Je ne comprends toujours pas.

– Mon collègue essaie de faire de l'esprit, répondit Anne en lui adressant un sourire qui paraissait forcé. Barry veut dire que je m'intéresse beaucoup à votre cas depuis le premier jour où nous vous avons vu dans la rue.

Bone fronça les sourcils.

– Pourquoi ?

La femme haussa les épaules et repoussa une mèche de cheveux qui tombait devant ses yeux.

– C'est difficile à expliquer à quelqu'un qui a tout oublié de ce qu'il faisait dans la rue, mais les raisons qui transforment les gens en sans-abri sont nombreuses, et ces gens sont parfois très différents les uns des autres. Pourtant ils ont un point commun : pour une raison ou une autre, ils sont tous au bout du rouleau, sur le plan financier ou sentimental, générale-

ment les deux. Mais vous, vous sembliez ne corres-
pondre à aucun schéma. (Elle sourit avec une ironie
désabusée.) Attention, je ne dis pas que vous n'aviez
aucun problème.

Bone lâcha un petit ricanement.

– Sans rire ?

Le sourire de la femme s'évanouit.

– Vous étiez totalement muet. Pourtant, vous ne
paraissiez jamais démuni. Encore une fois, c'est difficile à expliquer, mais même quand, de toute évidence,
vous erriez sans but, vous ne donniez jamais l'impression d'errer. Vous paraissiez toujours alerte. Quand
nous venions vous parler, pour essayer de vous
convaincre de nous suivre dans un refuge ou vous
aider d'une manière ou d'une autre, vous preniez le
temps de nous écouter, mais en donnant toujours l'impression que c'était uniquement par politesse, pour ne
pas nous faire de la peine. Vous acceptiez la nourriture
que l'on vous offrait, mais là encore c'était plus par
politesse, car vous saviez que nous essayions simplement de faire notre travail.

– Pourquoi avoir insisté alors ?

– Parce que, répondit-elle en jetant un regard
furieux à Barry, il était évident que vous aviez besoin
d'aide, même si vous n'en aviez pas conscience. Je sentais que vous aviez... des secrets enfouis. Vous étiez
une énigme. Et bien sûr, nous étions tous intrigués par
cet os que vous ne lâchiez jamais. J'étais convaincue
que si je réussissais d'une manière ou d'une autre à
établir un contact, vous *reviendriez* parmi nous et
recommenceriez à vivre.

Bone esquissa un sourire.

– Vous aviez presque raison.

– Est-ce que... vous vous souvenez de quelque
chose ?

Il secoua la tête.

– Rien avant de me réveiller dans le parc. (Il
regarda Barry Prindle, puis Anne.) Vous savez bien

évidemment que la police me soupçonne d'avoir tué des gens.

Prindle ne répondit pas ; il évita son regard.

– Qu'en pensez-vous, Bone ? demanda calmement Anne.

– Je ne sais pas. Il est évident que je suis peut-être fou ; personne ne sait ce dont est capable un fou.

– Peut-être que je vous connais mieux que vous ; je parle du *vous* qui a vécu dans la rue pendant un an. Vous étiez toujours très calme, et je ne crois pas que vous ayez pu faire du mal à quelqu'un.

– Nous n'en savons rien, et en attendant d'être fixés, je suis aussi bien ici. Où m'avez-vous vu ?

Anne se tourna vers Barry qui se contenta de hausser ses larges épaules.

– Comme je vous l'ai dit, nous vous avons aperçu pour la première fois dans la 8e Avenue, entre les 35e et 40e Rues. Ensuite, on vous croisait un peu partout dans le centre et le bas de Manhattan.

– Au sud de Central Park vous voulez dire ?

Anne acquiesça.

– C'est la zone dans laquelle nous patrouillons. Mais vous aimiez marcher, et je suis certaine que vous avez exploré d'autres quartiers de Manhattan. Si vous voulez, je me renseignerai auprès des autres équipes.

– Merci. Savez-vous où je dormais ? L'inspecteur qui est venu m'interroger est persuadé que j'ai ce qu'il appelle une planque quelque part.

– Très certainement, mais je doute que quiconque sache où elle se trouve. Les autres équipes n'ont sans doute guère prêté attention à vous car, à leurs yeux, vous ne correspondiez pas au profil des individus que nous sommes chargés d'aider.

– Je comprends.

– Nous avons plus de cinq mille clients potentiels rien que dans notre secteur de Manhattan.

– Quarante mille personnes, Bone, peut-être même plus, ajouta Barry à voix basse.

Ses traits s'étaient détendus et pour la première fois, Bone prit conscience de la passion qui habitait cet homme, une profonde humanité masquée jusqu'alors par sa méfiance et son désir de protéger Anne. Bone comprenait l'attitude de cet homme ; si les rôles avaient été inversés, Bone savait qu'il aurait réagi de la même manière, il se serait méfié de cet inconnu au regard de fou armé d'un gros os. Il continuerait à se méfier, et s'inquiéterait chaque fois qu'Anne Winchell s'approchait trop près de lui.

– C'est le nombre de sans-abri à New York ? s'enquit Bone.

Barry acquiesça.

– Et le nombre augmente chaque jour. Ce que vous prenez peut-être pour un manque de compassion à votre égard, de ma part du moins, n'est nullement dirigé contre vous. Dans ce métier, vos nerfs sont parfois soumis à rude épreuve.

– Surtout quand on prend son métier à cœur, répondit Bone, et c'est votre cas visiblement. (Il lui adressa un sourire crispé.) Je comprends que vous soyez plus que réservé face à un individu qui est peut-être un tueur psychopathe.

A la grande surprise de Bone, le type costaud lui fit un grand sourire et contourna le lit pour lui tendre la main.

– La police n'a encore rien prouvé, et en attendant, vous demeurez notre client. Je continuerai à vous tenir à l'œil quand vous serez auprès d'Anne, mais c'est mon boulot. Ça ne signifie pas que je me moque de vos malheurs. O.K. ?

– O.K. ! répondit Bone en serrant la main de Barry. Et merci. Où est le docteur Hakim ? j'aimerais le remercier lui aussi.

– Ali, je veux dire le docteur Hakim, enseigne la psychiatrie et la neurologie au centre médical universitaire de New York, répondit Anne. Il travaille bénévolement pour notre association d'entraide ; nous avons besoin d'un psychiatre pour certifier qu'un individu représente un danger imminent pour lui-même ou pour les autres avant de pouvoir l'emmener contre son gré. Je suis certaine qu'il viendra vous voir. Vous l'intriguez.

– Pour quelle raison ?

– Il dit que vous ne présentez pas les symptômes habituels de l'amnésie. Ali est un spécialiste dans ce domaine.

Bone poussa un soupir.

– Autrement dit, il ne me croit pas.

– Au contraire, intervint Barry. Je pense qu'il vous croit, bien qu'il ne nous ait rien dit.

– Ali est un homme très bon, Bone, dit Anne en posant sa main sur son épaule. Votre *réveil* dans le parc n'était que le premier pas. Bien que techniquement parlant, vous ne soyez plus sous sa responsabilité, je suis sûre qu'il vous aidera, ou bien il vous trouvera un autre médecin presque aussi doué que lui. Vous recouvrerez la mémoire, j'en suis certaine.

Pour découvrir peut-être que c'était un tueur psychopate, songea Bone. Un dingue. Voilà les souvenirs avec lesquels il lui faudrait vivre : assassiner des gens et leur couper la tête. Effrayé par cette pensée, gêné par le contact de la main de cette femme et le profond sentiment de vulnérabilité qu'il faisait naître en lui, il détourna la tête et se saisit du paquet posé à côté de lui. Il l'ouvrit et découvrit deux chemises, un pantalon kaki, des sous-vêtements et des affaires de toilette.

– Il y a des chaussures dans celui-ci, déclara Barry en lui tendant le second paquet. Vous aurez autre chose à mettre que cette blouse d'hôpital.

– Merci. Je vous rembourserai.

Barry secoua la tête en souriant.

– Ce n'est pas notre argent ; c'est la municipalité qui paye. Nous avons réussi à vous obtenir un prêt d'urgence. En fonction des circonstances, nous pouvons faire pas mal de choses pour vous venir en aide, Bone. Il faut attendre de voir ce qui va se passer.

– Vous voulez dire attendre de savoir ce que la police va faire de moi.

Anne acquiesça.

– Vous n'avez pas encore été inculpé officiellement, Bone.

– Et pourquoi ? L'inspecteur qui m'a interrogé semble absolument convaincu que je suis le meurtrier. Il possède des preuves matérielles qui me rattachent au lieu du crime et à une des victimes, Mary Kellogg.

– Quelles preuves ? demanda Anne d'une petite voix, visiblement surprise.

Bone déglutit ; il avait la bouche sèche. Il aurait voulu se détourner de ces yeux noisette, mais il en était incapable.

– Je portais autour du cou un médaillon qui lui appartenait. Et j'avais son sang sur mes poignets et mes manches.

– Oh ! fit Anne.

Elle resta près du lit, mais son visage blêmit et sa mâchoire se crispa. Des ombres se déplacèrent dans ses yeux, et soudain, Bone se sentit terriblement seul.

– Vous ne le saviez pas ?

Anne secoua lentement la tête.

– Non, dit-elle d'une voix proche du murmure.

– Vous parlez presque comme si vous étiez persuadé d'être le meurtrier, dit Barry d'un ton parfaitement maîtrisé, neutre.

Bone croisa son regard.

– Je vous répète seulement ce qu'on m'a dit.

– Le lieutenant Lightning nous a bien eus, reprit Anne. (Sa voix était tendue, elle paraissait légèrement essoufflée. Pour la première fois, songea Bone, elle envisageait la possibilité qu'il puisse être véritablement le meurtrier, et elle ne savait pas comment contrôler la peur qui gonflait en elle. Il comprenait sa réaction.) Il a chargé un membre du personnel de le prévenir dès que vous seriez réveillé afin d'être le premier à vous interroger. Il n'avait pas le droit de s'introduire ici et de vous poser des questions hors de la présence d'un avocat. Si nous avions su que vous étiez le suspect principal dans cette série de meurtres, nous aurions fait en sorte de vous procurer un avocat. Nous avons plusieurs excellents juristes qui travaillent pour nous *pro bono*.

– Il m'a demandé si je souhaitais un avocat, j'ai refusé.

– Vous avez eu tort, Bone, déclara Barry du même ton neutre.

– Pourquoi ? (Bone prit une profonde inspiration et tourna son regard vers la femme.) Anne, je ne sais pas si c'est moi qui ai fait ça. Je ne me souviens de rien avant de m'être réveillé dans le parc. Si je suis un meurtrier, alors je dois être démasqué et enfermé, dans une prison, un hôpital psychiatrique, n'importe où. Tant que je n'ai pas la certitude de mon innocence, je ne veux pas être libre. Le plus important pour moi, c'est de me souvenir qui je suis et comment je me suis retrouvé dans les rues de New York. Ce n'est pas un avocat qui m'aidera.

– Vous ne comprenez pas, Bone, dit Barry en se rapprochant d'Anne. Les flics se fichent pas mal que vous retrouviez la mémoire ou pas ; ce qu'ils veulent c'est coffrer quelqu'un afin de pouvoir dire qu'ils ont arrêté le meurtrier. Cette série de meurtres et de décapitations a fait monter la pression. A leurs yeux, le fait qu'aucun nouveau meurtre de ce type ne se soit produit depuis que vous êtes à l'hôpital est une raison suffisante pour vous garder enfermé ici.

– Je me mets à leur place.

– Moi aussi, Anne également. Mais l'absence de meurtre depuis quelques jours ne prouve pas que vous êtes le meurtrier. Il y a déjà eu des accalmies, certaines plus longues que celle-ci, entre deux décapitations de sans-abri. Un avocat veillerait à ce qu'on ne vous fasse pas avouer un crime que vous n'avez peut-être pas commis. Vous voulez retrouver la mémoire, et eux veulent un meurtrier. Ne croyez pas un seul instant que vos intérêts et les leurs sont les mêmes.

– La prochaine fois qu'un inspecteur voudra vous interroger, nous ferons en sorte que vous ayez un avocat, déclara Anne.

Sa voix demeurait tendue, sa respiration hachée.

Bone se tourna vers le mur aux fenêtres grillagées.

– Etes-vous libres de répondre à mes questions ?

Il y eut un silence ; Bone sentit l'homme et la femme échanger un regard. Ce fut Barry qui répondit :

– On ne nous a rien dit.

– Je sais qu'il y a eu vingt-huit meurtres et décapitations, dit Bone en s'efforçant de conserver un ton détaché, essayant de s'imaginer comme une sorte d'avocat pour l'inconnu. Il devait *retrouver* l'inconnu, découvrir la vérité à son sujet, mais aussi le défendre. Pourquoi la police n'a-t-elle pas infiltré des hommes parmi les sans-abri ?

– Ils l'ont fait, répondit Barry, et ils continuent. Mais les sans-abri sont beaucoup trop nombreux pour qu'ils puissent effectuer une surveillance efficace à grande échelle. De plus, le tueur est peut-être fou, mais il n'est pas stupide ; il a toujours choisi ses victimes avec soin, des personnes solitaires et isolées.

– D'après ce que je sais, les deux derniers meurtres sont les seuls que la police peut m'imputer. Que savez-vous de ces deux victimes ?

Des larmes apparurent dans les yeux d'Anne et coulèrent sur ses joues.

– Ils n'ont pas réussi à identifier le vieil homme, mais Mary Kellogg, nous la connaissions bien. C'était une vieille bonne femme entêtée. Impossible de la garder où que ce soit, Dieu sait pourtant que nous avons tous essayé, travailleurs sociaux, psychiatres, agents de la municipalité et de l'Etat.

Anne s'interrompit ; elle sortit un mouchoir en papier de sa poche. Elle sécha ses larmes, se moucha et reprit :

76

– Mary souffrait de ce que les psychiatres appellent une schizophrénie indifférenciée. Elle présentait un mélange de symptômes : hallucinations, obsessions, voix intérieures qui lui dictaient ses actes, elle les avait tous. Un psychiatre a noté dans un de ses dossiers que c'était une *reine de l'évasion*. Mary ne se sentait bien dans aucun centre. C'était une vieille femme rusée, et la loi ne nous autorise pas à garder une personne, même comme Mary, enfermée contre sa volonté.

– Pourtant, fit remarquer Bone, elle représentait un danger pour elle-même, non ?

Anne haussa les épaules.

– Vous seriez surpris de voir combien d'avocats et de défenseurs des droits civiques des sans-abri ne partagent pas votre avis ; ça devient très délicat dès que vous essayez de secourir de force des gens qui n'ont commis aucun crime, et quand les directives changent, ce qui arrive régulièrement, alors la municipalité n'a plus assez de lits pour accueillir tous ceux que nous conduisons dans les centres. Nous avons réussi plusieurs fois à faire interner Mary, mais soit on la relâchait trop tôt pour donner sa place à quelqu'un de plus malade, soit elle s'enfuyait avant que les médecins ne soient parvenus à trouver le traitement approprié. Je sais qu'elle avait peur des endroits clos. Pendant des années elle a dormi sur les marches de la cathédrale St Patrick, mais le groupement des commerçants de la 5e Avenue l'a fait chasser par la police ; mauvais pour les affaires, disaient-ils, et je ne peux les blâmer. Alors Mary a remonté la rue de quelques blocs, jusqu'à l'église épiscopale St Thomas. Non loin de l'endroit où elle a été assassinée, ainsi que le vieil homme. Elle était relativement en sécurité à St Thomas, c'était plus dégagé, nous ne saurons sans doute jamais ce qui l'a poussée à quitter cet endroit en pleine nuit.

– Et les autres victimes ? Que savez-vous d'elles ?

L'homme et la femme échangèrent un nouveau regard ; Barry fit la moue et secoua la tête.

– Pas grand-chose, répondit Anne. Comme je vous l'ai dit, il y a tellement... sans les têtes c'est difficile. Rares sont ceux qui possèdent des papiers d'identité. Ce que nous savons, nous l'avons lu dans les journaux.

– Il est possible que la police ait identifié certains corps après que la nouvelle soit parue dans les journaux.

– Possible, en effet. Mais nous n'en serions pas forcément informés.

– Où voulez-vous en venir, Bone ? demanda Barry.

– Je me demandais s'il existait une sorte de point commun entre les victimes, hormis le fait qu'il s'agit de sans-abri. (Il s'interrompit pour envisager cette sombre éventualité, avant de se forcer à la formuler.) Nous savons que j'ai été en contact avec Mary Kellogg d'une manière ou d'une autre, ne serait-ce que pour la voler. J'envisageais l'hypothèse selon laquelle j'aurais un lien avec toutes les victimes. Je me demande si l'une d'entre elles, ou bien toutes, me connaissaient.

– Mon Dieu, chuchota Anne, vous êtes prêt à rechercher ce lien, même si cela devait vous condamner ?

– Je veux connaître la vérité, Anne... même si la vérité c'est que je suis un fou et un meurtrier.

– Cela prouve que vous êtes un homme courageux.

Gêné, Bone détourna le regard. Il ne considérait pas son attitude comme une preuve de courage ; il était davantage terrifié à l'idée d'être exécuté, ou bien envoyé en prison ou dans un hôpital psychiatrique, comme une sorte de passager clandestin, un prisonnier à l'intérieur du corps de l'inconnu, sans même savoir qui il était. Ça ne suffisait pas de savoir ce que l'inconnu avait fait, il devait savoir qui il était et pourquoi il avait agi ainsi. La seule chose qu'il pouvait faire désormais pour l'inconnu, c'était de poser des questions ; et tant pis si les réponses qu'on lui faisait n'avaient aucun sens. Peut-être que s'il parvenait à rebrousser chemin, à retourner dans les endroits qu'avait fréquentés l'inconnu, peut-être pourrait-il se souvenir, mais c'était impossible tant qu'il demeurait enfermé dans le quartier de sécurité d'un hôpital psychiatrique. Alors il n'y avait rien d'autre à faire que de continuer à poser les questions qui lui venaient à l'esprit, attendre, et espérer qu'un événement surviendrait pour montrer que l'inconnu était peut-être innocent des terribles crimes dont on l'accusait.

La rue renfermait les souvenirs d'une des deux existences au moins qu'il avait oubliées, mais il ne pouvait s'y promener.

– Ça va, Bone ? s'inquiéta Anne.

Il hocha la tête.

– Oui, je réfléchissais. (Il regarda alternativement les deux travailleurs sociaux.) J'aimerais encore vous remercier l'un et l'autre pour... tout.

– De rien, répondit Anne avec un sourire chaleureux. Nous sommes payés pour vous aider.

Bone secoua la tête.

– Vous ne faites pas ça pour l'argent, vous faites ça par amour des autres. Comment avez-vous atterri dans cette " patrouille de rue " l'un et l'autre ?

Anne écarta une mèche de cheveux châtains devant ses yeux.

– Moi j'ai fait des études pour devenir assistante sociale. (Elle pressa le bras du type costaud à ses côtés et laissa échapper un rire bon enfant.) Quant à Barry, c'est un prêtre frustré. Il aboie fort, mais il ne mord pas. Chaque fois que vous le voyez, il a l'air renfrogné, mais en réalité, c'est un homme adorable, et un être rempli de bonté. Vous devriez voir comment certaines personnes réagissent avec lui. (Elle adressa un clin d'œil provocant à Bone.) Sauf vous, évidemment ; vous ne réagissiez avec personne.

Visiblement gêné, Barry rougit légèrement ; il eut un large sourire qui le fit paraître plus jeune, on aurait presque dit un enfant.

– Je ne suis pas un prêtre frustré, Anne, et vous le

savez. Si j'avais voulu devenir prêtre, je serais resté au séminaire.

– Vous avez étudié pour la prêtrise ? demanda Bone.

Barry acquiesça et baissa les yeux.

– Je croyais avoir la vocation, dit-il. Depuis aussi longtemps que je m'en souvienne, j'ai senti que Dieu voulait que je consacre ma vie à aider les plus démunis. Etant catholique, j'ai tout naturellement interprété ce désir puissant comme la nécessité de devenir prêtre. J'avais tort. Je suis entré au séminaire où j'ai étudié pendant deux ans, mais... je n'arrivais pas à faire le lien avec le monde qui m'entourait. J'avais l'impression de perdre mon temps en étudiant pour devenir une sorte d'administrateur chargé d'administrer des gens qui, pour la plupart, partageaient ma foi. Je ne voulais pas être un administrateur. Je compris alors que Dieu me destinait à un autre rôle ; j'ignorais lequel, mais je savais que Dieu me le révélerait le moment venu. Alors je suis parti. Pour être franc, débuta alors une période très difficile de ma vie. Je me retrouvai finalement à traîner dans les rues de New York pendant quelque temps, exerçant différents métiers et consacrant tous mes loisirs à faire du bénévolat pour des associations charitables. Mais le problème, c'est que je consacrais tellement de temps au bénévolat que je gagnais à peine de quoi vivre. Alors j'ai réduit mon travail bénévole et je me suis trouvé un boulot dans une société baptisée Empire Subway Company Limited. Par la grâce de Dieu.

– La grâce de Dieu ? répéta Bone, intrigué.

Rien jusqu'à présent dans le comportement de cet homme ne laissait deviner la ferveur religieuse et ce désir puissant de faire le bien qui l'habitaient. Bone se demanda quelles surprises similaires l'attendaient dans les profondeurs du cerveau de l'inconnu ; même les gens en possession de leur mémoire n'étaient pas toujours ceux qu'on croyait.

– Qu'est-ce que l'Empire Subway Company ?

Barry parut hésiter ; Anne l'encouragea d'un signe de tête.

– Expliquez-lui, Barry. D'habitude, vous adorez parler de votre boulot chez Empire Subway.

Barry désigna le sol.

– Sous nos pieds, dit-il en se laissant entraîner par son sujet, existe un monde dont vous ne soupçonnez même pas l'existence, Bone. Je veux dire sous les rues de Manhattan. Les Hollandais ont commencé à creuser, vers la pointe de l'île, au début du XVIIe siècle, et depuis nous n'avons pas cessé. Il existe des lacs, des cours d'eau, des grottes souterraines, et il s'agit là uniquement des formations *naturelles*. Pendant plus de trois cents ans on a construit des aqueducs, des tunnels pour le train et le métro, installé des canalisations d'eau et d'égout, des tuyaux de gaz et des câbles électriques. Je ne veux pas vous ennuyer avec les détails, mais aujourd'hui, dès que quelqu'un souhaite construire un nouvel immeuble ou entreprendre quelque chose qui nécessite de creuser des fondations, il doit se renseigner sur ce qu'il va trouver en dessous. Toutes les installations, l'électricité, le gaz, les égouts, les canalisations d'eau à faible et forte pression, les tunnels du métro, tout cela s'entremêle sous terre et s'entrecroise la plupart du temps avec d'anciennes installations qui datent du temps des premiers colons, des constructions qui n'ont jamais été recensées. La Gare Centrale, par exemple, s'enfonce de sept niveaux sous le sol, et certaines personnes pensent qu'il y a encore des installations plus anciennes en dessous. Aucune carte ne recense toutes ces structures, et un tas de plans ont été perdus. Par exemple, on sait que le Département du Trésor se servait de réseaux pneumatiques souterrains pour envoyer des titres et des valeurs ; comme ils voulaient éviter que cela s'ébruite, très peu de cartes ont été réalisées, et les rares qui existaient ont été égarées au fil des ans tandis que le système était abandonné. Il y a cent cinquante ans, la poste transportait le courrier à travers ses propres tunnels, et beaucoup de ces cartes, une fois de plus, ont disparu. Vous avez également trois systèmes différents de canalisations d'eau, construits à différentes époques.

... Enfin, vous voyez le tableau. Avant que quiconque, entreprise de construction ou service public, puisse se mettre à creuser, même avec une pelle, ils ont besoin de savoir dans quoi ils creusent. Empire Subway est là pour leur fournir ces renseignements. Ils font ça depuis longtemps et ils savent mieux que n'importe qui ce qu'il y a sous le bitume de cette ville. Ce qu'ils ignorent, ils le découvrent. Avant qu'on creuse un nouveau tunnel ou qu'on installe un câble électrique, Empire Subway explore le sous-sol, puis rédige un rapport ou dessine un plan, l'information est ensuite transmise à tous les services publics et aux compagnies de transports afin qu'ils complètent et mettent à jour les rapports et les cartes qu'ils possèdent déjà. J'ai fait partie des équipes de *taupes* comme on les appelle, qui examinent le terrain dès que quelqu'un souhaite bâtir quelque chose. Dans certains coins, les câbles sont si proches les uns des autres qu'on dirait des spaghettis. Enfin, c'était mon boulot, et ça payait bien.

Barry s'interrompit ; Bone fut surpris de voir soudain des larmes naître dans les yeux verts de l'homme et couler sur ses joues. Il s'empressa de détourner la tête et sécha ses larmes tandis qu'Anne posait sa main sur son bras.

– Mais je n'ai pas découvert que de vieux aqueducs, des canalisations et des tunnels en bas, reprit Barry d'une voix légèrement voilée. J'ai découvert des gens. Des hommes, et parfois même des femmes, vivent dans ces galeries souterraines partout sous la ville. Ils évoluent en permanence dans les ténèbres et Dieu seul sait de quoi ils se nourrissent. Certains, à mon avis, viennent là pour mourir. Ils vivent avec les rats, les araignées et la crasse. J'ai compris alors ce que Dieu attendait de moi : je devais m'occuper des sans-abri. J'ai sollicité un emploi auprès de la Human Resources Administration, ils m'ont dispensé du diplôme universitaire nécessaire ; je suis actuellement des cours de formation. Voilà comment j'en suis arrivé à faire ce métier.

Un monde dont vous ignorez l'existence.

Bone ferma les yeux, écoutant avec une vive attention les mots qui résonnaient dans sa tête, essayant de les suivre pour voir où ils conduisaient. Pourquoi ces mots produisaient-ils un tel écho ? Les os. Il avait dû trouver le fémur ossifié quelque part sous terre. Peut-être. Mais il ne l'avait certainement pas trouvé dans un tunnel de métro ni dans une canalisation d'eau.

Des lieux obscurs.

Il ouvrit les yeux.

– Descendez-vous sous terre pour essayer d'aider ces gens ?

Barry secoua la tête ; quand il parla, une note de colère et d'amertume perçait dans sa voix.

– La municipalité nous interdit de descendre ; c'est considéré comme trop dangereux.

– La plupart de ceux qui vivent là en bas sont complètement cinglés, expliqua Anne. Tout va bien tant que vous les laissez tranquilles, mais dès que vous essayez de les approcher, on ne sait pas ce qui peut se passer. La politique de la municipalité est d'essayer de les aider s'ils remontent à la surface, mais nous ne descendons pas les chercher dans les ténèbres. C'est une politique sensée. Nous avons déjà trop de travail avec tous ceux qui traînent dans les rues, sans en plus descendre en chercher d'autres sous terre ; au moins là-haut on voit à qui on a affaire.

– Je n'ai même pas le droit de descendre de mon plein gré, ajouta sèchement Barry. Si jamais ça venait à se savoir, je serais renvoyé. C'est injuste.

– Que feriez-vous si on vous laissait descendre,

Barry ? demanda Anne d'un ton révélant qu'ils avaient déjà eu cette discussion. Ces gens ne remonteront jamais avec vous, et vous le savez pertinemment. Vous ne réussirez qu'à vous faire trancher la gorge.

– Je pourrais au moins leur apporter à manger et à boire.

– Et leur enlever ainsi tout désir de remonter à la surface pour y trouver de l'aide. L'administration a raison.

– Vous parlez comme ces bureaucrates qui prônent la suppression de l'aide sociale à tous ceux qui loupent un rendez-vous avec un conseiller, ou qui ne répondent pas à une lettre de l'administration, sous prétexte que cela les *motive*. C'est ridicule, et c'est inhumain.

– Je ne partage pas leur point de vue, Barry, et vous le savez, répondit sèchement Anne. Vous manquez encore d'expérience, vous devez comprendre que vous aiderez davantage de gens, plus efficacement, si vous laissez de temps en temps votre tête guider votre cœur. Nous sommes des professionnels ; nous ne rendrons service à personne si nous commençons à fureter autour des habitants du sous-sol et si on se fait agresser, violer, rouer de coups ou bien tuer. Il y a aussi des squelettes en bas, Barry ; je le sais car c'est vous-même qui me l'avez dit.

Le visage de Barry s'empourpra, les veines de son cou saillirent.

– Je ne sais pas si je veux être professionnel au point d'ignorer que toute une partie de la population a désespérément besoin d'aide. (Il regarda alternativement Anne et Bone.) De plus, reprit-il d'un ton mesuré, je trouve que vous êtes mal placée pour me donner des leçons de professionnalisme, ou sur la façon d'aider le plus de gens possible avec le maximum d'efficacité.

Ce fut au tour d'Anne de prendre la mouche.

– Vous sortez du sujet, Barry. Calmez-vous.

Les yeux verts de Barry Prindle étincelaient de

colère. Il foudroya Anne du regard, puis il pivota brusquement sur ses talons et fonça vers la sortie. La porte s'ouvrit dans un déclic accompagné d'un bourdonnement, et Barry sortit en coup de vent. Anne hésita un instant avant de se lancer à sa poursuite.

– Je vous en prie, ne partez pas, s'entendit dire Bone.

Ces mots le surprirent, tout comme la vague d'émotion soudaine qui les accompagnait.

Anne s'immobilisa au milieu de la chambre ; elle se retourna et inclina légèrement la tête sur le côté en souriant. Elle repoussa une mèche de cheveux, revint vers le lit, prit la main droite de Bone entre les siennes.

Bone ressentit soudain de la gêne... et de la peur. Jusqu'au moment où il avait supplié cette femme de ne pas s'en aller, l'inconnu avait semblé se suffire à lui-même ; angoissé certes, redoutant de découvrir la vérité à son sujet, mais ne souffrant pas de la solitude ni d'un manque émotionnel. Il s'apercevait soudain que ce n'était qu'une illusion. Cette femme avec sa beauté très particulière possédait une forte emprise sur son âme. C'était sa voix qui avait tracé ce chemin sonore qu'il avait suivi pour émerger de l'oubli ; c'était sa ténacité et sa compassion, en fin de compte, qui lui avaient sans doute sauvé la vie.

Pourquoi apparemment avait-il voulu mourir ?

Sous terre il existe un monde dont vous ne soupçonnez même pas l'existence.

Cette vulnérabilité représentait un danger pour lui, songea Bone. Il ne pouvait pas se permettre d'avoir besoin de quelqu'un, encore moins prendre le risque de tomber amoureux. Il aurait davantage à perdre au bout du compte, il serait impitoyablement broyé par la vérité à son sujet. Demeurer trop près de cette femme robuste mais douce était extrêmement dangereux pour lui, et peut-être aussi pour elle, s'il était véritablement fou et imprévisible.

Pourtant, il ne retira pas sa main.

– Je suis désolé, marmonna-t-il en détachant son regard de ce visage qui occupait de plus en plus de place dans ses pensées. Je n'ai pas le droit de vous garder ici. Je sais que vous avez déjà beaucoup trop de travail, et vous avez été plus que gentille avec moi. Je ne veux pas vous retenir plus longtemps.

– Ce n'est pas grave, répondit Anne en pressant sa main entre les siennes. De toute façon, Barry a besoin de rester un peu seul pour se calmer. Vous faites bonne figure, Bone, mais intérieurement, vous devez vous sentir très seul et très angoissé. J'essaye d'imaginer ce que je ressentirais à votre place si j'étais incapable de me souvenir de mon identité et de mon passé ; je resterais recroquevillée dans un coin à brailler. Ou à hurler.

C'était trop proche de ce qu'il ressentait, trop proche de la réaction qu'il redoutait. Celle que son affection pour cette femme risquait de déclencher. N'osant pas parler, il resta muet.

– Barry est parfois un peu trop imbu de sa personne, reprit Anne. (Elle parlait avec empressement, comme si elle avait conscience des appréhensions de Bone et de la gêne qu'il éprouvait dans le silence.) C'est un adulte, sans aucun doute, mais à de nombreux égards c'est encore un enfant. Il veut bien faire, il a un contact exceptionnel avec les gens, mais il peut se montrer très immature. Parfois, je me dis qu'il a passé trop d'années au séminaire, même s'il n'est pas allé jusqu'au bout. Il a une fâcheuse tendance à jouer les machos, et le fait que je sois sa supérieure hiérarchique n'arrange pas les choses. Il se contrarie facilement quand il s'aperçoit que je n'ai pas vraiment besoin de lui et que ça m'ennuie de l'avoir toujours dans les pattes pour me protéger.

– Il est jaloux, répondit simplement Bone. L'intérêt qu'il vous porte n'est pas uniquement professionnel.

– Barry peut aussi se montrer très naïf. Je ne veux pas le critiquer, mais il n'avait pas le droit de nous parler à l'un et à l'autre comme il l'a fait.

Un monde souterrain dont vous ne soupçonnez même pas l'existence.

— Ce qu'il a raconté sur le sous-sol de New York m'a beaucoup intéressé, avoua prudemment Bone.

Anne hocha la tête.

— Oui, c'est intéressant, d'un point de vue historique du moins. Il y a des installations à la pointe de Manhattan, dans le quartier de Wall Street et du Bowery, qui remontent à plusieurs centaines d'années. Aaron Burr a construit un des premiers systèmes hydrauliques souterrains quelque part dans ce coin, cette installation a d'ailleurs conduit indirectement à son duel avec Alexander Hamilton. Ces noms évoquent quelque chose pour vous ? Avez-vous conservé des souvenirs de l'Histoire ?

Bone secoua la tête.

— A vrai dire, j'ai surtout réfléchi à la mienne.

— Un type a même construit un métro privé à la fin du XIXe siècle. Il fut fermé et on oublia son existence. Mais en 1912 des ouvriers qui creusaient le BMT – c'est une ligne de métro – se retrouvèrent soudain dans la salle d'attente de ce premier métro. Surprise, surprise. (Elle fut parcourue d'un léger frisson et grimaça.) Il y a de nombreux vestiges de l'Histoire sous terre, mais aussi des horreurs telles que des rats, sans doute aussi nombreux que les habitants de cette ville. Certains sont des mutants, immunisés contre le poison ; ils peuvent devenir aussi gros que des chiens. Il y a la maladie, et la mort. (Elle lâcha un rire nerveux.) Mais j'ai des préjugés, je l'avoue. J'ai peur du noir, Bone... comme une enfant. Peut-être parce que je suis officiellement aveugle de l'œil gauche.

— Que vous est-il arrivé ?

— Anomalie congénitale. Sans doute est-ce parce que j'ai si peur de perdre la vue que je déteste l'obscurité. Je dors avec une veilleuse et je ne prends jamais le métro de crainte qu'il tombe en panne et que je sois obligée de marcher dans les tunnels. (Elle lâcha sa main et rit de nouveau en rougissant légèrement.) Ciel, voilà que je vous confie tous mes secrets ! Mes amis ne savent même pas pourquoi je refuse de prendre le métro.

– Barry affirme qu'il y a aussi des gens sous terre, dit Bone d'un ton détaché.

De nouveau, il tenta de sonder le cerveau de l'inconnu, avec prudence. Des endroits sombres, la peur de l'obscurité. Quand il recherchait les souvenirs de l'inconnu, il avait désormais l'impression de tâtonner à l'intérieur d'une pièce totalement noire remplie de pièges invisibles : la folie, la mutilation et la mort.

Anne soupira.

– Les sans-abri sont terriblement nombreux dans cette ville, Bone, et dans les autres villes du pays. Il est vrai que certains d'entre eux descendent sous terre pour y chercher de la chaleur et pour... je ne sais quoi.

– J'étais peut-être l'un d'eux, Anne.

La femme fronça les sourcils.

– Pourquoi dites-vous ça ?

– A cause de l'os pour commencer ; les os se trouvent sous la terre.

– Les os se trouvent dans les cimetières, Bone, et personne n'a laissé entendre que vous aviez ressuscité des morts.

– C'est pourtant la vérité en un sens, non ?

– Cet os est un fossile, répondit sèchement Anne. (Un tremblement était apparu dans sa voix.) C'est une pièce de musée. Croyez-moi, on trouve parfois des choses plus bizarres qu'un os fossilisé dans les poubelles ou dans les rues de cette ville. Vous avez pu le trouver n'importe où. Je reconnais que cet os possédait sans doute une signification particulière à vos yeux, mais ça ne veut pas dire que vous l'ayez trouvé sous terre.

– Je... je fais des rêves.

Anne s'assit sur le lit, près de lui, et le dévisagea intensément.

– Quels rêves, Bone ?

– Des rêves d'endroits obscurs et humides.

– Des tunnels ?

L'excitation faisait vibrer la voix d'Anne.

– Qu'entendez-vous exactement par *tunnels* ?

– Je parle des tunnels du métro : du béton, des rails d'acier, beaucoup de bruit et d'échos. Vous rêvez de ce genre de choses ?

Bone secoua la tête.

– Non, c'est de la terre humide, et il y a des os partout, sous mes pieds, au-dessus de ma tête. (Il se tut et déglutit avec peine.) Comme dans un cimetière, ou plutôt en dessous.

– Oh ! mon Dieu, Bone. (Anne lui saisit la main.) C'est affreux !

Il s'interrogea pour savoir s'il devait lui parler de la silhouette orange et pourpre, de sa peur de se reconnaître, et décida finalement de ne rien dire.

– Ces rêves ont un rapport avec l'os ; ils ont une signification. Ce fémur provient bien de quelque part sous les rues de cette ville. J'en suis certain.

Anne fronça les sourcils et se mordit la lèvre inférieure.

– Je n'arrive pas à vous imaginer parmi ces gens qui vivent dans ces galeries, Bone. Ils sont tous... fous. Et même s'ils n'étaient pas fous quand ils traînaient dans les rues, le fait de vivre sous terre comme des rats ou des taupes a certainement ébranlé leur raison. Ils vivent comme des bêtes là-dessous. Que Dieu les garde, ce sont des bêtes. Si vous vous étiez vu marcher dans les rues, Bone. Il y avait de la fierté en vous, de la vie, une telle vitalité. C'est ce qui m'a... attirée vers vous. Il émanait de vous tant de mystère, il fallait absolument que je sache qui vous étiez. Je sais bien que vous ne pouvez pas comprendre ce que je dis, mais vous n'étiez pas, vous n'êtes pas comme ces habitants des tunnels.

– Durant la journée du moins. (Il prit une profonde

inspiration et exhala lentement.) Vous avez dit que personne ne savait où j'allais la nuit.

– J'ai dit que *moi* je ne le savais pas.

– De toute évidence, quelque chose cloche dans ma tête, je ne dois pas négliger le fait que je suis peut-être fou. Peut-être mon comportement était-il totalement différent la nuit et le jour, aussi différent que le jour et la nuit justement. Les meurtres ont-ils tous été commis la nuit ?

– Je l'ignore, répondit Anne, après un silence. Et même si c'est le cas, il est logique que le meurtrier opère dans l'obscurité. Après tout, la police le recherchait avec acharnement.

– Il est logique également que le meurtrier connaisse bien ses victimes. Le meurtier était peut-être un sans-abri, lui aussi.

– Qu'est-ce qui vous fait dire ça ?

– La police a sans doute utilisé des appâts, un grand nombre même. Pourtant, le meurtrier ne s'est jamais laissé prendre au piège.

– Je n'avais pas pensé à ça.

– Vous pouvez être certaine que le lieutenant Lightning y a pensé lui. (Il songea à l'apparition drapée d'orange et sentit sa gorge et son estomac se contracter.) La police devrait entreprendre des recherches sous terre.

– Pourquoi, Bone ?

– Lightning m'a parlé de vingt-huit meurtres et décapitations, mais il comptait uniquement les corps découverts dans les rues. Je parie que certaines victimes n'ont pas encore été identifiées ; personne n'avait jamais remarqué ces gens, ou du moins fait attention à eux, jusqu'à ce qu'ils deviennent des victimes de meurtres, et encore, seulement parce que leurs corps encombraient les rues.

– Vous voulez dire qu'il pourrait y avoir d'autres cadavres sous terre ? demanda Anne la gorge serrée.

– Oui.

– A supposer que vous ayez raison, ça ne signifie pas que vous soyez le meurtrier.

– Non, mais je n'ai pas le droit de nier cette éventualité. Peut-être que lorsque je remontais à la surface pour me promener dans les rues, j'avais l'air en pleine forme parce que je suis complètement fou et que j'étais heureux d'avoir tué quelqu'un durant la nuit. Je veux que la police fasse des recherches sous terre, Anne. Et je veux que le lieutenant Lightning sache que l'idée vient de moi, s'il n'y a pas déjà pensé, ce qui m'étonnerait.

Le teint blême, Anne se leva du lit, se retourna lentement pour lui faire face et recula d'un pas.

– Bone, est-ce que... voulez-vous dire que vous vous souvenez... d'avoir tué des gens sous terre ?

– Non, Anne, répondit-il d'un ton calme, conscient de la frayeur qu'il avait fait naître en elle. Je dis simplement que c'est possible ; le fémur et mes rêves renforcent cette possibilité. Si je veux un jour retrouver la mémoire, je dois avoir le courage d'exprimer tout ce qui me passe par la tête. Désolé de vous avoir bouleversée.

– Je refuse de croire que vous avez tué quelqu'un.

– Répétez à Lightning ce que je vous ai dit.

– Je ne lui répéterai rien du tout, Bone. On dirait que vous cherchez à vous passer la corde au cou.

– Je veux connaître la vérité, Anne, aussi horrible soit-elle. Découvrir la vérité est ma seule chance de me libérer... des endroits tels que celui-ci, et de mon propre cerveau. Mais si j'ai... fait du mal à des gens, je ne veux plus être libre de recommencer.

– J'insisterai pour que vous soyez assisté d'un avocat la prochaine fois que la police voudra vous interroger. Un avocat vous demandera de garder pour vous ces histoires de cadavres sous terre. Premièrement, la police ne dispose pas d'assez d'hommes pour fouiller les centaines de kilomètres de tunnels, de galeries, d'égouts et de canalisations qui serpentent sous cette ville. Le lieutenant Lightning dira que vos soi-disant réflexions à voix haute sont en réalité les supplications d'un meurtrier qui cherche à démontrer sa culpabilité.

– C'est peut-être exact, Anne... même si je le fais inconsciemment.

Pour toute réponse, Anne jeta un coup d'œil à sa montre et se dirigea vers la porte. Elle frappa deux coups ; au bout d'un moment, un déclic se produisit et la porte s'ouvrit dans un bourdonnement. Lorsqu'elle se retourna vers Bone, ses yeux noisette étaient assombris par le doute et la confusion, peut-être même la douleur.

– Parlez de vos rêves et de vos conjectures au Dr Hakim, Bone. Il viendra vous voir cet après-midi, il est impatient de vous interroger.

Puis elle s'en alla. Bone se demanda s'il la reverrait un jour, et sinon, combien de temps il lui faudrait pour se remettre des blessures qu'il s'était infligées en acceptant sa chaleur, en savourant le son de sa voix, en frémissant au contact de sa main. Désormais, songea-t-il, l'inconnu serait hanté par un second fantôme.

Chapitre 4

1

Elle devait accepter l'éventualité que cet homme étrange et ascétique pour lequel elle éprouvait une si forte attirance puisse être, en réalité, un tueur psychopathe. Voilà ce que se disait Anne en traversant le hall du Bellevue Hospital Center vers la sortie sur la 1re Avenue. Un meurtrier doublé d'un menteur, comme le pensaient la majorité des professionnels impliqués dans cette affaire : policiers, travailleurs sociaux et personnel hospitalier. Et si ce n'était pas un menteur, alors c'était un fou irrécupérable, très très dangereux. Elle avait enfreint les règles en restant seule avec lui dans sa chambre, tout comme Barry avait enfreint les règles en partant sans elle.

Et pourtant...

Elle ne parvenait pas à associer l'image de cet homme désinvolte au regard vif qui arpentait d'un pas décidé les rues de Manhattan ou bien s'asseyait sur les marches de St Thomas pour écouter les histoires de Zoulou, à celle d'un meurtrier qui se déplaçait la nuit pour massacrer des hommes et des femmes sans défense et leur couper la tête. Et s'il jouait vraiment la comédie, si la majorité des experts psychiatres avaient raison en affirmant qu'il n'existait pas de forme d'amnésie telle qu'il la décrivait, quelles étaient ses motivations ? Pourquoi avait-il décidé un beau jour de s'arrêter et de venir s'asseoir dans Central Park ? Par désir de mourir, ou de se faire prendre, comme le prétendait le lieutenant Lightning ?

Elle n'entendait pas un menteur quand il parlait, elle ne voyait pas un meurtrier. Ce qu'elle voyait, ce qu'elle sentait, quand elle regardait ces yeux d'un bleu saisissant, quand elle tenait une de ces mains étrangement abîmées mais robustes, c'était un homme intègre et courageux. Elle n'aurait su expliquer cette forte attirance qu'elle avait ressentie pour cet homme aux longs cheveux châtains la première fois où elle l'avait vu. Un désir sexuel ? certainement. Bone dégageait une impression de force, de confiance en soi et de sensualité à chaque mouvement. Mais d'autres hommes l'avaient attirée physiquement par le passé, des hommes plus convenables qu'un vagabond muet qui se promenait dans les rues de New York avec un os en guise de badine. Eprouvait-elle ce fameux " Complexe du Messie " contre lequel on l'avait mise en garde durant toute sa formation ? Peut-être, mais elle en doutait. Comme l'avait fait remarquer Barry, un nombre incalculable de fois durant l'année écoulée, Bone n'avait jamais donné l'impression d'avoir besoin d'aide, et il existait un tas de gens à New York qui faisaient des choses autrement plus choquantes et autodestructrices que de se promener avec un os.

Alors d'où venait cette forte attirance ? Ce besoin tout aussi fort de croire en lui et de le protéger ? Elle vivait à New York depuis trop longtemps, elle avait vu trop de désespoir causé par l'aveuglement, elle avait trop souvent vu ses rêves se briser pour croire en une chose aussi naïve que le coup de foudre.

Et pourtant...

Elle ne vivait pas à New York depuis si longtemps qu'elle ait abandonné tout espoir d'amour et de bonheur, toute croyance dans le mystère et la magie du cœur humain. Et cela, elle le savait, c'était tout ce que Bone représentait à ses yeux : le mystère et la magie, les sentiments, l'espoir. Alors elle se fierait à ce sentiment, elle ferait confiance à son instinct, jusqu'à ce qu'on lui prouve qu'elle avait tort. Peut-être constituait-elle une minorité d'une seule personne (l'attitude d'Ali Hakim demeurait ambiguë comme souvent) en considérant que non seulement Bone disait la vérité quand il prétendait ne se souvenir de rien, mais qu'en plus, il était innocent de tous ces crimes ; tant que la police n'aurait pas apporté les preuves de la culpabilité de Bone, elle était bien décidée à lui servir de défenseur et à veiller à ce que ses droits soient respectés. C'était son boulot après tout.

Barry l'attendait devant l'hôpital. Adossé à la camionnette stationnée le long du trottoir sur un emplacement interdit, il tirait distraitement sur sa cigarette en regardant dans le vide. Sa colère semblait s'être dissipée. Anne lui donna une petite claque sur les fesses pour plaisanter et grimpa à l'avant de la camionnette à la place du passager.

Barry jeta sa cigarette, contourna le véhicule et s'installa au volant.

– Quelle est la suite du programme ? demanda-t-il calmement en enclenchant la première.

Il coupa la route à un taxi et se faufila parmi les embouteillages de la 1re Avenue.

– Allons voir le schizo vêtu de loques qui traîne dans Sherman Square, répondit distraitement Anne qui songeait encore à cet homme enfermé dans le quartier de sécurité de l'hôpital. Il a accepté un sandwich avant-hier. Peut-être est-il mûr pour se laisser conduire dans un refuge.

Barry grogna, donna un brusque coup de volant et prit la direction de Sherman Square.

– Alors, qu'en pensez-vous ?

– Hein ?

– Qu'en pensez-vous ?

– De quoi, Barry ?

– Du personnage que nous venons de voir. Il faut reconnaître une chose, il est désarmant. J'ai du mal à imaginer que nous avons bavardé pendant une demi-heure avec un tueur psychopathe.

Anne observa l'homme assis à ses côtés ; elle constata qu'il n'était pas aussi calme qu'elle l'avait cru tout d'abord. Sa voix était douce, mais sa bouche était pincée et ses mains serraient le volant.

– Vous pensez qu'il joue la comédie, hein ?

– Je ne suis pas le seul, Anne, et vous le savez. Je partage l'avis des médecins qui disent qu'il a vu trop de vieux films. Tous affirment que l'amnésie ne fonctionne pas ainsi.

– Pas tous ; Ali pense qu'il dit peut-être la vérité.

– Ali Hakim passe la moitié de son temps dans des déjeuners. Comme tous les Jivaros.

– Son opinion vaut bien celle des autres, non ? Il se trouve qu'Ali Hakim est un des neuropsychiatres les plus réputés au monde. Vous savez ce que vaut chaque minute de son temps ? Il perd certainement mille dollars chaque fois qu'il nous accompagne en mission.

– Hakim a d'autres raisons de s'intéresser à Bone.

Anne fronça les sourcils.

– Je ne comprends pas où vous voulez en venir.

Barry ne répondit pas immédiatement. Finalement, il haussa les épaules.

– Je n'en sais trop rien. Mais j'ai l'impression que c'est la première fois qu'il s'intéresse autant à quelqu'un. Vous savez aussi bien que moi qu'Hakim n'aime pas trop les gens ; il se passionne uniquement pour leur cerveau.

– Vous êtes injuste avec Ali, Barry. Il est normal qu'il s'intéresse à Bone. Son problème d'amnésie correspond très exactement au domaine de recherche qui lui a valu sa renommée.

– Ce n'est pas le premier amnésique que nous recueillons.

– Les autres étaient des alcooliques atteints du syndrome de Korsakoff. Bone n'est pas un alcoolique.

– Tous les psys qui ont visionné les bandes et lu ses déclarations sont presque convaincus qu'il joue la comédie.

– Dans ce cas, c'est un sacré comédien, non ?

– Vraiment ? Tous les psys, excepté Hakim, s'accordent à penser que les probabilités pour qu'une amnésie soit à la fois antérograde et rétrograde sont d'une sur un million ; et dans ce cas, il est pratiquement impossible qu'un individu puisse poursuive un raisonnement comme votre ami Bone.

– Ce qu'ils veulent dire c'est qu'ils n'ont jamais rencontré un patient tel que Bone.

– Pour un type qui est censé avoir oublié tout ce qui lui est arrivé jusqu'à la semaine dernière, il ne m'a pas l'air très bouleversé.

– L'idée ne vous a pas effleuré qu'il était peut-être plus effrayé, *bouleversé* pour reprendre votre terme, qu'il ne le ¹aisse paraître ?

– C'est lui le tueur psychopathe recherché par la police, Anne, déclara Barry avec fermeté. Il a tué vingt-huit personnes.

– Vous n'en savez rien.

– C'est un meurtrier et il espère s'en tirer en plaidant la folie.

– Les tueurs psychopathes s'en sortent rarement en plaidant la folie, répliqua sèchement Anne. Si vous ne l'avez pas encore appris pendant vos cours de sociologie ou de criminologie, ça ne va pas tarder.

– Peut-être, mais lui ne le sait pas. Voyons, Anne, il avait le médaillon de cette vieille femme autour du cou et son sang sur ses vêtements. Que voulez-vous de plus ?

– J'aimerais savoir pourquoi, si c'est bien lui le meurtrier, il s'est arrêté de tuer un beau jour pour venir s'asseoir dans la boue et sous la pluie en plein Central Park.

– Vous prenez sa défense parce qu'il vous plaît, répondit Barry. Nous savons bien qu'il vous a plu dès la première fois où vous l'avez vu. (Il émit une sorte d'aboiement rauque qui ressemblait à un rire avorté.) J'ai entendu parler de l'attirance physique, mais courir après un vagabond muet pendant un an, c'est ridicule.

Anne ravala sa réplique cinglante et tourna la tête pour regarder dehors. Il y avait trop de vérité dans ce que disait Barry pour qu'elle puisse se défendre, chose qu'elle refusait de faire de toute façon. Ses sentiments la perturbaient et elle ne voulait pas les exacerber en se lançant dans une discussion déplaisante avec Barry dont la curieuse jalousie naissante commençait à l'inquiéter. Elle décida de ne rien dire et de laisser un peu de temps s'écouler. Ensuite, au moment opportun, quand l'homme assis à ses côtés risquerait moins de se froisser, elle demanderait qu'on lui confie un autre partenaire ou stagiaire. Le réveil de Bone avait dévoilé un aspect de la personnalité de Barry, une jalousie, dont elle ne soupçonnait pas l'existence, et qui la mettait mal à l'aise.

Barry remontait Broadway vers le haut de la ville ; comme toujours, Anne fut frappée de voir combien les refuges pour piétons au centre de l'avenue attiraient les cas les plus dramatiques de sans-abri. Des individus malades, vêtus de haillons pour la plupart, qui transportaient tous leurs biens dans des sacs en plastique, gisaient effondrés sur les bancs, se levant parfois pour haranguer les passants, comme le jeune type qu'ils allaient voir maintenant. Anne reconnaissait nombre d'entre eux : la vieille femme toujours assise au même endroit sur le refuge pour piétons, juste en face de l'appartement où elle habitait autrefois et dont on l'avait chassée trois ans plus tôt ; des alcooliques qui avaient dérivé telles des épaves humaines depuis le Bowery, où ils finiraient par retourner ; l'ancien directeur de publicité qui s'était mis à boire le jour où sa femme l'avait quitté en emmenant leurs cinq enfants, qui avait ensuite perdu son emploi, son logement, sa dignité et qui se retrouvait maintenant... là où il était, sur un refuge pour piétons ; le vieil homme qui regardait sans cesse le ciel en parlant et qui prétendait être interviewé par la télévision martienne ; la belle jeune femme assise avec fierté sur sa couverture dans la journée, discutant poliment avec les passants et acceptant gracieusement l'argent que lui tendaient certains d'entre eux, et qui, le soir venu, se déplaçait de quelques blocs vers l'ouest et passait la plus grande partie de la nuit à hurler des obscénités dans le noir. C'était comme traverser en voiture un hôpital psychiatrique à ciel ouvert, songea Anne, et avant d'atteindre Sherman Square ils croiseraient peut-être une centaine de sans-abri, malades mentaux pour la plupart. Et pourquoi passaient-ils devant tous ces gens en remontant vers le haut de la ville ? Parce qu'un jeune type qui avait grand besoin d'aide avait accepté un sandwich, et ils espéraient qu'il était prêt maintenant à accepter la nourriture, le toit et les soins médicaux qu'ils lui offraient. Il était dans le collimateur. Anne avait déjà abordé, en différentes occasions, la plupart des gens qu'ils croisaient, et elle essaierait encore. Mais d'abord, elle s'occuperait du jeune type de Sherman Square. Il fallait choisir une cible, sinon vous risquiez de gaspiller toutes vos forces en une seule journée, courant d'un spectre installé sur un refuge pour piétons à un autre qui dormait dans un carton à l'entrée d'un immeuble...

– Je m'excuse, Anne, dit Barry au bout d'un moment.

– Ce n'est pas la peine de vous excuser, Barry. Je crois qu'on devrait éviter de parler de Bone. C'est un client comme les autres. Si vous ne voulez pas m'aider à le secourir, tant pis, je m'en occuperai seule.

– C'est plus qu'un simple client pour vous, Anne.

– Barry !

Sur un des refuges pour piétons, une femme vêtue de la tête aux pieds de sacs poubelle noirs et verts, chaussée de pantoufles éculées et crasseuses, coiffée d'une casquette de laine enfoncée jusqu'aux oreilles, tournoyait lentement sur elle-même, les bras écartés, le visage levé vers le ciel, comme une vieille ballerine sale qui danse au son d'un orchestre invisible et céleste qu'elle seule peut entendre.

– Anne, reprit Barry à voix basse. J'aimerais vous inviter à dîner ce soir.

Elle se tourna vers l'homme au volant et se força à sourire.

– Oh ! Barry, c'est très gentil, dit-elle en posant sa main sur son avant-bras musclé. Mais je ne sors jamais avec des collègues de travail. C'est un principe.

– Vous ne voulez pas faire d'exception pour moi ?

– Non, Barry, je suis désolée.

Deux taxis étaient entrés en collision au coin de Broadway et de la 56e Rue, causant un gigantesque embouteillage. Ignorant les gestes d'un agent de la circulation en uniforme marron, Barry donna un brusque coup de volant pour se faufiler sur la file de gauche où les voitures semblaient avancer au pas.

– Anne, dit-il d'une voix tendue, je crois que je suis amoureux de vous. En fait, je sais que je vous aime.

– C'est ridicule, Barry, répondit Anne en s'efforçant de trouver le ton approprié pour le repousser sans le blesser. (Aucun doute, songea-t-elle, il était grand temps de changer de partenaire.) C'est un beau compliment, mais permettez-moi de vous dire – gentiment – que vous ne savez pas de quoi vous parlez. Pour commencer, vous avez cinq ans de moins que moi et...

– Ecoutez-moi, Anne, l'interrompit sèchement Barry. Maintenant que j'ai réussi à me jeter à l'eau, laissez-moi continuer.

– Je ne pense pas que ce soit une bonne idée...

– J'ai eu tort de ne pas vous l'avouer plus tôt ; dès que j'ai commencé à travailler avec vous, j'ai su que j'étais amoureux de vous. C'est la première fois. Vous pensez sans doute que je suis immature, mais c'est faux. Durant mes études au séminaire, je suis resté chaste, car je croyais que c'était la volonté de Dieu. Mais quand j'ai compris que Dieu avait pour moi d'autres projets, je me suis ouvert à l'amour. Et je vous ai trouvée. Je pense que vous êtes un don de Dieu ; je crois que nous sommes faits l'un pour l'autre.

– Vous me faites marcher, Barry ?

Il rougit.

– Je vous aime, Anne.

– Taisez-vous.

– Laissez-moi finir. Je pensais que rien ne pressait ; je croyais que tout se déroulait selon la volonté de Dieu, et que nous serions tout naturellement réunis le moment venu. Je croyais que vous prendriez conscience de mon amour et que vous apprendriez à m'aimer. C'était une chose naturelle. Puis j'ai vu comment vous réagissiez avec Bone... et j'ai terriblement souffert. J'ai vu votre expression quand vous le regardiez, et finalement, je suis devenu jaloux. C'était ma faute, car je ne vous avais pas parlé plus tôt, je ne vous avais pas avoué mes sentiments, je ne m'étais pas battu pour vous. D'accord, j'étais naïf. Mais maintenant vous savez ce que j'éprouve, Anne, et si vous interrogez votre cœur, si vous vous laissez aller, vous découvrirez que Dieu vous demande de m'aimer.

Anne regarda de nouveau par la vitre. Il y eut un bref répit dans le flot de voitures et elle entr'aperçut une jeune Hispanique assise sur le trottoir. Tout le côté gauche de son visage était couvert d'un bandage sale qui menaçait de tomber ; dans ses bras se trouvait un petit enfant vêtu de haillons qui tenait un hot dog dégoulinant de ketchup. Posé à côté d'eux, une pancarte rédigée d'une manière sommaire disait : " Excusez notre apparence. Aidez-nous ".

– Anne... ?

Anne se racla la gorge et tourna la tête.

– Je ne partage pas vos sentiments, Barry, avoua-t-elle sans chercher à adoucir la sécheresse ni à réchauffer la froideur de son ton. (L'heure n'était plus à la politesse, se dit-elle.) Et je ne partage pas non plus votre vision théologique. Je regrette que nous en soyons arrivés là. Compte tenu des circonstances, il me semble préférable qu'on change de partenaire tous les deux.

Barry blêmit.

– Que dites-vous, Anne ?

– Oh ! Barry, pour l'amour du ciel ! s'exclama Anne avec colère. (La camionnette était immobilisée dans les embouteillages ; Anne ouvrit la portière d'un geste brusque et descendit.) Pourquoi faut-il que vous soyez si obtus ?

– Anne, où allez-vous ?

– Occupez-vous de ce type dans Sherman Square, lui lança-t-elle par-dessus son épaule en se faufilant parmi les voitures arrêtées en direction de la femme et de son enfant sur le trottoir. Je prendrai un taxi pour rentrer au bureau.

2

Laissant dériver ses pensées dans l'état de demi-transe auquel il accédait entre deux représentations, ignorant les flots de passants qui tournoyaient autour de lui au coin de la 53ᵉ Rue et la 5ᵉ Avenue, Zoulou se tenait droit comme un i, son bâton à la main, les yeux fixés au-dessus de la tête des gens. Sans même regarder autour de lui, il savait qu'un grand nombre d'hommes et de femmes, tenant des hot dogs, des kebabs, des saucisses, des falafels et des canettes de soda, se rassemblaient dans son dos sur le grand escalier de l'église épiscopale St Thomas pour écouter sa prochaine histoire. Il n'était pas encore prêt ; il possédait un fond inépuisable de récits sur cette colossale, cruelle et fantastique créature d'accueil qu'était New York, mais les mots et les rythmes appropriés pour raconter l'histoire suivante ne lui étaient pas encore venus à l'esprit.

Il réfléchissait, il s'inquiétait au sujet de l'homme à l'os qui, autrefois, venait toujours assister à sa représentation de midi.

Voilà plus d'une semaine que Zoulou avait vu la camionnette bleue de la Human Resources Administration descendre la 5e Avenue luisante de pluie avec au volant le travailleur social prénommé Barry, et à l'arrière, sa collègue Anne en compagnie de l'homme à l'os qui regardait par la vitre d'un air égaré, malheureux et hébété. Zoulou l'avait salué avec son bâton, mais l'homme à l'os n'avait pas semblé le reconnaître. La camionnette avait disparu. Zoulou qui savait que l'homme à l'os lui ressemblait à de nombreux égards n'avait pas compris ce que celui-ci faisait avec les travailleurs sociaux.

Puis il avait lu les articles dans les journaux le lendemain.

Zoulou lisait au moins cinq journaux par jour ; il les récupérait dans la poubelle grillagée au coin de la rue dès que quelqu'un les jetait. Il commençait généralement la matinée par le *Wall Street Journal* jeté par un homme d'affaires bien habillé et pressé qui l'avait déjà lu en prenant son petit déjeuner ou bien dans le train de banlieue, le métro ou le taxi. Mais c'était le *New York Post* qui avait fourni à Zoulou la description la plus vivante de ce qui était arrivé à cet homme étrange et muet qu'il était venu à considérer comme son ami.

D'après les journaux, bien qu'aucune accusation officielle n'ait encore été formulée, l'homme à l'os était sans aucun doute le tueur qui avait assassiné des sans-abri et leur avait coupé la tête.

Il n'y croyait pas. Zoulou était un écrivain, un créateur sonore de nouvelles, d'essais et de poèmes ; il savait lire dans le cœur des hommes et des femmes, il lui suffisait parfois d'un simple regard dans les yeux d'un passant, ou d'un échange de regards avec une personne qui s'était arrêtée pour l'écouter et peut-être déposer un peu d'argent dans sa coupe de cérémonie en bois ornée de sculptures et peintures complexes posée à ses pieds. Il avait décelé des voleurs sans envergure chez des hommes en costume trois-pièces, des saints vêtus de cuir et de perles, des alcooliques qui n'osent pas l'avouer, des individus honteux qui s'en allaient rejoindre leur maîtresse dans un hôtel discret, des prêtres homosexuels, des violeurs, des êtres charitables, des écrivains comme lui, des fous prêts à exploser d'un instant à l'autre. Il avait raconté des histoires sur tous ces gens, sentant parfois monter l'irrésistible vague d'inspiration et formulant les images qui naissaient dans son esprit avant même que les personnages en question ne soient hors de portée de voix.

Mais celui qui l'avait le plus inspiré, c'était l'homme à l'os, et Zoulou n'avait jamais vu un tueur dans ses yeux, ni sur son visage étrangement impassible.

– *Monsieur... ? Excusez-moi, Monsieur.*

Les journaux affirmaient qu'on l'avait trouvé accroupi dans la boue sous la pluie ; pendant deux jours il était resté immobile, le regard perdu dans le vague.

Ça ne ressemblait pas à l'individu qu'il connaissait. L'homme à l'os savait se prendre en charge aussi bien que tous ceux que Zoulou avait connus, y compris lui-même.

Zoulou ne croyait pas que l'homme à l'os avait tué cette vieille femme, Mary, ni le vieil homme sur les marches de l'église presbytérienne tout près d'ici. L'homme à l'os n'était pas un meurtrier, et Zoulou se fichait pas mal des soi-disant " preuves non précisées " dont disposait la police. Mais il était convaincu d'une chose : un événement affreux s'était produit...

– *Monsieur...*

... il y a un an. Et une autre chose encore plus affreuse avait dû se produire pour que l'homme à l'os reste accroupi sous la pluie pendant deux jours. Mais quelle que soit cette chose, Zoulou était persuadé que l'homme à l'os n'avait pas tué Mary la vieille folle, ni personne d'autre... qui ne l'ait mérité.

– *Monsieur, puis-je vous parler un instant ?*

Quand il était en transe, Zoulou parvenait généralement à faire abstraction de tous les bruits et de tous les mouvements autour de lui. Mais aujourd'hui, il était distrait par la pensée de l'homme à l'os, et les mots de son histoire ne lui venaient pas ; par conséquent, il sentit que quelqu'un s'acharnait à attirer son attention. Du haut de ses deux mètres dix, il regarda la femme d'un certain âge avec des cheveux gris et des lunettes qui se tenait tout près de lui, frôlant presque son bâton, et se dévissait le cou pour le regarder. On lisait la gentillesse sur son visage, se dit Zoulou, et la compassion dans ses yeux gris que grossissaient les verres épais de ses lunettes. Et aussi la curiosité. Son visage délicatement érodé par la campagne ne présentait pas ces traits tendus et aiguisés qui creusaient parfois les visages, même jeunes, des habitants de cette ville. Il avait déjà vu cette femme ; chaque jour depuis trois jours, après onze heures, mais avant la bousculade du midi, elle venait s'asseoir sur les marches de St Thomas pour écouter ses histoires ; elle déposait toujours au moins un dollar dans sa coupe en bois.

– Que puis-je pour vous, Madame ? demanda-t-il de sa voix de basse profonde et mélodieuse.

La femme lui adressa un sourire chaleureux.

– Je voulais juste vous dire à quel point j'appréciais vos histoires, Monsieur. On dirait de la poésie, et quand vous parlez, c'est comme si vous chantiez. Mon mari et moi sommes en vacances, nous venons de l'Indiana. C'est mon premier séjour à New York, c'est une ville incroyable, mais j'avoue que je préfère vos histoires à tout ce que j'ai vu ou entendu. Je pense que vous êtes un homme remarquable.

– Je vous remercie, Madame. Je suis heureux que vous appréciiez mon travail.

– Elles sont vraies ?

– Mes histoires ? Oh ! oui, Madame.

– Vous les racontez si bien. Ce sont des souvenirs ?

– Non, Madame. Je dis les choses comme elles me viennent.

– Mais vous venez de me dire que c'étaient des histoires vraies.

– Décrire quelque chose qui s'est passé, ce n'est pas comme raconter une histoire, Madame. Un bon conteur doit utiliser les mots appropriés s'il veut recréer avec exactitude les événements dans l'imagination de ses auditeurs.

Zoulou se réjouissait d'être sorti de sa transe ; les paroles d'une nouvelle histoire commençaient à prendre forme dans son esprit.

– Vous voulez dire que vous racontez ces histoires comme ça, sans réfléchir, en improvisant ?

– Oui, en improvisant, Madame, mais pas sans réfléchir. Les mots viennent du plus profond de moi.

– Ah, fit la femme, quelque peu surprise et visiblement déçue. J'espérais que... j'avais très envie d'acheter vos œuvres.

– Mes histoires ne sont pas à vendre, Madame ; je les distribue. Si les gens aiment ce que je fais, libre à eux de me donner ce qu'ils veulent. Vous m'avez donné de l'argent, et je vous remercie pour votre générosité.

– J'espérais rapporter chez moi un livre ou quelque chose de vous.

– Si vous vous souvenez de moi, si mes histoires restent dans votre mémoire, vous m'emporterez avec vous.

La femme sourit avec mélancolie.

– Nous n'avons pas beaucoup de poètes des rues dans l'Indiana.

– A New York, vous vous attendez à rencontrer des gens tels que moi, alors vous en trouvez ; mais dans l'Indiana vous ne vous y attendez pas, alors c'est très facile de passer à côté. Peut-être que vous n'écoutez pas avec la même attention, que vous ne regardez pas avec les même yeux chez vous dans l'Indiana ?

La femme le dévisagea un moment avant d'acquiescer.

– Oui, vous avez sans doute raison. J'y penserai quand je rentrerai chez moi. Mais j'aimerais avoir quelque chose de vous que vous pourriez me dédicacer.

– Le souvenir que vous conserverez de moi et de mon travail sera mon autographe, Madame. Je serais heureux de penser que vous pouvez aisément le retrouver et le partager avec vos amis.

– Mais vous n'avez jamais rien publié, Monsieur ?

– Je m'appelle Zoulou, Madame. Je publie ici, tous les jours.

– Puis-je vous prendre en photo, Zoulou ?

Zoulou battit lentement des paupières et détourna la tête, espérant ainsi masquer sa désapprobation et sa déception afin de ne pas blesser la femme aux cheveux gris qui avait tant de gentillesse et de curiosité dans le regard.

– Si c'est une photo de moi que vous voulez, Madame, répondit-il d'un ton doux, allez-y.

La femme sortit de son sac un petit Kodak Instamatic ; elle guetta une brèche dans le flot des passants, recula jusqu'au bord du trottoir et leva son appareil. Le regard fixé au-dessus de sa tête, de l'autre côté de la rue, Zoulou aperçut soudain parmi la foule qui venait de Central Park, les quatre jeunes types vêtus de blousons de cuir gris, de jeans gris et chaussés de bottes noires. Ils s'arrêtèrent brusquement devant chez *Fortunoff*, avant de disparaître derrière le mur mouvant des passants, mais pas avant que Zoulou n'ait eu le temps de voir le grand albinos, le chef de la bande des Loups, hocher la tête dans sa direction. Ils étaient maintenant dans la 54e Rue.

L'attaque viendrait de la gauche.

Il se tourna vers la femme et comprit qu'elle n'avait pas appuyé sur le déclencheur de son appareil qu'elle rangeait maintenant dans son sac. Elle revint vers lui, l'air déconcerté.

– Je ne sais pas pourquoi, dit-elle, mais je sens que

je n'ai plus envie de vous prendre en photo. C'est comme si j'ôtais quelque chose à cet autographe dont vous parliez.

– Il faut partir maintenant, Madame, murmura Zoulou.

– Oh ! fit la femme d'une petite voix qui trahissait son désarroi. J'espère que je ne vous ai pas offensé.

– Non, Madame.

– Il me reste encore une heure avant de retrouver John, et j'espérais bien entendre encore une de vos histoires. Vous avez...

– Il va y avoir du grabuge, Madame. Si vous restez là, vous risquez d'être blessée.

Paniquée, la femme regarda autour d'elle.

– Du grabuge ?

– Oui, Madame. Je vous en prie, partez... ou tout au moins, montez sur les marches de l'église avec les autres.

La femme cligna des yeux.

– Je vais prévenir la police.

– Ça ne servira à rien, Madame. Si vous appelez la police, ça ne fera que retarder les choses. Partez, je vous en prie. Dépêchez-vous.

La femme, visiblement effrayée, serra son sac contre sa poitrine. Elle regarda de nouveau autour d'elle, puis reporta son attention sur Zoulou, mais celui-ci était entré dans une autre sorte de transe qui aiguisait ses sens et décuplait sa conscience dans l'attente de l'inévitable. La femme ouvrit la bouche pour dire quelque chose, puis elle pivota sur ses talons et s'éloigna précipitamment, traversant la 53ᵉ Rue au milieu d'un groupe de piétons.

L'attaque se produisit cinq minutes plus tard. Le Loup, un jeune Blanc boutonneux de quatorze ou quinze ans, fonça vers lui dissimulé derrière un groupe compact de piétons. Sur sa gauche, Zoulou capta du coin de l'œil un éclair gris qui s'avançait à la perpendiculaire du flot des passants. Puis le jeune type trancha le cordon humain et se précipita vers lui, se baissant au dernier moment pour s'emparer de la coupe pleine d'argent posée aux pieds de Zoulou.

Sans le moindre effort apparent, sans même baisser les yeux, Zoulou agrippa son bâton de la main gauche et, le tenant à deux mains, il abattit la lourde barre de bois sur le visage et la poitrine de l'adolescent. L'impact le stoppa net dans son élan, et l'obligea à se redresser. Il porta aussitôt ses mains à son nez et à sa bouche d'où jaillissait le sang qui tachait sa chemise et le trottoir. Il émit une sorte de miaulement rauque, cracha du sang et des dents, avant de tomber à la renverse. Les gens rassemblés sur le trottoir et sur les marches de l'église derrière Zoulou laissèrent échapper quelques cris de stupeur. Une femme poussa un hurlement, mais presque aussitôt éclatèrent des applaudissements spontanés. D'autres personnes se mirent à applaudir lorsque l'adolescent, pris de nausées et crachant le sang, rampa sur le bitume, perdit connaissance au bord du trottoir et roula dans le caniveau.

Soudain, le hullulement d'une sirène de police retentit tout près de là ; une voiture de patrouille tourna au coin de la 53e Rue dans un crissement de pneus et pila le long du trottoir, à quelques centimètres seulement de la main tendue du Loup étendu sur la chaussée. Le policier qui conduisait, un type mince dont les mèches de cheveux roux flamboyants dépassaient de sous sa casquette, embrassa la scène d'un seul coup d'œil ; il jeta un regard nonchalant à l'adolescent couvert de sang qui gisait dans le caniveau, avant de descendre de voiture et d'enjamber le Loup en crachant au passage.

– La bande des Loups, dit le policier à Zoulou avec un fort accent irlandais. Je regrette de ne pas avoir écrasé ce salopard. Ça va, mec ?

– Oui, Jim, répondit Zoulou d'un ton calme. (Il se tenait droit comme un i, son bâton planté sur le trottoir devant lui.) Merci. Mais je crois que ce jeune type là-bas dans le caniveau a quelques petits problèmes ; il a perdu ses dents, il a le nez cassé et peut-être même la mâchoire.

Le policier aux cheveux roux sourit avec une ironie désabusée.

– Merde. Il a essayé de *te* voler, Zoulou ?

– Il m'a donné cette impression, Jim, répondit le géant noir. Il voulait passer en courant et me piquer ma coupe, mais je crains qu'il ait mal calculé son coup, il s'est heurté à mon bâton.

Une voix de femme en colère s'éleva parmi la foule massée sur les marches de l'église :

– C'est exact, monsieur l'agent ! Le môme a essayé de voler cet homme ! C'est de la légitime défense !

Cette intervention entraîna un concert d'approbations et de cris rageurs qui se transformèrent en railleries, lorsque l'adolescent, qui se tenait le visage à deux mains, se releva avec difficulté et traversa en titubant la 5ᵉ Avenue sans prendre garde au feu vert, déclenchant une cacophonie de coups de klaxon, de crissements de freins et d'injures lancées par les automobilistes.

– Tu veux porter plainte, Zoulou ? demanda le policier roux en regardant d'un œil distrait le jeune Loup en blouson gris trébucher sur le trottoir opposé. Si tu veux, je le rattrape.

– Ne te fatigue pas, Jim. Ça m'étonnerait qu'il revienne.

– Il y en aura d'autres. Ce gang des Loups commence à faire sacrément chier. La brigade des mineurs a essayé de les neutraliser, mais je crois bien qu'ils ont sous-estimé le problème. Quand des gosses se mettent à faire des coups pareils en plein jour, sur la 5ᵉ Avenue, il est temps de distribuer quelques coups de pied au cul.

– Ils m'observent depuis une semaine, je savais qu'ils m'attaqueraient tôt ou tard.

Le policier acquiesça.

– Tu as peut-être raison, peut-être qu'ils ne reviendront pas... pas vers toi en tout cas. Ils ne sont pas habitués à ce que leurs victimes se défendent. (Il s'interrompit et regarda Zoulou.) Je patrouillais aux abords du parc et cette femme est accourue pour me faire signe. Elle m'a dit que tu avais des ennuis. C'est rare de nos jours de rencontrer des citoyens qui se préoccupent du sort des autres.

Zoulou acquiesça.

— C'est une dame charmante.

Le policier retourna vers sa voiture en lançant pardessus son épaule :

— Fais attention à toi, Zoulou. Et n'oublie pas de payer les impôts sur le magot qui est dans ta coupe, ou bien je te dénonce aux inspecteurs du fisc pour toucher la récompense. Un Irlandais sait reconnaître un type qui a du bagout, et toi tu n'en manques pas. Je suis sûr que tu gagnes plus de fric que moi dans une année.

— Jim ?

Le policier ouvrit la portière et se retourna.

— Quoi, Zoulou ?

— J'ai lu dans les journaux que la police pensait que c'était l'homme à l'os qui avait tué et décapité tous ces gens.

Le policier répondit par un haussement d'épaules évasif.

— Ça en a tout l'air, Zoulou. Les types de la Criminelle disent qu'ils ont toutes les preuves.

— Ce n'est pas le genre d'homme à faire une chose pareille, Jim.

— Je sais que c'est ton ami, Zoulou, mais tu sais aussi que c'est un dingue. Tu l'as déjà vu ouvrir la bouche ?

— Non.

— Alors continue à raconter tes histoires et laisse la police faire son boulot. La prochaine fois que tu tabasses un membre du gang de Lobo avec ton bâton, arrange-toi pour lui fendre le crâne. A un de ces jours.

Zoulou regarda la voiture de patrouille descendre la

5e Avenue, et presque aussitôt une nouvelle histoire prit naissance dans sa tête ; cette fois, les mots se cristallisèrent aisément. Il frappa sur le trottoir avec son bâton et, d'une voix tonitruante, il se mit à parler du Bien et du Mal, du marécage gris qui s'étendait entre les deux et où pataugeaient la plupart des gens. Il entreprit de conter la légende d'une grande ville où des milliers de personnes sans abri vivaient dans les rues. Il raconta comment des hommes et des femmes, pour diverses raisons, se retrouvaient du jour au lendemain sans domicile, et comment, très souvent, ils rassemblaient le peu d'objets de valeur qu'il leur restait – des bijoux, un héritage familial, parfois un plan indiquant l'endroit où ils avaient caché des objets de valeur plus importants – et ils les portaient sur eux, autour du cou ou du poignet, ou simplement dans une poche. Parfois, raconta Zoulou, même la personne la plus sale, vêtue de haillons, portait une bague, un collier ou un bracelet précieux, ultime souvenir d'une autre vie.

Zoulou raconta comment un gang de rue multiracial particulièrement pervers avait découvert que ces créatures infestées de poux trimbalaient souvent de petits trésors, et comment cette bande de jeunes s'était spécialisée dans l'agression des plus démunis, n'hésitant pas à les violer par la même occasion, hommes et femmes. Il décrivit la bande des Loups comme un gang qui tirait fierté de sa perversité et de sa technique soi-disant astucieuse qui leur évitait pratiquement tout risque de poursuite ; leurs victimes étaient généralement si impuissantes, si perturbées mentalement, qu'elles pouvaient à peine se souvenir de ce qui leur était arrivé, et encore moins fournir un témoignage cohérent à la police. Avec ces milliers de victimes potentielles, la bande des Loups agissait toujours avec rapidité ; ils traînaient dans les rues la nuit, dans les salles d'attente de car et de train, dans les dédales de tunnels sous la Gare Centrale et Penn Station ; ils agressaient, volaient, tabassaient et violaient, avant de se retrouver à l'aube dans différents endroits à la périphérie de la ville pour mettre en commun et partager leur butin de la nuit.

Parallèlement à son histoire d'une grande ville peuplée d'animaux de proie sans pitié et de milliers de sans-abri qui vivaient sur le trottoir devant des immeubles où des fortunes colossales se faisaient et se défaisaient chaque jour, Zoulou parla de l'attrait irrésistible qu'exerçait cette ville sur les meilleurs et les pires individus du monde entier, le meilleur et le pire de chaque chose ; pour venir admirer les chefs-d'œuvre du Metropolitan Museum, les gens prenaient des bus, des trains et des métros souillés par l'art torturé de la ville, les graffitis, tentatives désespérées pour se forger une identité.

Cette longue histoire se révéla une des meilleures de Zoulou ; elle le conduisit, sans qu'il s'en aperçoive, jusqu'à l'apogée du rush de midi. Un tas de gens stationnaient pour l'écouter, créant un bouchon de plus en plus important sur le trottoir, ce qui incitait davantage de gens à s'arrêter pour voir ce qui se passait, et se laisser prendre à leur tour par le rythme des paroles de Zoulou, le pouvoir quasi hypnotique de sa voix. Les hommes en costume trois-pièces et les femmes en tailleur ne cessaient de regarder leur montre, mais ils ne partaient pas. Les vendeurs ambulants au coin et le long de la 53e Rue, rapidement à court de sandwichs et de sodas, s'éloignèrent avec leur échoppe roulante, aussitôt remplacés par des collègues venus d'autres emplacements. Les gens écoutaient avec attention ce conte sur leur ville ; jetant parfois un regard à ceux qui les entouraient ou bien contemplant le canyon de pierre de la 5e Avenue, peut-être découvraient-ils leur propre personnalité et leur environnement avec un œil neuf. La coupe de Zoulou recueillit plus de cent dollars ; un vieil homme grimpa au sommet des marches de St Thomas et se mit à distribuer des dollars aux sans-abri tapis dans l'ombre, sous les statues de pierre de Jésus et des saints.

Puis l'histoire s'acheva. Il était plus d'une heure ; les gens commencèrent à se disperser. Zoulou, droit comme un i et silencieux, attendait que la foule s'éclaircisse. Il récupéra l'argent dans la coupe et le glissa dans une poche à l'intérieur de sa tunique, puis il se dirigea vers un vendeur ambulant et acheta des hot dogs et des sodas pour les sans-abri qui restaient assis sur les marches de l'église. Il n'avait rien mangé de la journée, et en distribuant les sandwichs, il s'aperçut qu'il mourait de faim. Après s'être acheté deux kebabs et un soda, il alla s'asseoir en bas des marches pour se détendre et bavarder avec les passants. Il attendrait un peu pour voir si une autre histoire lui venait, et ensuite, comme tous les jours ou presque, il passerait le restant de l'après-midi à la bibliothèque de la 42e Rue avant de rentrer chez lui.

Il mangeait son second kebab et envisageait d'en acheter un troisième quand, en levant la tête, il découvrit au coin de la rue, sur le trottoir d'en face, Lobo qui l'observait. Zoulou but une gorgée de soda en le regardant calmement.

Entièrement vêtu de gris, le chef des Loups portait un bandeau noir sur l'œil droit pour dissimuler son orbite vide ; même à cette distance, Zoulou voyait briller dans l'œil unique et rose de l'albinos cet éclat anormal qu'il avait vu dans les yeux de tant de psychotiques, dangereux ou pas, qu'il croisait dans la rue. Ce jeune type à la peau crayeuse, avec ses cheveux blancs crépus et son œil rose, était extrêmement dangereux. Il dégageait une aura de sauvagerie presque palpable, au point que les passants faisaient un grand détour pour ne pas passer près de lui. D'après Zoulou, l'albinos mesurait plus d'un mètre quatre-vingt-cinq, il pesait dans les cent kilos, et peut-être était-il plus vif qu'il n'y paraissait ; il avait dix-sept ou dix-huit ans. Il devait trimbaler un véritable arsenal.

Zoulou termina tranquillement son kebab tandis que Lobo traversait la rue, se dirigeait vers l'église et s'arrêtait à quelques pas des premières marches où était assis Zoulou. Celui-ci s'essuya les mains et se tamponna la bouche avec une serviette en papier qu'il mit dans le sachet à côté de lui. Puis il posa son long bâton en travers de ses genoux et jeta un regard distrait au jeune albinos borgne debout devant lui.

— Tu te débrouilles pas mal avec ton bâton, négro, dit Lobo. (Son léger zézaiement le rendait encore plus menaçant.) T'as blessé un de mes hommes. Quand on fait mal à mes hommes, c'est moi qui souffre. Va falloir que t'aboules le fric pour payer les frais d'hosto si tu veux pas avoir de gros ennuis.

Zoulou émit un grognement.

— Où est le problème, Lobo ? Les louveteaux de la bande n'ont pas d'assurance maladie ?

L'albinos fronça les sourcils.

— Comment tu sais qui on est ? Comment tu connais mon nom ?

Zoulou observa Lobo, réfléchissant à cette étrange question et à ce qu'elle révélait sur l'albinos.

— Aucun abruti parmi vous ne lit les journaux ou regarde les infos à la télé ? On parle de la bande des Loups au moins une fois par semaine.

— Je suis trop occupé pour m'intéresser aux infos.

— Trop occupé à quoi faire ? A tabasser et à dévaliser les clochards qui ne peuvent pas se défendre ?

Lobo eut une réaction inattendue. Zoulou espérait avec cette insulte attiser sa colère et peut-être provoquer une attaque, mais l'albinos borgne se contenta de secouer la tête.

— On leur fait rien de plus que les sales politicards de cette ville, eux font encore pire. Pourquoi tous ces gens sont à la rue d'après toi ? D'une manière ou d'une autre, quelqu'un les a escroqués. Et s'ils sont incapables de se défendre, ils n'ont rien à faire dans les rues. Nous sommes aux Etats-Unis, négro ; pas la peine de lire le journal ou de regarder la télé pour comprendre que dans ce pays, c'est la loi du plus fort.

115

En fait, on rend service aux habitants de cette ville. Si ces saloperies de clodos encombrent les rues, j'affirme qu'on a le droit de les voler. De toute façon, ce qu'ils possèdent leur sert pas à grand-chose ; nous on sait quoi en faire. C'est ça le capitalisme, négro, et c'est un mot qu'on m'a appris à l'école. Si les clodos vont pieuter dans les refuges parce qu'ils ont la trouille, tant mieux pour tout le monde. Ils devraient pas traîner dans les rues, ça donne une mauvaise image des Etats-Unis aux yeux du monde entier. Ces enfoirés de communistes se foutent de notre gueule.

— Tu devrais écrire les discours du parti républicain.

— Quoi ?

— Tire-toi de ma vue, connard, dit Zoulou d'un ton égal sans se départir de son air impassible.

Cette fois, l'albinos réagit ; la surprise initiale laissa place à la colère qui empourpra son visage blanc comme s'il avait été grièvement brûlé par le soleil.

— Qu'est-ce que tu racontes, négro ?

— Je t'ai traité de connard et je t'ai demandé de foutre le camp. Tu gâches ta réputation. D'après tout ce que j'ai lu sur toi, je croyais que tu étais un vrai dur ; je m'aperçois qu'en fait, au fond de toi-même, tu es un réformateur social et un patriote zélé, incompris des gens que tu dévalises et que tu violes. Maintenant, tu ferais mieux de te tirer, mon gars, sinon je te crève l'œil que t'a laissé l'homme à l'os.

Le jeune albinos plaqua instinctivement sa main droite sur son bandeau, tandis que la rougeur de son visage prenait un teint cramoisi.

— T'es au courant de ça ?

— Je suis au courant d'un tas de choses, Lobo. C'était juste une rumeur qui circulait dans les rues, mais maintenant je m'aperçois que c'est la vérité. L'homme à l'os t'a fait sauter l'œil, hein ? (Zoulou sourit.) Il te l'a fait sortir du crâne, enfant de salaud. Les Loups, mon cul, vous n'êtes qu'une bande de bestioles à la con. Vous devriez choisir vos victimes avec plus de soin.

– Si je retrouve ce salopard, je le crève, cracha Lobo d'un ton bouillonnant de haine. Mais je me contenterai pas de le tuer ; je vais le dépecer comme un putain de poulet. Je lui couperai les couilles et je les lui ferai bouffer, avant de lui trancher la gorge, comme les cocos au Viêt-nam. Il se planque, mais je le trouverai.

Zoulou réprima son envie de rire ; il voulait explorer plus avant l'étrange paysage mental de l'albinos.

– Tu crois que l'homme à l'os se cache à cause de toi, Lobo ?

– Je suis sorti de l'hôpital la semaine dernière, et depuis on le cherche à travers toute la ville. Il se planque, c'est sûr. Mais je le trouverai, tu peux me croire, et là c'est un homme mort.

– Comme ça vous le cherchez depuis une semaine ?

La paupière de Lobo se mit à battre.

– C'est ce que je viens de dire, négro. Tu sais où il est ?

– Comment le saurais-je ? répondit Zoulou, soulagé désormais de savoir l'homme à l'os entre les mains de la police ; si on l'avait pas arrêté, il serait certainement mort à l'heure qu'il est. Vous allez devoir continuer à chercher.

– Je me demande pourquoi je perds mon temps à discuter avec toi, négro ! Tu vaux pas mieux que tous ces putains de clodos qui polluent les rues. File-moi ton fric !

Cette fois, Zoulou s'esclaffa.

– Et si tu me racontais une bonne histoire, mon gars ? Si elle me plaît, peut-être que je donnerai un dollar. Mais si tu veux essayer de me dévaliser comme tous les autres, tu es le bienvenu... quand tu veux. Je me ferai un plaisir de t'arracher ton deuxième œil.

Le regard de l'albinos se promena sur les visages des gens assis sur les marches, avant de revenir se poser sur Zoulou. Il déboutonna son blouson en cuir gris et l'ouvrit pour laisser apparaître un énorme couteau de chasse dans une gaine en cuir fixée à sa ceinture.

– Je crois que tu m'as pas bien compris, négro. Je te conseille de faire un effort. Toutes ces rues nous appartiennent, et tous ceux qui en vivent, comme toi, nous appartiennent eux aussi. On est ton propriétaire en quelque sorte. Je ne peux tolérer que tu me ridiculises en tabassant un de mes agents collecteurs. Alors tu vas commencer par me filer ton fric pour payer les frais d'hôpital. Ensuite, tu nous verseras dix dollars par jour, c'est ce qu'on réclame à tous les artistes des rues ; tu profites de nos rues, c'est un privilège qui se paye.

Le pouls de Zoulou s'était accéléré en voyant le couteau de chasse accroché à la ceinture du jeune albinos, non pas à cause de la peur, mais parce qu'il venait peut-être de découvrir qui avait assassiné et décapité tous ces pauvres innocents. Il se demanda si Lobo était assez stupide pour se laisser entraîner dans une confession.

– Si je refuse de te donner mon argent, tu vas me couper la tête comme tous les autres ? demanda Zoulou avec calme.

– Je vais te couper les couilles et te les faire bouffer, comme à ce cinglé avec son os une fois que j'aurai mis la main dessus.

Ce n'était pas la réponse qu'espérait Zoulou.

– Tu veux me faire croire que ce n'est pas toi qui as assassiné tous ces gens ? Tu as l'âme d'un meurtrier, et ton couteau me semble idéal pour ce genre de boulot. Qu'as-tu fait des têtes ?

– J'ai pas le temps d'écouter tes conneries toute la journée, négro ; t'es encore plus cinglé que je l'imaginais. Aboule le fric ou je monte te faire la peau.

Zoulou réagit avec la rapidité de l'éclair. Il se leva d'un bond et, dans un enchaînement de mouvements fluides, il fit tournoyer son bâton au-dessus de sa tête et fendit l'air, bras tendus, s'arrêtant net lorsque l'extrémité du bâton frôla les cheveux blancs crépus du jeune albinos.

Quelques cris de stupeur s'élevèrent parmi les

118

témoins assis sur les marches de l'église ou sur le trottoir ; tout s'était passé si vite que l'albinos n'avait pas eu le temps de lever le petit doigt. Il se mit à trembler et son front se couvrit de sueur ; il leva son œil unique pour regarder l'arme redoutable posée sur sa tête ; son œil rose luisait d'humiliation, de rage et de haine, tandis que son regard remontait le long du bâton, jusqu'au visage de Zoulou.

– Tu as bien failli avoir une sacrée migraine, mon gars, déclara le géant noir. Je n'aime pas qu'on me menace. J'aurais dû frapper pour de bon, mais je me sens d'humeur charitable aujourd'hui.

– Je te tuerai, négro, déclara Lobo d'une voix tremblante.

– Pas avec la cervelle qui te sort par les oreilles, mon joli. D'ailleurs, je commence à me demander si tu as vraiment une cervelle, et j'ai bien envie de t'ouvrir le crâne pour le savoir.

– Nous sommes trop nombreux pour toi, négro. Je reviendrai m'occuper de toi, et je serai pas seul cette fois. Tu es repéré, mec, tu pourras pas nous échapper.

– Tu sais où me trouver... Ne touche pas à ce bâton ! (Lobo avait voulu repousser le bâton ; Zoulou fondit sur lui, faisant trembler les genoux de l'albinos.) Un seul geste et je te brise les clavicules !

– On t'aura... pendant que tu dors... où que tu te caches. On te trouvera... T'es un homme mort.

Le gyrophare d'une voiture de police apparut tout à coup par-dessus les têtes des passants hébétés qui avaient formé un demi-cercle sur le trottoir autour du jeune Loup à la veste grise.

– Ecoute-moi bien, déclara rapidement Zoulou à voix basse. C'est toi et ta bande qui êtes repérés. Je déclare ce pâté d'immeubles zone franche. Si tu te sens capable de m'affronter ici à ce coin de rue, je suis ton homme, quand tu veux. Mais si jamais j'aperçois un connard en blouson gris dans les parages, je m'occupe de lui. Si tu crois que le nombre fait la force, je te conseille d'y réfléchir à deux fois, ça me fera simplement plus de crânes à fendre. Tu peux passer le mot, Lobo ; les Loups qui tiennent à leurs os ont intérêt à rester hors de ma vue. J'ai le sentiment que la police détournera la tête si je commence à m'occuper de vous. Alors, je te le répète, fous le camp d'ici.

Zoulou ôta son bâton de la tête de l'albinos au moment où un policier se frayait un chemin parmi la foule. Lobo lança un dernier regard haineux au géant noir avant de s'enfoncer parmi la foule du côté opposé et de disparaître.

— C'était le chef des Loups en personne ? s'enquit le policier en enlevant sa casquette pour passer une main dans ses épaisses boucles noires indisciplinées.

— Lui-même, Harry, répondit Zoulou en regardant autour de lui la foule qui commençait à se disperser.

— J'ai discuté avec Jim tout à l'heure ; tu as eu fort à faire avec la bande des Loups aujourd'hui.

— Je l'ai menacé sérieusement, Harry. J'ai juré de m'occuper de lui ou de n'importe quel membre de sa bande qui traînait dans ce secteur. Je ne plaisante pas. Si je vois un Loup par ici, je lui brise les os. Je te le dis en face, Harry, alors tu peux déjà me préparer une cellule si tu veux.

Le policier pencha la tête en arrière et plissa les yeux dans le soleil pâle.

— Je suis certain que tu l'as impressionné, Zoulou, répondit-il dans un soupir. Mais ce n'est pas Lobo, ou un quelconque membre de sa bande qui m'inquiète. Tu l'as humilié et il va vouloir se venger. Lobo est un malade. Je ne te demande pas où tu crèches la nuit, Zoulou, ça ne me regarde pas, mais j'espère seulement que c'est un endroit sûr.

— Ne t'inquiète pas pour ça.

— Dans ce cas, ils essaieront de te tendre un piège ailleurs. Lobo n'aura plus qu'une seule idée en tête : te tuer ou t'envoyer à l'hôpital pour un long moment.

— Je suis assez grand pour veiller sur moi, Harry,

mais merci quand même. Contrairement à ce que tu crois, je ne suis pas la priorité de Lobo.

– Moi je te dis que si, Zoulou. Personne ne lui a jamais tenu tête comme tu l'as fait. Il a perdu la face, et il ne te le pardonnera jamais.

– Il s'intéresse davantage à l'homme à l'os ; celui-ci lui a crevé l'œil. J'ai lu dans les journaux que vous l'aviez arrêté ; il faut le mettre en garde contre Lobo.

Le policier fronça les sourcils.

– Tu connais ce type ?

Zoulou répondit par un bref hochement de tête.

– Ce dingue a bien d'autres soucis que la bande des Loups. Il va se retrouver directement dans le quartier des condamnés à mort et ça m'étonnerait que Lobo le suive jusque-là.

– Il faut le prévenir, Harry.

– Comment diable sais-tu que c'est ce type avec son os qui a crevé l'œil de Lobo ? il te l'a dit ?

– Non. A ma connaissance, l'homme à l'os n'a jamais parlé à personne.

– Qui te l'a dit alors ?

– Une vieille femme nommée Mary, une des personnes qu'on l'accuse d'avoir tuées.

Chapitre 5

Le psychiatre pakistanais à la peau mate, avec ses grands yeux expressifs et sa voix mélodieuse, écoutait d'un air impassible Bone lui raconter ses rêves de tombes, d'ensevelissement vivant, de grande grotte où les os sortaient des murs, du sol et du plafond. Bone lui décrivit l'image récurrente de cette créature fantomatique qui le pourchassait, un spectre vêtu d'un manteau orange chatoyant zébré de traînées de sang ; il évoqua son hypothèse selon laquelle les vingt-huit cadavres qu'on avait retrouvés jusqu'à maintenant ne constituaient qu'une partie des victimes ; peut-être y en avait-il d'autres dans ce monde souterrain dont lui avait parlé Anne ; des êtres sans identité ni domicile dont nul n'avait remarqué la disparition.

Pour finir, Bone avoua au Dr Ali Hakim sa peur constante à l'idée que ses réflexions et ses rêves puissent signifier que c'était effectivement lui le meurtrier. Pendant tout ce temps, l'expression d'Ali Hakim ne s'était pas modifiée ; en fait, il donnait l'impression de s'en moquer complètement, et Bone le lui fit remarquer.

Le psychiatre pakistanais était assis sur une chaise face à Bone assis au bord du lit. Ali Hakim referma le petit carnet dans lequel il avait pris quelques notes, revissa le capuchon de son stylo à plume et le glissa dans la poche de sa chemise grise. Il se laissa aller contre le dossier de sa chaise et croisa les jambes avec nonchalance.

– Ce que vous me racontez est parfaitement logique, répondit le psychiatre de sa voix mélodieuse. Vous voyez dans vos rêves des ossements enfouis sous terre, ces images vous amènent tout naturellement à supposer que d'autres meurtres ont été commis sous terre. Vous êtes un homme intelligent, Bone, et vous me paraissez sincère dans votre désir de connaître la vérité à votre sujet, quel qu'en soit le prix. Toute personne intelligente victime de rêves identiques en tirerait les mêmes suppositions. Mais toutes n'auraient pas le courage de les exprimer. Je suis convaincu que la police a déjà envisagé l'éventualité que vous avez évoquée, toutefois, même si l'on découvre d'autres cadavres décapités, cela ne signifie pas que c'est vous qui avez commis ces meurtres.

— Merci, Docteur.

— De quoi ?

— Je ne sais pas... de m'accorder le bénéfice du doute, j'imagine. De m'aider à me sentir mieux.

Le psychiatre parut sincèrement surpris.

— Vous pensez que c'est le but recherché ?

— C'est en tout cas le résultat obtenu.

Ali Hakim répondit par un grognement évasif ; il ouvrit son carnet, sortit son stylo et nota quelque chose.

— Je vois où vous voulez en venir, reprit Bone. Ces rêves et ces pensées peuvent également signifier que c'est moi le meurtrier.

— Vous ne vous souvenez toujours de rien avant de vous réveiller et de vous trouver face à nous dans Central Park ?

Une fois encore, Bone prit le temps de réfléchir, de sonder sa mémoire, pour essayer de voir au-delà de ce rideau noir qui ne s'était levé qu'au son de la voix d'Anne Winchell.

— Non, rien, répondit-il enfin.

— Mises à part les répercussions de votre refroidissement, vous êtes dans une condition physique étonnante pour un individu qui a vécu dans la rue pendant un an. Les examens médicaux indiquent une absence

123

de toute infection parasitaire et de problème pulmonaires en dehors de votre pneumonie, une tonicité musculaire stupéfiante, très peu de caries et des gencives parfaitement saines. Pourtant, l'état de vos mains et les cicatrices sur tout votre corps suggèrent une rude activité physique exercée sur une longue période. C'est très intéressant.

Bone réprima un ricanement amer.

– Mis à part le fait que j'ignore qui je suis et d'où je viens, mis à part le fait que mes souvenirs les plus anciens remontent à une semaine, mis à part le fait que j'ai peut-être décapité vingt-huit personnes, je suis en pleine forme et tout va très bien. C'est bien cela, Docteur ?

– Oui, répondit Ali avec le même air impassible. C'est exactement ça.

– Me croyez-vous quand je vous dis que je ne me souviens de rien ?

– Pourquoi ne vous croirais-je pas ?

– Je sais par l'intermédiaire d'Anne qu'un certain nombre de psychiatres se sont penchés sur mon cas, sans doute ont-ils visionné l'enregistrement de mon entretien avec le lieutenant Lightning, et vous êtes le seul à penser que je dis la vérité. Apparemment, je ne rentre dans aucune catégorie d'amnésique.

– Pour quelle raison mentiriez-vous, Bone ? demanda Ali Hakim. Pour échapper au châtiment ? Vous êtes loin d'avoir réussi, n'est-ce pas ?

– Pour fuir ma responsabilité.

– Ah ! (Le psychiatre jeta quelques notes dans son carnet et releva la tête.) Un désir conscient d'être arrêté, tout en échappant à votre responsabilité ? Cela implique inévitablement une décision consciente de mentir au sujet de votre perte de mémoire, et dans ce cas, vous me paraissez suffisamment intelligent pour avoir fait quelques recherches sur les différentes formes d'amnésie, afin de rendre votre petite comédie plus convaincante aux yeux des sceptiques.

– C'est ce que ferait une personne saine d'esprit, pas un fou... comme moi peut-être.

Ali Hakim repoussa cet argument d'un geste de la main.

– Qualifier quelqu'un de fou n'explique rien.

– Voilà une étrange remarque dans la bouche d'un psychiatre.

– Il n'y a que les juges qui croient que les gens supposés fous ne sont pas responsables de leurs actes. La " folie " est un terme juridique, pas médical.

– Que m'est-il arrivé, Docteur ?

– Voilà une excellente question.

Pour la première fois, Bone sentit dans la voix du Dr Hakim ce qui pouvait ressembler à de l'excitation.

– Les autres médecins et vous avez certainement une idée.

– Comme vous l'avez fait remarquer, la plupart des autres médecins ne croient pas qu'il vous soit " arrivé " quelque chose dans le sens où vous l'entendez.

– Mais vous, vous avez une idée.

– Il s'agit surtout de spéculations.

Bone soupira, luttant contre un sentiment grandissant d'impatience et de frustration.

– Voudriez-vous me faire part de vos spéculations ?

– Il y a environ un an, vous avez subi un choc important à la tête. Le traumatisme le plus sérieux s'est produit du côté droit, mais on relève également des traces de traumatisme du côté gauche ; d'après vos symptômes, les deux côtés du cerveau ont subi des dommages. En revanche, il n'y a aucun signe d'intervention médicale et nous n'avons trouvé aucun dossier vous concernant ; il semblerait que vous ayez réussi à survivre sans aucun soin. Le fait que vous soyez encore en vie est un miracle, Bone, on peut donc légitimement supposer que votre cas présente d'autres aspects inhabituels...

... Il est indéniable, à en juger par votre comportement ultérieur, que le ou les coups reçus à la tête ont entraîné une amnésie rétrograde totale, c'est-à-dire l'incapacité à se souvenir d'événements antérieurs au traumatisme. Je crois, et la plupart des autres médecins sont d'accord sur ce point, qu'une fois remis physiquement de votre commotion, vous avez commencé une nouvelle existence dans les rues de New York...

... Des recherches montrent que l'amnésie rétrograde totale est causée par la détérioration de ce que les neurologues nomment le système limbique, et plus particulièrement deux structures du cerveau appelées l'hippocampe et l'amygdale. Malheureusement, nous n'avons aucun moyen de savoir comment fonctionnait votre mémoire durant cette période où vous viviez dans la rue, puisque vous êtes incapable de nous le dire. Toutefois, comme vous semblez avoir survécu assez facilement, on peut supposer que vous avez créé de *nouveaux* souvenirs, à court et moyen termes, dont vous vous serviez dans votre vie quotidienne. Cela n'est pas incompatible avec l'amnésie rétrograde. En outre, la cause de cette amnésie rétrograde était – est – organique de toute évidence, comme le prouvent les marques de blessure à la tête.

– Dr Hakim, demanda Bone d'un ton direct, est-il possible que ces traumatismes m'aient poussé à décapiter des gens ?

– Possible, répondit le psychiatre. Certains tueurs psychopathes, c'est le cas de ce meurtrier, ont subi un traumatisme organique au cerveau ; ce peut être une des caractéristiques du tueur psychopathe.

Bone déglutit ; il avait la bouche terriblement sèche tout à coup.

– Ai-je d'autres caractéristiques du tueur psychopathe ?

– Je pense qu'il n'est pas souhaitable d'aborder ce sujet, Bone.

Bone acquiesça.

– Je comprends. Continuez.

– Pendant environ un an, vous avez survécu dans les rues, malgré votre amnésie rétrograde globale. Puis, il y a huit jours, on peut supposer que vous avez subi de nouveau un grave traumatisme. En l'absence de traces de blessure récentes, on peut raisonnablement penser que ce choc fut de nature psychologique.

– Pourquoi faudrait-il nécessairement un choc ? J'ai pu *reprendre conscience* tout simplement.

Ali Hakim répondit par un léger haussement d'épaules.

– Possible, mais peu probable.

– Pourquoi ? mes blessures à la tête sont guéries.

– Mais pas les dégâts infligés à votre cerveau. Les cellules nerveuses endommagées ne peuvent se régénérer.

– Alors les lésions sont irréversibles ?

– Oui.

– Dans ce cas, je ne pourrai jamais...

Le psychiatre l'arrêta d'un geste de la main.

– N'allons pas trop vite, Bone, déclara-t-il sans agressivité. Avant de nous préoccuper de ce qui ne va *pas* arriver, essayons de nous représenter, même confusément, ce qui vous est arrivé...

... Pendant l'année que vous avez passée dans la rue, vous ne souffriez pas uniquement d'amnésie rétrograde globale, mais également d'aphasie totale, autrement dit la perte de toutes les formes de communication. Puis soudain, vous vous êtes réveillé. Apparemment, vous n'êtes plus aphasique, mais vous ne vous souvenez toujours pas de ce qui s'est passé avant le premier traumatisme ; de plus, vous avez oublié tout ce qui s'est passé après, jusqu'au moment où vous vous êtes retrouvé devant nous dans Central Park. On appelle cela une amnésie antérograde globale. C'est cette combinaison des deux types d'amnésie ; ajoutée à la rémission spontanée de votre aphasie et à vos capacités intellectuelles remarquablement conservées, que mes collègues, et la police évidemment, ont beaucoup de mal à accepter.

127

– Mais pas vous ?

– Je n'accepte ni ne rejette quoi que ce soit ; pour l'instant j'observe. Peut-être êtes-vous ce tueur psychopathe comme le pense la police, peut-être pas ; cette question doit demeurer en suspens pour le moment. Mais comme je n'arrive pas à comprendre pour quelle raison vous inventeriez un état aussi complexe et improbable que le vôtre, j'ai tendance à penser que votre syndrome correspond exactement à la description que vous en faites.

Bone fut pris soudain d'un léger vertige. Il poussa un long soupir.

– Merci, Docteur.

– Non, dit sèchement Hakim, ne me remerciez pas. Nous nous trouvons dans une situation pour le moins inhabituelle ; mon éthique personnelle et professionnelle m'oblige à vous préciser certaines choses dès maintenant. Après être devenu psychiatre, il ne m'a pas fallu longtemps pour m'apercevoir que je faisais un médiocre thérapeute ; aujourd'hui, le temps que je consacre à des patients se limite à des activités bénévoles comme celle qui m'a conduit auprès de vous, et à conseiller des employés de la HRA qui pourraient tirer profit d'une courte thérapie. Mais j'excelle dans la recherche, et il se trouve que mon domaine de prédilection est justement le fonctionnement de la mémoire. Comprenez-vous ce que cela signifie ?

– Vous voulez dire que vous salivez à l'idée de m'avoir comme cobaye.

– Exactement.

– Et vous avez la franchise de m'avouer que vous vous intéressez davantage à tout ce que je peux vous apprendre sur le fonctionnement de la mémoire qu'à ma guérison.

– Pas davantage, disons autant. Il est important que vous compreniez bien ceci, car je me propose de passer beaucoup de temps avec vous, autant que le permettra la police, afin de tester certaines techniques que j'ai

128

mises au point. Je veux que vous compreniez bien que je fais cela par intérêt personnel.

– Ces techniques pourront-elles m'aider à recouvrer la mémoire ?

– Peut-être, peut-être pas. Je ne peux rien vous garantir. Sachez que votre syndrome m'intéresse davantage que la question de votre culpabilité ou de votre innocence.

– O.K. !

– Vous acceptez ces conditions ?

– Premièrement, Docteur, je pense que vous vous dépeignez sous un jour trop sombre. Si vraiment vous vous intéressiez beaucoup plus à la recherche qu'aux gens, vous ne consacreriez pas autant de temps à aider les sans-abri et à conseiller les travailleurs sociaux.

– Je vous demande si l'attitude professionnelle que j'ai adoptée vous dérange.

– Non. A vrai dire, je crois que je préfère ça. Je n'ai pas besoin d'un psychiatre ou d'un ami compatissant ; j'ai besoin de quelqu'un qui m'aide à recouvrer la mémoire. Aidez-moi à la retrouver, je chercherai mes amis ailleurs.

Le visage impassible, Ali Hakim observa Bone pendant un certain temps avec son regard noir et limpide, puis il jeta rapidement quelques notes sur son carnet.

– En vérité, dit-il en refermant son carnet, nous savons très peu de choses sur la formation et le stockage des souvenirs à court et moyen termes. Il s'agit indéniablement d'un processus biologique qui peut être perturbé par des drogues ou des chocs, et nous pouvons délimiter certaines zones du cerveau qui participent à ce processus. Mais au-delà...

Il s'interrompit et haussa les épaules.

– Qu'y a-t-il au-delà ?

– C'est ce que nous allons essayer de découvrir. Je vous ai parlé du système limbique, je vous ai expliqué comment la détérioration de votre amygdale et de votre hippocampe avait entraîné une perte de mémoire. Selon la théorie généralement admise en neurologie, ces souvenirs seraient définitivement perdus, mais cette théorie ne saurait expliquer la rémission spontanée de votre aphasie et, toujours selon cette théorie, vous devriez présenter un tas de symptômes associés comme l'acalculie, l'agnosie et bien d'autres troubles mentaux que je n'évoquerai pas, car vous n'en êtes pas atteint.

... Mais il y a une autre théorie, dont je suis le premier défenseur soit dit en passant, qui prône l'existence d'un second système de formation et de rétention de la mémoire situé en dehors du système limbique et qui, en termes d'évolution, serait très ancien. Ce système, s'il existe, se situe très certainement dans le striatum, un ensemble de structures nerveuses du cerveau antérieur. D'après les résultats du scanner, votre cerveau antérieur est intact...

... Dans ce système, la formation de la mémoire naît d'une réaction à un stimulus, au-delà d'un niveau conscient ou d'un désir " d'apprendre quelque chose ". Ici l'apprentissage est non cognitif, il n'est pas basé sur la connaissance ou sur d'autres souvenirs au sens courant, mais sur des connections inconscientes entre un stimulus et une réaction. Pour simplifier, disons que ce système secondaire est fondé sur l'*habitude*.

— Docteur, je ne comprends rien à ce que vous racontez.

— Votre cerveau sait beaucoup plus de choses que vous ne le pensez, Bone ; la solution pour retrouver vos souvenirs réside peut-être dans une sorte de stimulation inversée. A partir de maintenant vous devez être attentif aux choses que vous faites par automatisme. Portez une attention toute particulière à ce que vous faites, ou vous voudriez faire, avec vos mains d'une manière inconsciente. Observez vos émotions. Dans les deux systèmes, c'est l'émotion qui installe et fixe les souvenirs à long terme. Quelles sont les choses dont vous avez envie ? Celles dont vous n'avez pas envie ?

Chaque fois que vous surprenez en vous un comportement particulier, arrêtez-vous, prenez note. Attention, je ne parle pas des choses que vous *essayez* de faire. Vous devez être conscient de vos actes, et en même temps, aussi paradoxal que cela puisse paraître, vous devez être suffisamment libre pour faire ces choses inconsciemment. Puisque votre corps, contrôlé par les parties intactes de votre cerveau, peut réagir à certaines choses par automatisme comme autrefois, c'est votre corps qui pourra peut-être nous ramener au souvenir conscient de votre identité passée ; du moins vous indiquera-t-il les choses que vous faisiez. Les émotions liées aux gestes, au comportement, aux visions, aux bruits, aux sensations, aux odeurs, aux goûts, voilà les choses auxquelles vous devez être très attentif. Le présent immédiat renferme peut-être la clé de votre passé. Vous comprenez maintenant ?

Bone regarda ses mains noueuses, puis les murs aux tons pastel autour de lui et les fenêtres grillagées. Le passé de l'inconnu n'était pas ici et la difficulté d'utiliser cette chambre pour retrouver ses souvenirs lui donnait l'impression d'étouffer. Le passé de l'inconnu, une année du moins, se trouvait dehors dans la rue, peut-être même sous le bitume de cette monstrueuse cité. Mais il ne pouvait, et peut-être ne devait-il pas, s'y rendre, alors à quoi bon remâcher sa frustration.

– Oui, je crois, répondit-il enfin.

Ali Hakim se pencha brusquement vers l'avant sur sa chaise, les coudes appuyés sur les genoux.

– Jusqu'à maintenant, Bone, vous avez essayé de vous souvenir de tout, dit-il d'une voix chargée d'une intensité nouvelle. Essayons une autre approche : essayez de vous rappeler quelque chose de précis. Une seule chose. Le pouvez-vous ?

Bone essaya, mais le rideau noir demeura intact.

– Non.

– Inutile de faire un tel effort, Bone. Il suffit d'essayer. Si vous n'obtenez aucun résultat au début, laissez tomber. Depuis votre réveil dans le parc, avez-vous éprouvé une sensation qui vous en rappelle une autre ?

– Je... non.

– Une odeur.

– ... Non.

– Un bruit.

– ... Non.

– Une vision.

– Je... peut-être.

– Expliquez-vous.

– Quand je me suis réveillé et que j'ai découvert les immeubles qui entourent le parc, je les ai pris pour autre chose.

– Quoi ? Pour quoi ?

– Je ne sais pas. J'ai beau y réfléchir, ça ne me revient pas.

– Vous m'avez parlé de rêves où vous êtes sous terre, on vous enterre vivant ; vous voyez des os et une étrange silhouette orange.

– Oui.

– Il n'y a pas d'immeubles sous terre.

– Non.

– Le sous-sol et les tombes sont en profondeur, les buildings sont en hauteur.

Ça s'effrite !

Bone sentit sa gorge se serrer. Les yeux écarquillés, il regardait fixement le Dr Hakim en essayant de capturer l'image fugitive qui venait de traverser son esprit, mais elle avait disparu.

– Vous avez ressenti quelque chose ? interrogea Hakim.

– Oui.

– Quoi ?

– De la peur... mais aussi de la joie ; une formidable excitation.

– La peur et la joie sont encore présentes ?

– Non.

– Que ressentez-vous maintenant ?

132

Bone haussa les épaules.

– C'est évident.

– Rien n'est évident pour une personnalité née il y a seulement huit jours.

– Tous les sentiments que j'éprouve sont liés, autant que je puisse m'en rendre compte, à ma situation présente. Une terrible angoisse...

– A quel sujet ?

– En songeant que j'ai pu... tuer des gens ; la peur de ne jamais me rappeler qui je suis, ni les choses que j'ai faites ; la peur de ne plus jamais grimper.

– Grimper ?

Bone resta muet un long moment.

– J'ignore ce que j'ai voulu dire par-là, Docteur, répondit-il enfin.

– Quand vous avez prononcé ce mot, avez-vous éprouvé une émotion liée à une expérience passée.

– Je ne sais pas.

– Et le toucher ? Depuis votre réveil dans le parc, avez-vous touché un objet ou une surface qui ait fait naître en vous un sentiment de familiarité ?

– ... Non. Mais je n'y ai pas songé.

Hakim se laissa aller contre le dossier de sa chaise et croisa de nouveau les jambes. S'il était déçu, il n'en laissa rien paraître.

– Vous penserez à toutes ces choses désormais, n'est-ce pas ?

– Oui.

– Mais ne forcez pas surtout. N'essayez pas de brusquer votre mémoire ; vous devez essayer de saisir ces sentiments au moment où ils viennent à votre esprit.

– Croyez-vous que j'ai tout oublié parce que je ne veux pas me souvenir ?

– A votre avis ?

– Je ne sais pas.

– Alors moi non plus.

– Si j'arrive à retrouver un souvenir de mon existence, n'importe quoi, avant ou après ma blessure à la tête, est-ce que je me souviendrai de tout ? Des deux vies ?

– Je l'ignore.

– Vous avez dit que mon réveil dans le parc avait été causé par une sorte de choc psychologique ?

– Ce n'est qu'une supposition. Mais *quelque chose* vous a fait reprendre connaissance ; en l'absence de toute trace de blessure récente, on peut supposer qu'il s'agit d'un traumatisme psychologique.

– Comme... le meurtre de quelqu'un.

– Un traumatisme.

– Mais dans ce cas, si j'avais assassiné au moins vingt-sept personnes avant celle-ci, pourquoi ce dernier meurtre a-t-il produit un tel effet sur moi ?

Le Dr Hakim ne répondit pas, il se contenta d'observer Bone de son regard limpide sans ciller.

– Je sens que je suis un être bon, Docteur, reprit Bone.

– Ah oui ? fit le psychiatre d'un ton neutre. Et pourquoi ?

Bone prit la carafe d'eau posée sur une table près du lit et se servit un verre qu'il but lentement.

– Vous m'avez demandé comment je me sentais, comment je faisais face.

– Je ne vous ai pas demandé comment vous faisiez face. (Ali Hakim pencha la tête sur le côté.) Mais compte tenu des circonstances et de l'angoisse dont m'avez parlé, vous semblez faire face remarquablement.

– Je... j'ai en permanence l'impression d'être une sorte de fantôme coincé à l'intérieur de ce corps.

– Un fantôme sympathique en l'occurrence.

– Oui. Je sais que ça paraît ridicule.

– Non, ce n'est pas ridicule.

– Je suis comme une paire d'yeux à l'intérieur du corps et de l'âme d'un inconnu. Je suis contraint de rester là, alors je me sens contraint de défendre de mon mieux cet inconnu tandis que je cherche son identité et la vérité à son sujet.

– Voilà une formulation très intéressante, dit Hakim.

Il avait conservé son ton neutre, mais ses yeux pétillaient d'un nouvel éclat ; il s'empara de son carnet et de son stylo à plume pour prendre une série de notes.

– On dit que l'inconnu est un tueur psychopathe.

– Un meurtrier en série. Il y a une différence et ça pourrait vous être utile de le savoir pour rechercher l'identité de cet inconnu et assurer sa défense.

– Voulez-vous m'expliquer cette différence ?

– Le psychopathe tue généralement toutes ses victimes durant un accès incontrôlable de frustration et de rage, répondit Ali Hakim en levant les yeux de son carnet. Souvent, il ne vise qu'une seule personne parmi le groupe de ses victimes, mais sa fureur est telle qu'elle le pousse à tuer tous ceux qui se trouvent dans les parages. Ce genre de criminel possède généralement une personnalité paranoïaque, et au moment du passage à l'acte sa personnalité franchit brutalement le seuil de la pensée rationnelle. L'explosion se produit le plus souvent après une série de rejets et d'échecs personnels, la perte d'un emploi, un divorce, ce genre de choses.

– Et le tueur psychopathe ?

Le Dr Hakim observa Bone quelques instants, avant de lui répondre par une autre question :

– Que ressentez-vous sur le plan sexuel, Bone ?

Bone sourit timidement, désorienté par ce changement de sujet brutal et apparemment arbitraire.

– Je ne vois pas ce que vous voulez dire.

– Avez-vous ressenti une excitation sexuelle depuis que vous vous êtes réveillé à l'intérieur du corps de cet inconnu ?

– Vous plaisantez ?

– Non, répondit le psychiatre. Je ne plaisante pas. Avez-vous eu des pollutions nocturnes ?

– Non.

– Vous êtes-vous senti excité ?

Bone repensa au contact des seins d'Anne contre son bras dans le parc, à l'émotion qu'il avait éprouvée quand elle était venue lui rendre visite. Il songea à sa solitude.

– Oui, avoua-t-il.

– L'objet de cette excitation était-il un homme ou une femme ?

– Une femme.

– Vos fantasmes relatifs à cette personne comportaient-ils un acte de violence ?

Bone rougit en scrutant le visage impassible du psychiatre qui, à en juger par le ton de sa voix, aurait pu tout aussi bien lui proposer un verre d'eau ; puis il leva les yeux vers la caméra vidéo fixée au mur.

– Je ne suis pas de la police, reprit Hakim du même ton neutre. S'il est vrai que tout ce que nous disons ou faisons est enregistré, il est vrai également que rien de ce que vous me dites ne peut être utilisé devant un tribunal. L'enregistrement de cette séance ne finira pas entre les mains de la police ; s'ils souhaitent prouver que vous êtes coupable des meurtres dont ils vous accusent, ils n'ont qu'à réunir leurs propres preuves. Nous sommes engagés dans une chasse aux réponses afin de découvrir " la vérité au sujet de l'inconnu " pour reprendre, je crois, l'expression du " fantôme qui habite son corps ". Je vous prends au mot. Si vous n'êtes plus certain à ce stade de vouloir connaître la vérité, j'abandonne ce sujet.

Bone secoua la tête. Comme un homme qui s'apprête à plonger dans des eaux inconnues capables de le brûler vif ou de le frigorifier, il s'imagina en train de faire l'amour avec Anne, laissant libre cours à ses fantasmes, essayant d'imaginer ce qu'il ressentirait s'il lui faisait mal physiquement durant l'acte. Il éprouva alors une vague de dégoût et de remords. Il ne voulait pas faire de mal à Anne, juste l'aimer, la rendre heureuse et faire qu'elle le rende heureux. La souffrance était absente de cet univers.

– Non, répondit-il enfin.

– Si vous le pouvez, imaginez que vous faites l'amour avec cette personne.

– C'est fait.

– Croyez-vous que le simple fait de penser à elle pourrait déclencher une érection.

Bone esquissa un sourire.

– C'est fait.

– Avez-vous obtenu cette érection sans imaginer des actes de violence envers elle ?

Bone soupira.

– Oui, Docteur.

Le Dr Hakim l'observa un instant, avant de prendre des notes.

– Le tueur psychopathe est un personnage beaucoup plus mystérieux, dit-il quand il eut fini d'écrire. On estime, d'après les dernières recherches, que la plupart des tueurs psychopathes sont des sadiques sexuels. Un criminel de ce type prend plaisir à maltraiter ou mutiler ses victimes. Dans la plupart des cas, ce genre d'individu n'a jamais eu de relations sexuelles normales avec quiconque. Le meurtre, ou l'idée du meurtre, est le seul stimulant capable de provoquer son excitation sexuelle, une excitation très forte...

... Contrairement au tueur psychopathe qui présente un profil clair et prévisible, il est très difficile de tracer le portrait d'un meurtrier en série, sauf sous l'angle sexuel qui demeure une énigme, sauf pour ses victimes. Même à la lumière de l'examen le plus approfondi, nombre de ces individus ne révéleront aucune trace de psychopathologie déclarée. Les tueurs psychopathes ne manifestent généralement aucun sentiment de culpabilité ; ils n'établissent pas de différence entre les êtres et les objets. Quand ils ne tuent pas, ils poursuivent leur existence normale, parfois jalonnée de réussites extraordinaires. En général, ils sont extrêmement intelligents, voire charmants.

– Donc, le fait que j'aie l'air inoffensif dans la journée ne m'empêchait pas de tuer des gens la nuit.

– Exactement.

– Et ma perte de mémoire ?

– C'est un territoire inexploré. Pour l'instant, je pense que votre interprétation d'un " vous " à l'intérieur d'un inconnu est une réaction saine qui peut s'avérer utile. Après vous avoir écouté et observé, je dirais que vous ne présentez pas la caractéristique essentielle du tueur psychopathe, à savoir la déviance sexuelle et l'hostilité envers les femmes.

– A moins que je ne mente. Vous venez de dire que les tueurs psychopathes étaient parfois très intelligents.

– Oui, à moins que vous ne mentiez. Mais je ne le crois pas. Toutefois, reste à savoir si votre inconnu était, ou est, un tueur psychopathe. Si oui, je pense qu'il l'est devenu à la suite de ce coup à la tête qui a entraîné votre première amnésie rétrograde et désintégré votre personnalité. Un second traumatisme, je suppose, vous a fait réintégrer votre personnalité, mais avec une amnésie antérograde.

– Le lieutenant Lightning affirme... Est-il possible que je choisisse, d'une certaine façon, de ne pas me souvenir, car les actes commis par l'inconnu durant cette année sont trop affreux ? Est-il possible qu'inconsciemment, je préfère oublier que j'ai vécu pendant un an dans la peau d'un homme qui a tué et décapité au moins vingt-sept personnes ?

Hakim haussa les épaules.

– Qui sait ? Comme je vous l'ai dit, nous pénétrons dans un territoire inexploré. D'abord, il faut voir si nous pouvons vous aider à recouvrer la mémoire ; ensuite vous pourrez peut-être répondre vous-même à la question.

Bone humecta ses lèvres sèches et but un peu d'eau.

– Si l'inconnu a commis ces horreurs, il doit être... châtié.

– L'inconnu qui a fait ça ne mérite pas nécessairement un *châtiment*.

– Peu importe, châtiment ou traitement ; ils s'appliqueraient à un être qui n'existe plus.

Le Dr Hakim haussa légèrement les sourcils et continua à prendre des notes ; il avait rempli plus de la moitié de son carnet de son large gribouillage.

– Je me réjouis d'alimenter votre intérêt, reprit Bone avec ironie.

Hakim leva la tête.

– Ma façon de faire vous choque ?

– Non. Nous avons tous les deux les mêmes buts : découvrir la vérité au sujet de l'inconnu et traquer son passé.

Le psychiatre répondit par un hochement de tête discret qui pouvait ressembler à un signe d'approbation.

– Je dois lui accorder le bénéfice du doute, Docteur, ajouta Bone.

– Evidemment.

– La preuve la plus accablante contre lui c'est le sang des deux dernières victimes, cet homme et cette vieille femme, qu'on a retrouvé sur ses poignets de chemise et son pantalon. Il y a également le médaillon qu'il portait autour du cou et qui avait appartenu à la vieille femme, plus le fait qu'on l'ait retrouvé en état de transe à quelques blocs seulement de l'endroit où ont été commis les deux derniers meurtres. Ai-je oublié quelque chose ?

– D'après ce que je sais, vous avez fait le tour.

– Mais l'inspecteur n'a mentionné aucune preuve qui m'accuse des vingt-six autres meurtres. Savez-vous quelque chose ?

– Je vous ai dit que je n'étais pas de la police, Bone.

– Je vous demande seulement si, à votre connaissance, la police possède des preuves pour accuser mon inconnu des autres meurtres, ou d'un crime quelconque ?

– Pas que je sache. Mais la police ne me confierait pas forcément ce genre d'information. (Un petit sourire retroussa les commissures de ses lèvres.) Les policiers ont tendance à considérer les psychiatres comme des ennemis, jusqu'au jour où ils ont besoin d'eux.

– Lightning me l'aurait dit s'il possédait d'autres preuves, déclara Bone en regardant à travers une des fenêtres grillagées par-dessus la tête du psychiatre. Il n'a pas hésité à tout me révéler au sujet des traces de sang et du médaillon dans le but de me faire avouer les deux meurtres commis sur les marches de l'église ; logiquement, si la police possédait des preuves m'accusant des autres meurtres, il me l'aurait dit. Vous n'êtes pas d'accord ?

– Votre raisonnement me paraît logique, répondit Ali Hakim. Mais les policiers, comme tout un chacun, n'agissent pas toujours d'une manière logique.

– L'inconnu aurait pu voler le médaillon avant le meurtre, ou même le prendre sur le cadavre de la vieille femme.

– A moins qu'on ne vous l'ait offert tout simplement, ajouta le Dr Hakim du même ton neutre.

Bone cligna lentement des paupières ; il scruta le visage de son interlocuteur, sans y déceler la moindre information.

– Merci d'avoir dit ça, Docteur.

– Ne me remerciez pas. Il est logique de penser que ce médaillon puisse être un cadeau. Nous devons envisager toutes les possibilités, n'est-ce pas ?

Bone acquiesça.

– L'inconnu se trouvait effectivement sur le lieu des deux derniers meurtres, le sang sur ses vêtements le prouve. Mais ça ne prouve pas qu'il ait tué ces deux personnes. Quand vous décapitez quelqu'un, le sang doit jaillir de tous les côtés. Si l'inconnu a massacré cet homme et cette femme, pourquoi ses vêtements n'étaient-ils pas maculés de sang ? (Bone s'interrompit, espérant une réponse. Comme le psychiatre se contentait de le regarder fixement, il se pencha en avant au bord du lit.) Dites-le moi, Docteur ; pourquoi n'y avait-il pas du sang sur tous ses vêtements ?

– Je vous répète que je ne suis...

– Supposons que vous êtes de la police.

140

– Non merci, répondit sèchement Hakim. N'oubliez pas que le lieutenant Lightning vous prend pour un menteur, comme l'immense majorité de mes collègues.

– Alors jouez le rôle du policier et démontez mes mensonges.

Le Dr Hakim soupira, et pour la première fois ses traits trahirent un soupçon d'émotion, de l'agacement.

– Vous portiez un imperméable ou autre chose par-dessus vos vêtements, seuls vos poignets de chemise dépassaient, répondit-il sèchement.

– Qu'ai-je fait de l'imperméable dans ce cas ? je ne l'avais pas dans le parc. J'avais juste l'os.

– Vous l'avez caché quelque part, avec l'arme du crime, avant de vous rendre dans le parc. L'imperméable et l'arme sont peut-être cachés avec les têtes des victimes que l'on n'a jamais retrouvées elles non plus.

– Pourquoi n'ai-je pas caché également le médaillon ? Peut-être n'ai-je pas remarqué que j'avais du sang sur ma chemise, mais je devais bien me douter que le médaillon pouvait me faire accuser. Pourquoi ne pas l'avoir laissé avec le reste ?

– Vous ignoriez qu'on pouvait retrouver sa propriétaire. Ou vous l'avez simplement oublié.

– Pourquoi, après une année d'intense activité passée à décapiter les gens, suis-je allé tout à coup m'asseoir dans un parc sous la pluie pendant deux jours ? Et ne me sortez pas cette connerie sur le désir inconscient de me faire prendre par la police ; j'avais déjà cessé de tuer et sans votre intervention j'aurais réussi à cesser définitivement. Donc, si je suis bien le meurtrier, et si je mens au sujet de mon amnésie, pourquoi ferais-je un truc aussi fou ?

– Précisément parce que vous êtes fou. (L'agacement du Dr Hakim avait laissé place à une sorte d'amusement.) Qui peut expliquer les actes d'un fou ? Nous les flics on ne sait pas pourquoi vous avez fait tout ça, mais on est foutrement convaincus que vous avez assassiné ces gens, et on est foutrement décidés à ne plus se laisser emmerder par cette histoire d'amnésie à la con et à vous faire cracher le morceau.

Bone se sentit soudain très fatigué et pris de vertiges, mais ragaillardi malgré tout, comme un homme parvenu au terme d'un long voyage, redoutant le pire, et qui se retrouve dans un lieu enchanté auquel il ne s'attendait pas. Il remplit ses poumons d'air et souffla lentement.

— Ça ne suffit pas, dit-il, quelque peu stupéfait plutôt qu'effrayé par sa découverte. Non, ça ne suffit pas. (Il regarda le psychiatre pakistanais droit dans les yeux.) Il se peut que je sorte d'ici, n'est-ce pas ?

— Pas si le procureur et la police peuvent l'empêcher, répondit le Dr Hakim. Nous avons dans cet Etat une pratique juridique qui s'appelle la détention préventive ; le procureur réunit actuellement un grand nombre de psychiatres pour témoigner qu'il ne faut pas vous relâcher, même si les preuves indirectes contre vous sont sujettes à caution. De son côté, Anne réunit un groupe assez important d'excellents avocats liés à la coalition des sans-abri pour obtenir que vous soyez inculpé officiellement ou bien remis en liberté. Jamais un grand jury ne vous mettra en accusation sur la base des preuves existant actuellement contre vous, c'est du moins ce qu'on m'a dit. Les psychiatres se ridiculisent souvent devant les tribunaux, alors je pense que vous serez libéré.

Bone ferma les yeux, envahi d'une nouvelle bouffée d'euphorie teintée d'angoisse.

— Que direz-vous à la barre, Docteur ? Quel avis donnerez-vous ?

— Je ne viendrai pas à la barre, Bone, car je n'émettrai aucun avis. J'ai toujours affirmé que les psychiatres ne devaient pas essayer de prédire l'avenir, surtout devant les tribunaux. Dieu soit loué, je n'ai pas besoin des primes de comparution pour vivre.

Bone ouvrit les yeux et découvrit que le psychiatre affichait un petit sourire. Il ne savait pas quoi dire.

– Que ressentez-vous à l'idée d'être libéré, Bone ?

– Un tas de choses, Docteur.

– Quel est votre sentiment dominant ?

– A cet instant précis ? La peur, l'angoisse.

Ali Hakim approuva d'un signe de tête.

– Vous imaginez, bien évidemment, que les autres psychiatres s'opposeront à votre mise en liberté, car ils sont convaincus que vous mentez au sujet de votre perte de mémoire. Moi je vous crois, mais je pense que nous sommes d'accord sur un autre point : nous ne savons pas si vous, ou l'inconnu, avez commis ces meurtres.

– Nous sommes d'accord.

Hakim nota quelques mots dans son carnet, puis il déchira la page et la tendit à Bone.

– Voici mon numéro de téléphone et l'adresse de mon cabinet sur Lexington Avenue. J'aimerais instaurer avec vous des rendez-vous réguliers le dimanche matin, si cela vous convient. Je veux passer beaucoup de temps avec vous, et c'est mon seul jour de libre.

– Vous êtes convaincu qu'ils vont me laisser sortir, hein ?

– Je vous le répète, j'aimerais vous recevoir à mon cabinet tous les dimanches matin, si vous êtes libéré.

– Je viendrai.

– Par ailleurs, je veux que vous m'appeliez immédiatement, à n'importe quelle heure, si vous ressentez le besoin de me parler. J'insiste sur le *n'importe quelle heure,* Bone. Vous avez peu de chance de m'avoir directement, mais si vous donnez votre nom à mon service téléphonique, on me transmettra votre appel. Téléphonez-moi dès que vous commencez à vous sentir désorienté. Vous me comprenez, je pense.

– Vous voulez dire qu'il se peut que ma personnalité recommence à se désintégrer ?

– Je vous répète que nous progressons en territoire inexploré.

– Vous pensez que si j'ai tué ces gens, il y a un risque que je recommence ?

– Même réponse.

Bone détourna le regard.

– Je vous téléphonerai si je commence à me sentir... bizarre. Ou bien c'est la police qui le fera.

Le Dr Hakim se leva et marcha vers la porte qui s'ouvrit aussitôt dans un bourdonnement accompagné d'un déclic. Il s'arrêta sur le seuil.

– Anne consacre énormément de temps à votre affaire, Bone, déclara-t-il d'un ton anodin. Je ne serais pas surpris de découvrir qu'elle se sent attirée par vous.

Il y eut un long silence ; Bone devina que le psychiatre attendait une réponse. Il ne dit rien.

– Anne n'est pas une femme ordinaire, Bone, reprit le Dr Hakim d'un ton plus incisif. Son acharnement et ses compétences professionnelles sont évidents, mais elle est également très vulnérable. Si elle choisit de se vouer à quelqu'un, son engagement sera total... et peut-être malavisé. Il s'agit là d'un sentiment personnel, pas d'une opinion professionnelle.

– Je comprends.

– Comprenez-vous pourquoi ?

– Je crois.

– Si vous décidez de continuer à travailler avec moi, nous passerons sans doute un grand nombre de dimanches matin ensemble. Le reste du temps, vous serez libre de traquer vos souvenirs et les deux vies égarées de votre inconnu. Vous – l'individu que je regarde en ce moment – m'avez avoué avoir éprouvé une excitation sexuelle depuis votre réveil dans le parc, et cela à l'intérieur de paramètres normaux. Je ne vous demanderai pas quel était l'objet de votre fantasme, car cela n'a aucun intérêt sur le plan professionnel... et je pense connaître la réponse. Mais n'oubliez jamais que si vous – le " fantôme " – avez ressenti une excitation sexuelle normale, cela ne signifie pas qu'il en a toujours été ainsi pour l'inconnu. Vous vous êtes réveillé à la suite d'un stimulus indéterminé, il n'est pas impossible de penser qu'un autre stimulus indéterminé puisse inverser le processus.

— Et si j'étais dangereux avant, je pourrais le redevenir... et faire du mal à quelqu'un qui m'est cher. Si je sens que cela se produit, je vous appellerai, ou bien je me livrerai à la police. Si je suis relâché.

— Si vous en avez le temps.

— Je serai attentif.

— Surveillez de près l'inconnu, Bone, déclara le Dr Ali Hakim avant de quitter la chambre.

Chapitre 6

1

Bone contempla un long moment l'os marron-gris ossifié et le médaillon posés sur le lit, avant de lever les yeux vers Perry Lightning adossé au mur près de la porte ouverte de la chambre d'hôpital. Comme la fois précédente, l'inspecteur au crâne rasé et à l'œil blanchâtre était vêtu avec un soin impeccable : costume beige, chemise bleu ciel avec une cravate et des chaussures marron étincelantes. Dehors, derrière les fenêtres grillagées, la pluie martelait les carreaux et le mur de brique avec un bruit de tambour.

– Ils sont à vous, déclara Lightning en désignant les deux objets sur le lit. C'étaient vos seuls biens quand on vous a recueilli.

– Je suis libre ?

– Ouais. Les gens de la HRA vous attendent dehors, dans une de leurs camionnettes.

D'une main légèrement tremblante, Bone prit le médaillon et la chaîne ayant appartenu à la vieille femme qu'il avait peut-être décapitée.

– Le médaillon devrait revenir aux enfants de cette femme, dit-il.

Il s'aperçut qu'il avait une boule dans la gorge.

– Ils ne le méritent pas. Si vous voulez leur envoyer, libre à vous ; je vous donnerai leur adresse. Mais comme l'a si habilement suggéré votre avocat, il est possible que la vieille femme vous l'ait offert, tout comme il est possible que vous ayez mis du sang sur

146

vos vêtements en découvrant les corps par hasard et en vous penchant pour les examiner.

Bone dévisagea l'inspecteur.

– Dois-je comprendre que vous envisagez la possibilité que je ne sois ni un voleur ni un assassin ?

– Non, mon gars. Vous avez tué ces gens, ça ne fait aucun doute.

Bone s'empressa de détourner la tête. Il fut surpris de voir combien les paroles de cet homme, sa certitude, faisaient mal à l'inconnu. Soudain, il se sentit extrêmement seul.

– Le sang sur vos vêtements, le médaillon, votre présence à proximité du lieu des deux derniers meurtres, le fait qu'il n'y ait plus de meurtres avec décapitations depuis une dizaine de jours que vous êtes enfermé ici, tout cela prouve amplement que vous êtes bien le type qu'on recherche. Malheureusement, l'opinion du lieutenant Perry Lightning n'est pas de celles qui comptent devant un tribunal. Cette Anne Winchell possède d'excellentes relations ; elle a fait venir des as du barreau ce matin.

Bone prit le fémur humain ; il le fit tourner lentement entre ses mains. C'était un objet dur et froid... mais étrangement familier.

– L'inco... Je suis passé au détecteur de mensonges, Lieutenant. Vous le savez.

– C'est du bidon.

– Pourquoi m'avoir demandé de faire le test dans ce cas ?

– Je pourrais vous raconter des histoires de tueurs psychopathes et de détecteurs de mensonges qui vous feraient dresser les cheveux sur la tête. Ces machines ne détectent pas les mensonges, elles détectent le *stress*. Les tueurs psychopathes sont d'excellents menteurs car ils n'éprouvent aucun sentiment de culpabilité ; et ils ne ressentent ni angoisse ni stress, car ils pensent qu'ils ne se feront jamais prendre. Les tueurs psychopathes n'ont pas d'émotions normales.

Bone croisa le regard fixe et dur de l'inspecteur.

– Je ressens un tas de choses, Lieutenant.

– Maintenant.

Bone fronça les sourcils, essayant en vain de percer le masque de Lightning.

– Que voulez-vous dire ?

– Vous ne savez même pas si vous avez tué ces gens.

– C'est ce que j'ai toujours dit. Vous ne m'avez pas cru.

– Eh bien, je le crois maintenant. Le Dr Hakim dit qu'il est tenté de vous croire, et j'attache beaucoup d'importance à son opinion. Hakim est un type plutôt réglo pour un Jivaro ; il emploie des mots que tout le monde comprend et il n'essaye pas de vous en foutre plein la vue. Le fait qu'il n'ait pas recommandé votre mise en liberté augmente encore sa crédibilité à mes yeux. Il pense que votre blessure à la tête a pu entraîner une perte de mémoire, et même vous pousser à tuer des gens sans vous en rendre compte. Aujourd'hui, il se peut que vous ayez retrouvé votre ancienne personnalité, vous êtes différent, et vous ne tuerez peut-être plus jamais. Si ça se trouve, on ne pourra jamais prouver que vous avez assassiné tous ces gens.

– Ça vous ennuierait beaucoup, pas vrai, Lieutenant ?

– Oui. Quelqu'un doit payer.

Bone se tourna pour le regarder en face.

– Si je me souviens d'avoir tué ces gens, je vous le dirai. Je suis d'accord avec vous, quelqu'un doit payer ; je ne pourrais pas vivre avec ce fardeau.

Lightning ne répondit pas ; il continua simplement à observer Bone.

– Vous ne me croyez pas.

– Je crois que si.

– Je vous remercie.

– Mais ce n'est pas votre comportement actuel qui nous inquiète, n'est-ce pas ?

– Non.

148

– Nous vous aurons à l'œil, Bone.

– J'espère.

Perry Lightning se décolla brusquement du mur, traversa la chambre et vint se planter devant Bone ; il le regarda droit dans les yeux. Son attitude et l'expression de son visage semblaient presque amicaux.

– Je crois savoir que les gens de la HRA voulaient vous placer dans un centre de réadaptation, dans le Bronx, et vous avez refusé.

– C'est exact.

– C'est une erreur, Bone.

– J'ai vécu dans la rue pendant un an ; mais ce n'était pas dans le Bronx, et je n'étais pas dans un centre. Je dois retourner sur les lieux où j'ai vécu si je veux espérer découvrir qui j'étais... et qui je suis. Je n'avais ni travail, ni argent, ni identité. Je dois retrouver les mêmes conditions.

– La HRA vous donnera de l'argent, mais vous l'aurez vite dépensé. Et le seul endroit où ils peuvent vous loger à Manhattan c'est au Refuge pour Hommes du Bowery. Vous n'aimerez pas cet endroit.

– Je doute que ça change quelque chose dans un sens ou dans l'autre.

– Avec un domicile fixe vous pourriez percevoir l'aide sociale. Je sais aussi que la HRA vous a proposé les services d'un conseiller pour vous permettre de trouver un travail, mais vous avez refusé également. Pourquoi ne pas les laisser vous aider ?

– Ils m'aident déjà. Vous devez comprendre, Lieutenant, que je ne cherche pas à recommencer une nouvelle vie. J'ai déjà une vie... quelque part. Je dois la retrouver. J'aurai besoin de travailler, mais je chercherai un boulot aux abords du foyer ; c'est dans ce secteur que je traînais.

– Je sais que je me répète, mais vous ne serez pas à votre aise dans ce refuge. Vous ne ressemblez pas aux habitants du Bowery.

– C'est évident. La différence entre eux et moi, c'est qu'eux savent qui ils sont.

149

– Je ne parle pas de ça, Bone. Il y a beaucoup de sans-abri dans les rues de cette ville, mais ils n'en sont pas tous arrivés là pour les mêmes raisons. Croyez-moi si vous voulez, certains préfèrent vivre dans la rue. Mais les habitants du Bowery sont des cas désespérés. Ce sont des perdants de la vie, des alcooliques, des drogués, des fous, et plus généralement des gens brisés. Vous allez vous retrouver dans un entrepôt destiné à ceux qui ne retrouveront jamais leur place dans la société. Vous êtes différent, car vous n'avez jamais été un perdant. Bon Dieu, je comprends votre désir de retrouver la mémoire, mais pourquoi refuser toute l'aide que l'on peut vous apporter ?

– J'apprécie vos conseils, Lieutenant.

– Mais vous ne les suivrez pas.

– L'individu qui parcourait les rues n'a jamais accepté le genre d'aide dont vous parlez. C'est lui que je dois retrouver, et pour ce faire, je dois me rapprocher le plus possible de la vie qu'il menait.

– Si j'ai bien compris le Dr Hakim, il s'agissait d'une personne différente. Peut-être que vous ne la retrouverez jamais. Et la vie dans les rues surtout avec les gens que vous allez rencontrer aux abords du refuge, risque de vous broyer, Bone.

– C'est un risque que je dois assumer.

– On peut facilement se faire tuer dans cette ville, Bone ; surtout dans les endroits que vous allez fréquenter.

Bone hésita, puis lentement et délibérément, il accrocha le médaillon de la vieille femme autour de son cou. Il s'empara du fémur et, se sentant quelque peu ridicule, il le coinça sous son bras.

– Il faut que j'y aille maintenant, Lieutenant. J'ai deux vies à retrouver.

Pour toute réponse, le lieutenant Perry Lightning pivota sur ses talons et quitta rapidement la chambre.

Bone avait senti la tension qui régnait entre les deux travailleurs sociaux dès qu'il avait quitté le Bellevue Hospital Center pour monter à bord de leur camionnette bleue stationnée juste devant l'entrée. L'accueil d'Anne Winchell lui avait paru étrangement froid, et Barry Prindle avait un comportement proche de l'hostilité. Tenant fermement son fémur, Bone avait pris place à l'arrière ; il regardait par la vitre, à la recherche de décors ou de visages familiers, tandis que Barry descendait la 2e Avenue vers la pointe de Manhattan.

Partout, il semblait y avoir des traces de sans-abri, des cartons servant à se protéger du froid rangés dans des entrées d'immeubles, des hommes et des femmes crasseux, accroupis ou assis sur les trottoirs dans une solitude intermittente, certains tenant des pancartes pour réclamer de l'argent.

Rien de tout cela ne lui était familier. Ce paysage qui défilait devant ses yeux n'avait rien à voir avec l'inconnu, songea Bone. L'inconnu ne restait pas assis sur le trottoir, il ne demandait pas l'aumône.

C'était très agréable, bien que légèrement perturbant, de revoir Anne. Une fois de plus, Bone se dit que l'attirance qu'il éprouvait pour cette femme pourrait se révéler gênante, voire préjudiciable. En outre, il se demandait si la tension manifeste qu'il percevait entre l'homme et la femme assis à l'avant du véhicule avait un rapport avec lui.

Comme pour répondre à ses pensées, Anne se retourna à demi sur son siège. Elle souriait, mais son regard semblait voilé.

– Rien ne vous oblige à aller dans cet endroit, Bone. Croyez-moi, la résidence dans le Bronx où nous voulons vous installer est cent fois plus agréable.

– Je ne vivais pas dans le Bronx ; vous avez dit vous-même qu'on me rencontrait toujours dans Manhattan.

– Il y a peu de chances également qu'on vous ait vu dans ce refuge du Bowery. Il faut s'inscrire à l'entrée ; si vous ne pouviez, ou ne vouliez, pas parler, quelqu'un vous aurait adressé à un travailleur social. On aurait enregistré la présence d'un homme muet, or ce n'est pas le cas.

– Au moins c'est à Manhattan, Anne. C'était mon territoire.

Ils passèrent devant un unijambiste appuyé sur des béquilles et adossé à la façade d'un immeuble, vêtu d'un immense imperméable beaucoup trop grand pour lui. L'homme avait la bouche ouverte, comme dans un cri silencieux, et il secouait violemment la tête d'avant en arrière.

Anne repoussa une mèche de cheveux châtains soyeux qui tombait devant ses yeux noisette et laissa échapper un petit soupir de frustration.

– Bone, j'ai interrogé un bon nombre de médecins. La plupart pensent que vous simulez au moins une partie de vos symptômes, vous le savez.

– Je le sais.

– Mais ils sont tous d'accord sur une chose. Si vraiment vous ne vous souvenez de rien comme vous le prétendez, c'est à cause de votre blessure à la tête, et ce genre d'amnésie est irréversible, vous ne retrouverez jamais vos souvenirs. Même si nous pouvions trouver quelqu'un qui vous a suivi dans vos pérégrinations pendant toute cette année, quelqu'un susceptible de nous dire ce que vous faisiez, où vous alliez et où vous dormiez, tout cela n'aurait aucun sens pour vous. Même chose pour les souvenirs de la vie que vous meniez avant votre blessure. Ces souvenirs ont disparu, Bone. Il faut vous rendre à l'évidence et nous laisser vous aider à bâtir une nouvelle existence. Cette recherche de votre passé est une perte de temps ; certains médecins pensent même que ce pourrait être dangereux. En choisissant de vous installer au refuge du Bowery alors qu'on vous propose quelque chose de mieux, vous faites un grand pas en arrière. Je vous demande de reconsidérer votre décision.

Bone vit Barry Prindle secouer légèrement la tête, comme agacé. Ses épaules larges étaient penchées au-dessus du volant, ses muscles tendus.

– Tous les médecins ne pensent pas que mes souvenirs sont définitivement perdus, répondit Bone.

– Vous faites allusion à Ali Hakim et à ses théories, dit Anne en dissimulant à peine sa colère. J'aime beaucoup Ali, Bone, il nous a souvent accordé son aide et son temps précieux. Mais je dois vous avertir, c'est un homme très curieux.

Bone sourit et lâcha un petit rire.

– Dans ce cas, c'est tout à fait ce qu'il me faut, pas vrai ?

– Je ne plaisante pas, Bone.

– Moi non plus.

– Il s'agit de votre vie. Ali est un très grand spécialiste dans son domaine, mais il s'intéresse avant tout à la recherche. Pour lui, vous n'êtes qu'un moyen de tester certaines de ses théories. Ses intérêts ne concordent pas forcément avec les vôtres, et j'ai l'impression qu'il fait passer les siens avant tout. Il se sert de vous.

– Il m'a prévenu d'entrée. J'ai accepté la règle du jeu. Je sais que mes chances sont maigres, et je sais que je risque de perdre mon temps. Mais j'ai perdu deux vies, et j'estime que je peux sacrifier un peu de mon temps pour les rechercher.

– Là où vous allez, c'est un véritable enfer, Bone.

– C'est ce que tout le monde me dit.

– Une fusillade a éclaté la semaine dernière.

– Je crois savoir qu'il y a des fusillades chaque jour à New York.

– Laissez-le donc, Anne, intervint Barry. S'il ne veut pas saisir la chance qu'on lui offre de loger dans une résidence, libre à lui. Dieu sait que les places sont chères. Bone est un grand garçon maintenant, il n'a pas besoin d'une mère.

Anne jeta un regard noir à l'homme assis au volant.

– Et si vous vous occupiez de vos affaires, Barry ?

– Je voulais juste...

– Expliquez plutôt la procédure à Bone, l'interrompit-elle froidement. Il y a certaines choses qu'il doit savoir.

– Je suis sûr que je les découvrirai rapidement

– Vous êtes attendu, expliqua Barry d'un ton morne en tournant légèrement la tête. Pour commencer, il faut vous inscrire à l'entrée. Je crois que vous savez encore écrire ; vous pouvez utiliser le nom de Bone si vous le souhaitez. Je leur expliquerai.

– Je peux leur expliquer moi-même, Barry, répondit Bone. Pour l'instant, Bone est le seul nom que je possède, je crois que je vais le garder.

– Comme vous voulez. Vous devriez arriver à temps pour le déjeuner, étant donné que les camions du Creedmoor arrivent presque toujours en retard.

– Le Creedmoor ?

– C'est un hôpital psychiatrique. C'est là que sont préparés tous les repas pour tous les refuges de la ville. (Il jeta un regard à Anne.) Bone peut s'estimer heureux de ne pas se retrouver là-bas.

La colère empourpra Anne.

– Il a perdu la mémoire, Barry, pas la raison.

Ce n'est pas certain, songea Bone, et il eut froid tout à coup. Il avait perdu la raison pendant un an ; il était possible qu'il la perde de nouveau... pour toujours.

– Vous avez de la chance, Bone, reprit Barry. Il y a deux mois encore, il n'y avait pas de dortoirs dans les refuges de Manhattan, on vous aurait transporté ailleurs chaque soir. Maintenant ils ont des lits, mais il faut s'inscrire de bonne heure, chaque jour. Vous aurez la priorité en tant que résident officiel, mais ça ne vous dispense pas de vous inscrire ; oubliez et vous trouverez quelqu'un d'autre dans votre lit.

– Je comprends. J'essaierai de m'habituer.

– Vous n'êtes pas obligé de signer le matin, mais

vous n'aurez accès aux dortoirs qu'à partir de cinq heures. Pendant la journée, vous pouvez faire ce que vous voulez.

Anne lui tendit une enveloppe par-dessus le siège. Bone l'ouvrit et découvrit à l'intérieur cent dollars en petites coupures.

– C'est une allocation d'urgence, expliqua-t-elle avec un sourire chaleureux. Il vous faut un peu d'argent.

– C'est l'argent d'Anne, déclara Barry du même ton sec. Il est vrai que vous avez droit à une allocation sociale d'urgence, mais vous devrez en faire la demande au bureau d'aide sociale du refuge.

Bone voulut rendre l'enveloppe, mais Anne repoussa sa main.

– Vous risquez d'en avoir besoin. Ce n'est pas facile de remplir les formulaires et de répondre aux critères exigés pour toucher les allocations, croyez-moi. Vous me rembourserez quand vous le pourrez.

– D'accord. (Bone plia l'enveloppe et la glissa dans la poche arrière de son pantalon qui faisait partie du colis de vêtements qu'on lui avait remis, puis il détourna la tête pour cacher sa vague soudaine d'émotion.) Je vous le rendrai.

– Les bureaux d'Aide sociale sont situés au premier étage du refuge. Voulez-vous que Barry et moi on vous y accompagne ?

– Non, je vous remercie. (Il regardait défiler derrière la vitre ce panorama d'espoir et de désespoir, de richesse et de pauvreté. Apparemment, l'inconnu n'avait pas eu besoin des refuges, de la nourriture, des vêtements et de l'argent de la municipalité. L'inconnu était capable de subvenir à ses besoins.) Je pense que je trouverai.

Barry reprit la parole :

– Si vous voulez vous inscrire au programme de travail du refuge, vous toucherez treize dollars par semaine. On vous demandera de nettoyer le refuge, les squares, les stations de métro et ainsi de suite. Treize dollars ce n'est pas grand-chose, mais ça vous fera de l'argent de poche. Nous avons également un bureau d'orientation sur place au cas où vous changeriez d'avis ; on pourrait vous aider à trouver un travail.

Il avait deux vies à retrouver.

– Merci pour tous ces renseignements, Barry.

– Bone, reprit Anne, nous pourrions faire tellement de choses pour vous, si vous nous laissiez vous aider.

– Pour l'instant, Anne, je sens que je dois agir ainsi. J'ai survécu pendant un an sans votre aide. Si je veux avoir une chance de retrouver mes souvenirs de cette époque, il faut que j'adopte le même mode de vie, aussi fidèlement que possible.

– Ça c'est la théorie du Dr Hakim, rétorqua Anne d'un ton mordant.

Bone ne répondit pas.

– Un petit conseil, Bone, dit Barry d'un ton plus chaleureux, presque amical. Là où vous allez, vous n'allez pas passer inaperçu. Certains risquent de se méfier de vous, les surveillants ne sont pas les personnes les plus intelligentes que vous risquez de rencontrer, et on ne sait jamais trop ce que pensent les résidents. Ils vont se demander ce que vous foutez là, et la paranoïa est une caractéristique assez répandue dans cette ville.

– Ces gens savent-ils que la police me soupçonne d'avoir tué tous ces sans-abri ?

Ce fut Anne qui répondit :

– Quelques membres de chez nous ont été mis au courant, mais les surveillants et les résidents n'en sauront rien à moins qu'ils ne lisent les journaux et fassent le rapprochement avec vous. Peut-être devriez-vous laisser votre os quelque part, ça ne servira qu'à attirer l'attention. Voulez-vous que je vous le garde ?

– Non. Il représente quelque chose pour moi... autrefois du moins. Je préfère le garder.

Barry tourna légèrement la tête.

– Puis-je vous donner encore deux ou trois conseils ?

– Volontiers. Je suis preneur de tout ce que vous avez à me dire.

– Vous recherchez une chose que vous avez perdue et que vous ne retrouverez peut-être jamais ; les gens avec qui vous allez cohabiter ont tout perdu, et ils n'ont aucun espoir de le retrouver. Ils n'ont plus rien à quoi se raccrocher, si ce n'est quelques restes de dignité. En face, vous avez un groupe de surveillants mal préparés et mal payés qui savent, ne serait-ce qu'inconsciemment, qu'ils peuvent finir comme les résidents de ce refuge si par malheur ils perdent leur emploi. Tout cela donne parfois une situation explosive. Des valeurs telles que le respect et le machisme sont très importantes pour ces gens.

Anne secoua légèrement la tête.

– Où voulez-vous en venir, Barry ?

Barry se tourna vers Anne.

– Je parle de son comportement. Vous risquez de vous retrouver dans une drôle de situation, Bone. On vous a offert un lit dans un centre de réadaptation, un privilège pour lequel la plupart de ces gens seraient prêts à donner n'importe quoi. Mais ça ne leur conviendrait pas, car ils n'ont plus de métier et plus aucune qualification, à supposer qu'ils en aient jamais eu. Je veux dire par là que certains pourraient vous accuser de jouer un drôle de petit jeu.

– Parce que je veux recouvrer la mémoire et découvrir qui je suis ?

– À cause de votre façon de faire. Je ne dis pas que vous avez tort, je dis simplement que votre comportement pourrait déplaire à certains. Soyez prudent.

– Merci du conseil, Barry.

– Allez-vous consulter le Dr Hakim, Bone ? s'enquit Anne.

– Oui, tous les dimanches matin.

Barry émit un grognement.

– Le dimanche est son seul jour de libre. On peut dire que vous avez droit à un traitement de faveur.

Bone perçut la légère trace d'amertume dans sa voix et se demanda quelle conclusion en tirer.

– Je pense qu'il aura plus de temps à me consacrer que durant la semaine.

– Savez-vous où se trouve son cabinet ? demanda Anne.

Bone hocha la tête.

– Dans Lexington Avenue. J'ai son adresse et son numéro de téléphone.

– C'est très loin du refuge.

– Je trouverai.

– Comment irez-vous ?

Bone répondit par un haussement d'épaules accompagné d'un sourire.

– En marchant, j'imagine. Apparemment, c'est à peu près la seule chose que je sache bien faire dont nous soyons sûrs.

– Vous pouvez également prendre le bus. Et si vous ne voulez pas dépenser votre argent, je viendrai vous chercher en voiture.

– Ne vous en faites pas, Anne, je me débrouillerai. Merci quand même.

– Je vous donnerai un horaire des bus.

– Merci.

Barry s'engagea dans la 4ᵉ Rue, tourna au coin, remonta la 3ᵉ Rue et s'arrêta le long du trottoir devant la petite entrée latérale d'un gigantesque immeuble de pierre gris-marron. La porte était écrasée par l'énorme façade nue et oppressante. De chaque côté de la rue, les trottoirs étaient jonchés d'hommes aux regards vides assis sur des poubelles ou affalés contre les murs des immeubles. Certains bavardaient par groupes de deux ou trois. A quelques mètres de l'entrée du refuge, quatre types alignés urinaient sur le mur de pierre.

– Home Sweet Home, commenta Barry.

Anne sortit de son sac à main une enveloppe bulle qu'elle tendit à Bone.

– Je vous ai mis là-dedans deux ou trois choses qui pourront vous être utiles. Il y a un plan général de Manhattan, et des cartes plus détaillées de différents quartiers. J'ai marqué d'une croix les endroits où Barry et moi vous avons aperçu durant cette année, j'ai pensé que vous souhaiteriez peut-être explorer ces endroits en premier. Les chiffres à côté des croix indiquent, approximativement, le nombre de fois où l'on vous a vu à cet endroit. Vous trouverez également un plan du métro ; si vous n'y comprenez rien, demandez aux gens de chez nous au refuge, ou bien appelez-moi. Je vous ai laissé ma carte, avec mon numéro de téléphone personnel au dos. Si je ne suis pas au bureau ni chez moi, laissez un message sur mon répondeur. Si vous avez un besoin urgent de quelque chose, ou si vous avez des ennuis, n'hésitez pas à m'appeler, jour et nuit. (Elle lui fit un grand sourire.) Après tout, on a réussi à vous sortir de sous la pluie et de l'hôpital, et à vous éviter la prison. On doit continuer à vous soutenir. N'ayez pas peur de réclamer de l'aide si vous en avez besoin. O.K. ?

La main de Bone frôla celle d'Anne en prenant la seconde enveloppe ; il garda la main tendue, elle ne retira pas la sienne. Leurs regards se croisèrent et à cet instant, il eut pleinement conscience de la franchise et de la sincérité de cette femme, de son affection pour lui, de sa vulnérabilité... et aussi de la sienne.

Il repensa à la mise en garde du Dr Hakim.

Je n'ai pas le droit, songea Bone. Il n'avait pas le droit d'aimer avant d'avoir retrouvé l'inconnu.

– Merci, dit-il en prenant l'enveloppe. Je vous suis très reconnaissant à tous les deux. (Il regarda Anne avec insistance afin qu'elle sache que c'était surtout à elle qu'il s'adressait.) Plus que je ne pourrai jamais m'en acquitter.

Il ouvrit rapidement la porte arrière de la camionnette, descendit et claqua la portière derrière lui. Barry redémarra aussitôt, et tandis que le véhicule démarra,

Bone vit Anne se retourner vers lui avec une tendresse manifeste... mais aussi de l'inquiétude.

Il soutint son regard et lui répondit de la seule façon possible, en silence, jusqu'à ce que la camionnette tourne au coin de la rue et disparaisse. Il poussa un soupir et glissa le fémur sous son bras droit, espérant ne pas trop se faire remarquer. Puis il se dirigea vers l'entrée de l'ancien arsenal aménagé en refuge pour sans-abri, saluant au passage d'un signe de tête un groupe de types aux regards intrigués, avant de franchir le seuil et de pénétrer dans un univers d'odeurs étranges et de pénombre moite.

3

Barry remonta le Bowery sur quelques blocs, puis soudain, il se rangea le long du trottoir derrière un camion de livraison en train de décharger et coupa le moteur.

– Qu'est-ce que vous faites ? demanda Anne. Nous avons une réunion dans une demi-heure, et nous sommes déjà en retard.

Barry se tourna vers elle. La noirceur de ses cheveux accentuait la pâleur de son visage.

– Il faut que je vous parle, Anne.

– Ça ne peut pas attendre ?

Barry secoua la tête, presque avec colère, ses grosses mains se crispèrent autour du volant.

– Je crois que vous avez eu tort ; vous n'auriez pas dû lui donner votre numéro de téléphone personnel.

– Pourquoi ?

– Cet homme est peut-être un meurtrier.

– Non.

– Vous n'en savez rien ; Bone lui-même ne sait pas s'il a tué ces gens ou pas.

– Je sais que ce n'est pas un meurtrier, même si lui n'en sait rien. Je ne crois pas que la personnalité d'un individu puisse changer à ce point simplement parce qu'il a perdu la mémoire.

– Le coup qu'il a reçu sur la tête a peut-être modifié sa personnalité ; c'est ce que pense le Dr Hakim.

– Bone ne peut pas me tuer au téléphone, pas vrai ?

– Vous avez commis une erreur professionnelle.

Anne se raidit.

– Je n'ai pas de leçons de professionnalisme à recevoir de vous, Barry ; je fais ce boulot depuis un peu plus longtemps que vous. Bone est un cas particulier. Reconnaissez qu'il a du mérite de replonger volontairement au cœur de cette ville parce qu'il pense qu'il doit le faire, malgré la solution de facilité que nous lui avons offerte.

Barry détourna la tête vers la vitre.

– Vous parlez comme si vous étiez amoureuse de lui, dit-il d'une voix chargée d'agressivité. Ou du moins attirée sexuellement.

– Oh ! je vous en prie, Barry. Même si c'était le cas, ça ne vous regarde pas. Mais je maintiens que vous êtes à côté de la plaque. Nous passons nos journées, notre vie, à appliquer du sparadrap sur les plaies béantes de cette ville, et nous savons tous les deux que ça ne sert pas à grand-chose à long terme ; la plupart de ceux que nous essayons de sauver sont déjà morts depuis longtemps. Mais Bone peut être aidé, à court et à long terme, nous avons déjà commencé. Il est vrai que je le considère autant comme un ami que comme un client, mais je ne vois pas en quoi cela vous dérange. Vous avez un préjugé défavorable contre lui depuis qu'il a repris connaissance dans Central Park. Ceci étant dit, il est temps de repartir ou sinon...

– Anne, l'interrompit Barry d'une voix grave quelque peu étouffée par la vitre. Je sais que vous avez réclamé un nouvel assistant. Je vous demande de... s'il vous plaît... ne faites pas ça.

Anne soupira et jeta un coup d'œil à sa montre ; ils allaient arriver en retard à la réunion.

– Ecoutez, Barry, je pense que c'est préférable pour tous les deux ; ça brisera la routine. Vous apprendrez de nouvelles choses avec un nouveau partenaire, ce changement vous sera bénéfique. (Elle s'interrompit, croisa son regard et enchaîna d'un ton ferme.) De plus, je vous trouve bizarre depuis environ une semaine ; sincèrement, vous me mettez mal à l'aise.

– C'est parce que je vous aime, Anne ! (Les yeux verts de Barry étincelaient, des gouttes de sueur s'étaient formées sur son front et sa lèvre supérieure.) Je savais que je vous aimais, mais j'ignorais à quel point... jusqu'à ce que je voie la façon dont vous regardiez cet homme !

– Barry, j'ai l'impression d'avoir déjà eu cette discussion avec vous, répondit Anne du même ton doux mais ferme. Alors, je vous demande...

– Je croyais que vous étiez à moi, Anne ! Aujourd'hui, Dieu menace de vous arracher à moi si je ne fais pas ce qu'il faut !

Instinctivement, Anne se recula sur son siège jusqu'à ce que son avant-bras se retrouve coincé contre la poignée de la portière.

– Quoi ?

– Je sais que j'ai mal agi, Anne, mais c'est parce que j'ai peur de vous perdre !

– Barry, répondit Anne d'un ton mesuré en prononçant bien chaque mot. Je ne vous ai jamais appartenu. Vous entendez ? Je ne me doutais pas que cela avait pris de telles proportions, et si je l'avais...

– Dieu veut que nous soyons réunis, Anne ! Je sais que c'est Dieu qui m'a fait quitter le séminaire pour m'occuper des sans-abri ; Dieu a voulu que l'on se rencontre et que...

– Je vais prendre un taxi, Barry.

Anne ouvrit la portière de la camionnette et sauta rapidement sur le trottoir.

162

Barry ouvrit violemment la sienne, manquant de se la faire arracher par un taxi qui fit un écart au dernier moment ; le chauffeur poursuivit sa route en agitant le poing par la vitre baissée. Barry contourna en hâte la camionnette pour rattraper Anne sur le trottoir. Il voulut la retenir ; mais il laissa retomber son bras en la voyant se reculer d'un air effrayé.

– Anne, murmura-t-il, bouleversé par la peur qu'il découvrait dans ses yeux noisette. Je suis désolé, Anne. Voilà ce que je voulais vous dire en réalité, et... je veux qu'on continue à travailler ensemble. Je vous en prie.

– Toute la journée j'aborde des gens qui parlent avec Dieu, Barry, répondit froidement Anne en s'approchant du bord du trottoir pour héler un taxi. Je n'ai vraiment pas besoin d'en avoir un de plus à côté de moi dans la camionnette.

– Remontez, Anne, je vous en prie. Je vous répète que je suis désolé. Je n'aborderai plus jamais ce sujet.

Il attendit, mais elle ne répondit pas.

– Anne...

– On se verra à la réunion, Barry. Faites une petite pause, allez boire un café et détendez-vous. On en reparlera plus tard.

Un taxi s'arrêta le long du trottoir et Anne s'y engouffra. Le taxi repartit aussitôt dans un crissement de pneus, laissant Barry Prindle seul sur le trottoir. Il le regarda s'éloigner avec les larmes aux yeux.

Chapitre 7

1

A l'intérieur de l'imposant arsenal transformé en refuge pour sans-abri, Bone fit patiemment la queue dans un vaste hall de pierre en compagnie d'au moins une vingtaine d'hommes débraillés qui traînaient les pieds. Trois détecteurs de métal étaient installés au début de la queue presque à l'autre extrémité du hall, mais aucun ne semblait fonctionner. De fait, les fouilles étaient effectuées par deux types en uniforme à l'air renfrogné, des agents de la sécurité de la HRA qui portaient des masques de gaze sur la bouche et le nez et des gants en caoutchouc. Au-delà des détecteurs de métal, au pied d'un escalier qui semblait pénétrer dans les profondeurs de l'arsenal, une femme d'un certain âge à l'air morne avec des cheveux teints en roux, assise derrière un bureau, notait les noms de ceux qui franchissaient le contrôle de sécurité et leur donnait des bouts de papier de couleurs différentes.

Lorsque vint le tour de Bone de se faire fouiller, il s'avança et leva les bras au-dessus de la tête comme il avait vu les autres le faire. Le surveillant posté sur sa gauche, un type aux yeux noirs, froids et méfiants au-dessus du masque de gaze, tiqua en apercevant le fémur que Bone tenait dans sa main gauche.

– Hé, c'est quoi ce truc ?

Même étouffée par le masque, la voix était cassante et rugueuse.

Bone croisa le regard impitoyable du surveillant.

– Un objet que je trimbale avec moi.

– Tu te fous de moi, mon gars. Tu peux pas entrer ici avec une arme.

– Ce n'est pas une arme.

Sans prévenir, le surveillant qui se tenait sur sa droite, un jeune type prématurément chauve qui dégageait une forte odeur corporelle, lui arracha le fémur des mains.

– Putain ! s'exclama-t-il d'une petite voix aiguë, cette saloperie est dure comme de la pierre. (Il approcha son visage étroit de Bone.) Tu pourrais éclater un crâne avec ce truc.

– C'est juste un objet que je trimbale avec moi, répéta Bone en regardant alternativement les deux surveillants. Je n'ai jamais... je ne m'en sers pas comme d'une arme.

– Une chose est sûre, répondit le type au visage étroit et à l'odeur âcre, tu rentreras pas ici avec ce machin.

– Très bien, dit Bone en baissant les bras et en tendant la main. Dans ce cas, je n'entre pas. Rendez-le moi, s'il vous plaît.

Les deux hommes échangèrent un regard ; ils abaissèrent leur masque de gaze et reportèrent leur attention sur Bone.

– Frank n'a jamais dit qu'il voulait te le confisquer, ni que tu pourrais pas le récupérer, déclara le surveillant à la voix rugueuse d'un ton qui trahissait une certaine méfiance. (Il tendit le doigt vers la gauche. Bone regarda dans cette direction et découvrit au-delà des détecteurs de métal, une grande pièce vitrée ; deux des murs étaient couverts du sol au plafond de rangées de paniers métalliques étiquetés à l'aide de bandes de ruban adhésif. A l'intérieur de cette pièce, trois autres gardes en uniforme bavardaient et fumaient autour d'un énorme appareil à café.) On te le gardera, tu pourras le récupérer quand tu partiras.

– D'accord, répondit Bone en abaissant la main.

– Comment tu t'appelles, beau-regard ?

– Bone.

– Ton vrai nom.

– Je n'en sais rien. Les gens m'appellent Bone.

Le jeune type prénommé Frank se rapprocha de Bone, la poitrine en avant.

– Hé, minable, t'essayes de te foutre de notre gueule ?

De près, l'odeur qui émanait de cet homme était presque insupportable. Bone résista à l'envie de reculer.

– Non. Vous m'avez demandé mon nom, je vous ai répondu. (Il plongea son regard bleu dans les yeux marron clair de l'homme au visage en lame de couteau, avec un petit sourire.) Si vous voulez m'appeler autrement, même minable si ça vous amuse, libre à vous. Et si vous voulez me foutre dehors parce que mon nom vous déplaît, pas de problème. Rendez-moi simplement ce qui m'appartient.

– Eh, où tu crois que...

– Attends un peu, Frank, intervint le garde à la voix rugueuse en posant sa main sur l'épaule de son collègue pour le faire reculer. Calme-toi.

– Ecoute, Burt, cracha le chauve dont le visage avait viré au cramoisi. Je vais pas me laisser emmerder par un de ces clodos !

– La ferme, Frank, répondit l'autre sans quitter Bone des yeux. Tu as le droit de venir ici, beau-regard ?

– Je ne comprends pas ce que vous voulez dire.

– Je te demande ce que tu viens foutre ici.

– Je ne comprends toujours pas.

– Tu serais pas un journaliste, par hasard ? ou bien un espion qu'on a envoyé là pour voir si on faisait bien notre boulot ?

Le dénommé Frank jeta un regard paniqué à son collègue ; quand il se retourna vers Bone, ses petits yeux étaient remplis d'angoisse et d'agressivité.

166

– Je suis simplement quelqu'un qui ne sait pas où coucher, répondit Bone.

L'homme au regard froid secoua la tête.

– Tu ressembles pas vraiment à tous les types qu'on voit défiler ici, beau-regard...

– Je n'en sais rien.

– Fermez vos gueules là-bas ! hurla Frank par-dessus l'épaule de Bone pour mettre fin au brouhaha qui régnait dans la queue. (Bone jeta un rapide coup d'œil derrière lui ; la queue de plus en plus importante serpentait maintenant jusque dans la rue.) Si ça vous emmerde d'attendre pour avoir de la bouffe, un lit et des fringues gratis, z'avez qu'à retourner traîner vos culs puants dans la rue ! J'veux plus entendre un seul ronchonnement, bordel !

– Tu m'as l'air d'en avoir dans le crâne, beau-regard, déclara le prénommé Burt dont les yeux noirs continuaient à dévisager Bone. Généralement, les types qui viennent ici ne pensent pas ; ils veulent juste savoir ce qu'il y a à bouffer, dans quel lit ils vont dormir, et où est-ce qu'ils iront s'enfiler leur premier verre en ressortant le lendemain matin. Tu donnes pas l'impression d'un gars qu'a sauté beaucoup de repas, t'as plutôt l'air d'une sorte de mouchard. On se fait sacrément taper dessus dans les journaux depuis quelque temps, à cause de notre façon d'agir soi-disant, et ça me ferait chier de penser que t'es venu ici pour nous espionner et nous causer des emmerdes.

– Je suis exactement ce que je vous ai dit : quelqu'un qui ne sait pas où coucher.

– Regarde tes fringues, elles sont toutes neuves.

– Ce sont les gens de la HRA qui me les ont données, et ce sont eux qui m'ont dit que je pouvais venir ici. Ils m'ont dit que j'étais attendu.

– Nous on n'est pas au courant, beau-regard.

– Renseignez-vous là-haut.

– On les emmerde là-haut. Qu'est-ce qu'il y a dans cette enveloppe ?

Bone lui tendit la grande enveloppe bulle. Le surveillant examina le contenu.

– Qu'est-ce que tu fous avec tous ces plans ?

– Je les trimbale avec moi, comme l'os.

– Hé, t'es un putain d'excentrique ou quoi ?

Bone réprima un éclat de rire.

– En quelque sorte.

– Et dans la petite enveloppe, qu'est-ce qu'il y a ?

– Cent dollars.

– Où t'as trouvé ce fric ?

– On me l'a donné. C'est tout ce que j'ai, et ces vêtements sont les seuls que je possède.

– La plupart des types ici n'ont pas vu autant de fric depuis des années ; certains n'hésiteraient pas à te tuer pour te le piquer. Tu veux qu'on te le garde ?

– Non, merci.

– Vide tes poches.

– Je n'ai rien dans mes poches.

– Frank et moi on est d'un naturel curieux. Fais voir.

Bone retourna les poches de son pantalon pour montrer qu'elles étaient vides.

L'homme au regard froid reprit :

– Pas de papiers d'identité ?

– Non. Les seules choses que je possède sont cet os, mes vêtements, les plans et mon argent.

– Bordel, tu sors de l'œuf ou quoi ?

Presque, songea Bone. Mais il ne répondit pas. Les deux surveillants échangèrent un nouveau regard ; Burt lui rendit l'enveloppe avec les plans et son argent.

Le type à l'odeur âcre grommela :

– Si t'es venu espionner pour un canard ou la HRA, n'oublie pas de dire qu'on fait notre boulot le mieux possible. T'as bien vu qu'on fouillait tout le monde et qu'on t'a retiré ta matraque. C'est pas Burt et moi qu'avons laissé entrer ce type avec son flingue l'autre jour.

– Je ne suis ni un journaliste ni un espion.

Le type aux yeux noirs haussa les épaules ; il glissa la main dans sa poche de chemise et en ressortit un bout de papier bleu.

– Ne perds pas ça, dit-il en le tendant à Bone. On va t'inscrire. Ce bout de papier te donne droit à un déjeuner et à un colis de première nécessité.

– Un quoi ?

– Faut que tu montes au premier, tout au bout du couloir à gauche. Montre ce papier au type qui est là, il te filera des choses qui peuvent te servir. Le papier bleu signifie également que t'as un lit réservé pour la nuit ; le perds pas si tu veux pas coucher dehors.

– Merci, fit Bone tandis que les deux surveillants s'écartaient pour le laisser passer.

– N'oublie pas de dire que Burt et moi on fait bien notre boulot ! lança le jeune type chauve alors que Bone passait devant la femme aux cheveux roux et sous une arche pour pénétrer au cœur de l'arsenal humide.

Sur sa droite, des hommes faisaient la queue au sommet d'un escalier qui conduisait à un niveau inférieur. Sentant monter dans la cage d'escalier une odeur de poulet frit, Bone s'aperçut qu'il avait faim. Il marcha jusqu'au bout d'un long couloir et s'arrêta à l'entrée d'une vaste salle condamnée par une épaisse chaîne que maintenaient de chaque côté des clous tordus et rouillés. Au-delà s'étendait la salle principale de l'arsenal ; aussi grande qu'un terrain de football et occupée par des rangées et des rangées de lits pliants en fer dotés chacun d'un oreiller et d'une couverture gris kaki. Il régnait une forte odeur de désinfectant.

Rien ne lui paraissait familier, et Bone acquit la certitude que l'inconnu n'avait jamais mis les pieds dans ce refuge. Mais ça ne voulait pas dire que les autres pensionnaires ne l'avaient pas aperçu dans les rues, ni même connu. Peut-être que l'un d'eux connaissait les habitudes de l'inconnu, qu'il savait où il dormait... et où était sa planque. Il étudierait les cartes que lui avait données Anne, mais pendant qu'il était ici, il devait surtout étudier les cartes des visages humains qui l'entouraient, en espérant capter un signe de reconnaissance, aussi faible soit-il.

2

Le déjeuner se composait d'un morceau de poulet gras accompagné de deux tranches de pain, avec une rondelle de tomate sur une feuille de salade flétrie, du riz, et du café dans un gobelet en polystyrène expansé. La portion de poulet et de riz était copieuse, mais la nourriture était fade et il n'y avait aucun condiment sur la table ; Bone constata qu'un certain nombre de types avaient leur propre sel, leur poivre, leur sucre et même des sachets de ketchup et de moutarde frappés du logo de différentes chaînes de fast-food. Il n'y avait pas non plus de serviette, et Bone dut utiliser un coin de son mouchoir pour s'essuyer la bouche et les mains après avoir mangé son poulet. Bien que vite rassasié, il se força à manger tout ce qu'il y avait dans son assiette ; il savait qu'il aurait besoin de toutes ses forces et il ne pouvait pas se permettre de tomber malade.

Lorsqu'il eut fini de déjeuner, il repoussa son assiette et observa autour de lui les visages des autres hommes assis à la longue table, cherchant à croiser un regard, à la recherche d'une étincelle de reconnaissance dans d'autres yeux. Mais la plupart des hommes mangeaient comme des automates, le regard perdu dans le vide, contemplant une vision lointaine, un passé peut-être : une épouse et des enfants, le lit dans lequel ils dormaient chaque nuit, une maison, une pelouse à tondre. Ceux qui ne regardaient pas dans le vide évitaient tous les regards, et quand ils s'apercevaient que Bone les observait, ils s'empressaient de détourner la tête.

Comme on lui avait coupé les cheveux à l'hôpital, Bone supposait qu'il n'avait pas la même tête qu'à l'époque où il vivait dans la rue ; ses vêtements aussi étaient différents, tout comme son comportement sans doute. Même quelqu'un qui avait été proche de l'inconnu risquait de ne pas le reconnaître.

Mais il avait le temps. Il savait où dormir, il avait à manger, des vêtements, et les cartes que lui avait données Anne pour l'aider dans ses recherches. Et surtout, il avait sa liberté. Plus tard, il trouverait un travail, mais pas avant d'avoir pris le temps de sillonner les trajets indiqués sur les cartes ; pour ce qui est de l'argent, les cent dollars qu'il avait dans sa poche représentaient certainement beaucoup plus de liquide qu'il n'en avait eu pendant un an.

Au bout d'une demi-heure, on leur demanda de se lever pour laisser la place au deuxième groupe qui descendait manger. Bone monta au premier étage pour se rendre au bureau que lui avait indiqué le surveillant prénommé Burt. Un type râblé et pas rasé, vêtu d'un jean et d'un T-shirt sale, assis sur une chaise dans l'encadrement de la porte, lisait une bande dessinée. Par-dessus son épaule, Bone aperçut des piles de vieux vêtements, sans doute donnés ; des pantalons, des chemises, des chaussures, des alignements de cravates criardes. Il y avait même un carton rempli de lunettes.

– Si tu viens faire du shopping, mon gars, t'as deux heures d'avance, dit le type sans lever les yeux de sa bande dessinée.

– Je vous demande pardon ?

– Pas de shopping avant quatre heures.

– Je... je ne veux pas faire de shopping.

– Qu'est-ce que tu veux alors ?

– Le surveillant en bas m'a dit de monter ici et de vous montrer ceci.

Bone tendit le bout de papier bleu qu'on lui avait remis. L'homme émit un grognement.

171

– Colis de première nécessité, dit-il en se levant ; il pénétra dans la pièce et disparut derrière un rayonnage de chaussures éculées.

Il réapparut au bout de quelques instants avec un paquet enveloppé de papier kraft qu'il tendit à Bone. Ce dernier le remercia et s'éloigna de quelques pas dans le couloir pour ouvrir le paquet. A l'intérieur, il découvrit des caleçons et un T-shirt, deux paires de chaussettes, un petit tube de dentifrice Colgate, un rasoir jetable, un savon et un peigne en plastique rose. Bone referma soigneusement le paquet, le coinça sous son bras et suivit un groupe d'hommes qui montaient un autre escalier. A l'étage supérieur, juste en face des marches, s'ouvrait une vaste pièce ; plus de cinquante individus étaient assis sur des chaises branlantes, la tête renversée pour regarder un jeu télévisé sur un petit poste en couleurs soutenu par des consoles fixées au plafond. Bone entra ; l'odeur puissante des corps mal lavés le fit grimacer. Il contourna les chaises et alla s'asseoir derrière le téléviseur. En scrutant le visage des hommes assis face à lui, il éprouva un sentiment de tristesse.

Tous les regards paraissaient étrangement vides, hormis un air de désespoir qu'on aurait dit gravé sur les traits de ces hommes par une sorte d'acide psychique. Tous donnaient l'impression de porter plusieurs épaisseurs de vêtements, y compris des vestes et des manteaux, malgré la douce chaleur qui régnait dans la pièce. Mal rasés, le regard vitreux, beaucoup regardaient la télévision bouche bée, laissant voir des dents noircies, cassées ou manquantes. Nul ne parlait ; parfois l'un d'eux bougeait pour changer de position ou se gratter. Comme au réfectoire, Bone observa longuement chacun d'eux, essayant d'attirer son attention. Très peu semblaient remarquer sa présence, ceux qui croisaient son regard s'empressaient de lever les yeux vers l'écran de télé. Aucun ne parut le reconnaître. Au bout de quelques minutes, sentant la tristesse et le découragement peser sur ses épaules comme un manteau lourd et rugueux, Bone quitta la pièce.

Au fond du couloir du deuxième étage se trouvait une vaste salle de détente avec deux tables de billard en piteux état, une table de ping-pong et plusieurs tables de jeu, certaines supportant des échiquiers ou des damiers. Bone s'immobilisa sur le seuil pour passer en revue la vingtaine d'hommes devant lui. Un type de trente-cinq ans environ, assis seul à une table, tapait paresseusement du pied en gardant les yeux fixés sur la pièce d'échec qu'il faisait rouler entre les doigts de sa main droite. Il était bien rasé et ses vêtements – un pantalon kaki trop grand d'au moins deux tailles et une chemise jaune pâle boutonnée jusqu'au col – semblaient usés jusqu'à la trame, mais propres. Bone traversa la salle et vint se planter devant lui.

– Je peux m'asseoir ?

Surpris, l'homme laissa tomber la pièce d'échec et leva prestement les yeux. Apercevant Bone, il se détendit quelque peu.

– Désolé, reprit Bone. Je ne voulais pas vous faire peur.

– Non, ce n'est rien. J'étais juste... Asseyez-vous. (Il ramassa la pièce d'échec par terre et la reposa sur le plateau entre eux.) Vous jouez ?

– Je ne crois pas, répondit Bone en s'asseyant en face de l'homme.

Ce dernier fronça les sourcils.

– Vous ne *croyez* pas ?

Bone étudia les carrés noirs et blancs sur l'échiquier ; il prit une pièce qui avait la forme d'un cheval et la fit rouler entre ses doigts.

– Les échecs...

– Oui, les échecs, répéta l'homme quelque peu perplexe. Vous savez jouer ?

Bone reposa la pièce.

– Non. Désolé.

– Inutile d'être désolé, répondit l'homme avec un

sourire timide. Je ne sais pas jouer moi non plus. Vous êtes surveillant ou un truc comme ça ?

Ce fut au tour de Bone de s'étonner.

– Non. Pourquoi me demandez-vous ça ?

L'homme haussa les épaules.

– Vous êtes différent des autres. Je me suis dit que vous étiez peut-être un surveillant.

– Je suis ici pour la même raison que vous, j'imagine. Je n'ai nulle part où aller.

– C'est la première fois que je vous vois ici.

– Je viens d'arriver ; c'est mon... premier séjour dans ce refuge. Je suppose que vous ne m'avez jamais vu ailleurs ? Mon visage ne vous dit rien ?

L'homme à la chemise jaune secoua lentement la tête.

– Non. Je ne vous ai jamais vu.

– J'avais les cheveux plus longs.

– Non, je m'en souviendrais. (L'homme marqua un temps d'arrêt, et il reprit d'un air hautain.) Je n'ai jamais été obligé de vivre dans la rue, Dieu soit loué. (Il regarda Bone en plissant les yeux.) Vous n'avez pas l'air d'un type qui vit dans la rue, et vous ne semblez pas à votre place ici.

– Vous non plus.

L'homme poussa un soupir.

– Ouais, j'essaye encore de comprendre comment j'en suis arrivé là, comment j'ai pu laisser les choses... Croiriez-vous que je travaillais dans la publicité autrefois ?

– Pourquoi ne le croirais-je pas ?

L'homme prit le roi sur l'échiquier et le coucha délicatement.

– Il y a un an et demi, on m'a viré. En soi, ce n'était pas un drame, ça arrive fréquemment dans ce milieu. On s'attend toujours à être viré tôt ou tard lors de restructurations ou je ne sais quoi. Mais à peu près à la même époque, j'ai découvert que ma femme me trompait avec celui que je prenais pour mon meilleur ami.

Je l'ai obligée à avouer, et elle m'a dit qu'elle voulait divorcer. Elle m'a demandé de déménager et je me suis installé... à l'hôtel. C'est presque impossible de trouver un appartement abordable dans cette ville, surtout à Manhattan, en l'espace de six mois. J'avais quelques économies, alors je me suis dit que je pourrais tenir quelque temps, ensuite je me mettrais à chercher un emploi une fois que j'aurais surmonté ma dépression. Une semaine s'est écoulée, une deuxième... et ainsi de suite. Puis un jour, j'ai appris qu'un de mes amis s'était pendu ; il n'avait même pas trente ans. Ça m'a achevé. Brusquement, je devais faire un effort surhumain pour réussir à me lever le matin. Je suis tombé malade, je me suis rendu malade plus exactement. Tout m'échappait. Je n'avais plus la force ni la volonté de chercher un travail. Pour finir, je me suis retrouvé sans un sou ; en rentrant à l'hôtel un jour, j'ai trouvé ma chambre fermée à double tour avec toutes mes affaires à l'intérieur ; je devais deux mois de pension, et je n'avais plus de quoi payer. Alors j'ai atterri ici. Je ne savais pas quoi faire. C'était il y a plus d'un an. Et voilà où j'en suis aujourd'hui.

— Je suis désolé, dit Bone.

L'homme lui adressa un sourire amer.

— Oui, moi aussi. Je me souviens d'avoir lu un article sur cet avion rempli de Russes qui retournaient volontairement dans leur pays après avoir vécu ici, pendant plusieurs années pour certains. Ils prétendaient ne pas pouvoir s'habituer à notre mode de vie. Moi, avec mon salaire de cent mille dollars par an, je ne comprenais pas comment on pouvait quitter de son plein gré ce pays de la liberté. Maintenant je comprends. Vous êtes libre ici, mais ça signifie également que vous êtes libre de dégringoler ; d'avoir faim, d'être malade, de perdre votre toit. Oh ! bien sûr, on ne vous laissera pas mourir. Mais dans ce pays, quand vous perdez, vous perdez pour de bon. On vous donne juste de quoi survivre, et en échange, on vous vole votre amour-propre. Cette société ne vous laisse pas mourir, elle vous en donne envie. Je comprends maintenant pourquoi les Russes sont repartis chez eux. L'Amérique est un endroit terrible, vraiment terrible, si vous glissez du barreau de l'échelle, ou si vous n'avez même jamais réussi à trouver l'échelle. (Il sourit d'un air triste.) Mais je crois vraiment que je suis prêt à redémarrer. Je me sens beaucoup mieux, et peut-être que demain je sortirai d'ici pour chercher un boulot, n'importe lequel. Mais je crois que je n'aimerais plus travailler dans la publicité, j'aimerais travailler à l'air libre. Je parie que je ferais un excellent jardinier, si quelqu'un me donnait ma chance. L'intérêt de vivre dans un endroit comme celui-ci, c'est que vous découvrez un tas de choses sur vous, que vous le vouliez ou non. Quand vous avez tout perdu, quand vous vous retrouvez seul avec vous-même, vous découvrez que vous étiez à côté de la plaque ; vous découvrez votre véritable personnalité, une fois qu'on vous a dépouillé de tout ce qui vous servait à vous définir, votre métier en particulier, mais aussi votre voiture, vos vêtements, votre bateau, votre téléviseur, votre chaîne stéréo. Vous seriez surpris par le nombre de types comme moi qu'on trouve dans les refuges de cette ville, des gens comme ces Russes qui, brusquement, ne peuvent plus assumer cette liberté et toutes les possibilités qu'il nous reste, paraît-il. Mais nous ne pouvons pas retourner en Russie, nous sommes *libres,* qu'on le veuille ou non. D'accord, vous avez des drogués, des alcooliques et de vrais dingues ici, mais vous avez aussi des chauffeurs routiers, des commerçants qui ont englouti toutes leurs économies dans leur affaire, des travailleurs... et des cadres dans la publicité. Mais je me relèverai, vous verrez. J'ai juste besoin d'un peu de temps pour rassembler mes pensées.

– Je suis sûr que vous vous en tirerez, répondit Bone avec un sourire d'encouragement.

L'homme sourit et lui tendit la main.

– Je m'appelle Dave Berryman.

– Bone, dit-il en lui serrant la main.

– Bone ? C'est tout ?

– C'est tout.

– Eh, qu'est-ce qui est arrivé à vos mains ? On dirait qu'elles ont été broyées... plusieurs fois. (Dave Berryman hocha la tête d'un air songeur.) Mais vous avez une sacrée poigne.

– Je ne sais pas ce qui s'est passé, répondit Bone en observant le visage attentif presque enfantin de l'homme. J'ai perdu la mémoire. Je sais, parce qu'on me l'a dit, que j'ai vécu pendant un an dans la rue, mais j'ignore comment j'en suis arrivé là, ce que j'y faisais, et même ce que je faisais avant. Je ne sais pas qui je suis.

– Merde alors, fit Berryman. Et moi qui croyais avoir des problèmes. Ça c'est vraiment moche.

– J'espérais trouver ici quelqu'un qui me reconnaîtrait, qui saurait sur moi des choses que j'ignore.

– La plupart de ceux qui sont ici se débattent dans leurs propres problèmes, répondit Berryman. Comme moi. Je n'ai pas perdu la mémoire, mais demandez-moi ce que j'ai fait depuis un an et je serais bien en peine de vous répondre. Voilà le résultat d'une grave dépression. Les types ici regardent, mais ils ne voient pas ; ils vous regardent quand vous parlez, parfois, mais ils n'entendent pas. Comme je vous l'ai dit, je commence à aller mieux.

– Je m'en réjouis.

– Vous êtes au courant du train-train ici ?

– J'apprends.

– Presque toute la vie tourne autour des heures de repas. Soit dit en passant, ils ferment les portes à dix heures, alors si vous êtes dehors, n'oubliez pas de rentrer à temps si vous voulez un lit. (Il sourit sans joie.) Ici, les deux choses les plus importantes de votre existence c'est d'avoir à manger et un endroit pour dormir.

– Je pense que c'est vrai pour tout le monde... même si les gens n'y pensent pas.

– Soyez vigilant. Cet endroit peut être dangereux.

– Il paraît.

– Voilà pourquoi un tas de gens préfèrent dormir sur les trottoirs plutôt que de venir ici ; ils ont eu de mauvaises expériences. C'est plein de cinglés ici qui ne savent pas toujours ce qu'ils font. Et il y en a qui sont armés. Je n'ai jamais vu fonctionner les détecteurs de métal en bas, et les types de la sécurité ne fouillent pas toujours les gens comme ils devraient. Tenez-vous à l'écart de tous ceux qui ont l'air un peu bizarre. Et surtout, évitez qu'on vous tousse au visage, vous trouverez des types avec toutes les maladies ici, de la pneumonie à la tuberculose, sans parler du Sida. Vous semblez de taille à vous défendre, alors ça m'étonnerait que quelqu'un essaye de vous détrousser... pendant que vous êtes réveillé du moins. La nuit, il est recommandé de coincer vos chaussures sous les pieds du lit pour être sûr de les retrouver le lendemain matin. Mettez tous vos objets de valeur dans votre taie d'oreiller. (Berryman haussa les épaules.) Ce n'est pas le Waldorf, mais c'est mieux que de dormir dans la rue.

Bone n'en était pas certain.

– Merci pour les tuyaux, Dave.

– De rien.

Bone sentit une présence dans son dos. Il se retourna sur sa chaise et découvrit les traits durs et le regard froid et noir de Burt le surveillant. Il avait ôté ses gants de caoutchouc, laissant voir ses mains épaisses aux ongles arrachés et noirs. Son masque de gaze pendait autour de son cou.

– Vous vous habituez à vos nouveaux appartements, monsieur Bone ? demanda Burt de sa voix rugueuse, les lèvres retroussées dans un rictus.

– Ça peut aller, répondit Bone en soutenant le regard hostile du surveillant. Je vous remercie de m'avoir donné le papier pour avoir un colis avec les sous-vêtements et le reste.

– Ne me remercie pas, mon gars. C'est la municipalité qui paye, comme elle paye pour vous nourrir,
bande de clodos. Tu prétends toujours que t'es pas
journaliste, beau-regard ?

– Je ne suis pas journaliste.

– Dans ce cas, tu dois te sentir riche avec ces cent
dollars dans ta poche. Mais l'argent n'est pas éternel.
T'as pensé à chercher un boulot ?

– Oui.

– Tu sais, on a un programme d'embauche ici qui
pourrait t'intéresser. Ça t'évite de sortir et de chercher
un boulot, si tu vois ce que je veux dire. C'est pas très
bien payé, dans les treize dollars la semaine pour dix
heures de travail, mais ça te permet de dîner tous les
jours à six heures, avec la première fournée. Ça te dit ?

Bone perçut le léger mouvement de tête de l'homme
assis en face de lui, la grimace de mise en garde. Il y
opposa ses besoins : le temps et la liberté de mouvement. Il avait les cent dollars, mais il préférait les
considérer comme une réserve de secours pour les
éventuels déplacements en transports en commun et
les imprévus. Dix heures par semaine ce n'était pas
grand-chose, et ça pourrait lui éviter de piocher dans
sa réserve.

– Ça m'intéresse, répondit Bone.

Le surveillant eut un sourire jusqu'aux oreilles.

– Voilà une très bonne attitude, monsieur Bone.
Venez avec moi, vous allez commencer tout de suite.

Bone se leva et adressa un signe de tête à Dave Berryman qui avait l'air soucieux. Il suivit Burt hors de la
pièce et dans l'escalier, jusqu'au rez-de-chaussée, puis
dans un long couloir menant à une buanderie. Il prit le
balai, le seau et les serpillières que lui tendait le surveillant et suivit Burt dans un autre couloir de pierre
qui se terminait par une porte entrouverte.

– Les chiottes ont besoin d'être nettoyées, déclara
Burt. Y a de quoi t'occuper plusieurs heures. Au travail, monsieur Bone.

Bone pénétra dans les immenses toilettes carrelées et faillit vomir. Il comprenait maintenant pourquoi les types à l'entrée du refuge pissaient contre le mur. L'endroit semblait ne pas avoir été nettoyé depuis des semaines, tous les urinoirs et les toilettes étaient bouchés. Il y avait des mares d'urine et de vomis sur le sol, des traînées d'excréments un peu partout. On aurait dit un égout à ciel ouvert.

Un égout !

Bone cligna rapidement des paupières, le souffle coupé, étrangement désorienté. Ces odeurs, cet *égout* évoquaient quelque chose pour l'inconnu. Mais pas cet endroit, cette pièce, cet égout. Un autre endroit.

Sous terre.

Au-dessus du sol.

Au-dessous et au-dessus ; des odeurs répugnantes sous terre, mais aussi quelque chose dans le ciel très haut. Au-dessous et au-dessus...

Ça s'effrite !

L'inconnu était allé dans les égouts, songea Bone. Mais où était le ciel dans les égouts ? Pourquoi pensait-il à ces deux choses en même temps, le ciel bleu et les égouts puants ? Cela n'avait aucun sens.

Une tache orange, zébrée de rouge écarlate. Du sang. Une chose enterrée vivante. La silhouette orange était là en bas, elle avançait vers lui. Etait-ce lui ? Des éclairs pourpres. Des os, des os, des os... sous terre. L'inconnu ne pouvait pas voir le ciel depuis les égouts, ni les égouts depuis le ciel, pourtant l'odeur fétide de ces toilettes lui faisait penser aux deux.

Qui suis-je ?

– A ce rythme, beau-regard, on sera morts de vieillesse tous les deux avant que t'aies terminé. T'es pas payé à rien foutre.

Bone se retourna pour découvrir le surveillant tout près de lui ; il avait relevé son masque de gaze sur sa bouche et sur son nez. Pendant un instant, il en voulut terriblement à cet homme au regard froid d'avoir interrompu ses pensées ; il sentait qu'il était près de découvrir quelque chose ; ses sens exploraient son cerveau et le très ancien système de mémorisation secondaire dont lui avait parlé le Dr Ali Hakim. Il existait vraiment ; Bone l'avait senti se mettre en branle. Mais il avait disparu. Bone devait se montrer patient ; il y aurait d'autres visions, d'autres sons, d'autres odeurs. Des rêves.

– Tenez, Burt, dit brusquement Bone en rendant le balai, le seau et les serpillières au surveillant médusé. J'ai décidé de changer de métier.

– T'es un petit malin ! lui lança Burt tandis que Bone quittait les toilettes à grands pas. J'aime pas ton attitude et je peux te dire que tu risques de faire la queue un bon moment ce soir avant de bouffer ! Saloperie de clodo !

Le ciel et la terre, songeait Bone en s'éloignant, tandis que les paroles haineuses du surveillant résonnaient dans le long couloir de pierre.

Grimper. Sous terre.

Chapitre 8

1

Il passa le restant de l'après-midi à errer dans les salles de détente du refuge, puis il se promena dans les rues alentours, observant les visages avec l'espoir d'y déceler un signe de reconnaissance. Mais sur cette multitude de visages, vieux et jeunes, hommes et femmes, noirs, blancs, latinos, il ne voyait que le désespoir, la solitude et l'échec. Parfois, il ne voyait rien du tout, un vide étrange et inquiétant dans les yeux de ces hommes et de ces femmes affalés dans l'ombre des entrées d'immeubles, ou qui avançaient sur le trottoir en traînant les pieds, tels des zombis. Des dizaines d'ivrognes étaient étalés sur le bitume, certains vomissaient dans le caniveau. La rue du Bowery semblait bordée d'épaves humaines, et à la fin de l'après-midi, Bone se sentit terriblement déprimé. Il combattit sa tristesse en redoublant d'effort pour trouver quelqu'un qu'il reconnaissait, ou qui le reconnaissait, essayant, toujours sans succès, d'engager la conversation avec l'un ou l'autre de ces hommes. La plupart le regardaient d'un œil méfiant, avant de lui demander de l'argent.

Le changement de surveillants eut lieu à cinq heures et demie. Installé dans le hall extérieur, juste derrière les détecteurs de métal, afin d'observer les visages des nouveaux arrivants venus pour dîner, Bone vit " Burt les yeux noirs " et " Frank le puant " s'entretenir à voix basse avec trois de leurs remplaçants. De temps à autre, un ou plusieurs surveillants tournaient la tête et jetaient vers lui un regard furtif chargé de méfiance et d'hostilité non voilées. Pratiquement convaincu désormais de ne rien découvrir d'intéressant dans ce refuge, Bone se contentait de soutenir leurs regards.

Il attendit jusqu'à sept heures pour prendre place dans la queue afin de descendre manger, lorsqu'il devint évident que la plupart des types étaient déjà arrivés. Dave Berryman le rejoignit et ils attendirent ensemble. Le visage enfantin de Berryman était rouge d'excitation ; il était resté dehors tout l'après-midi, et même s'il n'avait pas réellement discuté avec quelqu'un susceptible de l'engager, il avait eu le courage de prendre le bus pour se rendre dans le centre et il était passé devant les agences de publicité de Madison Avenue, y compris la dernière où il avait travaillé. Il était entré dans une banque et avait changé une partie de sa pension contre des rouleaux de pièces de monnaie, et demain, il espérait bien trouver le courage de passer quelques coups de téléphone pour se renseigner sur les possibilités d'embauche.

Bone répondait parfois par un hochement de tête poli tandis que Berryman ne cessait de parler pendant le dîner, mais il n'écoutait que d'une oreille le récit fiévreux de ses aventures dans le quartier des affaires ; il continuait à étudier les visages, sans succès. Il songeait déjà à sa prochaine étape. Il était maintenant convaincu que l'inconnu n'avait jamais mis les pieds dans cet endroit, et il y avait peu de chance que quiconque parmi cette sous-classe de sans-abri le reconnaisse. Demain, il utiliserait les plans que lui avait donnés Anne ; il marcherait en direction du centre, il commencerait à chercher dans les rues, les soupes populaires et les refuges temporaires.

Après le dîner, Bone reprit son exploration du refuge et des rues adjacentes, toujours à la recherche de quelqu'un qui s'avancerait vers lui et dirait : « Salut, Bone. » Rien. A dix heures moins cinq, il rentra, juste avant qu'ils ne ferment les portes. Tendu, déprimé et surtout terriblement déçu, Bone s'aperçut soudain qu'il tombait de fatigue. Mais l'inconnu insistait pour faire une dernière chose avant de dormir : se laver. Il avait puisé dans ses réserves de secours pour acheter une grande bouteille d'eau minérale. Il prit la brosse à dents, le dentifrice et le savon de son colis après l'avoir récupéré là où il l'avait caché, puis il se brossa les dents et se lava de son mieux dans le couloir devant les toilettes puantes. Il confia ensuite son colis à un des surveillants pour qu'il le mette dans son panier en fer et regagna la salle principale de l'arsenal. Les lits les plus proches de l'entrée étaient déjà occupés par des hommes endormis qui ronflaient. Bone se dirigea vers le fond, trouva un lit inoccupé à l'extrémité d'une rangée et s'écroula. Il s'endormit presque aussitôt.

2

Il fut réveillé en pleine nuit par la toux rauque, incessante et spasmodique de l'homme couché sur le lit voisin. Bone se redressa, se tourna et fut submergé par une vague de répulsion et de peur. Penché au bord du lit, l'homme plaquait ses mains sur sa bouche pour tenter en vain de contenir sa toux. Ses draps et le sol au niveau de sa tête étaient tachés de sang. Chaque quinte de toux faisait remonter d'épais crachats sanguinolents qui s'écrasaient sur le sol de l'arsenal.

La tuberculose.

Bone frissonna ; il se détourna rapidement et porta sa main à sa bouche pour se retenir de vomir. Il éprouva tout d'abord une vive angoisse, car il avait respiré pendant plusieurs heures les minuscules gouttelettes des expectorations contaminées de cet homme. Puis la panique laissa place à l'inquiétude et à la pitié pour cet homme visiblement âgé en train de cracher ce qui lui restait de vie, seul, laissé à l'abandon au cœur d'une ville gigantesque dotée sans aucun doute des meilleurs équipements médicaux du monde entier. Ce n'est pas juste, se dit Bone. Ce vieil homme devrait être soigné dans un hôpital.

Il s'assit sur le bord du lit et récupéra ses chaussures qu'il avait coincées sous deux pieds métalliques du lit. Puis il se leva avec l'intention d'aller trouver les surveillants à l'entrée pour leur signaler l'état inquiétant du vieil homme. Dans la faible lumière dispensée par les ampoules nues de faible voltage qui pendaient au plafond, Bone balaya du regard toute la longueur de l'immense salle remplie d'hommes endormis... et soudain, il se raidit.

A l'autre bout de la salle, près de l'entrée, éclairés à contre-jour par la lumière plus violente des couloirs et du vestibule, quatre hommes discutaient à voix basse. Parmi eux se trouvait un surveillant en uniforme. Bone reconnut également Burt et Frank, habillés en civil. Le quatrième personnage, vêtu d'un blouson de cuir gris, d'un jean et de bottes noires, paraissait plus jeune que les trois surveillants, sans doute encore un adolescent. Il tenait, plié sous son bras, un sac en papier vide.

Sous le regard de Bone, l'adolescent au blouson gris distribua de l'argent à chacun des trois surveillants qui retournèrent ensuite dans le couloir. Le jeune type, un Latino comme put alors le constater Bone, avec de longs cheveux raides qui lui tombaient sur les épaules, sortit de sa poche un objet qui scintilla une fraction de seconde dans le contre-jour violent. Puis il entreprit de remonter l'allée centrale.

Bone se recula précipitamment dans l'obscurité contre le mur du fond de l'arsenal, sous l'indicateur de sortie de secours brisé, et vit l'adolescent s'agenouiller près du premier homme endormi. Il glissa la main sous le lit et en retira ce qui ressemblait à un sac de linge sale bosselé. Il fouilla dans le sac et en sortit quelques objets qu'il déposa dans son sac à provisions.

Le deuxième type de la rangée sursauta au moment où le jeune Latino s'approchait. Il se redressa dans son lit. L'adolescent bondit et lui colla un couteau sous la gorge en lui murmurant quelque chose à l'oreille. L'homme déboutonna d'une main tremblante son épaisse chemise de flanelle, il ôta un objet autour de son cou et le tendit à son agresseur qui le laissa tomber dans son sac.

Bone se surprit à serrer et desserrer sa main droite instinctivement, et il comprit ce que cherchait l'inconnu : le fémur dur comme du fer qui était enfermé dans la salle des surveillants. L'inconnu s'était effectivement servi de ce fémur comme d'une arme, songea Bone. Peut-être pour se défendre contre un individu comme cet adolescent en blouson gris qui avait essayé de le dévaliser.

En fait, ce jeune Latino avait quelque chose de familier, même si son visage n'évoquait absolument rien. Sa tenue ?

Mais Bone avait d'autres préoccupations dans l'immédiat ; il abandonna cette idée. Il y avait plus de mille hommes endormis dans cette immense salle, tous relativement impuissants, désarmés à l'entrée par Burt et Frank qui, en outre, n'avaient pas manqué de repérer lors de la fouille tous les objets de valeur que possédaient certains d'entre eux.

Même si l'adolescent au blouson gris ne volait qu'un ou deux dollars à chacun, songea Bone, il risquait d'amasser un joli butin dans les deux ou trois heures qu'il lui faudrait pour marauder dans tout l'arsenal.

A moins que quelqu'un ne l'arrête.

– Réveillez-vous, murmura Bone d'un ton pressant en s'agenouillant dans l'allée entre les deux hommes les plus proches de lui.

Le type sur sa droite, dont l'haleine empestait le mauvais whisky, grogna et s'agita dans son lit.

– Quoi... ?

– Réveillez-vous ! répéta Bone en secouant l'épaule frêle de l'homme couché à sa gauche. Vous allez vous faire dévaliser.

Le type à droite hocha la tête, roula sur le côté et se mit à ronfler bruyamment. Agacé, Bone descendit l'allée jusqu'au lit suivant et secoua violemment son occupant.

– Réveillez-vous, bon sang ! Vous allez vous faire dévaliser.

L'homme se redressa d'un bond ; il regarda autour de lui d'un air paniqué et étreignit l'objet qu'il portait autour du cou.

– Reveillez le plus de monde possible autour de vous, ordonna Bone en voyant que cet homme avait conservé sa lucidité. Dites aux autres qu'ils vont se faire détrousser s'ils ne se lèvent pas.

Bone se redressa et continua à descendre l'allée, mais il s'arrêta en apercevant soudain l'adolescent au blouson gris et aux cheveux raides qui le foudroyait du regard à une vingtaine de mètres de là, immobile ; même dans la pénombre, Bone voyait la haine qui couvait dans ses yeux noirs.

L'adolescent leva lentement la main pour montrer son arme, un couteau à cran d'arrêt muni d'une lame ébréchée d'au moins quinze centimètres. Il fit signe à Bone de reculer.

– Réveillez-vous ! hurla Bone sans quitter des yeux l'adolescent. Tout le monde debout ! Il y a un voleur ! Prévenez les surveillants !

– Espèce d'enculé ! gronda le jeune chicano, révélant des dents irrégulières et jaunies. Je vais te planter !

Un certain nombre de pensionnaires commençaient à s'agiter, quelques-uns avaient sauté hors de leur lit et tournaient en rond. Le murmure sourd et continu des voix se propagea à travers l'immense salle. Rouge de fureur, les traits crispés, l'adolescent s'avança vers Bone, le couteau en avant, bousculant les gens et donnant des coups de pied dans les lits qui se trouvaient sur son passage. Bone arracha une couverture sur un lit inoccupé sur sa droite ; il l'enroula autour de son avant-bras et de sa main gauche qu'il leva devant sa poitrine comme une sorte de bouclier en attendant l'attaque de l'adolescent au couteau.

Ceux qui se trouvaient près de Bone s'écartèrent en se bousculant, renversant les lits, se heurtant les uns aux autres. Le jeune type, le regard brillant et halluciné, s'immobilisa à quelques pas de Bone et agita lentement son couteau devant lui en décrivant des huit. Se protégeant avec son avant-bras enveloppé de la couverture, Bone se tourna légèrement et fléchit les genoux.

— Hé, pour qui tu te prends, connard ? lança l'adolescent d'une voix épaissie par la drogue et l'alcool. Faut croire que t'es complètement dingue.

— Tire-toi, répondit calmement Bone en gardant les yeux fixés sur un point imaginaire au centre du huit que décrivait le couteau à cran d'arrêt. Tu trouves que ces gens n'ont pas assez de malheurs ? Va-t'en avant que les flics arrivent.

— Je vais d'abord te donner une leçon que tu... (L'adolescent s'interrompit tout à coup ; il plissa les yeux, penché en avant sur la pointe des pieds pour mieux dévisager Bone. Il laissa retomber sa main et recula d'un pas.) Bon Dieu de merde, siffla-t-il, plus stupéfait que furieux. C'est toi !

Bone sentit son estomac se contracter et son pouls s'accélérer ; il faillit relâcher sa garde.

— Qui ça ? demanda-t-il, s'obligeant à garder les yeux fixés sur le couteau dans la main de son adversaire. Qu'est-ce que tu racontes ? Qui suis-je ?

— Wouahhh ! s'exclama le jeune chicano. (Il feinta avec le couteau et exécuta une petite pirouette, le visage fendu par un large rictus.) Putain, ce dingue de Lobo sera foutrement content quand je vais lui rapporter tes couilles.

Soudain, l'adolescent plongea avec détermination, feintant vers la cuisse droite de Bone, avant de remonter par-dessus le bras tendu en direction du visage. Bone fit un pas sur le côté et balança son pied vers la rotule de son agresseur. Manqué. Il reprit sa position semi-fléchie et imita l'adolescent qui s'était mis à lui tourner autour.

Où étaient donc passés les surveillants ? Ils devaient bien voir qu'il se passait quelque chose ; tout le monde était debout et s'agitait dans tous les sens.

Ils attendaient qu'il se fasse tuer ?

– Qui est Lobo ? demanda Bone.

Visiblement surpris, le chicano s'arrêta brusquement de tourner en rond.

– Tu te fous de ma gueule, mec ?

– Qui est Lobo ? Réponds !

– C'est le type à qui t'as crevé un œil avec ton putain d'os, enfoiré. Ça fait un bail qu'il te cherche. Et moi, j't'ai trouvé, ordure. T'es un homme mort !

Le Loup se fendit à la manière d'un escrimeur et continua d'avancer, essayant de taillader l'avant-bras de Bone.

Ce dernier esquiva l'attaque en agitant la couverture devant le visage de son agresseur. Puis il pivota brusquement sur lui-même dans le sens contraire des aiguilles d'une montre et déroula la couverture d'un geste brusque du bras gauche. Quand le Loup se retourna pour attaquer de nouveau, Bone lui lança la couverture sur la tête, puis il souleva un lit de camp et le balança sur la silhouette enveloppée d'un linceul. Le lit en fer heurta la poitrine de l'adolescent qui s'effondra. Les poings serrés, Bone s'élança ; il eut juste le temps de faire un bond en arrière lorsque la lame du couteau transperça la couverture. A force de se débattre, le Loup finit par se libérer. Il bondit sur ses pieds en zébrant l'air avec son couteau. Le sang coulait sur son œil gauche ; il avait une large plaie au front.

– Qui es-tu ? répéta Bone d'un ton cinglant en se tournant de côté, les genoux fléchis.

189

Le chicano blessé lui lança un regard chargé de frustration et de haine. Sans quitter des yeux le couteau, pas même une seconde, Bone recula centimètre par centimètre, tâtonnant à la recherche d'une couverture, ou n'importe quoi pour se défendre. Mais sa main se refermait sur le vide.

– Qui est Lobo ? Raconte-moi ce qui s'est passé ! Et où ! Où puis-je trouver Lobo ?

Que faisaient les surveillants ?

Le Loup s'accroupit, se préparant pour un nouvel assaut ; c'est alors qu'il aperçut quelque chose par-dessus l'épaule de Bone et se redressa brusquement.

Une voix grave résonna dans le dos de Bone.

– Hé, qu'est-ce qui se passe ici, bordel ?

L'adolescent pivota sur ses talons et s'enfuit à toutes jambes vers le signal de sortie de secours brisé au fond de l'arsenal.

– Attends ! cria Bone en se lançant à sa poursuite.

Mais au même moment, quelqu'un lui sauta dessus par-derrière et passa un bras autour de son cou, le plaquant sur le sol dallé. Un autre type se jeta sur lui. Bone rentra le menton pour protéger sa trachée et parvint à replier ses bras autour de sa tête tandis que pleuvaient les coups de poing. Au bout d'un moment, les coups cessèrent. On le saisit par les aisselles pour le relever sans ménagement. Chaque bras était tenu fermement par un gars en uniforme, et il se retrouva face à deux autres surveillants. Celui qui se tenait sur sa gauche, un type avec un ventre énorme et un nez bosselé parcouru de veines éclatées était celui qui, avec Frank et Burt, avait reçu de l'argent du jeune chicano en blouson gris. Les trois autres, des hommes d'un certain âge, avaient un teint de papier mâché et les yeux gonflés comme s'ils sortaient d'un profond sommeil. Tous empestaient le gin.

Au fond de l'arsenal, une lourde porte métallique se referma violemment ; le bruit se répercuta dans la grande salle comme un coup de tonnerre lointain avant de s'atténuer peu à peu. L'adolescent qui connaissait l'identité de l'inconnu venait de s'enfuir.

La seule personne qui l'avait reconnu était un criminel, et il avait cherché à le tuer. Un certain Lobo voulait sa mort ; l'inconnu avait crevé l'œil de ce Lobo.

– Qu'est-ce qui se passe ici ? hurla le surveillant au nez bosselé en aspergeant Bone de son haleine parfumée au gin.

Ses yeux marron terne injectés de sang luisaient de haine... mais peut-être aussi de peur.

Bone jeta un regard au surveillant sur sa droite, coiffé d'une perruque mal ajustée. Des pellicules constellaient les épaules de sa chemise bleue. Bone se demanda si ce type et les deux qui lui tenaient les bras trempaient eux aussi dans la combine du jeune chicano ; et dans ce cas, quel danger encourait-il ? Il sentait qu'il pouvait aisément échapper aux deux gardes qui le retenaient et s'enfuir du refuge, s'il le voulait. Mais il y avait des choses importantes à découvrir ici désormais ; le surveillant au nez bosselé et aux yeux chassieux savait certainement qui était Lobo, et peut-être même où on pouvait le trouver.

– Le gars qui s'est enfui essayait de dévaliser ces pauvres gens, expliqua Bone. Je voulais simplement l'empêcher d'agir.

– Ça c'est notre boulot, mon gars, répondit le surveillant au nez bosselé, celui qui avait reçu l'argent. Pourquoi tu nous a pas prévenus ? On s'en serait occupé.

– Je n'ai pas eu le temps. Il m'a attaqué avec un couteau.

– Personne ne peut entrer ici avec un couteau ! répliqua celui qui lui tenait le bras droit. T'essayes de dire qu'on a laissé entrer quelqu'un avec un couteau ?

– Il dit la vérité, déclara l'homme qui lui tenait le bras gauche. J'ai bien vu, le gamin avait un couteau. C'était même un membre de la bande des Loups.

– Bordel de merde, répondit l'autre. Si jamais on

apprend qu'un Loup s'est introduit ici avec un couteau, on va tous se faire virer.

– Vos gueules tous les deux ! s'écria le surveillant au nez bosselé. On va tout de même pas croire les conneries d'un pauvre abruti qui crèverait de faim si on n'était pas là pour s'occuper de lui. Personne n'est entré ici avec un couteau, et surtout pas un Loup. (Il posa son regard injecté de sang sur Bone.) On dirait plutôt que t'étais en train de tabasser ce pauvre type.

– Non, répondit calmement Bone en soutenant son regard. Il avait un couteau. Demandez aux autres.

Le garde avec la perruque et les pellicules sur sa chemise renifla avec mépris.

– Demander à ces abrutis ? Ils seraient incapables de dire ce qu'ils ont vu.

– Il est entré il y a environ dix minutes, poursuivit Bone du même ton calme sans détacher son regard des yeux chassieux du garde qui avait reçu l'argent. Quelqu'un l'a certainement laissé passer.

Soudain, on lui tordit douloureusement le bras droit dans le dos.

– Les portes sont fermées à dix heures, mon gars. Personne ne peut entrer après cette heure.

– On nous a prévenus à ton sujet, déclara le surveillant au nez bosselé en s'approchant suffisamment de Bone pour l'asperger de son haleine. Il paraît que t'es un fouteur de merde. Et nous on n'aime pas les emmerdeurs par ici.

Le surveillant à sa gauche n'était sans doute pas au courant de la combine, ou bien il ne trempait pas dedans, songea Bone. Mais celui qui se trouvait à droite et le type aux pellicules étaient peut-être dans le coup. Et maintenant qu'on lui tordait le bras dans le dos, ce serait plus difficile de s'échapper.

Danger.

– Je crois que je préfère m'en aller, déclara Bone. (Il réprima un sourire.) Ma chambre ne me plaît pas.

– Un petit malin par-dessus le marché, grogna le

type qui lui tenait le bras droit. On sait s'occuper des gars dans ton genre.

— C'est Frank et Burt qui vous ont dit que j'étais un petit malin ?

Le surveillant au nez bosselé rougit de colère.

— Comment tu connais leurs noms ?

— J'apprends beaucoup de choses sur cet endroit. Qui est Lobo ?

Les deux hommes qui lui faisaient face échangèrent des regards interloqués ; le type à sa droite émit un petit grognement.

— Qu'est-ce que la bande des Loups ? poursuivit Bone.

— De quoi tu parles ? demanda sèchement le surveillant au nez bosselé.

Des reflets de peur assombrirent son regard chassieux et Bone comprit que cela était synonyme de danger accru pour lui. Il sentait que s'il demeurait passif, il risquait d'être sérieusement passé à tabac par trois de ces quatre surveillants. Il ne pouvait se permettre d'être blessé, il avait des choses à faire. Il devait mettre la bonne dose de pression... mais pas trop.

— Le gamin qui m'a attaqué avec son couteau a dit qu'un certain Lobo rêvait de me voir mort. Si j'arrive à découvrir qui est ce Lobo, je pourrai aller le voir et lui éviter de perdre son temps à me chercher.

— Conduisons-le au bureau, décréta le gros type au nez bosselé, avant de pivoter sur ses talons.

Les deux bras tordus dans le dos, Bone fut emmené à travers toute la salle, puis poussé dehors dans le vestibule vers le poste vitré des gardes. A l'intérieur, on l'envoya dinguer contre une rangée de paniers en fer ; il entendit sa chemise se déchirer et sentit un bout de métal lui écorcher la peau jusqu'au sang. L'homme qui lui tenait le bras gauche s'empressa de ressortir. Les trois surveillants restants formèrent un demi-cercle autour de lui, les pieds légèrement écartés, l'air à la fois menaçant et inquiet. Celui qui l'avait tenu par le bras droit était moins costaud que les deux autres ; il ne cessait d'humecter nerveusement ses lèvres gercées.

Pour une raison qui lui échappait, Bone éprouvait de la pitié pour ces trois hommes ; il se souvenait des paroles de Barry lui expliquant combien les surveillants craignaient de finir comme les sans-abri.

— Vas-y, on t'écoute, grogna le type au nez bosselé d'un ton lourd de menaces. Dis ce que t'as à dire.

— Je n'ai rien à dire. Je veux simplement m'en aller d'ici. Personne n'aura d'ennuis.

Le type fluet aux lèvres gercées fronça les sourcils.

— Des ennuis ? Pourquoi on aurait des ennuis ?

Bone ne répondit pas ; il garda les yeux fixés sur le garde au nez bosselé qui se rapprocha.

— On dirait que tu sais quelque chose qui pourrait nous mettre dans la merde, mon gars. Ton allusion à Frank et Burt, et ce type nommé Lobo. Tu serais pas un journaliste qui fait une enquête par hasard ?

— Non, répondit Bone. C'est encore Frank et Burt qui vous ont dit ça ; ils se trompent. Je ne suis pas journaliste.

— Tu recommences à lâcher des noms. Tu veux que je te dise ? Si t'es vraiment journaliste, je crois que tes patrons seraient pas très contents d'apprendre que tu t'es battu avec un de ces pauvres types sans-abri, et qu'on a dû te tabasser pour te calmer. Voilà ce qu'on dirait ; ce serait ta parole contre la nôtre. Crois-moi, on n'aurait aucun mal à trouver une douzaine de types pour confirmer notre version. Tout ce que tu pourras dire contre nous ne pèsera pas bien lourd, pas vrai ?

Il allait se faire tabasser, et tout ça parce que l'esprit épais des trois surveillants plantés devant lui était incapable de trouver un autre moyen de défense contre les accusations qui pesaient sur eux : boire et dormir pendant le service, sans parler de se faire graisser la patte par un jeune loubard muni d'un couteau qui voulait pénétrer dans le refuge pour dévaliser, et même agresser, ceux-là mêmes que les surveillants étaient chargés de protéger.

– On devrait te donner un aperçu du mal de chien qu'on se donne pour protéger les gens qu'on nous confie, déclara le type à la moumoute en s'avançant, tandis que les deux autres s'approchaient sur le côté pour le saisir de nouveau par les bras. A ta place, je garderais ma petite histoire pour moi et je m'estimerais heureux de m'en tirer avec une simple raclée ; on peut facilement se faire tuer dans ce quartier en pleine nuit.

Il n'y avait rien à faire à part se laisser tabasser, songea Bone, en espérant qu'ils s'arrêteraient avant de l'amocher sérieusement. S'il menaçait de raconter tout ce qu'il avait vu, ils risquaient de cogner encore plus fort, ou bien, pris de panique, de le tuer pour de bon et de balancer son cadavre dans une rue déserte quelques blocs plus loin. Inutile d'essayer de lutter contre ces trois types. Rassemblant tout son courage, il se protégea le visage avec ses avant-bras et attendit les premiers coups.

Soudain, on cogna violemment sur la paroi de verre. Bone ôta ses bras de devant son visage, jeta un coup d'œil dans la direction du bruit et découvrit de l'autre côté de la vitre le visage enfantin de Dave Berryman, furieux et inquiet.

– Laissez-moi entrer ! hurlait Berryman d'une voix étouffée par le verre épais. Laissez-moi entrer, bordel !

Le type au nez bosselé pointa son doigt épais sur l'ancien cadre en publicité et serra le poing.

– Fous le camp !

Le teint blême, Berryman ravala sa salive, secoua la tête d'un air de défi et se remit à tambouriner contre la vitre.

– Je veux entrer ! J'ai quelque chose à vous dire ! Je vous conseille de ne pas toucher à cet homme, car je suis témoin !

Les surveillants dressèrent l'oreille. Ils échangèrent des regards surpris, puis le type à la moumoute traversa la pièce à grands pas, il ouvrit la porte d'un coup sec et tira Berryman à l'intérieur par le devant de sa chemise jaune pâle, la déchirant.

– Espèce de pourriture... !

– Parlez-moi autrement ! répliqua Dave Berryman en repoussant la main du garde. (L'angoisse avait disparu de son visage, ses yeux marron lançaient maintenant des éclairs de colère et d'indignation. Il recula, gonfla la poitrine et s'exprima d'une voix claire et posée.) Vous n'avez pas le droit de me parler ainsi, Monsieur, et vous n'avez pas le droit de traiter cet homme de cette façon. Comme vous le savez certainement, ce refuge est placé sous le contrôle de la Human Resources Administration de cette ville pour venir en aide à ses habitants, et vous êtes des employés de cet organisme. J'ai bien envie de déposer plainte, et je n'hésiterai pas à le faire, si vous refusez de m'écouter. Me suis-je bien fait comprendre ?

Quelque peu médusé, Bone vit Dave Berryman, son menton fin dressé avec fierté et défi, foudroyer du regard les trois surveillants interloqués. De l'autre côté de la vitre, des visages commençaient à apparaître.

Le surveillant fluet aux lèvres gercées fut le premier à retrouver l'usage de la parole.

– Et qu'est-ce que t'as vu exactement, minable ?

– Je m'appelle Berryman, Dave Berryman. J'exige d'être traité avec respect ! (Il se tourna vers Bone.) Ça va ?

Bone hocha la tête, avec un sourire.

– Oui, ça va. Vous aussi on dirait.

– Et pourquoi ça irait pas, Berryman ? demanda l'homme au nez bosselé. Tu veux sous-entendre qu'on a maltraité cet homme ?

– Je dis simplement que j'ai vu ce qui s'est passé dans le dortoir, contrairement à vous.

– Ah oui ? Et qu'est-ce que tu crois avoir vu ?

– Un jeune en blouson gris a attaqué cet homme avec un couteau. Cet homme ne faisait que se défendre, et il se débrouillait rudement bien, je dirais

196

même. Quand vous êtes arrivés, le gamin a foutu le camp. Cet homme a essayé de le rattraper, mais vous lui avez sauté dessus à quatre et vous avez commencé à le tabasser. Vous devriez au contraire le remercier d'avoir fait votre boulot.

Les surveillants échangèrent des regards circonspects. L'homme à la moumoute parla le premier :

– Tu fais bien le mariole pour un type qu'a vécu pendant un an aux frais des contribuables.

– Cette remarque sera signalée ! rétorqua Berryman en pointant un doigt tremblant sur le surveillant. Je suis un contribuable moi aussi ! Je payais des impôts autrefois, et je recommencerai bientôt à en payer ! J'ai payé votre salaire, Monsieur, et vous me devez le respect ! (Il s'interrompit, laissa retomber sa main et poursuivit d'un ton plus calme.) Mais je ne suis pas venu ici pour faire des histoires.

– T'es venu pour quoi, mon gars ? demanda le garde au nez bosselé.

– Je suis venu apporter mon témoignage en tant que témoin oculaire, car il semble y avoir un malentendu. Vous traitez cet homme comme s'il avait fait quelque chose de répréhensible.

– Pour nous, il était en train de tabasser l'autre type.

– Eh bien, vous vous trompez. Il cherchait uniquement à se défendre.

– Personne n'a le droit d'entrer ici avec une arme, déclara le type à la moumoute.

Berryman secoua la tête.

– Ce gamin avait un couteau. Je l'ai vu.

Il y eut un silence prolongé durant lequel les surveillants se regardèrent l'un l'autre. Ce fut le gros type au nez bosselé qui reprit la parole.

– O.K. ! Berryman, tu as rétabli la vérité. Maintenant, toi et les autres vous pouvez retourner vous coucher.

– Je crois que je vais attendre mon ami.

– Ça va aller, Dave, dit Bone. Merci. Je vais partir d'ici.

197

Berryman fronça les sourcils.

– Partir ? en pleine nuit ?

– Je sens que je lasse mes hôtes. De toute façon, j'ai envie de partir, il est temps. Retournez vous coucher, et merci encore.

Berryman ne bougea pas.

– J'ai bien envie de vous accompagner.

– Non, Dave. Nous allons dans des directions différentes, des endroits différents.

L'homme au visage d'enfant regarda fixement Bone, la tristesse s'insinua dans ses yeux marron si expressifs, puis il acquiesça lentement.

– Oui, vous avez raison. Merci à vous, Bone.

– De quoi ?

– De m'avoir montré l'exemple. Un tas de gars comme nous qui finissent ici pensent qu'ils ont tout perdu, mais c'est faux. Vous, vous avez perdu sacrément plus qu'aucun de nous, mais vous avez encore assez de fierté, de courage et de dignité pour poursuivre votre but. Vous m'avez rappelé, et appris, deux ou trois choses. Les gens vous écoutent.

– Vous aussi, répondit Bone à voix basse tandis que l'homme lui adressait un signe de la main avant de quitter la pièce.

– J'espère que tu te rends compte que tu t'en tires bien, mon gars, déclara le surveillant au nez bosselé en refermant la porte derrière Dave Berryman. On pourrait te filer une amende pour t'être battu comme ça.

– Ouais, j'ai vu quel genre d'amende vous vouliez me filer, répondit Bone. J'aimerais m'en aller maintenant.

– Tu peux partir, mais tu t'en iras pas de ton plein gré, comme ton copain le clodo qui vient de sortir. On va te foutre dehors pour avoir troublé l'ordre. On te vire de ce refuge, et compte sur nous pour faire savoir un peu partout que t'es un fouteur de merde. Si t'es journaliste comme le croient certains, on niera tout ce que tu racontes. Si t'es rien qu'un clodo comme tu prétends, j'espère que t'aimes vivre dans la rue comme un chien, parce que t'es pas prêt de retrouver un lit et un repas dans un refuge de la ville. T'es de l'histoire ancienne pour nous, mon gars.

– Je comprends.

– Si t'as des accusations à formuler, vas-y maintenant.

– Je n'ai rien à dire.

– Parfait. Alors fous le camp. On veut plus revoir ta sale gueule par ici ; si t'essayes de revenir, on te fout dehors.

– Je voudrais récupérer ce qui m'appartient. Le colis qu'on m'a donné avec les sous-vêtements et...

– Laisse tomber. Les emmerdeurs de ton espèce n'ont droit à rien, aucun cadeau de la municipalité.

– Mon os.

– Ton quoi ?

Bone désigna à droite du garde aux lèvres gercées le panier en fer gris qui portait son nom.

– Il y a là-dedans un os qui m'appartient. C'est un objet personnel, j'aimerais le récupérer.

– Pourquoi tu fous pas le camp pendant que t'en as l'occasion ? grogna le surveillant à la moumoute en s'avançant d'un air menaçant.

– Cet os m'appartient. Rendez-le moi.

– Bordel de merde ! s'exclama le type fluet. Y avait un article dans le journal l'autre jour... Bon Dieu.

Le surveillant au nez bosselé ouvrit le panier de Bone, sortit le fémur et le soupesa à deux mains.

– Qu'est-ce qui t'arrive ? demanda-t-il à son collègue qui regardait Bone bouche bée. (Ne recevant pour toute réponse qu'un mouvement nerveux de la tête, il traversa la pièce et tendit le fémur à Bone.) Voilà ta saloperie d'objet personnel. Maintenant fous le camp. On veut plus te voir ici.

Bone prit le fémur, surpris de constater combien ce contact était familier à l'inconnu. Il marcha jusqu'à la porte, l'ouvrit, et se retourna vers les trois surveillants

199

regroupés autour du plus fluet d'entre eux qui leur murmurait quelque chose d'un ton inquiet. Quand celui-ci s'aperçut que Bone les observait depuis le seuil, il s'interrompit brusquement. Les regards des trois gardes reflétaient maintenant la curiosité... et la peur.

– Qu'est-ce que t'as à nous regarder, espèce de dingue ? lança le garde au nez bosselé. On t'a dit de foutre le camp.

– Qui est Lobo ?

– On connaît personne de ce nom ! répondit le type à la moumoute.

– Je vous en prie, dit Bone. Je n'ai pas l'intention de vous causer des ennuis ; je ne reviendrai pas et je ne raconterai à personne ce qui s'est passé ici. Mais il faut que je retrouve ce Lobo. C'est très important pour moi.

Le type au nez bosselé lâcha un petit rire sans joie.

– Prie plutôt pour que Lobo te retrouve pas, espèce de cinglé. C'est à toi qu'il couperait la tête, pour sûr !

– Je vous en prie, soupira Bone. Savez-vous où je peux le trouver ? Dites-moi au moins à quoi il ressemble.

Le garde aux lèvres gercées se dirigea à grands pas vers un téléphone mural ; il décrocha.

– Tire-toi ! hurla-t-il. Si t'as pas foutu le camp dans cinq secondes, j'appelle les flics et je leur dis que leur dingue coupeur de têtes est en train de foutre la merde dans cet endroit !

Bone comprit que l'inconnu n'avait plus rien à apprendre dans cet endroit. Absolument rien. Il sortit en laissant la porte ouverte derrière lui. Il tourna à gauche, descendit une volée de marches en pierre, passa devant les détecteurs de métal et traversa le vestibule avant de franchir la porte étroite pour déboucher dans la nuit new-yorkaise. Il ne se retourna même pas.

200

Immobile au coin de la 3ᵉ Rue et du Bowery, Bone sondait le cerveau de l'inconnu alors que l'aube perçait ; le soleil se levait dans son dos, juste au-dessus de son épaule gauche. L'inconnu avait l'habitude d'être debout à l'aube, se dit Bone, et le spectacle du soleil levant lui procurait une profonde émotion. C'était plus qu'un événement quotidien et naturel ; l'aube fournissait à l'inconnu un tas d'informations.

Mais lesquelles ?

La direction. Le nord, le sud, l'est, l'ouest.

La nuit, songea Bone, l'inconnu pouvait tirer ses informations des étoiles.

Il leva les yeux. La lueur du soleil levant commençait à inonder le ciel de lumière, mais Bone doutait qu'on puisse très souvent observer les étoiles la nuit ici dans cette ville. Pourquoi, dans ce cas, l'inconnu semblait-il attacher tant d'importance au soleil et aux étoiles ? A quoi lui servaient ces informations ? Il était peu probable qu'il en ait eu besoin en ville, et il ne pouvait y avoir accès sous terre.

Bone patienta pendant plus d'une demi-heure, les yeux mi-clos, attendant que d'autres pensées lui viennent. En vain. Il était temps de se mettre en route, de trouver un endroit pour... camper.

Camper. Dans l'esprit de l'inconnu ce mot possédait un fort poids émotionnel.

Bone regarda à gauche, vers le sud-ouest. D'après ses cartes, ce chemin conduisait à la pointe sud de l'île de Manhattan, et rien n'indiquait qu'on ait aperçu l'inconnu dans ces parages. Il tourna donc à droite dans le Bowery en direction du centre, attiré instinctivement vers un immense building qui se dressait dans le ciel, solitaire, plus haut que tous ceux qui l'entouraient, rectangle élancé d'acier, de pierre et de verre d'où semblait émaner une aura quasi mystique à ses yeux.

Rien ne laissait supposer que l'inconnu ait déjà pénétré à l'intérieur de cette immeuble, mais la façon dont il se détachait des autres buildings lui rappelait... quelque chose ; c'était important pour l'inconnu. Hauteur et profondeur, soleil et lumière des étoiles, obscurité totale. Apparentes contradictions.

Bone continua d'avancer, remarquant au passage que le Bowery bifurquait peu à peu vers l'ouest, pour atteindre un endroit baptisé, à en croire la plaque de rue, Park Avenue South ; il s'arrêta et regarda autour de lui. Le décor était différent du Bowery, sensiblement même. Dans cette ville, il suffisait, semble-t-il, de parcourir quelques blocs pour découvrir un changement brutal d'aspect et d'atmosphère ; il existait des quartiers à l'intérieur des quartiers, des mondes parallèles sans aucun point commun, si ce n'est que, même sur cette élégante avenue, des individus en haillons étaient assis sur les trottoirs ou couchés dans les entrées d'immeubles. Park Avenue était beaucoup plus propre que le Bowery, les boutiques plus grandes et moins criardes, moins encombrées. Les chaussées étaient séparées par des refuges pour piétons agrémentés de bosquets, d'arbres et de fleurs qui, constata Bone, possédaient eux aussi une forte valeur émotionnelle pour l'inconnu.

Mais le plus impressionnant à ses yeux c'étaient les immeubles qui bordaient les deux côtés de la rue aussi loin que portait le regard, des buildings si hauts qu'il devait se dévisser le cou pour voir ceux qui se trouvaient le plus près de lui, des buildings qui formaient un canyon de pierre, de verre et d'acier.

Soudain, Bone éprouva un puissant sentiment de familiarité, aussitôt suivi d'un sentiment d'aliénation tout aussi fort. Ce canyon de buildings lui donnait l'impression de se sentir à la fois chez lui et très loin de chez lui ; il appartenait à cette ville et il s'y sentait étranger, ce canyon de verre et d'acier était à la fois son domaine et une terre inconnue.

Ça n'avait aucun sens, songea-t-il, frustré et dégoûté tout à coup de constater que ses pensées et ses sentiments erratiques demeuraient désespérément éphémères, jamais ils ne se fondraient dans quelque chose qu'il pourrait appeler un *souvenir*.

Une fois de plus, Bone se demanda s'il était réellement fou.

Il continua à remonter Park Avenue, lentement, s'efforçant de repousser l'angoisse que faisaient naître en lui les apparentes contradictions de ses sensations et de ses sentiments ; il essayait de se détendre tout en luttant pour capturer l'essence des puissantes émotions qu'éprouvait l'inconnu au cœur de ce canyon créé par l'homme.

Au loin, un autre building gigantesque se dressait au milieu du paysage, semblant bloquer le passage. Tout en haut, en immenses lettres bleues, on pouvait lire les mots " Pan Am " ; ce nom n'évoquait rien pour lui, mais une fois de plus, la vision d'un grand building qui se détache parmi les autres exerça sur lui une très forte attirance.

Soudain, sans savoir pourquoi, Bone s'arrêta de marcher et regarda ses mains noueuses. Les avait-il abîmées dans la construction d'un building ? Pendant presque une minute, il resta planté là, regardant alternativement le building qui se dressait sur sa route et ses mains avec leurs doigts tordus et les ongles arrachés. Mais aucune vision ne lui vint, et il poursuivit son chemin.

Il avait cru que Park Avenue s'achèverait à la hauteur du building surmonté des grandes lettres bleues, mais ce qu'il découvrit en arrivant à cet endroit, ce fut une construction de taille plus modeste, mais tout aussi impressionnante, en pierre brune et dont la façade s'ornait de balustrades et de colonnes de pierre aux motifs complexes. Elle ne ressemblait en rien aux autres constructions alentour. Bone resta là plusieurs minutes sur le trottoir à contempler ce bâtiment et les mots " Grand Central Terminal " gravés dans la pierre au-dessus de l'entrée. Ce bâtiment aussi lui rappelait quelque chose, mais c'était un sentiment différent de ceux provoqués par la vue des autres immeubles... identique, mais différent, tout comme ce bâtiment était différent des autres.

Contradictions.

Bone ne ressentait chez l'inconnu aucun désir ni besoin impérieux de pénétrer dans cet immeuble de pierre qui lui faisait face ; en revanche, il éprouvait le besoin de continuer à marcher jusqu'à l'endroit où il pourrait camper. Ici, Park Avenue se divisait en deux ; une partie de la chaussée semblait contourner la Gare Centrale, tandis que l'autre s'enfonçait dans l'obscurité.

Sous terre.

C'est là que voulait aller l'inconnu, se dit Bone, et il commença à descendre dans le passage souterrain. Il n'y avait pas de trottoir, mais un simple rebord de béton étroit sur le côté droit. Le flot de voitures ne cessait de croître, et tandis qu'il s'enfonçait dans le souterrain, il dut se plaquer contre la paroi de pierre pour éviter d'être frôlé par les véhicules qui le dépassaient à toute vitesse.

Soudain, sans le moindre signe annonciateur, Bone eut le sentiment irrésistible d'être chez lui, tout en restant étranger, dans cette caverne creusée par l'homme, plaqué contre un mur de pierre. Pris de vertiges tout à coup, il faillit tomber du rebord de pierre et atterrir sur la chaussée au milieu du flot de voitures. Le monoxyde de carbone et les fumées d'échappement assaillaient ses sens, brûlaient ses narines, obstruaient ses poumons, lui piquaient les yeux, et lui donnaient envie de vomir. Il avait commis une erreur en empruntant ce souterrain.

Ça s'effrite !

Pourtant, il se sentait dans son milieu ici, plaqué contre le mur ; ses doigts noueux griffaient la pierre

204

tendre, il avait des fourmillements dans le dos, les fesses et l'arrière des genoux, dressé en équilibre sur la pointe des pieds.

Il risquait de mourir ici !

Soudain, sa peur, sa confusion et son envie de vomir formèrent un mélange détonant qui explosa sous forme de panique. Il fallait qu'il sorte de cette grotte.

Il tomba du rebord, sous le nez d'une voiture ; il eut juste le temps de se jeter en arrière et de se plaquer contre la paroi au moment où la voiture frôlait sa chemise à toute vitesse dans un hurlement de klaxon. D'autres avertisseurs lui firent écho. Ecœuré par les gaz d'échappement, le souffle coupé, Bone remonta en crabe aussi vite que possible le long du rebord en pierre, posant parfois le pied sur la chaussée lorsqu'il perdait l'équilibre, sautant à cloche-pied et chancelant, à contre-courant des voitures dont les phares aveuglants créaient une lueur irréelle et cauchemardesque dans le souterrain. Le bruit assourdissant des klaxons alimentait sa panique. Finalement, profitant d'une brève interruption dans le trafic, il sauta sur la chaussée et se mit à sprinter, le cœur battant à tout rompre, vers le soleil à une centaine de mètres de là. Sur la voie opposée, les voitures qui se ruaient dans le souterrain étroit semblaient sur le point de le renverser ; Bone avait vaguement conscience du regard hébété des automobilistes derrière leur vitre. Des freins hurlèrent dans son dos et il sentit une voiture le frôler. Un klaxon retentit, juste derrière sa tête lui sembla-t-il ; le beuglement aigu et injurieux se répercuta sur les parois de pierre et vint lui marteler le crâne. Il ne pouvait rien faire à part continuer à courir. La lumière se rapprochait... de plus en plus...

Bone se retrouva enfin à l'air libre.

Il s'appuya contre le mur d'un immeuble, se laissa glisser jusqu'au sol et resta assis là, cherchant à reprendre son souffle dans l'air surchargé de fumée, les yeux fermés. Il s'efforça de contenir la panique qu'il avait éprouvée dans le souterrain, et peu à peu, il comprit que cette terrible peur n'était pas due tant au fait de se retrouver dans l'obscurité du souterrain qu'au flot de sensations et d'émotions contradictoires qu'il y avait éprouvées ; bien que l'étroit rebord de béton sur lequel il avançait ne se trouve qu'à quelques centimètres au-dessus de la chaussée, il avait eu la sensation, en s'agrippant au mur de pierre, d'être suspendu au-dessus d'un abîme...

La lumière et l'obscurité, hauteurs et profondeurs, familiarité et éloignement...

En ouvrant les yeux, Bone s'aperçut qu'il était le point de mire des passants curieux qui se rendaient à leur travail de bon matin ; des gens portant des attachés-cases, vêtus de costume-cravate ou de tailleur et de chaussures à talons hauts lui jetaient un regard en passant, mais tous l'évitaient soigneusement, certains se retournaient, avant de hâter le pas. Mais nul ne s'arrêta pour lui demander s'il avait besoin d'aide.

Gêné, Bone se releva péniblement. Il ramassa le fémur, tourna rapidement au coin de la rue et s'arrêta pour s'adosser à un autre immeuble, le front appuyé contre la pierre froide, jusqu'à ce qu'il reprenne son souffle et le contrôle de soi. Brusquement, il se sentait terriblement isolé... et seul. Il aspirait à un sanctuaire où il pourrait se reposer, entendre la voix et peut-être sentir le contact d'une personne qui ne soit ni hostile ni méfiante.

Il avait terriblement besoin de parler à Anne. Son souvenir le plus vivace était désormais ce bref instant dans le parc où elle avait pressé ses seins contre son bras, où elle n'avait pas hésité à se mettre dans une position de danger potentiel afin de défendre un étranger qui était peut-être un meurtrier. A cet instant, à la suite de la panique qui l'avait saisi dans le souterrain, Bone aurait donné presque tout pour sentir les seins d'Anne s'appuyer encore une fois contre son bras. Peut-être pourrait – devrait – il même renoncer à sa quête. Ali Hakim lui avait fourni la construction mentale et suggéré les outils psychologiques dont il pouvait se servir dans la recherche de son identité, mais présentement, Bone n'était plus aussi certain de vouloir connaître la vérité. Au bout du chemin se trouvait peut-être la folie.

Il avait besoin de changement. Il se dirigea vers l'entrée de la Gare Centrale, puis il ralentit le pas pour finalement s'arrêter et s'appuyer de nouveau contre un immeuble.

Bone songea que c'était un imbécile ; pas l'inconnu, lui. Et un froussard. Il avait été prompt à abandonner sa quête, au milieu d'une tourmente émotionnelle susceptible de lui fournir des indices essentiels sur son identité. Et si l'inconnu avait été fou, rien ne prouvait qu'il ne l'était plus.

Il n'avait pas le droit d'impliquer davantage cette femme, et même s'il en avait le droit, ce ne serait pas une bonne idée. De toute évidence, il était sans défense devant les sentiments qu'elle avait fait naître en lui, mais ces sentiments appartenaient à cette vie-là, pas à celle qu'il avait vécue dans les rues, ni à la vie enfouie encore plus profondément dans le passé. Ses sentiments à l'égard de cette femme pouvaient représenter un sérieux handicap dans sa recherche des sentiments anciens de l'inconnu. Tant qu'il n'avait pas les réponses qu'il cherchait, il ne pouvait appartenir à personne, et personne ne pouvait lui appartenir.

Finalement, en un sens, il avait déjà trahi l'inconnu en paniquant et en s'enfuyant au moment où il ressentait précisément le genre de puissantes poussées émotionnelles auxquelles le Dr Hakim lui avait demandé de s'intéresser. Rechercher dans un moment de faiblesse un réconfort – une femme – qui risquait d'affaiblir encore davantage sa détermination et semer la confusion dans ses souvenirs serait une autre sorte de trahison et il s'y refusait. Il continua à remonter Park Avenue et à s'enfoncer dans la forêt de buildings géants.

Un peu plus loin, il dépensa une partie de ses réserves de secours pour acheter des sous-vêtements, un jean et une chemise de rechange. En outre, croyant sentir un vague désir chez l'inconnu, il fit l'acquisition d'autres articles : des conserves, de grosses boîtes d'allumettes, du savon et un peigne.

Plus près de sa destination, les bras chargés de paquets, il passa devant un surplus de l'armée ; il s'arrêta brusquement pour contempler les couteaux de chasse exposés en vitrine. Il ressentit alors le plus fort désir jamais exprimé par l'inconnu.

L'inconnu voulait un couteau de chasse. Bone fut aussitôt submergé par une vague d'angoisse. Pour quelle raison l'inconnu voulait-il un couteau ? Pour couper quoi ? Il ne voyait pas pourquoi un individu avait besoin d'un couteau de chasse à New York, si ce n'est pour se défendre, et il savait que l'inconnu s'était déjà servi du fémur dans ce but. De plus en plus mal à l'aise, Bone se détourna de la vitrine et s'éloigna à grands pas. Il traversa un carrefour ; il était arrivé au milieu du bloc suivant lorsqu'il s'arrêta brusquement ; il recula dans une entrée d'immeuble pour se mettre à l'écart du flot grossissant des piétons. Quelques secondes lui suffirent à prendre une décision.

Il retourna au surplus et préleva vingt-cinq dollars sur ses réserves qui s'amenuisaient pour acheter un gros couteau de chasse de bonne qualité à en croire son instinct. Il acheta également une pierre à aiguiser et un petit bidon d'huile pour affûter la lame, car les vagues recommandations de l'inconnu lui disaient qu'un bon couteau devait toujours être aiguisé.

L'idée de posséder une telle arme continuait d'effrayer Bone, et sans doute risquait-il de se retrouver en prison si la police l'arrêtait avec ça. Mais il ne faisait aucun doute dans son esprit que l'inconnu voulait ce couteau et, même s'il ne s'en réjouissait pas, Bone était prêt à prendre le risque d'attendre pour voir à quoi il allait servir. Il était le seul allié de l'inconnu, son seul défenseur, à part Anne qu'il ne pouvait se permettre de contacter, et il devait faire confiance à cet homme.

Il avait déjà trahi l'inconnu une fois, il ne voulait pas recommencer.

Chapitre 9

La nuit précédente, pendant qu'il dormait, quelqu'un lui avait volé son caddie à trois roues, après avoir – curieusement – retiré les deux sacs poubelle qui contenaient toutes ses affaires pour les abandonner sur le sol en marbre crasseux de la salle d'attente de Grand Central Station. Il s'était presque senti submergé de soulagement en constatant qu'on lui avait laissé ses seuls biens, et il avait décidé de quitter la Gare Centrale ; la prochaine fois qu'il s'endormirait sur les bancs en bois au fond de la salle d'attente, il n'aurait peut-être pas autant de chance.

D'ailleurs, il était temps de retourner auprès de Dieu et de la chaîne de télévision intergalactique ; les habitants de toutes les autres planètes qui le regardaient s'entretenir avec Dieu se demandaient sans doute ce qu'il était devenu.

Traînant derrière lui ses deux énormes sacs poubelle, ahanant sous l'effort, Michael Goodman atteignit enfin l'immeuble Chrysler qui, il le savait, était en réalité l'incarnation de Dieu avec son toit en forme de clocher à multiples facettes violemment éclairé qui était aussi une antenne de télévision servant à transmettre son image, ses pensées et ses paroles aux habitants des autres galaxies. C'est Dieu qui lui avait appris que sur d'autres planètes, les rues et les trottoirs étaient tout mous, il y avait des lits dans toutes les entrées d'immeubles, des toilettes à chaque coin de rue, et tous ceux qui vivaient dehors n'avaient jamais ni froid ni faim. Pas besoin de ces horribles refuges où d'autres hommes l'avaient frappé, violé et dévalisé. A cinquante-huit ans, Michael rêvait de vivre dans un de ces mondes. Parfois, il aurait voulu être mort, et souvent il se demandait si le suicide lui permettrait d'accéder à un de ces mondes.

Il n'entendait pas encore les voix, mais cela n'avait rien de surprenant, car il n'était pas encore en sécurité dans les profondeurs de l'arche bombée de l'entrée. Une fois à l'intérieur, il sortirait sa couverture et son petit oreiller d'un de ses sacs, il se coucherait en boule avec un sac de chaque côté ; il écouterait les voix et leur répondrait jusqu'à l'aube ; parfois alors il s'endormait et refaisait les doux rêves de son enfance, jusqu'à ce qu'un policier le secoue ou le pousse avec la pointe de son bâton pour l'obliger à déguerpir. Mais où irait-il demain matin ? Certainement pas à la Gare Centrale où il risquait de se faire voler ses affaires. Il décida d'aviser demain lorsqu'on viendrait le réveiller.

Totalement épuisé, mais tout proche du but, Michael se laissa tomber sur le trottoir de la 43e Rue et s'adossa au mur d'un immeuble, cherchant à reprendre son souffle. Il était minuit passé et il n'y avait plus beaucoup de monde dans les rues de l'East Side. Quelques personnes quand même. Un couple bien habillé passa devant lui, et s'arrêta quand la femme tira l'homme par la manche. Celui-ci se retourna et revint vers Michael. Il sortit de sa poche une liasse de billets qu'il effeuilla jusqu'à ce qu'il trouve un billet d'un dollar ; il le laissa tomber devant Michael et s'éloigna à grands pas. Michael ramassa le billet sur le trottoir et le glissa dans la poche d'une des trois chemises qu'il portait.

Il avait faim. Avec ce dollar il pourrait s'acheter un beignet, mais il était trop fatigué pour se mettre à la recherche d'une boutique ouverte. Il faudrait qu'il s'endorme avec le ventre creux, et peut-être que demain matin, il aurait la force de parcourir les quelques blocs jusqu'au quartier général du Project Helping Hand où Anne, Barry, ou bien un autre employé,

211

lui donnerait quelque chose à manger. Peut-être qu'ils l'aideraient à trouver un autre caddie, ce qui était encore plus important pour lui. Il devrait d'abord écouter leurs sermons ; ils essaieraient de le persuader de se rendre dans un refuge, peut-être même serait-il obligé de prendre une carte et de promettre d'y aller avant qu'ils n'acceptent de l'aider. Mais jamais il ne retournerait dans un refuge ; il redoutait les refuges plus que tout le reste. Il ne voulait pas se faire violer encore une fois.

Il tombait de fatigue. Mais il devait rejoindre Dieu pour entendre les voix réconfortantes avant de s'endormir. Avec l'impression de se mouvoir sous des tonnes d'eau au fond d'un océan, Michael se releva péniblement. Il respira à fond plusieurs fois et se pencha pour saisir ses sacs poubelle ; il dut faire appel à toutes ses forces pour les traîner sur le trottoir, mais il pénétra enfin dans la quasi-obscurité qui régnait sous la grande arche de l'immeuble Chrysler.

Aussitôt, il commença à entendre les douces voix apaisantes de la chaîne de télévision intergalactique.

— Tire-toi de là, connard ! Tu pues la merde ! Barre-toi ! Va crécher ailleurs !

Ce n'était pas une voix d'un autre monde ; cette voix avait couvert toutes les autres, elle les avait fait fuir. Michael traîna péniblement ses sacs vers le coin opposé. Soudain, un pied frappa sa cuisse et un poing l'atteignit avec violence entre les omoplates, manquant de peu sa nuque. Sa tête fut projetée en arrière.

— Hé, tu pues, mec ! dit une autre voix. Fous le camp ! Putain, c'est pas croyable !

— Je peux pas, murmura Michael. Je suis trop...

Il reçut un second coup de pied. Puis un concert de voix s'éleva, toutes appartenaient à des hommes comme lui, vivant dans ce monde misérable.

— Tire-toi, tu pues trop !

— T'approche pas de moi !

— Fous le camp avant que je te coupe les couilles !

212

L'entrée de l'immeuble était encombrée d'autres sans-abri, et Michael fut envahi de désespoir en comprenant qu'il ne pourrait pas écouter cette nuit les voix de Dieu et des gentils habitants des autres planètes. Les joues mouillées de larmes d'épuisement et de tristesse, Michael reprit une fois de plus ses sacs poubelle et les traîna jusque sur le trottoir.

Il était si fatigué, il avait tellement faim...

Il avisa une poubelle grillagée à moitié remplie au milieu du bloc, près de Park Avenue. Michael se pencha au-dessus, plongea la main à l'intérieur et se mit à fouiller parmi les déchets, repoussant les papiers et agitant les doigts jusqu'à ce qu'il sente quelque chose de mou et de collant. Il saisit le bout de papier et le porta à sa bouche pour le lécher ; c'était sucré, avec un goût de pomme et de pâte sablée, c'était un reste d'" apple-pie " qui ne servit qu'à aiguiser son appétit et à lui donner encore plus faim. Plongeant les deux mains dans la poubelle, il sentit sous ses doigts un autre papier avec quelque chose qui ressemblait à de la nourriture. Il le sortit de la poubelle et le porta avidement à sa bouche. Il s'aperçut de son erreur une seconde trop tard, il avait déjà posé sa langue et ses lèvres sur la chose en question. Pris d'un haut-le-cœur, il balança le papier couvert de crotte de chien et cracha en s'essuyant furieusement la bouche avec sa manche. Le goût immonde refusait de s'en aller. Michael se laissa tomber sur le trottoir, par-dessus ses sacs poubelle ; la tête penchée, il se mit à sangloter sans pouvoir se contrôler.

Ce n'était pas sa faute s'il sentait comme la merde de chien qu'il venait de manger, songea-t-il sans cesser de sangloter. Deux fois il avait laissé les gens du refuge le déshabiller et l'entraîner sous la douche. La première fois, il avait été ébouillanté ; la deuxième fois, le jet était si froid qu'il était tombé malade peu de temps après. Les refuges lui faisaient peur, il n'y retournerait plus jamais. Ce n'était pas sa faute si ses doigts n'obéissaient pas toujours bien et s'il n'avait pas le temps de baisser son pantalon avant d'uriner ou de déféquer. Parfois, il lui arrivait de déféquer sans même s'en rendre compte. Mais l'hiver, il aimait sentir la douce chaleur de l'urine et des excréments qui se mêlaient dans son pantalon et coulaient le long de ses jambes. Et au bout d'un moment, il ne sentait même plus son odeur.

Un bruit lui fit lever la tête... il poussa un cri de terreur.

Ils étaient revenus, les jeunes types avec leurs blousons gris et leurs bottes noires. La dernière fois qu'ils l'avaient surpris seul, il se rendait à une soupe populaire ; heureusement il avait caché ses affaires et son caddie dans un endroit secret, et à cause de son odeur ils lui avaient fichu la paix. Mais aujourd'hui, ils allaient tout lui prendre.

Sans dire un mot, deux des quatre Loups s'avancèrent pour se saisir de ses deux sacs poubelle. Michael plongea, mais c'était trop tard ; ses doigts se refermèrent sur le vide, un poing jaillit et vint le frapper à la tempe. La douleur explosa dans son crâne et se propagea jusque dans sa mâchoire et dans sa nuque ; il tomba sur le côté.

— Oh ! mon Dieu, gémit-il, ne me forcez pas encore à prendre votre machin dans la bouche. Je vous en supplie, ne me l'enfilez pas.

— La ferme, répondit un des jeunes Loups, un Blanc, en se penchant pour défaire les boutons de l'épaisse chemise de Michael, mais il recula presque aussitôt en suffocant. Putain, si vous voulez le fouiller, les gars, allez-y. Moi je renonce. Ce type pue la merde, même sa bouche pue la merde.

— Laisse tomber, répondit un Loup noir. On prend les sacs et on se tire.

— Lobo est complètement cinglé, commenta un troisième. Tu l'imagines se faisant tailler une pipe par ce mec ? Comment il fait pour supporter l'odeur ?

– Lobo fourre sa queue dans tout ce qui bouge, répondit le Loup blanc. Il est complètement givré ce mec, et il bande en permanence. Un jour, je l'ai même vu baiser un Big Mac, il voulait voir l'effet que ça faisait paraît-il. Il adore se taper des vieilles.

– Je vous en supplie, murmura Michael en rampant sur le trottoir vers les bottes des jeunes Loups. Rendez-moi mes affaires. C'est tout ce que je possède au monde. Ne me les prenez pas. Pitié...

Un pied botté de noir se posa sur son épaule et lui plaqua le visage contre le bitume. A travers les larmes qui embuaient ses yeux, impuissant, le bras tremblant tendu dans un geste de supplication inutile, Michael regarda les jeunes en blousons gris s'enfuir avec ses sacs vers l'extrémité du bloc et disparaître au coin de la rue.

Paralysé par le chagrin et un terrible sentiment de perte, Michael revint en rampant vers la poubelle et y appuya sa tête. Il ferma les yeux et se remit à sangloter. On lui avait volé tout ce qu'il possédait au monde : ses deux couvertures et son oreiller, son manteau de rechange, les trois livres qu'il était incapable de lire mais qui lui donnaient le sentiment d'appartenir à un monde où les gens s'asseyaient pour lire, sa collection d'antennes de télévision qu'il aimait étaler l'été pour les regarder briller au soleil, sa collection de galets lisses, la brosse à cheveux avec le manche en nacre jaunie qui avait appartenu, croyait-il, à sa mère.

Il n'avait plus rien.

Maintenant, il lui faudrait aller dans un refuge comme celui où le jeune type au teint crayeux l'avait violé. On l'obligerait à rester sous une eau trop chaude ou trop froide. On se moquerait de lui, on l'injurierait et on le forcerait à jeter ses vêtements familiers qu'il...

Soudain, il perçut une toux violente qui semblait provenir de derrière lui, sur la droite. Surpris, Michael ouvrit les yeux et tourna la tête pour découvrir une voiture de police stationnée le long du trottoir à sa hauteur. Michael savait que si la police le ramassait dans la rue, ils le conduiraient dans un refuge, après l'avoir lavé à la bouche d'incendie la plus proche où l'eau serait glacée. Ça s'était déjà produit. Il n'était pas encore prêt à aller dans un refuge, il avait trop peur. Et il n'avait pas envie de sentir le contact de l'eau glacée sur sa peau.

Il se releva péniblement. Il sécha ses larmes du revers de la main et remonta la rue d'un pas chancelant jusqu'à la première intersection. Il poussa un soupir de soulagement en entendant la voiture de police s'éloigner.

Eperdu de désespoir, Michael se mit à errer sans but dans la rue, cherchant un endroit, n'importe où, pour s'allonger et dormir.

– Michael ?

Michael secoua la tête et continua d'avancer. Son esprit lui jouait des tours. Jamais il n'entendait les voix quand il se trouvait loin de Dieu.

– Michael, tu ne veux pas t'arrêter une seconde pour m'écouter ?

Michael s'arrêta, il regarda autour de lui pour tenter de déterminer d'où venait la voix. Elle semblait provenir de loin, c'était peut-être un individu d'un autre monde... pourtant cette voix lui paraissait étrangement familière.

– Où vous êtes ? cria-t-il.

Il n'y eut pas de réponse. Un piéton solitaire, un homme d'un certain âge qui grelottait dans son pardessus trop léger, apparut au coin de la rue, il jeta un regard inquiet à Michael puis s'empressa de traverser et de s'éloigner.

La voix résonna de nouveau.

– Inutile de crier, Michael. Je t'entends aussi bien que tu m'entends. Je suis sur l'autre trottoir. Rejoinsmoi. J'ai vu la bande des Loups te voler toutes tes affaires. Je sais ce que tu ressens. Tu as besoin de moi maintenant.

De nouveau, Michael eut l'étrange impression de connaître la personne qui lui parlait. Bien qu'elle porte clairement d'un trottoir à l'autre, la voix semblait bizarrement étouffée malgré tout, c'était une voix que Michael associait à l'idée d'aide et de bonté.

Il laissa passer deux voitures, puis il traversa la rue.

— Par ici, Michael, sur la droite. Approche.

Michael marcha en direction de la voix qui provenait d'une grande et profonde entrée d'immeuble plongée dans l'obscurité. Il s'enfonça dans l'encadrement de la porte et se pétrifia en voyant soudain apparaître une silhouette enveloppée d'orange vif de la tête au pied. Michael essaya de distinguer les traits de cette silhouette brillante, mais le visage était masqué par le grand rabat relevé dans le cou. Michael en conclut qu'il s'agissait d'un être d'une autre planète, vêtu d'une sorte d'uniforme.

— Bonsoir, Michael, dit l'inconnu d'un ton doux.

Non, ce n'était nullement un être venu d'ailleurs se dit Michael qui avait enfin reconnu la voix. Il sourit.

— Ah, c'est vous. Ça fait longtemps que je vous ai pas vu. Je croyais que vous étiez parti.

— Non, j'étais occupé ailleurs. Je n'ai pas eu le temps de venir te voir.

— Je savais pas que vous étiez l'un d'eux.

— De qui parles-tu, Michael ?

— J'ai toujours cru que vous faisiez partie de ce monde, mais maintenant que je vois vos fringues, je sais que c'est faux. Vous venez d'un autre monde, pas vrai ?

Il y eut un long silence.

— Tu crois qu'il existe des mondes meilleurs que celui-ci, n'est-ce pas, Michael ? Nous en avons souvent parlé.

— Oui, répondit Michael d'une voix caverneuse. Je déteste ce monde.

— Je sais, Michael. On ne peut pas s'occuper correctement de toi ici ; tu es incapable de te prendre en charge, et tu refuses l'aide des autres. Tu souffres atrocement, mais il n'existe aucun moyen d'atténuer tes souffrances.

– J'ai peur, murmura Michael.

– De moi ?

– Non. J'ai peur des refuges.

– Aimerais-tu que je t'envoie dans un monde meilleur ?

De nouveau, les larmes remplirent les yeux de Michael, mais cette fois, c'étaient des larmes de joie.

– Oh ! oui, sanglota-t-il, j'attends depuis si longtemps. Vous pouvez faire ça ?

La silhouette orange et brillante recula dans l'ombre.

– Approche, Michael. Tu es à la porte d'un monde meilleur.

Chapitre 10

1

Au-delà de l'étang de la Tortue, Belvedere Castle se dressait dans un ciel sans nuage que colorait d'orange le soleil levant, construction de conte de fées composée de cours et de balustrades de pierre, petite sœur des immenses gratte-ciel qui bordaient Central Park. Nu jusqu'à la taille, accroupi parmi les ombres de l'aube, Bone scruta les alentours ; cette partie du parc semblait déserte. Il s'avança jusqu'au bord de l'étang, en écarta de ses mains la surface saumâtre et puisa l'eau au creux de ses paumes pour s'asperger le visage et les aisselles. Ça suffisait, il s'était déjà baigné, durant la nuit, dans le petit lac qu'il avait découvert plus au nord. Ensuite, il remplit une de ses deux gourdes pour pouvoir se raser ; la première était déjà pleine d'eau potable fraîche prise à une fontaine qui se trouvait non loin de son campement. Ceci étant fait, il regagna son campement situé dans une zone boisée baptisée, à en croire le plan fixé à l'entrée du parc, The Ramble.

Il lui restait moins de dix dollars sur l'argent que lui avait donné Anne, mais cela ne le préoccupait pas. L'argent avait été dépensé à bon escient pour acheter des produits ou du matériel dont il sentait que l'inconnu avait envie ou besoin, et il avait le moral, convaincu de pénétrer, lentement mais sûrement, de plus en plus loin dans l'esprit de l'inconnu, en accomplissant les gestes qu'aurait accomplis l'inconnu, en se comportant de manière identique.

219

Pour manger, Bone avait trouvé une soupe populaire tout près d'ici où il pouvait à la fois déjeuner et dîner, mais il s'était aperçu qu'il se nourrissait de peu de choses. En outre, à sa grande surprise et pour sa plus grande joie, il avait découvert que l'inconnu savait reconnaître les baies, les fruits et les racines comestibles et nourrissantes parmi la flore qui poussait dans le parc. Avec de la nourriture à portée de main, la possibilité de se laver et de laver son linge, il ne manquait de rien. Il était libre. Il ne demandait pas grand-chose de plus, et surtout, il avait bon espoir de réussir tôt ou tard dans la recherche de son identité.

De retour à son campement installé sous une passerelle dans une zone fortement boisée du Ramble, Bone se rasa avec un vieux, mais solide coupe-choux qu'il avait acheté, ainsi qu'un cuir à rasoir, chez un prêteur sur gages. L'inconnu aimait ce matériel simple, mais extrêmement fonctionnel ; il y avait une certaine élégance dans l'aspect rudimentaire, utilitaire et durable de ce rasoir. L'inconnu aimait vivre à l'air libre, mais il aimait également être propre et soigné, même quand il était seul ; Bone avait constaté que c'était excellent pour le moral.

Une fois rasé, Bone enfila la chemise usée qu'on lui avait donnée la première fois, puis il prit son quart en fer blanc rempli de thé chaud fait à partir d'herbes ramassées dans le parc, posé sur le petit réchaud qu'il avait construit avec des débris de métal et la boîte de conserve. Accroupi, il sirota son infusion en frémissant de plaisir.

C'était dimanche matin, et à en juger par la position du soleil, Bone estima qu'il lui restait plus de deux heures avant son rendez-vous avec le Dr Ali Hakim dans son cabinet de Lexington Avenue. Alors il se détendit et continua à boire tranquillement son infusion en songeant à tout ce qu'il avait appris – ou pas – durant ces cinq jours qui s'étaient écoulés depuis qu'il avait quitté le refuge pour hommes du Bowery.

La passerelle était située dans un endroit relativement reculé, et bien que l'on soit au début mai, il faisait encore assez froid le matin et le soir pour réduire au minimum la circulation des piétons dans cette partie du parc. Toutefois, afin de garantir la sécurité et l'intimité de sa retraite, Bone avait pris soin de couper, à l'aide de son couteau de chasse, des broussailles au bord d'un petit ruisseau voisin, qu'il avait ensuite tressées pour former des sortes de nattes qui non seulement protégeaient son campement des regards indiscrets, mais servaient également de coupe-vent. Grâce au petit feu sans fumée qu'il faisait chaque soir avec du bois de feuillu, il dormait très confortablement. Maintenant, songea-t-il en observant la progression de deux ornithologues matinaux au sommet d'un petit promontoir rocheux à l'est, il pouvait voir sans être vu.

L'inconnu possédait une extraordinaire connaissance de la vie en plein air. Il n'avait pas acquis ce savoir-faire dans une ville.

D'un autre côté, Bone ressentait toujours ce puissant sentiment de familiarité chaque fois que son regard croisait ces gigantesques parois de buildings qui se dressaient un peu partout dans Manhattan. Une fois de plus, il se dit qu'il était chez lui ici dans cette ville, mais ce n'était pas le cas. De toute évidence, l'inconnu était un homme habitué à vivre au contact de la nature, mais il appliquait son savoir-faire dans une forêt d'acier et de béton.

D'où venait-il ? Que lui était-il arrivé ?

L'affinité entre l'inconnu et la nature, ses instincts de survie et son hygiène méticuleuse, tout cela ne collait pas avec la panique qui l'avait assaillie dans le souterrain près de Grand Central Station, ni avec ses rêves peuplés de tombes, d'os, de mort et d'une silhouette orange-pourpre lumineuse. Ces affinités, les choses qu'il avait apprises sur les habitudes de l'inconnu, contrastaient avec ce qu'il avait ressenti en se retrouvant plaqué contre la paroi dans le tunnel ; avant que la panique ne balaye sa raison, il avait pris conscience de son sens aigu de l'équilibre en avançant le long du rebord étroit... ce n'était pas la première fois qu'il se plaquait contre des parois de pierre.

Qu'était-il arrivé à ses mains ?

La joie initiale qu'il avait éprouvée en découvrant les étranges dons de l'inconnu s'accompagnait d'un côté plus sombre. En obéissant aux désirs de plus en plus puissants, aux instincts de l'inconnu, il avait trouvé presque sans peine l'endroit idéal pour installer son campement, et il avait su le camoufler. Aucun doute, il savait construire une planque sûre.

Perry Lightning lui avait parlé de l'existence d'une telle cache, et Bone savait maintenant qu'il avait sans doute raison. Quelque part dans cette ville, il y avait une autre cachette comme celle-ci où l'inconnu, s'il était bien le tueur psychopathe, avait dissimulé son arme et peut-être même ses macabres trophées.

Mais il n'était pas encore prouvé que l'inconnu était un assassin ; rien ressemblant de près ou de loin au souvenir d'un meurtre n'avait effleuré Bone, et en attendant que cela se produise, il était bien décidé à continuer de faire confiance à l'inconnu.

Il avait quitté le refuge du Bowery sans savoir précisément où il voulait aller, mais il s'était retrouvé dans Central Park. C'était aussi bien. C'est dans ce parc qu'avait débuté sa nouvelle vie, c'était peut-être ici, ou près d'ici, que se trouvaient les clés de ses deux existences antérieures. Depuis le refuge, il s'était rendu directement à Sheep Meadow, à l'endroit où Anne, Barry Prindle et Ali Hakim l'avaient trouvé accroupi quand ils étaient venus vers lui. Il était resté là pendant presque deux heures, tournant lentement sur lui-même pour regarder dans toutes les directions, à la recherche de quelque chose de familier, un soupçon de souvenir qui pourrait lui indiquer d'où il venait et où se diriger ensuite.

Sans résultat.

Après avoir caché ses affaires, il avait passé la plus grande partie de la journée à errer à travers le parc, guettant une vision, un bruit, une odeur ou tout autre sensation familière.

Sans résultat.

Mais il avait immédiatement vu qu'il pouvait installer son campement en toute sécurité sous cette passerelle. Après être allé rechercher ses affaires, il avait passé le restant de la journée, avant la tombée de la nuit, à couper des broussailles et à prendre des dispositions pour protéger sa tanière des regards.

Le lendemain matin, il s'était réveillé à l'aube, affamé. Il s'était baigné et rasé, puis, avec l'aide des plans d'Anne, il était ressorti du parc pour émerger dans l'East Side à hauteur de la 86ᵉ Rue, un peu plus haut que le Metropolitan Museum. Il avait marché jusqu'au cabinet d'Ali Hakim dans Lexington, simplement pour voir le temps qu'il lui fallait, mais il n'était pas entré et n'avait laissé aucun message. Le neuropsychiatre lui avait déjà donné les idées et les outils psychologiques dont il avait besoin dans sa recherche, et Bone sentait qu'ils n'avaient pas grand-chose d'autre à se dire tant qu'il n'avait pas progressé dans sa quête. Il avait continué vers la pointe de l'île, jusqu'aux bureaux de Project Helping Hand situés en devanture, mais là encore, il n'était pas entré. Il voulait juste voir où travaillait la femme qui occupait à ce point ses pensées. Trois camionnettes bleues étaient garées le long du trottoir, avec le gros visage jaune souriant peint sur le côté. Bone s'était posté sur le trottoir d'en face, dans l'ombre d'une entrée d'immeuble, pendant une vingtaine de minutes, puis il était reparti rapidement, écœuré, en s'apercevant qu'il perdait un temps précieux dans le simple espoir d'entr'apercevoir Anne Winchell. Il n'avait pas de temps, ni d'émotions à gaspiller en pensant à une femme.

A en juger par les croix sur les cartes correspondant aux endroits où Anne se souvenait de l'avoir vu au moins une fois, l'inconnu avait couvert un large territoire. Par conséquent, Bone avait décidé de choisir chaque jour un périmètre différent et d'en sillonner chaque rue en ouvrant l'œil et en interrogeant les sans-abri qu'il rencontrait. Les cinq premiers jours, il avait parcouru l'Upper East Side.

En chemin, il avait découvert d'autres soupes populaires ; il avait mangé dans chacune d'elles, s'attirant parfois les regards intrigués du personnel et des clients ; il avait tenu à payer ses repas en travaillant pendant une heure ou deux aux cuisines, ou en servant les autres.

Dans une de ces soupes populaires, une employée bénévole déclara l'avoir vu manger ici une fois dans le courant de l'année précédente. Il n'avait pas dit un mot, précisa-t-elle, son os à la main, il avait fait la queue avec les autres, il avait mangé et était reparti. Il était seul. Cette femme ignorait où il couchait la nuit, d'où il venait et ce qu'il faisait dans la journée. Elle avait répondu à ses questions par d'autres questions. Bone était resté vague, puis il était reparti. Elle ne lui avait rien appris de bien intéressant. Bone en avait conclu qu'il avait effectivement parcouru les rues de l'Upper East Side, mais pas souvent.

Durant ces cinq jours, en réponse aux pressions de l'inconnu, il avait fait d'autres achats qu'il gardait dans son campement. Dans sa planque.

Tout en sillonnant avec méthode l'Upper East Side, il avait recherché systématiquement un travail. Il pensait pouvoir trouver un job, mais c'était une tâche beaucoup plus ardue qu'il ne l'avait imaginé pour quelqu'un qui ne possédait ni papiers d'identité ni carte de sécurité sociale. Après avoir essayé de donner un faux nom, sans succès car le fait qu'il n'ait pas de papiers faisait naître les soupçons, il avait essayé de dire la vérité au sujet de son amnésie. Cela n'avait servi qu'à accroître la méfiance et déclencher, parfois, la peur et l'hostilité.

Après trois jours, Bone avait cessé de réclamer un travail aux commerçants. Ses vêtements lui feraient quelques mois. Il était libre d'aller où il voulait, et s'il avait besoin d'argent, il pouvait toujours ramasser les boîtes de soda vides et les revendre aux magasins. Pour se nourrir, il pouvait toujours aller dans les soupes populaires, sans en être totalement dépendant, car il avait appris d'autres combines : il connaissait les supermarchés qui jetaient des produits presque frais chaque soir, et il avait remarqué que de nombreux écoliers avaient l'habitude de balancer leur panier déjeuner dans la poubelle la plus proche en arrivant à l'école le matin.

Il avait un abri et de quoi se vêtir ; il savait comment se nourrir ; Bone pouvait donc consacrer tout son temps à la recherche de l'identité de l'inconnu.

En déambulant dans les rues, il avait observé les visages des adolescents, essayant de reconnaître le jeune chicano au blouson gris qui avait essayé de le tuer au refuge. Celui-ci avait parlé d'un certain Lobo qui voulait lui faire la peau. Ce Lobo ou l'adolescent qui s'était jeté sur lui avec un couteau possédaient sans doute des renseignements précieux sur l'inconnu, peut-être même pourraient-ils lui dire qui il était.

Mais Bone ne perdait pas de vue le fait que Lobo et le jeune chicano, et d'autres peut-être, voulaient le tuer. Par conséquent, il ne se promenait jamais sans une paire de lunettes noires et un grand chapeau à bord flottant, objets qu'il avait récupérés dans un centre de l'Armée du Salut. Quoi qu'il en soit, il n'avait pas revu son agresseur, et Bone supposa qu'il cantonnait ses activités à la partie basse de Manhattan. Il avait continué de chercher malgré tout.

Bone finit son thé et leva de nouveau les yeux vers le soleil matinal. Il lui restait encore une bonne heure avant son rendez-vous avec le Dr Hakim, et il décida d'en profiter pour sillonner un périmètre qu'il avait tracé arbitrairement autour de Lexington et la 64e

225

Rue ; un nouveau territoire délimité par la 3e et la 5e Avenue à l'ouest et à l'est, la 52e et la 54e Rue au nord et au sud.

Il nettoya son quart en fer blanc dans le petit ruisseau qui coulait sous la passerelle. Puis il enveloppa soigneusement tout son matériel dans un sac poubelle résistant et le déposa dans un trou qu'il avait creusé à l'aide de son couteau. Après avoir recouvert le trou d'un tapis de branchages, il jeta un œil à travers son écran de broussailles pour s'assurer que personne ne le voyait, et il escalada la ravine. Puis il prit la direction du sud, vers la sortie située à l'extrémité du parc.

2

Tout à l'heure, il prendrait le bus pour se rendre chez sa sœur qui habitait de l'autre côté du fleuve à Rockland County ; il y resterait une semaine. Mais dans l'immédiat, Zoulou était à son poste habituel devant l'église St Thomas ; il préparait son esprit, il méditait, cherchant les histoires qu'il raconterait à la foule qu'il s'attendait à voir déambuler dans les rues en cette matinée de dimanche qui promettait d'être ensoleillé.

La messe à l'intérieur de St Thomas se terminerait dans quelques minutes, le flot de fidèles se déverserait au-dehors pour rejoindre les passants qui remontaient ou descendaient la 5e Avenue. Un grand nombre d'entre eux s'arrêteraient pour l'écouter.

Aujourd'hui, ses histoires seraient toutes consacrées aux plaisirs de New York au printemps et en été : les concerts, les pièces de Shakespeare, les opéras dans Central Park, les promenades sur les planches de South Street Seaport, la chaleur, les festivals de rue, une période où même les sans-abri pouvaient trouver un

226

confort relatif. Ses histoires aujourd'hui parleraient de bonheur et de plaisir ; la cruauté et la misère de cette ville étaient des sujets qu'il pouvait aborder tous les jours, et il ne s'en privait généralement pas.

Soudain, le géant noir eut la sensation très nette d'être observé. Rechignant à abandonner son état de transe au moment où il sentait naître une nouvelle histoire, il s'efforça d'ignorer cette sensation de plus en plus intense. Après tout, se dit Zoulou, il avait l'habitude d'être observé ; le spectacle d'un Noir mesurant plus de deux mètres, vêtu d'une large robe de cérémonie et tenant à la main un bâton presque aussi grand que lui, était pour le moins impressionnant, même à New York. En vérité, il comptait beaucoup sur son aspect pour attirer la curiosité des passants qu'il captivait ensuite par le son de sa voix et le contenu de ses histoires. Rien d'étonnant donc à ce que les gens le regardent avec insistance, il espérait bien conserver leur intérêt jusqu'à ce qu'il soit prêt à frapper sur le sol avec son bâton...

Mais c'était une sensation différente ; *quelqu'un* le dévisageait, une seule paire d'yeux, au loin...

L'histoire qui prenait forme dans son esprit se perdit dans la confusion et la distraction.

Le corps immobile, Zoulou laissa lentement ses yeux faire le point. Déjà, la foule – composée de nombreux " habitués " qui savaient que ses histoires du dimanche matin étaient souvent les meilleures – se rassemblait autour de lui et levait les yeux avec impatience.

Mais ce n'étaient pas ces regards qu'il avait sentis.

Sans bouger la tête, Zoulou regarda à gauche et à droite. Comme d'habitude, les gens qui traversaient la rue, qui parcouraient l'avenue dans un sens ou dans l'autre, l'observaient de loin.

Mais ce n'étaient pas ces regards qu'il avait sentis.

Zoulou regarda de l'autre côté de la rue et fut surpris d'apercevoir, au bord du trottoir, un homme mince

227

mais bien charpenté mesurant dans les un mètre quatre-vingts qui le regardait intensément. Un mur mouvant de piétons se déplaçait derrière l'homme, le bousculant parfois, mais il demeurait immobile, le regard fixe...

C'étaient ces yeux.

L'homme portait des lunettes de soleil et un chapeau à bord flottant beaucoup trop grand qui couvrait son front et masquait ses traits. Zoulou ne reconnut pas immédiatement cet homme, pourtant il sentait qu'il y avait en lui quelque chose de familier...

C'est alors que l'homme, le regard toujours fixé sur Zoulou, sortit lentement ses mains de ses poches et croisa les bras sur la poitrine... Zoulou découvrit les doigts tordus et noueux.

C'était l'homme à l'os.

Zoulou fronça les sourcils. Il n'avait pas revu l'homme à l'os depuis plus de deux semaines lorsqu'il avait entr'aperçu son visage hébété derrière la vitre d'une des camionnettes bleues du Project Helping Hand. Ensuite, il y avait eu les articles dans les journaux ; la police affirmait avoir capturé le meurtrier qui avait décapité de nombreux sans-abri, hommes et femmes, un individu qui se promenait avec un os humain. Zoulou avait des doutes sur sa culpabilité, mais il s'était dit que la police possédait certainement des preuves irréfutables contre cet homme étrange. Depuis, il supposait que l'homme à l'os était enfermé en prison ou dans un hôpital psychiatrique. Visiblement, il s'était trompé ; la police aussi s'était trompée. Les vêtements que portait cet homme n'avaient rien de familier, en revanche, et il n'avait plus ses longs cheveux – à moins qu'ils soient relevés sous son chapeau – mais cet homme debout au bord du trottoir de l'autre côté de la rue était bel et bien l'homme à l'os. Personne n'avait des mains comme celles-ci.

Zoulou ne comprenait pas pourquoi l'homme à l'os ne traversait pas la rue. Celui-ci avait passé de nombreuses heures assis sur les marches de St Thomas, par tous les temps, à écouter ses histoires. L'homme à l'os ne parlait jamais, mais Zoulou avait toujours le sentiment qu'il écoutait avec attention, rien ne lui échappait. En outre, compte tenu des autres circonstances dans lesquelles leurs vies s'étaient croisées, Zoulou trouvait vraiment curieux que l'homme à l'os ne lui fasse aucun signe de reconnaissance et ne vienne pas s'asseoir pour l'écouter. Comportement étrange de la part d'un homme très étrange qui avait une chance incroyable d'être encore en vie.

A moins qu'il se soit produit quelque chose qu'il ignorait, songea Zoulou. A moins qu'un nouveau changement soit intervenu et que l'homme à l'os ait de nouveau besoin de son aide.

Zoulou s'apprêtait à lever son bâton pour lui faire signe de l'autre côté de la rue lorsque l'individu aux lunettes noires et au large chapeau se retourna brusquement pour parler à un homme qui s'était arrêté au carrefour en attendant que le feu devienne rouge. Le passant jeta un coup d'œil à sa montre et dit quelque chose à l'homme à l'os qui pivota rapidement sur ses talons et s'éloigna.

Perplexe, Zoulou le suivit du regard jusqu'à ce qu'il se fonde dans la foule. Aucun doute, quelque chose avait changé en lui. Pour commencer, il parlait maintenant. Mais son nouveau comportement n'avait aucun sens aux yeux de Zoulou et cela le perturbait. Soudain, il éprouva une vive inquiétude, pour une raison qui lui échappait.

Il n'y aurait pas d'histoires aujourd'hui, car l'histoire qui présentait maintenant le plus d'intérêt à ses yeux demeurait un mystère avec de nombreux éléments inconnus. Il irait plus tôt chez sa sœur. Adressant un sourire et un bref hochement de tête en guise d'excuse à la foule impatiente réunie autour de lui, Zoulou ramassa sa coupe en bois vide et s'éloigna à grands pas.

3

– En venant ici, j'ai vu quelque chose qui m'a donné la forte impression d'être déjà passé là ; d'ailleurs l'une des cartes que m'a données Anne confirme qu'on m'a aperçu plusieurs fois à cet endroit. C'est une église dans la 5ᵉ Avenue, au coin de la 53ᵉ Rue. Je descendais la 5ᵉ, j'ai regardé le trottoir d'en face... et j'ai ressenti ce sentiment puissant de déjà vu. Un homme se tenait devant les marches de l'église, un très grand Noir vêtu d'une tunique bariolée et tenant à la main une longue perche ou un bâton. Un tas de gens s'étaient rassemblés autour de lui, ils le regardaient, mais lui demeurait immobile. Quand il m'a observé, j'ai senti que j'avais déjà vu cet homme, que je le connaissais.

Le Dr Ali Hakim leva les yeux du bloc de feuilles jaunes sur lequel il prenait des notes. Les rayons chauds du soleil qui se déversaient par la grande fenêtre juste derrière le bureau baignaient d'une lumière dorée la somptueuse pièce lambrissée de chêne, aux meubles de verre et d'acier. Le frêle psychiatre pakistanais à la voix mélodieuse portait un jean et des baskets, avec une veste en velours marron sur un polo bordeaux. Comme toujours, ses traits demeuraient impassibles, ses grands yeux noirs ne trahissaient pas la moindre émotion.

– Avez-vous parlé à cet homme ?

Bone secoua la tête.

– Je voulais le faire, mais j'avais promis de venir vous voir. Je ne voulais pas manquer à ma parole et je ne voulais pas être en retard. J'y retournerai tout à l'heure.

– Ah ! Comment savez-vous qu'il sera encore là ?

– Je pense qu'il est souvent à cet endroit ; je l'ai déjà vu devant cette église, derrière la vitre de la camionnette le jour où vous m'avez conduit à Bellevue avec Barry et Anne.

Le Dr Hakim prit note.

– Visiblement, vous aimez la ponctualité. Et vous possédez le sens de l'honneur, vous tenez à respecter votre parole.

– On dirait. Je n'avais pas vu les choses sous cet angle, j'ai simplement obéi à mes sensations.

Hakim fit un petit bruit avec sa langue.

– Alors vous ne vous concentrez pas suffisamment. Vous devez éprouver des choses, oui, mais aussi méditer sur vos expériences. Voilà justement le genre de sensations auxquelles vous devez être attentif. Les petites choses. Selon moi, une accumulation de petites impressions et réactions vous aidera davantage qu'une découverte brutale et dramatique. Quand vous passez à côté de traits de caractère aussi importants que la ponctualité et le sens de l'honneur, vous faites fausse route. L'" événement " important que vous attendez peut ne jamais avoir lieu. Cessez de guetter l'apparition d'une montagne ; vous devez la construire vous-même.

– Je comprends.

Le Dr Hakim posa son stylo, joignit ses mains et les posa sur le dessus en verre du bureau totalement vierge de tout objet à l'exception du bloc jaune sur lequel il écrivait.

– Le grand Noir en robe se fait appeler Zoulou, déclara le psychiatre. Et vous avez raison, vous le trouverez certainement au même endroit, durant la journée du moins, si vous souhaitez lui parler. Evidemment, je ne peux vous garantir que lui aura envie de vous parler ; s'il ne veut pas, vous vous retrouverez face à un mur. Zoulou est un individu très intéressant.

– Un vagabond ?

– Il est considéré comme tel par les organismes municipaux qui tentent de quantifier la population des sans-abri, mais en réalité, il n'entre dans aucune catégorie. Vous trouverez dans les rues un faible pourcentage d'individus parfaitement sains d'esprit qui vivent

231

là parce qu'ils le veulent, des gens qui ont choisi délibérément de vivre en dehors des paramètres de ce que nous appelons la société civilisée, et qui sont capables de subvenir à leurs besoins, parfois même plus. Zoulou fait partie de ces gens. Vous aussi, malgré des circonstances radicalement différentes. Les animateurs du Project Helping Hand ont tenté plusieurs fois d'approcher Zoulou ; il s'est senti profondément offusqué. On pourrait dire que c'est un artiste des rues, en tout cas, c'est devenu une figure de New York depuis cinq ou six ans.

– Que fait-il ?

– Il raconte des histoires sur la ville. " Raconter " n'est pas le terme exact. Il les *joue*, un peu à la manière d'un chanteur d'opéra. Il est excellent. Je me suis arrêté deux ou trois fois pour l'écouter et il m'a toujours beaucoup impressionné. A en juger par la somme d'argent que contenait sa coupe, j'imagine qu'il gagne bien sa vie.

Bone plissa le front en repensant au grand Noir et à l'étrange sentiment de familiarité, presque d'amitié, qu'il avait ressenti. Il regrettait maintenant de ne pas avoir pris le temps de traverser l'avenue pour aller lui parler. Mais comme l'avait fait remarquer le Dr Hakim, l'inconnu possédait un grand sens de l'honneur et de la ponctualité. Et il lui avait dit qu'il pourrait retrouver le géant noir.

– Où habite ce Zoulou ?

Hakim haussa ses frêles épaules.

– Peut-être dans une maison à deux étages du Queens. Je n'en sais rien et je doute qu'aucun employé municipal le sache, tout comme nous ignorons son véritable nom. Vous semblez, ou sembliez, partager cette particularité tous les deux. Toutefois, si je devais émettre une hypothèse, je dirais que cet homme a suivi une formation d'acteur, son élocution et ses tics sont ceux d'un comédien exercé.

Bone ne dit rien. Il avait envie de quitter le bureau

du psychiatre le plus vite possible pour retourner à l'église de la 5ᵉ Avenue et interroger le géant noir conteur d'histoires.

– Je suis très content de vous voir, Bone, reprit le Dr Hakim après une pause.

– A vous entendre, vous n'étiez pas certain que je vienne.

– La façon dont vous avez disparu du refuge nous a tous un peu surpris. Et quand vous n'avez pas donné de vos nouvelles... (Le psychiatre conclut sa phrase par un haussement d'épaules.) Nous étions tous très inquiets à votre sujet.

– J'ignorais que je devais rendre des comptes à quiconque, répondit calmement Bone.

– Ce n'est pas le cas. Puis-je néanmoins vous demander pourquoi vous avez quitté le refuge ?

Bone lui narra avec un certain détachement les événements survenus lors de sa première nuit dans le refuge du Bowery. L'inquiétude se peignit sur le visage du Dr Hakim.

– Vous devez être prudent, dit-il lorsque Bone eut achevé son récit. Le jeune chicano en blouson gris dont vous parlez fait partie d'un gang particulièrement pervers baptisé la bande des Loups. Leur chef est un jeune psychopathe qui se fait appeler Lobo, son vrai nom est Rafael Billingsley. Lobo peut être catalogué comme un ultra néo-conservateur, ou un social-darwiniste ; j'ai entendu dire qu'il se considérait comme un réformateur chargé d'éliminer les plus faibles du troupeau. Il a passé la majeure partie de sa jeunesse à effectuer des allers-retours entre des familles d'accueil et des hôpitaux psychiatriques. La bande des Loups s'est fait une spécialité d'agresser les sans-abri, chaque membre doit être considéré comme très dangereux. Ils sont nombreux dans les rues. Prenez bien soin d'éviter Lobo ; apparemment, il a fait le serment de vous tuer, et il n'aura de cesse que d'y être parvenu.

– Lobo sait des chose sur l'inconnu... sur moi. Il

233

semblerait que j'aie eu une sérieuse altercation avec lui à l'époque où je vivais dans la rue.

Ali Hakim secoua la tête.

– Poursuivez vos autres modes d'investigation. Je vous le répète, cette bande est extrêmement dangereuse. Généralement, ils s'attaquent à ceux qui sont incapables de se défendre et qui n'iront pas se plaindre à la police. Mais si Lobo a une dent contre vous, tous les membres de la bande des Loups vont se mettre à votre recherche. C'est un esprit malade qui n'aurait jamais dû être libéré.

– Je ferai attention.

Le psychiatre secoua de nouveau la tête en soupirant.

– Vous dites que vous vivez depuis une semaine dans Central Park sous un pont ?

Bone acquiesça.

– Pourquoi, Bone ?

– J'ai suivi mon instinct. C'est ce que vous m'avez conseillé de faire.

– Oui. C'est exact.

Bone lui relata l'incident survenu dans le tunnel près de Grand Central Station, sa panique, sa sensation d'équilibre tout d'abord, puis les vertiges, le réflexe d'essayer d'enfoncer ses doigts dans la pierre tendre. Ali Hakim l'écouta attentivement, prenant parfois quelques notes et hochant la tête, mais sans jamais l'interrompre.

Quand Bone eut terminé, le psychiatre se renversa dans son fauteuil pivotant en cuir et l'observa ; son visage demeurait de marbre, mais ses grands yeux trahissaient une curiosité accrue. Bone songea alors que son interlocuteur avait quelque chose en tête, quelque chose qu'il gardait pour lui. Il envisagea un instant de lui poser la question, mais se retint. Si le Dr Hakim lui cachait quelque chose, il ne lui dirait rien avant que Bone n'ait au moins découvert l'idée générale lui-même ; c'était sa façon de procéder.

– Comment va Anne ?

– Anne va bien.

– Et Barry ?

– Bien lui aussi, autant que je sache. Ils ne travaillent plus ensemble ; Barry a été affecté à un autre programme dans le Bronx. Je ne le vois plus.

– Dites bonjour à Anne de ma part... et à Barry si vous le rencontrez.

– Pourquoi ne pas le dire vous-même à Anne ? je suis sûr qu'elle aimerait avoir de vos nouvelles, elle s'est fait beaucoup de souci. En outre, votre allocation d'urgence a certainement été débloquée maintenant, elle a peut-être de l'argent pour vous. Mais vous savez sans doute qu'il vous faut une adresse fixe pour recevoir une aide financière régulière. Le moment est peut-être venu de vous inscrire dans un foyer. Anne pourra vous aider également... comme vous le savez.

– Je vais y réfléchir. Merci, Docteur.

– Vous avez peur, n'est-ce pas ?

– D'aller dans un foyer ?

– D'Anne.

Bone ne répondit pas. Au bout de quelques instants, Ali ouvrit un tiroir d'où il sortit une sorte de jeu de cartes et deux ou trois questionnaires semble-t-il.

– J'aimerais vous faire passer quelques tests, Bone. Les taches de Rorscharch et deux profils psychologiques. Ça prendra à peu près deux heures.

– Si vous pensez que ça peut m'aider, répondit Bone en espérant que sa déception ne se devinait pas trop sur son visage, ni dans sa voix.

– En toute franchise, Bone, ça m'aidera certainement davantage dans mon protocole de recherche que vous dans votre quête. J'ai l'impression que vous vous débrouillez très bien tout seul. Toutefois, les profils psychologiques pourraient vous apporter des indications supplémentaires sur les préférences et les aversions de votre " inconnu ".

– Ça peut attendre, Docteur ? j'ai hâte de retourner

à l'église pour essayer de parler à cet homme que vous appelez Zoulou.

Ali Hakim s'enfonça dans son fauteuil et croisa les jambes.

– Ça peut attendre évidemment.

– Mais vous préférez le faire maintenant.

– Zoulou sera encore à l'église St Thomas tout à l'heure, ou bien demain. Mais si vous passez ces tests maintenant, je pourrai peut-être vous fournir des renseignements la semaine prochaine quand vous reviendrez me voir. Les tests peuvent vous être utiles ou pas, mais dans les deux cas, vous perdrez une semaine si vous ne les faites pas aujourd'hui. C'est le seul jour de la semaine où je peux vous les faire passer.

– O.K. ! répondit Bone. Allons-y, Docteur.

– Savez-vous qu'un nouveau meurtre a été commis avant-hier soir ? demanda Hakim d'un ton détaché en disposant les questionnaires sur le bureau devant lui.

Abasourdi, Bone eut le souffle coupé, comme s'il venait de recevoir un direct à l'estomac ; l'air décontracté avec lequel le psychiatre avait posé la question accentuait la violence du coup. Il se demanda pourquoi Hakim n'avait pas abordé le sujet dès qu'il était entré dans son bureau, puis il comprit que pendant toute cette conversation d'apparence anodine, le psychiatre n'avait cessé de l'observer, de peser ses mots, de juger sa conduite et ses réactions. Bone sentit monter en lui le ressentiment et la colère ; il garda le silence tandis que le psychiatre continuait d'arranger les feuilles sur son bureau.

Finalement, Ali Hakim leva la tête, les sourcils légèrement dressés.

– Vous n'étiez pas au courant, n'est-ce pas ?

– Non, répondit sèchement Bone.

– Je m'en aperçois.

– Etait-ce... une décapitation ?

– Oui. On en a parlé dans les journaux, à la radio et à la télé.

236

– Je n'ai pas lu les journaux, je n'ai pas écouté la radio ni regardé la télé, Docteur. Depuis tout à l'heure, vous me laissez parler en sachant qu'il y a eu un nouveau meurtre et vous ne m'avez rien dit ; vous êtes resté assis là derrière votre bureau à m'observer en vous demandant si vous aviez devant vous un assassin.

– N'est-ce pas la question que nous nous posons tous les deux depuis le début, Bone ? répondit Hakim.

– Je n'étais pas au courant de ce meurtre, Docteur.

– Je vous crois. (Le psychiatre hésita un instant, puis il rassembla les questionnaires pour les ranger dans son tiroir.) Tout bien réfléchi, je crois que ça attendra la semaine prochaine.

– Vous jouez avec moi, Docteur, dit Bone d'une voix tendue, et je n'aime pas ça.

– Je ne joue pas avec vous, Bone, répondit Ali Hakim avec une violence inhabituelle. (Il se pencha en avant, les coudes posés sur son bureau en verre.) Maintenant que je vous ai parlé de ce meurtre, vous êtes bouleversé, et cela pourrait modifier les résultats du test. Sincèrement, jusqu'au dernier moment je ne savais pas si je devais vous en parler avant de faire les tests. Mais en vous observant, j'ai bien senti, à partir du moment où vous êtes entré dans ce bureau du moins, que vous ignoriez tout de ce nouveau meurtre commis avant-hier soir. Les tests peuvent attendre une semaine ; comme je vous l'ai dit, vous semblez vous débrouiller très bien tout seul. Continuez de la même façon. Toutefois, je vous suggère fortement de laisser la HRA vous trouver un foyer d'hébergement, ça vous facilitera les choses. Mais la décision vous revient.

– Le lieutenant Lightning est certainement à ma recherche.

– Je le suppose, mais je n'en sais rien ; il ne m'a pas contacté.

– C'est tout pour aujourd'hui ?

– Oui, à moins que vous ne souhaitiez me parler d'autre chose ?

– Et si je voulais faire ces tests immédiatement ?

– Cela n'est pas de votre compétence. J'ignore ce qu'ils peuvent révéler de votre personnalité, mais le résultat serait sans aucun doute faussé si je vous les faisais passer maintenant.

Bone éprouvait encore un reste de rancune ; il se leva et marcha jusqu'à la porte donnant sur l'antichambre. Il l'ouvrit et se retourna vers le psychiatre qui demeurait assis derrière son bureau, les jambes croisées.

– Si vous me disiez tout ce que vous avez dans la tête, Docteur ?

– Et dans la vôtre, Bone ?

– Vous avez pris soin de préciser que je paraissais tout ignorer de ce meurtre *en entrant dans votre bureau*. Cela signifie que j'ai peut-être commis ce meurtre, mais je ne m'en souviens pas.

– J'énonçais simplement une évidence, Bone. Je ne voulais rien sous-entendre.

– Est-il possible que j'aie tué quelqu'un il y a deux jours, que je lui aie coupé la tête, que je me sois endormi et que je ne me souvienne de rien à mon réveil ?

Le Dr Hakim mit du temps à répondre, comme s'il pesait soigneusement chacun de ses mots.

– Je vous répondrai ceci, Bone. Aussi bizarre que cela puisse paraître, il existe beaucoup plus de cas d'individus atteints de dédoublement de la personnalité que d'individus – vous seul en l'occurrence – qui souffrent d'amnésie antérograde et rétrograde tout en fonctionnant d'une manière parfaitement normale. Vous êtes un cas unique.

– Donc c'est possible ?

– Sans aucun doute.

Bone prit une profonde inspiration et souffla lentement. Initialement, mêlée à sa rancœur envers le psychiatre qui lui avait caché la vérité, il avait éprouvé une sorte d'allégresse provoquée par son nouvel état de conscience, preuve que ce n'était pas lui le meurtrier psychopathe. Et voilà que ressurgissaient, décuplées, ses vieilles angoisses au sujet de l'inconnu.

– Que devrais-je faire, Docteur ?

– Vous êtes un homme libre, Bone. Je n'ai aucune réponse à vous offrir. Je peux simplement m'adresser à vous, ou à cette personnalité que vous affichez, pour vous aider à rechercher les réponses et vos souvenirs. Même si vous vous installiez dans un foyer où vos faits et gestes seraient sans doute surveillés, cela n'offrirait aucune garantie. Si vous possédez une autre personnalité cachée, celle d'un meurtrier, il est évident que cette personnalité est très habile, et prudente. Si ce double est un assassin, il dissimule ses méfaits avec le plus grand soin, non seulement aux yeux des témoins et de la police, mais aussi à vous, à cette autre personnalité. Il me semble que vous n'avez rien d'autre à faire que de continuer sur la même voie.

– Vous voulez dire que si... si l'inconnu est un meurtrier, alors c'est à moi de le démasquer et de le neutraliser.

– Oui, Bone. C'est bien cela.

Bone pivota sur ses talons et quitta le bureau en refermant doucement la porte derrière lui.

4

Bette Greer Simpson poussa un soupir de satisfaction, de lassitude et de soulagement, quand, après des jours de marche, elle arriva enfin chez elle. Elle poussa le sac poubelle contenant ses quelques affaires personnelles, parmi lesquelles une serviette, des sous-vêtements de rechange et un pull épais, des choses qu'elle avait volées au sanatorium, sous le banc au milieu du refuge pour piétons situé au croisement de

Broadway et de la 82e Rue, puis elle s'assit sur le bois dur et patiné si confortablement familier.

Il y avait beaucoup de circulation aujourd'hui ; les voitures roulaient à toute vitesse sur Broadway, de chaque côté de sa maison. Puis le feu passa au rouge et les piétons traversèrent, passant au milieu de sa maison pour accéder au trottoir d'en face. Demain, se dit Bette, elle affronterait ces intrus comme elle le faisait autrefois, elle leur interdirait de traverser sa maison. Mais présentement, elle était trop fatiguée pour se lever et leur crier après, et puis elle était si heureuse de retrouver son foyer, le seul endroit au monde où elle se sentait en sécurité.

Autrefois, dans un passé lointain qui semblait s'étirer à travers les ans, elle s'était sentie en sécurité dans son appartement. En se retournant, Bette savait qu'elle pouvait voir l'immeuble où elle avait vécu, elle pouvait voir les fenêtres du petit mais douillet appartement au cinquième étage qui avait été le sien, jusqu'à ce que le propriétaire jette toutes ses affaires à la rue et installe un cadenas sur sa porte.

Mais le fait de regarder l'immeuble où elle avait vécu rendait Bette toujours très triste, alors elle ne le regardait pas ; elle s'asseyait sur son banc au milieu du refuge pour piétons, tournant le dos à l'immeuble. Quelqu'un d'autre vivait dans son appartement désormais. Mais au moins avait-elle eu la chance de trouver une autre maison, ici sur ce banc, en face de son ancien immeuble, dans le quartier où elle avait grandi et qu'elle connaissait si bien ; elle était restée près de ses voisins et de ses commerçants qui lui apportaient parfois à manger ou bien des couvertures lorsqu'il faisait très froid. Généralement, elle réussissait à tenir les gens à l'écart de sa maison, malgré son âge, son très grand âge ; elle s'était aperçu que les gens prenaient peur quand elle se mettait à leur crier après, et ils préféraient rester sur le bord de la chaussée en attendant de traverser, hors de chez elle. Ce banc en bois était la seule maison qui lui restait, et elle était bien décidée à la défendre.

Ils pouvaient bien l'emmener, se dit Bette, car elle était trop faible pour résister quand les hommes lui plaquaient les bras le long du corps pour l'entraîner de force. Ils pouvaient la mettre dans des endroits où elle ne se sentait pas en sécurité, elle avait toujours trouvé moyen de revenir chez elle. Personne ne semblait comprendre pourquoi elle s'enfuyait en permanence des endroits où on lui donnait à manger, un lit et des soins médicaux ; ils semblaient ne pas comprendre que ce refuge pour piétons, ce banc, étaient sa *maison*. Elle préférait vivre là, même si la vie devenait parfois difficile.

– Oh ! Bette ! s'exclama une voix de femme dans son dos. Je n'arrive pas à y croire ! Vous êtes revenue une fois de plus ?

Bette fut heureuse d'entendre cette voix, c'était celle d'une amie, quelqu'un qui se souciait vraiment d'elle. Mais elle ne se retourna pas, car il lui aurait fallu regarder son ancien immeuble.

Anne contourna le banc, vint s'agenouiller devant la vieille femme et prit ses mains entre les siennes. Dans le regard noisette d'Anne se lisait un mélange d'affection, de frustration et de pitié. Elle repoussa sur son front une mèche de cheveux châtains veinés de gris, secoua la tête et soupira.

– Vous ne voulez pas me parler, Bette ?

– J'ai rien à raconter aujourd'hui, répondit Bette de sa voix aiguë en avalant la moitié des mots comme toujours. Je voudrais bien quelque chose à manger si vous avez.

Anne acquiesça et tapota les mains de Bette Greer Simpson, puis elle fit le tour du banc pour regagner la camionnette bleue stationnée au bord du trottoir avec le moteur qui tournait. Elle prit le sandwich et le carton de jus d'orange que lui tendit Hector Gozando son nouveau coéquipier, un jeune chicano avec des lunettes, puis elle revint vers la vieille femme.

241

– Où est le grand type costaud qu'est toujours avec vous ? s'enquit Bette d'un ton maussade en mordant à pleines dents dans le sandwich avant de boire une gorgée de jus d'orange.

Anne reprit sa position accroupie devant la vieille femme, une main posée délicatement sur le genou de Bette qui tremblait sous l'effet de la paralysie agitante.

– Barry ? Il travaille dans le Bronx maintenant. J'ai un nouveau coéquipier, un très jeune garçon nommé Hector. Je ne vous le présente pas tout de suite, car je sais que vous n'aimez pas les inconnus... et sincèrement, je crains que vous ne l'effrayiez. Mais vous verrez, vous l'aimerez beaucoup quand vous le connaîtrez.

– J'aime personne.

– Voyons, Bette. Vous m'aimez moi, et je sais que vous aimiez beaucoup Barry ; sinon vous ne m'auriez pas demandé où il était.

– J'aime personne.

– Bette, reprit Anne avec un profond soupir en pressant doucement le genou tremblant de la vieille femme, que diable faites-vous ici ? Quelqu'un de la maison de santé devait vous conduire à l'hôpital hier soir pour un check-up. Je suis passée vous voir à l'hôpital, mais vous n'y étiez pas.

– J'me suis enfuie.

– Vous êtes partie ?

– J'me suis enfuie.

– On dirait bien. Mais pourquoi, Bette ? Vous n'avez pas idée du mal que nous avons eu, Barry et moi, pour vous trouver cette maison de santé et les convaincre de vous accepter en échange de la maigre allocation versée par la municipalité. Nous pensions que cette maison vous conviendrait parfaitement, les gens sont gentils, il y a des arbres et même un lac pour se promener.

– Ça me plaisait pas. Je voulais rentrer chez moi. Je veux rester ici et qu'on me fiche la paix.

Anne baissa la tête, prit une profonde inspiration et leva de nouveau les yeux vers la vieille femme.

– Vous ne pouvez pas rester là, Bette. En janvier on a dû vous amputer de deux orteils et de trois doigts gelés. Vous auriez pu mourir de la gangrène, vous avez de la chance de ne pas perdre votre main gauche et votre pied droit ; les médecins se sont donné beaucoup de mal pour vous sauver.

– Je suis ici chez moi. J'veux y rester.

– Si vous montez dans la camionnette avec Hector et moi, on pourra peut-être vous ramener à la maison de santé et tout sera oublié. La personne qui devait vous conduire à l'hôpital et vous surveiller a peut-être perdu son emploi à cause de vous.

– J'voulais rentrer chez moi.

– Vous savez ce qui va se passer si vous ne venez pas avec nous. Le Dr Hakim va venir vous parler.

– J'lui balancerai un coup de pied et j'lui cracherai dessus comme la dernière fois.

– ... et on vous emmènera ailleurs, que vous le vouliez ou non. Et cet endroit sera peut-être beaucoup moins agréable que la maison de santé d'où vous venez.

– J'aime pas le Dr Hakim. Il m'oblige à quitter ma maison.

– C'est parce qu'il vous aime bien, Bette. On vous aime tous beaucoup. (Anne s'interrompit, elle pressa les mains fragiles de la vieille femme amputées de trois doigts.) On ne veut pas que vous souffriez. Mais vous devez faire un effort. Si vous continuez à vous sauver pour revenir ici à la première occasion, un jour il risque de vous arriver un malheur qu'on ne pourra pas empêcher. Vous pouvez même être assassinée.

– Fichez-moi la paix ! hurla Bette en retirant brusquement ses mains et en se recroquevillant sur le banc. Sortez de chez moi !

Anne qui avait reconnu les signes avant-coureurs et ne voulait pas déclencher une crise d'hystérie, se releva et recula d'un pas.

– Je m'en vais, Bette. Tout va bien, calmez-vous. Je repasserai peut-être plus tard pour prendre de vos nouvelles. O.K. ?

– Allez-vous en ! Sortez de chez moi !

Anne contourna le banc, marcha vers la camionnette et se retourna.

– Bette ? fit-elle timidement. Je ne veux pas vous embêter davantage, mais j'aimerais vous poser une question. Avez-vous revu l'homme qui s'asseyait parfois à côté de vous et qui vous calmait quand il y avait beaucoup de monde dans les rues ? On le surnommait Bone. Je sais que vous l'aimiez bien, sinon vous ne l'auriez pas laissé entrer chez vous.

– J'aime personne !

– Mais l'avez-vous vu ?

– Je viens d'arriver, espèce de gourde ! Allez-vous en !

Bette Greer Simpson se leva péniblement, se tourna vers Anne et se mit à cracher. Elle continua à hurler et à cracher jusqu'à ce que la jeune femme monte dans la camionnette et que le véhicule se fonde dans la circulation.

Epuisée, Bette se laissa retomber sur son banc. Elle ne voulait qu'une seule chose, qu'on lui fiche la paix. Elle ne comprenait pas pourquoi les gens ne la laissaient pas vivre sa vie, ni pourquoi ils venaient toujours l'embêter chez elle.

Le fait d'avoir marché toute la nuit, ajouté à sa soudaine explosion de colère, avaient vidé Bette Greer Simpson de toute son énergie ; elle s'allongea sur le banc et s'endormit aussitôt. Elle demeura plongée dans un état semi-conscient, naviguant entre le sommeil léger et profond juqu'à la tombée de la nuit. Elle sentait qu'un tas de gens piétinaient sa propriété, mais elle n'avait pas la force de se lever pour les chasser.

Puis elle rêva. Elle rêva de son existence de petite fille qui avait grandi dans ce quartier, elle se souvint comme elle était belle à l'époque où elle était devenue femme, puis tous les rêves et toutes les années se mélangeaient alors qu'elle vieillissait et tombait malade ; elle ne pouvait plus payer son loyer et son propriétaire l'avait jetée à la rue.

Bette Greer Simpson se souvint de la fois où son père l'avait soulevée dans ses bras puissants, comme il le faisait en ce moment dans ce rêve qui n'en était pas un. Se sentant tout à coup soulevée de terre, elle ouvrit les yeux et s'aperçut que sa joue était collée contre une peau orange vif à l'aspect caoutchouteux. Voilà un rêve étrange, se dit-elle, mais elle ne voulait pas se réveiller, cet individu à la peau orange et caoutchouteuse n'était pas son père, mais la force et la douceur de son étreinte lui faisaient penser à lui. C'était une sensation agréable, elle ne voulait pas y mettre fin. Bette replongea dans un sommeil profond ; elle ne sentit même pas le contact du rasoir qui lui trancha la gorge.

5

Le grand Noir que le Dr Hakim appelait Zoulou n'était plus devant l'église St Thomas lorsque Bone y retourna après son entrevue avec le psychiatre. Il n'y était pas non plus le lendemain, ni le jour suivant.

Assis dans un cabinet particulier de la salle de lecture principale de la bibliothèque municipale de New York située dans la 42e Rue, Bone consultait les différents ouvrages d'archéologie et d'anthropologie qu'il avait fait monter des immenses rayonnages souterrains avec l'aide d'une séduisante et jeune bibliothécaire sévère mais patiente. Il savait ce qu'il cherchait, mais il ne savait pas où chercher, ni même si les renseignements qui l'intéressaient étaient rassemblés quelque part.

Pendant un an il avait déambulé dans les rues en tenant à la main un os vieux de plusieurs siècles. D'après le lieutenant Perry Lightning, l'os était celui d'un Amérindien, et Bone supposait qu'il provenait d'un ancien lieu de sépulture enfoui quelque part sous terre. S'il parvenait à découvrir un site recensé à proximité d'un des endroits qu'Anne avait marqués d'une croix sur les cartes, peut-être aurait-il une idée plus précise de l'endroit où poursuivre la recherche de l'identité de l'inconnu.

Il abandonna au bout de trois heures ; il y avait des tonnes d'informations sur les lieux de sépulture indiens, mais tous étaient considérablement éloignés des endroits où l'on avait aperçu l'inconnu.

Bone s'intéressa ensuite aux documents relatifs à tout ce qu'on trouvait sous New York ; il fut stupéfait de découvrir qu'il existait en effet sous terre une sorte de seconde ville gigantesque plongée dans les ténèbres. Des entreprises publiques et privées avaient entamé des constructions souterraines à New York dès les années 1700. Il y avait littéralement des centaines de kilomètres de tunnels, de conduits d'eau, de vapeur ou d'égouts, certains si larges que deux camions pouvaient aisément y rouler de front. Dans l'histoire de cette ville, on dénombrait pas moins de trois systèmes de canalisations d'eau, chacun possédant son propre système d'évacuation. On trouvait d'anciens aqueducs souterrains dans le quartier de Wall Street, là où s'étaient installés les premiers pionniers ; il y avait aussi des puits, des conduites à haute et basse pressions dont certaines plongeaient jusqu'à presque cent mètres sous terre à travers la roche et d'immenses marécages souterrains de sables mouvants. Il y avait plus de cent mille kilomètres de câbles de toutes sortes, de conduites de gaz, de systèmes de transport rapide, de systèmes d'alarmes de la police ou de détection d'incendie. On avait utilisé des techniques d'excavation superficielle pour certaines installations, ou de forage en profondeur pour d'autres. Sous Grand Central Terminal, non loin du tunnel où il avait été saisi de panique, on comptait sept niveaux d'où rayonnaient des tunnels sinueux. Sous l'Hudson River passaient les tunnels Lincoln et Holland qui reliaient New York au New Jersey. Et sous Penn Station, il y avait encore d'autres niveaux, d'autres tunnels.

Il avait très bien pu visiter n'importe lequel de ces endroits, ou alors aucun. En fait, peut-être avait-il récupéré cet os dans une poubelle, sans aucune raison. Après tout, il était à New York et il s'apercevait rapidement que cette ville était une métropole bizarre où tout pouvait arriver. Bone était convaincu désormais qu'il ne trouverait pas les réponses qu'il cherchait dans les livres ; il devait continuer à parcourir les rues de la ville, et essayer de retrouver les sensations de l'inconnu.

Le nom de l'Empire Subway Company apparaissait fréquemment en raison du travail d'exploration et de recensement des installations souterraines qu'elle effectuait pour le compte des entreprises de construction. Bone se promit d'interroger Barry Prindle qui, il s'en souvenait, avait travaillé autrefois pour cette société, puis il rendit les livres et quitta le grand bâtiment de pierre pour retrouver la chaleur du début de soirée new-yorkais. Il tourna à gauche et descendit la 6e Avenue en direction de l'église située en face de Penn Station, là où il y avait une soupe populaire.

Soudain, Bone éprouva un terrible sentiment de solitude, et il accéléra le pas, comme s'il espérait ainsi distancer les gouffres d'émotion et de désir qui s'ouvraient à l'improviste dans son cœur.

6

Harry Boniface, la tête penchée en avant ou en arrière, était assis dans un état de stupeur alcoolique sur le bord du trottoir du Bowery, juste après la 4e Rue. Il avait envie de pleurer... et il finit par le faire ; les larmes roulèrent sur ses joues, son corps fut secoué de sanglots. La bouteille sur laquelle il comptait pour passer la nuit venait de se renverser et disparaître quelque part dans l'obscurité du caniveau à ses pieds, déversant son précieux contenu sur la chaussée. Harry savait que sans la bouteille il s'apercevrait bientôt qu'il n'avait pas mangé, il commencerait à ressentir le tiraillement de la faim ; sans la bouteille il aurait froid, mais il n'avait rien d'autre pour se réchauffer. Ils lui interdiraient l'entrée du refuge maintenant qu'il était soûl ; il le savait parfaitement quand il avait commencé à boire tôt ce matin, mais il s'en foutait alors, il avait de l'argent, la poche pleine de " quarters " que lui avaient donnés des automobilistes bloqués au feu rouge pour qu'il nettoie – ou ne nettoie pas – leur pare-brise avec le chiffon crasseux qu'il gardait dans sa poche à cet effet. Il ne pouvait pas boire et espérer ensuite coucher au refuge, mais il préférait boire. Il préférait toujours boire, il préférait boire à tout le reste. Voilà longtemps qu'il n'avait plus qu'une seule préoccupation sur terre : trouver de quoi acheter une autre bouteille.

Finalement, Harry se laissa tomber du trottoir et se mit à ramper à quatre pattes dans le caniveau, cherchant parmi les ordures et la boue le contact familier de la bouteille... et il la retrouva enfin. A genoux, il serra la bouteille entre ses mains tremblantes pour la porter à sa bouche. Il restait encore un peu d'alcool de mauvaise qualité au fond, il le but comme un assoiffé. Puis la bouteille fut vide, alors il la lança au milieu de la rue ; il entendit le verre se briser et les débris ricocher sur le bitume. Harry se releva péniblement, remonta sur le trottoir en vacillant et repartit vers le sud d'une démarche titubante, s'arrêtant fréquemment pour scruter l'obscurité des entrées d'immeubles ; avec un peu de chance, il tomberait sur un type ivre mort avec une bouteille à côté de lui.

Harry gagna le bloc suivant, il pénétra en trébuchant dans une entrée d'immeuble, et sentit soudain des bras puissants se refermer sur lui. Surpris, il poussa un cri d'effroi et tenta de se libérer, mais les bras et les mains invisibles le tenaient avec force. Peut-être est-ce une hallucination, songea-t-il avec l'espoir né de la panique et de l'angoisse ; la peau qu'il sentait contre la sienne ne ressemblait pas à une peau. La créature qui le tenait n'était pas humaine.

— Tout va bien, Harry, dit une voix rauque. Je te tiens. Tu ne tomberas pas. Tu n'as rien à craindre avec moi.

Harry cligna des paupières, cherchant dans son esprit imbibé d'alcool à se rappeler où il avait déjà entendu cette voix. Une voiture passa, et dans la lumière fugitive des phares, Harry découvrit qu'il était immobilisé par un individu vêtu de la tête aux pieds d'orange vif, la matière qu'il avait prise pour de la peau remontait jusque dans sa nuque, dissimulant une partie de ses traits. Une main lâcha le bras d'Harry et remonta pour abaisser le col. Harry reconnut immédiatement ce visage.

— Salut, fit-il avec un sourire timide.

— Tu es ivre, Harry. Tu as mangé aujourd'hui ? Ils t'interdiront l'accès du refuge.

Harry secoua la tête.

— Si vous me prêtez deux ou trois dollars, j'irai m'acheter quelque chose à manger. Maintenant que j'y pense, je m'aperçois que j'ai un peu faim.

— Harry, dit la voix douce et profonde avec une note de résignation, si je te donne de l'argent, tu le dépenseras pour acheter de l'alcool. Est-ce que je me trompe ?

Harry se mit à chanceler, mais les deux mains de l'inconnu se refermèrent aussitôt sur ses épaules. Les traits flous de l'homme se précisèrent lorsque Harry cligna des paupières.

— Pourquoi vous êtes habillé comme ça ? demanda-t-il. Il pleut pas.

– Tu dépenserais cet argent pour boire, n'est-ce pas, Harry ?

– Oh ! allez. Vous m'avez déjà aidé. Je vous demande juste quelques dollars. Je vous rembourserai. Parole.

– Harry. Pauvre Harry. Que peut-on faire de plus pour toi ? On t'a donné un toit et on t'a nourri, on ne compte plus le nombre de fois où on t'a ramassé dans la rue pour te conduire à l'hôpital et t'enlever toutes tes puces. Deux fois tu as attrapé la tuberculose et on t'a envoyé te faire soigner. On t'a placé dans des centres de désintoxication et chez les Alcooliques Anonymes. Rien ne marche. Dès que tu sors tu fonces directement dans le magasin de spiritueux le plus proche. Si tu ne fais pas le moindre effort pour te venir en aide, comment veux-tu que les autres t'aident ?

– Dès demain je commence à remonter la pente. Vous verrez.

– Tu ne souffres pas ? tu es couvert de morsures de rats, Harry. Ne te reste-t-il pas une once de dignité ?

– J'ai besoin de boire un coup. Vous pouvez m'aider ? (Il attendit, mais l'homme en orange ne répondit pas. Harry sentit la colère monter en lui.) Allez vous faire voir ! Je me fous de vos sermons sur la dignité. Autrefois j'étais ingénieur. A Cleveland. Je gagnais plus de fric que vous n'en verrez jamais. J'avais une femme, une maison neuve et trois beaux enfants. Mais j'aimais boire, et j'ai tout perdu. Vous voulez que je vous dise, mon gars ? Je me fous pas mal de ce que j'ai perdu et je me contrefous des cures de désintoxication. J'aime toujours boire, c'est même la seule chose que j'aime. Alors, remballez vos sermons. Si vous voulez me filer du fric pour que je m'achète une bouteille, parfait. Si vous ne voulez pas, parfait également.

Harry tenta de se libérer, mais les mains gantées le retenaient fermement.

– Lâchez-moi, bon Dieu !

— J'ai décidé de t'aider, Harry, répondit la douce voix.

— Tant mieux.

Mais une seule main se détacha de son épaule, et Harry n'eut même pas le temps de hurler lorsque le rasoir jaillit de l'obscurité pour mordre profondément dans la chair, les tendons, le cartilage, les artères et les veines. Trois autres coups rapides, délivrés d'une main experte, tranchèrent les muscles restants et la moelle épinière ; la tête inanimée d'Harry Boniface se détacha du cou bouillonnant et roula sur le trottoir.

Chapitre 11

1

Le lieutenant Perry Lightning leva les yeux des papiers étalés sur son bureau ; il haussa légèrement les sourcils en apercevant les deux hommes à la porte de son minuscule bureau du poste de police de Midtown.

— Bien, bien, dit-il à l'homme sur sa gauche, un policier en uniforme. Vous l'avez enfin trouvé.

Le policier en uniforme secoua la tête.

— C'est plutôt lui qui nous a trouvés. Il est venu vers moi à Times Square et m'a demandé de bien vouloir le conduire auprès de vous.

— J'ai lu les titres des journaux ce matin, expliqua Bone au très élégant policier noir à la puissante carrure, avec le crâne rasé et la tache blanche dans l'œil gauche. J'ai pensé que vous voudriez me parler.

— Vous avez vu juste ! répliqua Perry Lightning. (Il le dévisagea intensément pendant quelques instants, puis il adressa un signe de tête au policier en uniforme qui pivota sur ses talons et quitta le bureau en refermant la porte derrière lui.) On vous cherchait, Bone, reprit Lightning.

— Vous n'avez pas dû bien chercher.

— Où étiez-vous passé ?

— J'étais dans la rue, comme je vous l'avais dit. J'essayais de retrouver ma mémoire.

— L'avez-vous retrouvée ?

— Non. Toujours rien avant mon réveil dans le parc.

— Trois autres sans-abri ont été assassinés et décapi-

252

tés depuis dix jours que vous avez quitté le refuge du Bowery, deux cinglés et un alcoolique irrécupérable. Leurs têtes ont disparu, Bone. Vous savez quelque chose ?

— Non. Je vous ai dit que je l'avais appris par les journaux, pour les deux derniers du moins. C'est le Dr Hakim qui m'a parlé de la vingt-neuvième victime. Je savais que vous voudriez m'interroger.

— Pourquoi n'êtes-vous pas venu me voir après que le Dr Hakim vous en ait parlé ?

— J'aurais dû le faire, j'imagine. Je savais que vous m'accuseriez.

— Ces meurtres et ces décapitations ont cessé pendant que vous étiez enfermé, Bone. Ils ont recommencé dès qu'on vous a libéré et que vous avez disparu de la circulation ; trois meurtres en un peu plus d'une semaine. Comment expliquez-vous ça ?

— Je n'en sais rien.

— Pourquoi êtes-vous venu alors ?

— Je vous l'ai dit.

— Pourquoi coupez-vous également les organes génitaux maintenant ? C'est nouveau ça.

Ces paroles frappèrent Bone avec la violence d'un uppercut décoché par un poing de glace ; un froid glacial l'envahit. Il se sentit paralysé, pétrifié par le regard accusateur de l'inspecteur. Finalement, il parvint à secouer la tête.

— Je... je l'ignorais. Ce n'était pas dans les journaux.

Perry Lightning resta assis sans rien dire pendant plus d'une minute, les yeux fixés sur Bone, puis d'un signe de tête il lui désigna la chaise en bois contre le mur à gauche de son bureau. Bone hésita, avant de s'y asseoir.

— Bone, reprit l'inspecteur d'un ton calme. Je n'ai pas changé d'opinion depuis le début : je pense que vous mentez. Vous voulez qu'on vous arrête, ou bien vous jouez avec nous, histoire de prouver votre supériorité. Les tueurs psychopathes adorent ça.

– Si je jouais comme vous dites, serais-je assez stupide pour tuer trois personnes aussitôt après avoir quitté le refuge ?

– Vous vous croyez à l'abri de tout.

– Je suis venu vous trouver de mon plein gré. J'ai plutôt l'impression que c'est vous qui jouez un petit jeu ; quand aucune explication ne vous convient, vous en fabriquez une.

– Pourquoi vous êtes-vous enfui du refuge ?

– Je ne me suis pas enfui. Je suis parti tout simplement, ou bien on m'a mis dehors, ça dépend de votre façon de voir les choses, et de celui qui relate les faits.

– C'est-à-dire ?

Bone raconta au lieutenant ce qui s'était passé dans le refuge, la corruption des surveillants et le membre de la bande des Loups qui avait tenté de le tuer. Lightning l'écoutait avec attention, une sorte de lumière noire brillait dans son œil intact. Quand Bone eut achevé son récit, il hocha discrètement la tête.

– Ainsi, depuis que vous avez quitté le refuge, vous déambulez dans les rues et la nuit vous dormez dans Central Park ?

– C'est exact.

– Pourquoi Central Park ?

– Pourquoi pas ? Je ne savais pas où aller.

– Où ça dans Central Park ?

– Sous un pont, dans une partie qu'on appelle The Ramble. Je serais ravi de vous y conduire.

Lightning observa son interlocuteur et écarta cette suggestion d'un petit geste de la main.

– Si c'est là que vous cachiez les têtes de vos victimes et l'arme du crime, vous ne m'y emmèneriez pas, n'est-ce pas ?

– Je n'ai pas tué ces gens, Lieutenant, répliqua Bone avec davantage d'assurance qu'il n'en éprouvait réellement. Sa conversation avec Ali Hakim ne cessait de le hanter, mais il n'avait pas le choix, il devait conserver sa confiance à l'inconnu et continuer à le défendre jusqu'à ce qu'on prouve sa culpabilité. Et qu'on l'enferme.

– Quelqu'un dort sous ce pont avec vous ?

– Non.

– Quelqu'un vous a accompagné dans les rues ?

– Non.

– Dans ce cas, vous n'avez aucun témoin qui puisse confirmer où vous êtes allé et ce que vous avez fait pendant tout ce temps ?

– Non.

– Alors j'ai l'impression que cette conversation est une perte de temps pour nous deux, n'est-ce pas ? lâcha Lightning d'un ton mordant. Si vous n'avez rien à me dire, pourquoi êtes-vous venu ?

– Je savais que vous voudriez m'interroger. Vous m'avez posé quelques questions, mais vous m'avez surtout accusé.

– A quoi bon poser d'autres questions alors que vous ne pouvez même pas prouver où vous étiez, ni ce que vous avez fait depuis dix jours ?

– J'avais une autre raison de venir vous voir, Lieutenant.

– Laquelle ?

– J'aimerais que vous m'aidiez à retrouver un jeune type nommé Rafael Billingsley. Surnommé Lobo.

Perry Lightning plissa les yeux.

– Que savez-vous sur Lobo ?

– C'est le chef d'un gang baptisé la bande des Loups. Le jeune chicano qui m'a agressé au refuge en faisait partie.

– Oui, vous me l'avez déjà raconté, mais vous ne m'avez pas dit comment vous en saviez autant sur Billingsley et sa bande de Loups.

– C'est le Dr Hakim qui m'en a parlé. Voulez-vous m'aider à retrouver Lobo ? Voulez-vous l'amener ici afin que je puisse lui parler ?

Perry Lightning croisa ses mains sur sa nuque, se renversa dans son fauteuil et leva les yeux au plafond.

255

– Lobo est aussi difficile à localiser que vous, Bone, répondit-il sèchement. Et aussi difficile à coincer.

– Mais acceptez-vous de m'aider à le trouver ? Lobo pourrait sans doute répondre à pas mal de questions que nous nous posons vous et moi.

Lightning baissa les yeux, se pencha en avant et prit un crayon à papier qu'il fit rouler entre les doigts de sa main droite.

– Vous essayez de me manipuler.

– Quoi ?

Soudain, une étincelle de colère s'alluma dans les yeux de l'inspecteur ; il brisa net le crayon en deux.

– Les meurtres ont commencé à l'époque où vous avez fait surface à New York, mon gars. Ils ont cessé pendant que vous étiez enfermé, et ils ont recommencé dès que vous êtes sorti.

– Je sais.

– Et maintenant vous avez le culot de venir me demander mon aide pour retrouver Lobo afin de lui parler. Je crois que vous essayez de vous foutre de ma gueule.

– Non, Lieutenant.

– Que penseriez-vous à ma place ?

– Je penserais que mon suspect numéro un doit avoir une bonne raison pour venir m'en parler de son plein gré. Et je me dirais que ça ne peut pas faire de mal de mettre la main sur ce Lobo pour écouter ce qu'il a à dire sur mon suspect numéro un ; Lobo pourrait peut-être même vous indiquer où trouver les preuves qui vous manquent. A votre place, je chercherais à lui mettre la main dessus, pour mes propres raisons, pas celles du suspect.

– C'est bien ce que j'ai l'intention de faire, Bone. Mais ça ne m'empêche pas de penser que mon suspect numéro un essaye de ridiculiser la police. Je vous ai expliqué que c'est en partie comme ça que les tueurs psychopathes prenaient leur pied... jusqu'à ce qu'ils se fassent prendre. On finira par vous avoir.

– A votre place, répondit Bone sans se départir de son calme, j'éviterais également de me ridiculiser moi-même ; c'est parfois pire que d'être ridiculisé par quelqu'un d'autre.

Perry Lightning serra les dents.

– Foutez-moi le camp ! Vous m'avez déjà fait perdre mon temps !

– J'aimerais ajouter quelque chose, Lieutenant. J'avais une autre raison de venir vous voir.

– Conneries.

– Vous voulez bien m'écouter ?

– Si ce n'est pas trop long.

– Supposons que je dise la vérité, Lieutenant.

– Ecoutez, mon gars. Vous commencez à...

– Je reconnais que c'est une sacrée coïncidence que ces meurtres aient commencé à l'époque de mon apparition à New York, et qu'ils aient repris depuis qu'on m'a relâché, enchaîna rapidement Bone. Conclusion, même si je ne suis pas le meurtrier, ces meurtres ont peut-être un rapport avec moi.

Lightning qui avait commencé à se lever, se rassit lentement.

– Voici une réflexion très intéressante, dit-il d'une voix toujours lourdement chargée de soupçon. Continuez.

– De deux choses l'une, déclara Bone avec une légère sensation de vertige et de suffocation tout à coup. (C'était la première fois qu'il exprimait à voix haute l'idée qui avait germé dans son esprit peu de temps après sa conversation avec le Dr Hakim.) Soit je suis le meurtrier – consciemment ou inconsciemment – soit je ne le suis pas. Admettez encore une fois, comme vous l'avez déjà fait, que je dis la vérité quand j'affirme ne pas me souvenir d'avoir tué qui que ce soit, et à mon tour j'admettrai, comme je l'ai toujours fait, qu'il est possible, étant donné ma blessure à la tête et cette histoire de comportement bizarre, que je continue à assassiner ces gens sans même m'en rendre

257

compte ; le Dr Hakim et moi avons envisagé cette possibilité dès le début.

– C'est plus qu'une possibilité, Bone, répondit l'inspecteur. C'est vous le meurtrier. La fréquence des meurtres n'est pas une coïncidence.

– C'est justement là que je veux en venir. Admettons que je ne sois pas le meurtrier et que la fréquence des meurtres ne soit pas une coïncidence.

Perry Lightning cligna lentement des paupières.

– Et alors ?

– Les meurtres ont commencé à peu près à l'époque où je suis apparu dans les rues de New York avec un fémur à la main ; ils ont cessé quand on m'a hospitalisé, et il y en a eu trois autres depuis que j'ai quitté le refuge du Bowery.

– On croirait entendre le procureur, ironisa Lightning.

– Je me contente d'exposer les faits, les choses que l'on sait et ce qui vous persuade que je suis le meurtrier, consciemment ou pas. Je dis simplement que ces meurtres ont peut-être un rapport avec moi, même si je ne suis pas le meurtrier... ce que je crois.

– Comment ?

– Je l'ignore, Lieutenant, répondit Bone qui sentait monter en lui la frustration. Peut-être est-ce lié à cette année que j'ai passée dans les rues, peut-être est-ce lié à mon passé, à l'endroit où je vivais et à ce que je faisais avant de me retrouver dans la rue. C'est simplement une idée qui m'est venue ; même si je ne suis pas le meurtrier, il se pourrait que je sois, d'une manière ou d'une autre, la clé de tous ces meurtres.

Lightning passa la paume de sa main droite sur son crâne rasé.

– Ça ne tient pas debout, Bone.

– Je n'ai pas tué ces gens, Lieutenant. Même si j'avais une seconde personnalité qui prenait le dessus la nuit, cela voudrait dire que je me promène dans les rues couvert de sang de la tête aux pieds. Ensuite, il faudrait que je me lave et que je cache tout afin que mon autre personnalité n'en sache rien. Le moins qu'on puisse dire, c'est que je serais fatigué en me réveillant le matin... or, je suis en pleine forme. J'ai très bien dormi cette nuit, comme toutes les nuits d'ailleurs.

– Dans Central Park, sous un pont ?

– Oui.

– En vous nourrissant d'ordures ?

– Les gens ne jettent pas que des ordures, Lieutenant.

– Si vous étiez resté au refuge, ou si vous vous étiez installé dans un foyer comme vous l'ont proposé les gens de la HRA, on serait davantage renseignés sur votre foutu emploi du temps... nuit et jour.

– Je n'ai jamais dormi dans un refuge avant, Lieutenant, j'en suis certain. Si je veux retrouver un jour la mémoire, je dois vivre dans le même contexte que durant cette année perdue, et refaire les mêmes choses. C'est la seule façon de découvrir qui j'étais.

– Et si vous ne retrouvez jamais la mémoire ?

– Vous voulez bien m'arranger une rencontre avec Lobo ?

– Je vais y réfléchir. Mais je peux vous assurer que Lobo ne vous dira rien, surtout si on l'embarque. Si ce type et ses petits copains sont à vos trousses, vous êtes dans de sales draps.

– Vous ne voulez pas ?

– J'ai dit que j'allais réfléchir. Pourquoi ne pas laisser les gens de la HRA vous aider ? Peut-être que vous pourriez recommencer une nouvelle vie. Si vous réfléchissiez à ça vous aussi ?

– Je peux m'en aller ?

Le lieutenant Perry Lightning répondit par un bref hochement de tête ; Bone se leva et sortit du bureau.

2

– Bone !

Bone se demandait s'il entendrait de nouveau cette voix un jour. Il leva les yeux de la carte qu'il consultait et tourna la tête vers la rue au moment où Anne, le visage empourpré, descendait d'une camionnette bleue du Project Helping Hand. Ses yeux noisette lançaient des éclairs de colère ; elle marcha vers lui d'un pas vif et s'arrêta, les poings sur les hanches.

Bone ignorait combien cette femme courageuse, mais néanmoins vulnérable, lui avait manqué jusqu'à ce qu'il la voie là, devant lui, visiblement furieuse, mais tout autant vexée.

– Bonjour, Anne, dit-il simplement se sentant lui-même très vulnérable, stupide et légèrement honteux.

– Vous avez un sacré culot ! répliqua Anne d'une voix encore plus rauque qu'à l'accoutumée. Vous fichez le camp du refuge en pleine nuit sans prévenir personne, vous traînez dans les rues pendant plus d'une semaine, et qui est-ce que vous allez voir, la police ! Vous allez voir le Dr Hakim, mais vous ne prenez même pas la peine de m'appeler pour me dire que vous allez bien ! Savez-vous combien d'heures j'ai passées à vous chercher en voiture ?

– Je suis désolé, répondit Bone. Je ne savais pas si...

– Oh ! vous êtes désolé ! Vous m'en voyez réjouie. J'imagine que je devrais être reconnaissante. (Elle poussa un profond soupir et laissa retomber ses bras. La colère avait abandonné son visage et sa voix, ne laissant qu'un résidu de douleur.) Bon sang, je parle comme une emmerdeuse, reprit-t-elle d'une voix si faible que Bone l'entendit à peine. Pire, on croirait entendre Barry. Je n'ai pas le droit de vous parler ainsi, je ne suis pas votre mère. Je pensais simplement que... je vous ai donné ma carte, Bone.

– Je l'ai toujours.

– Pourquoi... (Sa lèvre supérieure exagérément fendue se mit à trembler. Elle la mordit, rejeta ses cheveux en arrière, et se redressa.) Vous auriez pu au moins m'appeler pour me dire que vous alliez bien. Vous n'avez pas pensé que je pouvais m'inquiéter ?

– Si. J'avais peur.

Anne fronça les sourcils et pencha la tête sur le côté.

– Peur de quoi ?

– De vous, Anne. J'éprouve trop de choses pour vous, et je ne sais pas quoi faire de ces sentiments ; non seulement ils me distraient, mais en outre, tant que je n'aurai pas découvert *qui* éprouve ces sentiments, je sais que je n'ai pas le droit de... (Bone laissa sa phrase en suspens et détourna le regard. Une boule s'était formée dans sa gorge ; il déglutit avec peine.) Ce n'est pas que je ne voulais pas vous appeler, Anne ; je ne l'ai pas fait parce que j'en avais trop envie. Je n'ai pensé qu'à moi, excusez-moi.

Il attendit, mais la réponse ne vint pas. En levant les yeux vers Anne, il fut surpris de la voir qui souriait, ses yeux noisette pétillaient.

– Parfait ! s'exclama-t-elle en s'amusant à lui marteler le torse avec ses poings. Là au moins on avance !

Bone lui rendit son sourire.

– Euh... j'ai dit ce qu'il fallait ?

– Absolument. Votre cerveau est peut-être détraqué, mais votre langue fonctionne à merveille. Si on allait déjeuner ? J'ai très envie d'un hot dog.

Sans attendre sa réponse, Anne retourna à la camionnette pour dire quelques mots au jeune homme assis derrière le volant. Celui-ci acquiesça et démarra. Anne prit Bone par la main et lui fit traverser Broadway jusqu'à un coin de rue où était installé un vendeur ambulant.

– Je n'ai pas oublié que je vous dois de l'argent, dit-il.

– J'en suis certaine. Comment aimez-vous les hot dogs ?

– Avec tout.

Anne acheta trois hot dogs, deux pour Bone, un pour elle et deux Cocas. Ils se dirigèrent vers le refuge pour piétons au centre de Times Square où les gens faisaient la queue devant le kiosque TKTS afin d'acheter des billets de spectacle à tarif réduit pour le soir même. Ils s'assirent sur un banc pour manger.

– C'est un vrai festin de roi, dit Bone en ôtant un filament de choucroute collé à sa lèvre supérieure. Je m'apprêtais à aller manger dans une soupe populaire.

– Bon sang, marmonna Anne la bouche pleine de hot dog. (Elle avala et but une gorgée de Coca.) Vous êtes têtu.

– Il y a une autre raison pour laquelle je ne vous ai pas appelée, déclara sérieusement Bone. Il n'est toujours pas prouvé que je ne suis pas le tueur psychopathe. Tant que j'ignore la vérité à mon sujet, je sens que je n'ai pas le droit de... trop m'intéresser aux autres.

– C'est des conneries, répondit Anne. Vous n'êtes pas un assassin. Même cet inspecteur de la police judiciaire ne le pense pas.

– Détrompez-vous, Anne ; le lieutenant Lightning est persuadé que c'est moi.

Anne haussa les épaules.

– Il m'a contactée deux ou trois fois après que vous ayez quitté le refuge ; il voulait savoir si j'avais de vos nouvelles. Je sais qu'il vous apprécie et vous respecte... et ça l'ennuie. D'ailleurs, c'est difficile de ne pas vous aimer et vous apprécier. (Elle le regarda et le gratifia d'un grand sourire.) J'en sais quelque chose.

– Même si je ne suis pas un assassin, Anne, tous ces meurtres ont peut-être un rapport avec moi ; ils se produisent toujours quand j'erre dans les rues.

Le sourire d'Anne s'évanouit ; elle secoua la tête.

– Bizarre, je n'y avais jamais songé sous cet angle. Je pensais que vous n'étiez pas le meurtrier, un point c'est tout. Mais quel serait le lien entre les meurtres et vous ?

– Je n'en sais rien. Si un jour... quand je retrouverai la mémoire, je connaîtrai peut-être la réponse.

Lorsqu'ils eurent terminé leurs hot dogs et leur Coca, Bone alla jeter les papiers dans une poubelle et revint s'asseoir sur le banc auprès d'Anne.

– Ce n'était pas Barry qui conduisait la camionnette, fit-il remarquer distraitement. Il est malade ?

– Non. Il travaille désormais avec une autre équipe dans le Bronx. C'est mon nouveau coéquipier que vous avez vu, un jeune garçon nommé Hector. J'aurais dû vous le présenter, mais j'avais d'autres choses en tête. (Elle prit la main de Bone.) Je ne savais pas si j'allais devoir crier et hurler pour vous faire comprendre que le courant qui passe entre nous est une chose aussi rare que merveilleuse, surtout dans cette ville. Je suis trop âgée, Bone, j'ai connu et vu trop de misère pour jouer les saintes nitouches. Vous me plaisez énormément. A vrai dire, je suis sans doute amoureuse de vous, c'est ainsi. Quand on côtoie chaque jour la mort et la souffrance comme moi, comme nous, on a tendance à vouloir supprimer toute l'hypocrisie des rapports humains.

Bone plongea son regard dans les yeux noisette de la femme et lui sourit.

– Vous êtes très directe.

– Oui. Ça vous gêne ?

– Non. Vous savez ce que j'éprouve depuis le début, n'est-ce pas ?

– Oui. Et j'étais quasiment certaine de savoir pourquoi vous ne m'appeliez pas. Ça ne m'empêchait pas d'être furieuse.

Bone pressa la main d'Anne.

– Merci.

– Merci à vous.

Bone baissa les yeux.

– Le fait que vous ne fassiez plus équipe avec Barry a-t-il un rapport avec moi ?

– Pas vraiment. Compte tenu des circonstances, il

263

était pratiquement impossible que Barry et moi continuons à travailler ensemble. Barry possède un cœur formidable quand il s'agit de s'occuper de l'humanité tout entière, mais il ne comprend rien aux femmes ; je crois qu'il manque d'expérience en ce domaine. Peut-être à cause de toutes ces années passées au séminaire. Quoi qu'il en soit, il semble content de son nouveau poste. Je l'ai eu au téléphone et il a l'air en pleine forme. En fait, je crois qu'au fond de lui, il est soulagé d'être séparé de moi.

— La prochaine fois que vous avez l'occasion de bavarder avec lui, passez-lui le bonjour.

— Je n'y manquerai pas. Maintenant, il est temps de me raconter ce qui vous est arrivé. (Elle plissa le front.) Vous faites des progrès ?

Bone haussa les épaules.

— Un peu. Je crois.

— Les souvenirs vous reviennent ?

— Je ressens des choses.

— Pourquoi êtes-vous parti du refuge en pleine nuit ?

— En fait, je ne suis pas vraiment parti ; on m'a jeté dehors. Mais j'avais décidé de m'en aller de toute façon. La municipalité emploie dans ses refuges des individus fort déplaisants et corrompus. Je...

Anne l'interrompit en posant sa main sur sa bouche.

— Ça va vous prendre du temps pour me raconter tout ça, et je veux tout savoir. Mais pas ici.

— Où ça ?

Pour toute réponse, Anne se leva du banc et se dirigea vers le bord du trottoir pour héler un taxi.

3

A peine arrivés à l'appartement d'Anne, ils se jetèrent dans les bras l'un de l'autre et leurs deux corps

264

se fondirent comme deux ruisseaux attirés par la gravitation de la passion pour former un fleuve tumultueux de désir. Ils se déshabillèrent et abandonnèrent leurs affaires en tas sur le sol ; ils s'accrochèrent l'un à l'autre, déjà leurs lèvres, leur langue, leurs mains exploraient le corps de l'autre lorsqu'ils se laissèrent tomber sur le lit. Quand enfin Anne roula sur le dos, les cuisses écartées et qu'elle le guida à l'intérieur de son sexe chaud et humide de plaisir, Bone sentit qu'il devait jouir immédiatement. Mais il se retint. Il ne voulait pas éjaculer, pas encore... pas avant un long moment. Non seulement il voulait satisfaire totalement Anne, mais de plus, il prenait un immense plaisir à chanceler au bord du gouffre de la passion ; il voulait que cette douloureuse et exquise sensation de plénitude explosive qui précède l'orgasme dure indéfiniment. Il s'aperçut qu'il pouvait contrôler le flot qui montait en lui en cessant de bouger juste avant le spasme de l'éjaculation et en se plaquant contre le corps d'Anne, en lui tenant les fesses pour l'empêcher de bouger.

— Jouis, jouis, jouis, murmura Anne dans une sorte de chant incantatoire. Je veux te sentir.

Très lentement il recommençait à bouger ; il chevauchait de nouveau la vague du désir juste sous la crête écumante. Les fines jambes d'Anne nouées autour de sa taille, son membre enfoncé en elle, il se pressait contre elle en triturant ses seins doux, il les soulevait pour les lécher et embrasser leurs larges aréoles brunes. Puis il embrassait ses lèvres, il fouillait sa bouche avide avec sa langue tandis qu'Anne résistait au poids de son corps ; elle répondait à sa fougue, se tordant sous lui, projetant son bassin vers le sien.

Il s'éleva sur la vague, plus près de la crête...

— Je veux que tu jouisses maintenant, haleta Anne en plaquant ses cuisses contre ses flancs, glissant sa main sous lui pour saisir ses testicules. Je sais que tu te retiens. J'ai commencé à jouir dans le taxi en venant,

265

alors ne t'occupe pas de moi. Jouis dans moi, Bone. Après on pourra recommencer.

Et finalement, il explosa en un orgasme qui secoua tout son corps et fit jaillir en même temps que sa semence, toute sa tension, sa solitude et sa peur, un poids énorme... Depuis le début de sa nouvelle existence, c'était la première fois qu'il se sentait libéré de la tension, de la solitude et de l'angoisse, la première fois qu'il se sentait heureux, et pendant un moment, il sentit qu'il allait se mettre à pleurer. Au lieu de cela, il se laissa aller dans les bras d'Anne, se délectant de la sensation de son sexe qui se contractait autour de son pénis, la chaleur luisante de la sève de leurs deux corps sur ses cuisses et son ventre.

Au bout de quelques minutes, il poussa un long soupir et roula sur le côté, puis il noua ses bras autour du corps lisse de sueur d'Anne, plongea son visage dans l'épaisseur de ses cheveux châtains et colla ses lèvres sur la peau musquée de sa nuque.

– Bon sang, commenta Anne en faisant claquer sa main sur les fesses fermes de Bone. On peut affirmer sans risque de se tromper que ce n'est pas la première fois que tu fais ce genre de chose ; ton inconnu se défend remarquablement bien. Tu es incroyable.

– Ouais, murmura Bone dans le cou d'Anne ; les larmes chaudes qui s'échappaient de ses yeux se mêlaient à la sueur.

– Bone, tu pleures.

– On dirait.

Doucement, mais avec fermeté Anne l'obligea à tourner la tête pour voir son visage. Les larmes continuaient à s'accumuler dans les yeux bleus de Bone ; elles roulaient sur ses joues et gouttaient de son menton. Il la regardait à travers le voile de larmes.

– Ça ne va pas ? demanda-t-elle.

– Si, ça va, répondit-il en caressant le dos de la main d'Anne qui séchait doucement ses larmes. Je ne sais pas pourquoi je pleure, Anne. Je me sens... tellement comblé, que les larmes n'ont plus de place en moi.

– Ton inconnu était très seul, murmura Anne en déposant un baiser sur ses deux joues. Ça ne fait aucun doute. C'est un homme d'une force incroyable.

Bone lui embrassa les joues, les lèvres et les mains, avant de la serrer contre lui.

– Je savais que je me sentais seul, murmura-t-il à son oreille. Mais j'ignorais à quel point. Merci de t'être donnée à moi.

– Tout le monde a besoin de quelqu'un, Bone. Et toi... je me demande où tu as trouvé la force de tenir le coup aussi longtemps.

– Tu parles, ricana Bone, regarde comme je suis fort, je pleure comme un gosse.

– Je suis sûre que personne ne peut imaginer la terreur que tu as dû éprouver quand tu t'es réveillé dans ce parc, accroupi dans la boue, sous la pluie, sans savoir qui tu étais, d'où tu venais ni ce que tu faisais. Ensuite, voilà qu'on t'accuse d'être un meurtrier et on t'enferme dans un hôpital. Tu as vécu dans la rue, dormant Dieu sait où, mangeant Dieu sait quoi. Je devine ce que tu as dû voir et subir, Bone. Peut-on s'étonner que tu aies besoin d'un peu d'affection ?

– Je ne peux me permettre la moindre faiblesse, Anne. Pas maintenant. Je risquerais de finir comme ces gens brisés qui traînent dans les rues.

– Je ne crois pas que tu puisses un jour leur ressembler.

– C'est pourtant ce que j'étais.

– Non. (Anne lui caressa tendrement la joue ; elle reprit dans un murmure.) Crois-tu que je t'aie affaibli, Bone ?

Il roula sur le côté pour la regarder. Il avait séché ses larmes, sa voix ne tremblait plus.

– Non. Tu m'as donné de nouvelles forces au contraire.

– Tant mieux, répondit Anne avec un sourire. Maintenant que nous nous sommes occupés du plus important, pour l'instant du moins, tu peux me raconter ce qui t'est arrivé.

Bone s'exécuta en commençant par le moment où il était descendu de la camionnette pour se diriger vers le refuge du Bowery, poursuivant par son odyssée jusqu'à Central Park, la quête de son identité demeurée infructueuse, et les deux individus qui pourraient lui fournir des renseignements susceptibles de l'aider, Zoulou et Lobo.

Pendant tout ce temps, Anne l'écouta sans rien dire, mais avec un sentiment grandissant d'étonnement et de malaise. Elle posa sa tête sur le torse de Bone et caressa ses cuisses musclées.

– J'ignore ce qui a bien pu arriver à Zoulou, dit-elle. D'habitude, il est devant St Thomas presque tous les jours, qu'il fasse beau ou qu'il pleuve... le matin du moins. J'espère qu'il n'est pas malade. Quant à Lobo, tu dois absolument l'éviter. Il te tuera.

– Il pense certainement avoir de bonnes raisons pour ça ; il paraît que je lui ai crevé un œil. Il faut quand même que je le retrouve.

– Tu as besoin d'un endroit sûr, une base d'opérations. Tu vas rester ici, avec moi.

Bone rit.

– Barry avait raison, tu me consacres trop de temps. Tu vas te faire virer.

Anne ne sourit pas.

– Je t'ai consacré un an, Bone. Je t'ai sauvé et je m'aperçois maintenant que je tiens énormément à toi. Quand tu vis dans cette ville, tu apprends qu'il n'y a pas de temps à perdre ; la vie passe trop vite, tu peux mourir en un clin d'œil. Je veux que tu restes ici parce que j'aime te sentir auprès de moi, mais aussi parce que je ne veux pas que tu te fasses tuer avant que l'on ait découvert qui tu es réellement. Tu as besoin d'argent ?

– J'ai besoin d'un travail.

– Je m'en occupe. Tu acceptes ma proposition de t'héberger ?

– Non, répondit simplement Bone.

Il se pencha pour embrasser Anne, mais elle se recula.

– Pourquoi ?

– Ça pourrait être dangereux pour toi.

– Lobo n'a aucun moyen de savoir où tu es, et même s'il le savait, il ne viendrait pas te chercher ici. C'est un petit loubard. Et moi je suis une grande fille qui se fiche pas mal de ce que les gens pensent ou disent.

– Ce n'est pas Lobo qui m'inquiète.

– Qui alors, ou quoi ?

Bone ne répondit pas.

– Toi ? demanda Anne. Je croyais que nous étions d'accord pour dire que tu n'étais pas le meurtrier.

– Le Dr Hakim pense qu'il est possible que j'aie une personnalité multiple, à la suite peut-être de mon choc à la tête ; il se peut que parfois je devienne quelqu'un d'autre sans même m'en rendre compte.

– C'est l'opinion d'Hakim ?

– Il dit que c'est possible. Ça suffit. Tant que le doute subsistera, je dois rester seul.

Anne lui prit les mains ; elle massa doucement le dessus et la paume, puis les doigts tordus et noueux.

– Tu ne te souviens toujours pas de ce qui est arrivé à tes mains ?

– Je n'ai aucun souvenir de quoi que ce soit, juste des impressions, des sensations.

– Mais rien concernant tes mains ?

– Non. J'étais peut-être ouvrier ou mécanicien, et j'aurais eu un accident.

– Ce ne sont pas des mains de travailleur manuel, un accident peut-être.

– Pourquoi ?

– Tu as plein de petites cicatrices sur tout le corps. Je ne suis pas spécialiste, mais certaines semblent plus anciennes que d'autres.

Bone répondit par un simple haussement d'épaules ; il s'était rendu compte qu'il était inutile de brusquer sa mémoire. Il lui faudrait retrouver la sensation avant de retrouver le souvenir, revivre en quelque sorte des bribes de son passé avant de s'en souvenir.

— Tu vas rester ici avec moi, reprit Anne.

Bone haussa les sourcils.

— Je croyais qu'on avait déjà abordé le sujet.

— Non, tu croyais seulement. Je connais cette magnifique et épouvantable ville aussi bien que quiconque, et beaucoup mieux que la plupart. J'ai des relations avec Zoulou, pas excellentes, mais il me connaît et il me fait confiance. Si ça se trouve, il ne voudra pas te parler ; avec lui on ne sait jamais. Je sais que tu n'es pas un assassin, et tu le sais aussi. Il n'y a aucune raison que tu continues à manger dans les soupes populaires et à dormir dans Central Park ; tu as fait l'expérience et tu n'as plus rien à en tirer. Je t'aime beaucoup, Bone, mais je ne te demande pas de m'épouser. On travaillera ensemble quand je ne serai pas en service, je t'aiderai à retrouver la mémoire. Je t'aiderai à trouver un boulot. Une fois que tu auras recouvré la mémoire, tu pourras faire ce que tu veux. Et moi aussi. Je sais que tu vas accepter ma proposition car tu n'es pas stupide. Il est temps que tu évacues un peu la pression, et tu feras davantage de progrès si tu possèdes une base d'opérations sûre et confortable. Je parie que le Dr Hakim serait d'accord avec moi. C'est ton psy après tout, demande-lui ce qu'il en pense.

Elle l'avait déjà affaibli, songea Bone. Elle l'avait remis à flot, elle l'avait tiré de l'enfer, et maintenant il ne voulait plus y retourner. Pas en permanence du moins. Anne avait raison au sujet de l'expérience ; il avait découvert que l'inconnu savait parfaitement s'adapter à la vie en plein air, il pouvait subvenir à ses besoins. Mais l'inconnu n'avait pas vécu dans Central Park ; il en était désormais convaincu.

— D'accord, dit-il enfin. Merci Anne.

— De rien, idiot. Tu ne vois pas que ça me fait plaisir ? Je ne passerai plus mon temps à me faire du souci en me demandant où tu es.

– Il faut que je trouve un travail pour te rembourser et payer ma part.

Il n'ajouta pas qu'il était de plus en plus découragé par la lenteur de ses progrès, et à l'idée qu'il pouvait encore s'écouler une éternité avant qu'il ne retrouve la mémoire. S'il la retrouvait un jour.

– Je verrai ce qui se présente demain en allant travailler. J'ai de bonnes relations.

– Il faut que je récupère mes affaires, déclara Bone en se redressant sur le lit. Surtout le fémur ; je continue à penser que c'est la clé de mon amnésie.

Anne l'obligea, doucement mais avec fermeté, à se rallonger.

– Ça attendra. Il ne va pas s'en aller tout seul, et tu m'as dit que ton campement était bien caché. Tout à l'heure, on s'habillera et on ira le chercher tous les deux. En attendant, j'ai pris une demi-journée de congé et je préfère la passer autrement.

– Comment ?

– Comme ça, répondit Anne en plongeant entre ses cuisses.

4

Debout au bord du ruisseau sous le pont, avec Anne à ses côtés, Bone contemplait l'endroit où se trouvait autrefois son campement. Les nattes de broussailles qu'il avait tressées avec tant de soin avaient été arrachées du creux où il avait dormi, et le sac poubelle qui contenait toutes ses affaires avait disparu.

– Oh ! Bone, soupira Anne. Je suis désolée.

Bone ne dit rien. Il était envahi d'un pressentiment totalement disproportionné avec la valeur des objets qu'il avait perdus. Seul le fémur possédait de l'importance à ses yeux, et encore sa valeur résidait-elle dans

271

le fait que c'était son seul lien physique avec l'année qu'il avait passée dans la rue. Mais ce n'était pas la perte de cet os qui le mettait ainsi mal à l'aise.

– Quelqu'un savait que tu campais ici ? demanda Anne.

– Non.

– Alors qui a...

– Peut-être que le lieutenant Lightning joue au plus malin avec moi, répondit Bone sans trop y croire. Je lui ai expliqué approximativement où je dormais et ça ne semblait pas l'intéresser. Il a peut-être changé d'avis.

– S'il voulait fouiller tes affaires, il serait venu avec toi, non ?

– Je pense.

– Donc c'est quelqu'un d'autre, peut-être un type qui passait par là et qui t'a vu descendre sous le pont. Il a attendu que tu partes et il est descendu à son tour pour te voler tes affaires. (Anne observa son visage inquiet ; elle le tira par la manche.) Allez, Bone. Les vêtements et les autres objets peuvent se remplacer facilement, tu me rembourseras grâce au travail que je vais te trouver. Ce n'est pas dramatique. Toi-même tu m'as dit que le fémur ne te servait pas à grand-chose.

– Oui, c'est vrai, répondit froidement Bone en prenant Anne par la main pour remonter le talus.

Son pressentiment ne cessait de croître.

Chapitre 12

1

Le Dr Hakim, absorbé par la préparation de la batterie de tests psychologiques qu'il projetait de faire passer à Bone ce matin, sursauta et leva la tête en entendant la porte de son antichambre s'ouvrir et se refermer. Il jeta un coup d'œil à sa montre : neuf heures quarante, Bone ne devait arriver que dans vingt minutes, et il savait que Bone était toujours ponctuel. Ali Hakim ne voyait pas qui pouvait venir à son cabinet le dimanche matin.

Le mystère fut résolu quelques secondes plus tard lorsque la porte de son bureau s'ouvrit pour laisser entrer Barry Prindle qui tenait à la main un grand sac de marin en nylon bleu. Le Dr Hakim qui ne l'avait pas revu depuis plusieurs semaines reçut un véritable choc. Le jeune homme costaud semblait avoir énormément maigri, les tendons de son cou saillaient comme des câbles d'acier. Son visage habituellement rond et coloré était maintenant décharné, ses yeux verts brillants paraissaient étrangement vides. Barry traversa la pièce d'une démarche raide, s'arrêta devant le bureau et laissa tomber le sac de marin sur le sol, hors de vue du Dr Hakim.

– Bonjour, Docteur, dit-il d'une voix caverneuse.

– Bonjour, Barry, répondit le psychiatre avec un léger froncement de sourcils. Que puis-je pour vous ?

– Il faut que je vous parle.

– Comment saviez-vous que j'étais ici ce matin ?

273

– Anne me l'a dit. On a beaucoup parlé au téléphone, et elle m'a dit que vous receviez Bone tous les dimanches matin à dix heures.

– Elle a eu tort de vous le dire, Barry, déclara Hakim de sa douce voix mélodieuse. L'identité de mes patients ne regarde personne. Vous, plus que quiconque, devriez respecter cette discrétion.

– Il ne faut pas lui en vouloir, Docteur. Elle voulait juste être gentille avec moi. Comme je suis un de ceux qui ont secouru Bone, elle voulait me tenir au courant de ce qu'il devenait. Fait-il des progrès ?

Ali Hakim ne répondit pas ; il continuait d'étudier le visage de son visiteur. Il n'aimait pas du tout ce qu'il y voyait.

– Vous saviez qu'Anne avait installé ce type chez elle ? reprit Barry de la même voix caverneuse.

Il s'assit avec raideur dans un fauteuil en cuir et le rapprocha du bureau.

– Je l'ignorais, répondit prudemment le Dr Hakim en résistant à l'envie de repousser son propre fauteuil. Mais ça ne regarde qu'elle. Vous ne croyez pas ?

– Hier, elle lui a trouvé un emploi de magasinier chez *Bloomingdale*. Ils circulent beaucoup en ville à la recherche d'endroits où il a été. Après, ils rentrent chez elle et ils passent la nuit à baiser. Je me demande ce que ça lui fait.

Barry cligna lentement des paupières et fut parcouru d'un léger frisson ; ses yeux verts se posèrent sur Hakim qui y discerna clairement la folie. Barry lâcha un petit rire.

– C'est foutrement mieux que de dormir sous un pont dans Central Park, pas vrai, Docteur ?

Hakim haussa les sourcils.

– Comment savez-vous où il dormait ?

– Je savais qu'il sillonnait le centre de Manhattan pour essayer de retrouver des endroits qu'il avait connus. J'ai pris quelques jours de congé et j'ai fait comme lui jusqu'à ce que je le trouve, alors je l'ai suivi, en faisant attention qu'il ne me voie pas.

– Pourquoi avez-vous fait ça, Barry ?

– Je commence à en avoir marre qu'on me prenne tout ce que je possède, Docteur. Dieu ne joue plus franc-jeu avec moi, alors je ne vois pas pourquoi je continuerais à jouer franc-jeu.

– Barry, le Dr Potter vous a-t-elle prescrit des médicaments, comme je l'avais fait ?

– Je ne les prends pas. Si Dieu jouait franc-jeu avec moi, je n'aurais pas besoin de médicaments.

Avec un sourire décontracté, le Dr Hakim tendit le bras vers le téléphone posé au bord du plateau de verre.

– Je vais appeler le Dr Potter, dit-il d'un ton neutre. Elle voudra certainement vous voir, et je suis certain que vous vous sentirez beaucoup mieux après lui avoir parlé. Vous m'avez l'air très fatigué et tendu. Je ne serais pas surpris qu'elle vous conseille une cure de repos dans un hôpital.

Presque nonchalamment, Barry se pencha pour lui prendre le téléphone des mains ; il arracha le fil de la prise et balança l'appareil à travers la pièce. Les muscles de sa mâchoire et de son cou tressaillirent, mais sa voix demeura douce.

– Si je voulais parler au Dr Potter, c'est elle que je serais allé voir, Dr Hakim, pas vous. Au début, c'est vous qui deviez vous occuper de moi.

Le cœur battant, le Dr Hakim se força à se rasseoir lentement dans son fauteuil ; il croisa les jambes et joignit ses mains sur ses genoux. Il savait qu'il était primordial d'avoir l'air décontracté, mais en vérité il avait peur. Terriblement peur. Il n'osait pas regarder sa montre, mais il supposait qu'il restait peut-être un quart d'heure avant l'arrivée de Bone.

Il devait faire parler Barry.

– Il est vrai, comme vous le savez, que je reçois parfois bénévolement des employés municipaux qui ont des problèmes, expliqua calmement le Dr Hakim sans se départir de son sourire. C'est ainsi que vous êtes

275

venu me trouver l'année dernière. Mais après notre deuxième séance, j'ai compris que vous aviez besoin d'un traitement beaucoup plus approfondi que celui que je pouvais vous fournir. Le Dr Potter est une excellente psychiatre, et je savais qu'elle serait plus à même de vous aider. En vous confiant à elle, je ne cherchais pas à vous rejeter, Barry, mais au contraire à vous trouver le meilleur traitement. Votre homosexualité refoulée est une chose très...

— Ne dites pas ça ! s'écria Barry, le visage écarlate, en se penchant brusquement vers le bureau. Je ne suis pas homosexuel ! Je veux Anne ! Si Bone ne me l'avait pas volée, vous auriez vu que je n'étais pas homosexuel !

— Le mot est peut-être mal choisi, Barry, répondit calmement le psychiatre. Ce sont pourtant vos désirs refoulés et l'accomplissement d'au moins un acte homosexuel qui vous ont valu d'être renvoyé du séminaire, n'est-ce pas ? Tôt ou tard vous devrez assumer cette réalité et résoudre le conflit qui est en vous. Je suis certain que le Dr Potter vous a dit la même chose.

Pour toute réponse, Barry se pencha vers le sol et le Dr Hakim entendit le bruit de la fermeture Éclair du sac de marin.

Le travailleur social au visage décharné et au regard de fou en sortit une chasuble de prêtre pourpre brodée d'or. Il ôta sa veste et enfila la chasuble. Il prit ensuite une lourde croix en or au bout d'une chaîne ; il embrassa la croix avant de se la mettre autour du cou.

— Jésus était homosexuel, déclara Barry dans une sorte de soupir en prenant appui sur l'épais plateau de verre du bureau. Le saviez-vous, Dr Hakim ?

Encore quelques minutes, se dit le psychiatre. Bone sera peut-être en avance.

— Je connais cette hypothèse, Barry. Est-ce une chose dont vous avez envie de parler ?

— Mais moi je ne suis pas homosexuel ! s'exclama Barry. Dieu m'a ordonné de faire ces choses précisément parce qu'Il voulait que je sois chassé des chemins traditionnels de la prêtrise ! Il a déposé ces tentations dans mon cœur afin que je sache ce que c'était que d'éprouver de la compassion pour tous les êtres, hommes et femmes sans distinctions, comme Jésus lui-même. Je ne l'ai pas compris à l'époque. J'étais trop anéanti à l'idée d'avoir envie de faire l'amour avec un homme. Puis, il y a un an, j'ai enfin compris que Dieu m'avait choisi pour accomplir Sa volonté. Il avait une autre mission pour moi, et c'est dans ce but qu'Il m'a ordonné personnellement. Je devais être Son instrument, ici dans cette ville de misère ; je devais secourir uniquement les plus misérables de Ses enfants.

Le Dr Hakim prit une profonde inspiration, essayant de se détendre et d'offrir l'apparence de la décontraction.

— Vous avez fait un boulot formidable, Barry, dit-il avec un grand sourire. Selon moi, vous êtes le meilleur travailleur social de cette ville. Vous avez toujours fait preuve d'une patience infinie avec les sans-abri, ce qui n'est pas facile. J'aimerais posséder votre patience. Peut-être avez-vous tant de compassion en vous parce que vous avez vous-même beaucoup souffert. C'est une chose dont vous devriez parler avec le Dr Potter. Vous êtes sûr que vous ne voulez pas que je l'appelle ?

Il y a un autre téléphone dans l'antichambre. Encore dix minutes. Peut-être cinq. Une diversion lui permettrait peut-être de contourner le bureau et de foncer vers la sortie.

Il se retrouvait face à face avec les cauchemars de Bone. Barry sortit du sac de marin un large chapeau de pluie à bord flottant avec des rabats sur les oreilles et une jugulaire.

— Vous ne comprenez pas, Dr Hakim, dit-il à voix basse. Vous n'avez jamais compris.

— Je ne comprends pas pourquoi vous avez tué toutes ces personnes, Barry. Voulez-vous m'expliquer ?

Barry sortit ensuite un grand imperméable ciré de la

même couleur orange vif que le chapeau ; il l'enfila par-dessus sa chasuble pourpre et commença à le boutonner.

— Je les ai envoyés dans la demeure de Dieu. Ils ne servaient plus à rien sur terre, ni à Dieu ni à eux-mêmes. Ils étaient incapables de se prendre en charge ; et ils refusaient l'aide des autres. Le moment était venu pour eux de mourir et d'accéder à leur récompense. Ils souffraient et Dieu voulait leur prouver Son infinie compassion. Il m'a demandé de Lui envoyer les plus misérables d'entre eux. J'ai accompli des actes d'immense charité.

— Que vient faire Bone dans cette histoire, Barry ?

— Rien, répondit sèchement l'autre en relevant le col de son ciré. C'est moi le messager de Dieu, pas Bone.

— Mais...

— Bone sait. Ou plutôt il savait.

Ali Hakim déglutit ; il avait un goût de cuivre dans la bouche.

— Que sait-il ? Il sait que c'est vous qui avez tué tous ces gens ?

Barry Prindle acquiesça lentement.

— Il le saura... s'il retrouve la mémoire. Mais cela n'arrivera pas tant que Dieu ne le voudra pas.

— Comment Bone sait-il que vous êtes... que vous avez accompli tous ces actes de charité, Barry ? Que lui est-il arrivé ?

— C'est sans importance.

Le Dr Hakim secoua la tête. A sa grande surprise, il s'aperçut que sa fascination pour la pathologie criminelle de Barry prenait peu à peu le pas sur sa peur.

— Mais vous l'avez côtoyé pendant des semaines. Visiblement, il représente une grave menace pour vous. Pourquoi ne pas l'avoir tué ?

— Il n'a jamais été une menace pour moi. Dieu lui a volé sa mémoire précisément pour qu'il ne soit pas une menace, tout comme Il l'a épargné, car ce n'était pas à moi d'envoyer Bone dans Sa demeure. C'était juste et

278

je comprenais la volonté de Dieu. Aujourd'hui je ne comprends plus. Voilà pourquoi je ne joue plus franc-jeu. Pourquoi je vais tuer Bone.

– Barry, il faut m'expliquer plus clairement si vous voulez que je comprenne.

– Vous n'avez pas besoin de comprendre, Docteur... mais je vais essayer d'être plus clair. Bone aurait dû mourir il y a un an quand nous nous sommes rencontrés. Croyez-moi quand je vous dis que c'est un miracle qu'il soit encore en vie. Quand je l'ai aperçu dans la rue, j'ai compris qu'il était vivant parce que Dieu ne voulait pas que je le tue. Et quand j'ai découvert qu'il avait perdu la mémoire et l'usage de la parole, j'ai compris que Dieu m'avait pardonné pour ce que j'avais essayé de faire à Bone, et qu'Il voulait que je poursuive mon ministère. Ce jour-là dans le parc, quand Bone s'est réveillé, j'ai cru que Dieu voulait mettre fin à ma mission. J'étais prêt à l'accepter. Si Bone m'avait reconnu et s'il s'était souvenu, j'étais prêt à trouver un moyen de me suicider pour accéder à ma récompense. Mais Bone ne m'a pas reconnu, et il ne s'est pas souvenu. Le message était clair, du moins je l'ai cru sur le moment. Mais j'ai rapidement découvert que Dieu se servait de Bone pour me torturer et m'humilier. C'est l'impression que j'avais. Je ne comprenais pas pourquoi Dieu me jouait des tours, à moins qu'Il n'attende que je défende ce qui m'appartient, à moins qu'Il ne veuille plus que je joue franc-jeu. Voilà ce que je crois.

– Anne, dit Ali Hakim dans un murmure.

Barry acquiesça.

– Je suis amoureux d'Anne depuis le premier jour où je l'ai vue. Aimer une *femme* est le sentiment le plus joyeux et le plus merveilleux que j'aie jamais connu dans ma vie. Je n'ai jamais été amoureux auparavant, vous savez.

– Je le sais, Barry.

– Jusqu'alors, je n'avais été attiré que par des hommes.

– Je le sais également.

– Mais ce n'était pas bien, je le savais. L'homosexualité est un péché mortel. Mais quand Anne est entrée dans ma vie, j'ai compris que tout allait s'arranger. Anne serait la récompense de ma dévotion ; Dieu m'avait pardonné ce que j'avais fait à Bone, je poursuivrais ma mission. Pour la première fois de ma vie, ma souffrance allait s'apaiser ; Dieu m'avait envoyé une femme à aimer, et de qui être aimé. Et Anne m'aimait... avant.

Avec une fascination horrifiée, le Dr Hakim regarda Barry sortir du sac une paire de gants en caoutchouc orange et les enfiler.

– Les choses ne se passent pas comme ça dans la vie, Barry, dit-il d'une voix qui se brisa. Ce n'est pas parce que vous aimez une femme qu'elle doit forcément vous aimer. Vous devez chercher une personne qui puisse vous aimer en retour.

Barry secoua la tête avec colère.

– Anne est faite pour moi. Mais Dieu me teste ! Il me met au défi en me faisant miroiter une récompense, puis il me fait payer l'accident avec Bone en lui offrant ma récompense. C'est la mise à l'épreuve de Job ! A cette différence près que je vais riposter pour prouver que je suis assez viril pour Anne !

– Mais pourquoi voulez-vous me tuer, Barry ? demanda Hakim en levant lentement les mains, les paumes ouvertes. Ou bien vous avez une autre idée en tête ? Vous attendez que Bone arrive pour le tuer ?

– Je suis désolé, Docteur, déclara sèchement Barry en relevant la manche de son ciré pour consulter sa montre, avant de plonger une nouvelle fois la main dans le sac. Je crains que nous n'ayons plus le temps de bavarder.

A dix heures et trois minutes, Bone pénétra dans l'antichambre du Dr Ali Hakim ; il frappa à la porte du bureau. Il attendit et frappa de nouveau, puis il ouvrit la porte et entra. Il fut aussitôt assailli par la vision horrible du carnage, l'odeur fétide de la mort. Il suffoqua et faillit vomir. Il ravala sa bile et s'obligea à regarder le spectacle abominable tandis que son esprit s'emballait et qu'il essayait désespérément d'absorber et de transcender l'horreur pour réfléchir.

Le corps décapité du Dr Hakim était affalé sur son bureau ; le sang qui s'étalait sur la surface en verre continuait à suinter d'une épouvantable palette de chair déchiquetée, d'où dépassaient des bouts de tendons pendillant couleur ivoire et l'extrémité de l'épine dorsale semblable à un câble sectionné. Juste au-dessus du bureau, le sang gouttait du plafond où il avait jailli ; du sang encore, comme pulvérisé à la bombe, avait éclaboussé le mur sur la gauche de Bone, la fenêtre juste derrière le bureau ainsi que la porte à demi ouverte à droite. Bone prit conscience tout à coup qu'il se trouvait à l'entrée du bureau ; le meurtrier était peut-être tout près de lui, caché derrière la porte entrouverte. Un nouveau frisson le parcourut ; il se jeta de toutes ses forces contre la porte qui vint heurter le mur. Il n'y avait personne derrière.

Toujours sous le choc, le souffle haletant, Bone s'avança lentement dans la pièce en direction du bureau. Sur la plaque de verre, près du torse ensanglanté du psychiatre décapité se trouvait une paire de gants en caoutchouc ainsi qu'un imperméable et un chapeau cirés orange vif, le tout maculé de sang.

L'orange et le rouge écarlate de ses cauchemars.

Par terre devant le bureau était posé un grand sac de marin en nylon bleu taché de sang lui aussi. De la pointe du pied, Bone écarta la fermeture Éclair du sac ;

la tête du Dr Hakim se trouvait à l'intérieur, avec le couteau de chasse de Bone, son rasoir et le fémur humain.

Bone se dirigea rapidement vers la porte située à droite du bureau et colla son œil à l'interstice entre l'huis et le chambranle ; la porte donnait sur un petit vestibule avec un ascenseur particulier et un escalier d'incendie. Personne là non plus. Il revint sur les lieux du carnage, s'efforçant de dompter ses pensées frénétiques et de ralentir son rythme cardiaque pour prendre une décision.

Aucun doute, l'inconnu n'était pas le meurtrier. C'était désormais une certitude et cette constatation lui procura un soulagement aussi intense que bref.

Bone savait maintenant qu'il avait raison en affirmant que les meurtres et le meurtrier avaient un rapport quelconque avec lui ; la silhouette démoniaque vêtue d'orange qui le pourchassait dans ses cauchemars baignés par la lueur vacillante des bougies n'était autre que le meurtrier. Il l'avait déjà rencontré quelque part.

Peut-être sous terre.

Mais pourquoi avoir tué le Dr Hakim ? Le psychiatre n'avait rien d'un sans-abri et cela le différenciait radicalement des autres victimes du tueur psychopathe. S'agissait-il d'un patient du docteur ? Bone envisagea cette hypothèse, puis la rejeta. Le psychiatre lui avait bien fait comprendre qu'il s'intéressait davantage à la recherche qu'aux malades, et il n'avait pas de véritable clientèle. Toutefois, la présence des objets personnels de Bone dans le sac indiquait que le tueur l'avait suivi jusqu'à son campement ; il lui avait volé ses affaires et les avait abandonnées ici dans le but de le compromettre. Mais le meurtre du Dr Hakim n'avait aucun sens. Si le meurtrier était son ennemi, s'il craignait d'être reconnu, pourquoi ne l'avait-il pas tué *lui* ?

En entendant tout à coup les sirènes des voitures de

police qui convergeaient d'au moins trois directions différentes, Bone comprit qu'il serait quand même la victime. La dernière victime. Ali Hakim serait la dernière personne décapitée, et c'est lui maintenant qui serait accusé de tous les autres meurtres. Bone n'avait même pas le temps de prévenir la police, le meurtrier s'en était chargé. Il allait se faire prendre à l'intérieur de l'immeuble, essayant de dissimuler les preuves accablantes que contenait le sac de marin, ou essayant de fuir.

Le lieutenant Lightning aurait enfin *la* preuve qu'il recherchait avec tant d'acharnement. Nul désormais ne pourrait plus croire à son innocence, pas même Anne. On le condamnerait à mort, ou bien on l'enfermerait pendant plusieurs années, peut-être même jusqu'à la fin de sa vie. Et il ne saurait jamais qui il était réellement. Il devait s'enfuir.

Bone fut alors traversé d'une pensée qui lui donna la nausée et des vertiges, son cœur se mit à battre encore plus fort. S'il parvenait à fuir, le Dr Hakim ne serait peut-être pas la dernière victime ; tant qu'il était libre, le meurtrier pouvait continuer à massacrer des gens, convaincu que Bone porterait le chapeau. En s'enfuyant, il condamnait à mort un certain nombre d'innocents.

Mais s'il se laissait prendre, l'inconnu innocent ne retrouverait jamais la liberté, il resterait doublement prisonnier, d'une cellule de béton et d'acier d'une part et de son esprit d'autre part, jusqu'à sa mort. L'inconnu ne méritait pas ça, et le seul moyen de l'innocenter c'était de retrouver lui-même le meurtrier. Conclusion, il devait fuir et retourner dans les rues.

En outre, se dit Bone, le fait que le meurtrier ait apparemment l'intention de s'arrêter de tuer après l'avoir fait accuser à sa place, ne signifiait pas forcément qu'il ne recommencerait pas un jour, dans quelques années peut-être. S'il ne fuyait pas, d'autres innocents risquaient d'être assassinés. Il devait absolument retrouver le meurtrier, et il ne pourrait pas le faire derrière des barreaux. Enfermé, Bone savait qu'il ne retrouverait jamais la mémoire.

Il n'essaierait même pas de dissimuler le sac de marin. Il n'avait pas le temps. Cela ne servirait qu'à le retarder, et si jamais on le surprenait en possession de ce sac, sa situation serait encore plus accablante, si cela était possible. De plus, Bone savait qu'il avait peu de chances de quitter l'immeuble sans se faire repérer, car le temps qu'il redescende, la police aurait bouclé toutes les sorties.

Il devait donc passer par un autre immeuble et abandonner toutes ses affaires y compris le précieux fémur, le seul objet qui le reliait à son passé.

A mi-chemin de l'escalier de secours, il passa par une fenêtre pour prendre pied sur l'échelle d'incendie. Il grimpa rapidement jusqu'au sommet de l'immeuble et se mit à courir sur le toit, prenant de l'élan et calculant son approche, puis, sans la moindre hésitation, il bondit sur la corniche de brique et s'élança dans le vide à vingt étages au-dessus du sol. Il agrippa à deux mains le parapet de l'immeuble voisin et absorba avec sa hanche et sa cuisse gauche le choc du contact avec la pierre, satisfait de constater que ses doigts noueux ne lâchaient pas prise. Stimulé, sentant l'adrénaline monter en lui, il fit jouer les muscles de ses bras, de ses épaules et de son dos et se hissa sans peine par-dessus le parapet pour accéder au toit goudronné.

Les dons de l'inconnu, son courage et sa force l'emplissaient de fierté, mais ce n'était qu'un sentiment fugitif qui lui procurait un surplus de forces et de courage, sans qu'il puisse s'y attarder pour le moment.

Il ne devait penser qu'à une seule chose : fuir.

Bone poursuivit son trajet sur les toits des autres immeubles du bloc, effectuant parfois des sauts de sept ou huit mètres. Arrivé au dernier immeuble du bloc, il s'accroupit derrière un parapet et leva prudemment la tête pour regarder en bas.

Il avisa une bouche de métro au milieu du bloc, aucun policier en vue. Il y avait une porte sur le toit ; il l'ouvrit et se retrouva dans une cage d'escalier. Il descendit et déboucha dans une ruelle. Il marcha jusqu'à la rue, tourna à droite et se précipita vers la bouche de métro. Il savait où il devait aller.

3

Transie de froid, Anne était assise par terre dans un coin de sa chambre, les bras serrés autour de la poitrine ; elle se sentait ridicule. Elle frissonna en regardant avec horreur le lit défait où elle avait dormi et fait l'amour avec un homme qui avait décapité des dizaines de personnes.

Ainsi c'était bien Bone, songea-t-elle tandis qu'un nouveau frisson la parcourait de la tête aux pieds ; elle resserra son étreinte. C'était donc lui le meurtrier, comme tout le monde le suspectait, y compris Bone lui-même. Tout le monde sauf elle.

Finalement, il avait été trahi par " l'inconnu " qu'il avait cherché à défendre avec tant de force et de courage.

Anne se demandait ce qu'avait pu dire le Dr Hakim, ou ce qu'ils avaient découvert ensemble pour que réapparaisse tout à coup le meurtrier qui était en Bone. Par ailleurs, elle se demandait de quel objet s'était servi Bone pour trancher la tête du psychiatre ; quelle que soit cette arme, il devait l'avoir sur lui, car ils s'étaient levés tard et elle l'avait conduit directement au cabinet du Dr Hakim.

Peut-être n'y a-t-il jamais eu d'" inconnu " à l'intérieur de Bone. S'il transportait sur lui en permanence une arme aussi redoutable, c'est qu'il savait exactement qui il était, ce qu'il avait fait... et ce qu'il s'apprêtait à faire. Son soi-disant " réveil " et son histoire d'amnésie n'étaient qu'une ruse.

Il aurait pu la tuer à tout moment.

Anne ne comprenait pas comment elle avait pu tomber amoureuse d'un tel homme. Peut-être l'aimait-elle encore ; elle n'aurait su dire ce qu'elle ressentait en cet instant, et elle n'était pas sûre de vouloir le savoir. Peut-être devrait-elle aller voir un psychiatre elle aussi. Elle était tellement convaincue de l'innocence de Bone...

Un tueur impitoyable qui s'était certainement moqué d'elle depuis le début...

La sonnerie du téléphone la fit sursauter. Elle le laissa sonner... sept, huit fois. Finalement, un des inspecteurs qui fouillaient son appartement décrocha. Il écouta sans rien dire, puis il plaqua sa main sur le combiné et se tourna vers Anne.

– C'est un certain Barry Prindle, M'dame, déclarat-il d'un ton bourru. Il dit qu'il travaille avec vous. Vous voulez lui parler ?

Anne hésita un instant. Finalement, elle se leva, traversa la chambre et prit le combiné des mains de l'inspecteur.

– Bonjour, Barry, dit-elle d'une voix tremblante.

– Anne ! (Barry semblait énervé, essoufflé.) Dieu soit loué, vous êtes saine et sauve ! Je rentrais chez moi après être allé jouer au tennis quand j'ai entendu la nouvelle à la radio. Bon sang, j'étais sur le point de raccrocher et de venir chez vous... J'avais si peur que... J'avais appris que vous l'hébergiez chez vous. Vous allez bien ?

– Oui, Barry, je vais bien, répondit-elle avec un petit soupir.

Elle se sentait honteuse, gênée.

– Et s'il revient ?

– Je suis avec des inspecteurs de police, Barry ; je les ai appelés dès que j'ai appris la nouvelle. Je pense qu'ils vont faire surveiller l'immeuble. De toute façon, je ne crains rien ici, il y a un gardien à l'entrée. Mais ça m'étonnerait qu'il essaye de revenir. S'il avait voulu me tuer, il aurait pu le faire pendant que... il aurait pu me tuer sans problème. Je crois qu'il a disparu pour de bon... jusqu'à ce que la police lui mette la main dessus.

– Anne, ce type est fou. On ne sait jamais ce que peut faire un fou.

Anne déglutit avec peine.

– Barry ?

– Qu'y a-t-il, Anne ?

– Je voulais m'excuser pour... la façon dont je me suis conduite. Vous aviez raison sur toute la ligne ; vous cherchiez seulement à me protéger, et moi, j'ai dit... j'ai fait des choses que je regrette.

– N'y pensez plus, Anne. C'est moi qui devrais m'excuser, je me suis comporté comme un véritable crétin. J'ai fait preuve d'un manque de maturité. J'étais... j'étais trop inquiet à votre sujet. (Il lâcha un petit rire nerveux.) Et si je peux me permettre, je n'ai jamais éprouvé pour personne ce que j'éprouve pour vous, alors je ne savais pas comment m'y prendre.

Anne se mordilla la lèvre inférieure. Quelque chose au fond d'elle-même la tracassait, et elle savait ce que c'était : la culpabilité. Elle avait l'impression de trahir Bone d'une certaine manière et d'un autre côté, elle s'en voulait d'être aussi stupide.

– Je ne comprends pas comment j'ai pu me tromper à ce point sur son compte, dit-elle d'un ton froid, comme si elle se parlait à elle-même.

– Il a berné un tas de gens, Anne.

Elle eut un rire amer.

– Pas autant que moi, Barry. (Les larmes lui vinrent aux yeux et coulèrent sur ses joues. Soudain, elle ne fut plus sûre de rien.) Ou peut-être qu'il n'a trompé personne, peut-être qu'il disait la vérité quand il affirmait ne se souvenir de rien. Il a dû se passer quelque chose durant cette séance avec le Dr Hakim. Le Dr Hakim a sans doute dit quelque chose qui a fait exploser Bone

287

et libéré cette seconde et terrible personnalité, ce monstre qui vit en lui. (Elle frémit.) Il l'appelait toujours " l'inconnu ". J'imagine qu'il a fini par le rencontrer.

– Sans doute.

– Barry, dit Anne dans un soupir, je crois que j'ai terriblement besoin de compagnie. Ça vous dirait de venir prendre un café ?

– Avec plaisir. J'arrive tout de suite.

Chapitre 13

1

S'il voulait rester libre assez longtemps pour établir l'innocence de l'inconnu, Bone savait qu'il devait commencer par disparaître. Il en avait suffisamment vu et appris pour savoir comment s'y prendre.

Il avait pris la direction du Bowery.

Changer de vêtements ne fut pas un problème. Vingt minutes après son arrivée dans la partie la plus basse de Manhattan, il était tombé sur un clochard plus ou moins de sa corpulence, un type aux yeux chassieux qui cherchait dans les poubelles des boîtes de soda à revendre ; le type avait été trop heureux d'échanger ses vêtements contre ceux de Bone. La chemise déchirée, la veste, le pantalon trop large et les chaussures en plastique étaient sales et puants, mais Bone savait que c'était précisément ce qu'il lui fallait, il avait donc surmonté sa répulsion et enfilé les haillons fétides. Désormais, il devait se comporter comme un véritable sans-abri et s'enfoncer dans les profondeurs des entrailles de cette ville, s'il voulait échapper aux recherches. Pour protéger l'inconnu, il devait ignorer les étranges capacités de survie de ce dernier et son goût de la propreté, jusqu'à ce qu'il découvre, ou se souvienne, de l'identité du véritable meurtrier. Tant qu'il n'avait pas achevé sa quête, il devrait vivre comme le plus misérable des sans-abri.

Pendant trois jours il traîna dans les rues, les traits toujours dissimulés derrière ses lunettes noires et sous son chapeau à bord flottant, gravitant autour de groupes d'hommes dont certains entraient et sortaient parfois du refuge pour hommes du Bowery. La nuit, il dormait dans les entrées d'immeubles, recroquevillé et les bras serrés autour de la poitrine pour se tenir chaud.

Et il pensait à Anne.

Elle était bien obligée désormais d'admettre qu'il était coupable ; après tout, c'est lui qui lui rappelait sans cesse l'hypothèse du Dr Hakim selon laquelle il possédait différentes personnalités, son esprit hébergeait un tueur sanguinaire. Anne lui manquait terriblement, mais il savait qu'en la contactant, non seulement il la mettrait en danger, mais de plus, il la confronterait à un terrible dilemme. S'il l'appelait, peu importe ce qu'elle croyait, elle serait contrainte de prévenir la police pour ne pas être accusée d'avoir aidé un fugitif. En réalité, il n'avait rien à lui dire, mais les moments qu'il avait passés avec elle, dans son lit aux draps propres, la douceur et l'odeur musquée de son corps, sa passion, tout cela ne faisait qu'accentuer son malheur présent.

Sa seule consolation, la pensée à laquelle il se raccrochait pendant ces journées emplies de puanteur et ces nuits glaciales, c'était la certitude de l'innocence de l'inconnu.

Ce qu'il avait perçu tout d'abord d'une manière instinctive se trouvait maintenant confirmé : la propreté était un facteur primordial pour soutenir le moral de l'inconnu. Vêtu de haillons crasseux, il représentait une agression permanente pour ses sens et sa susceptibilité. De plus, il ne pouvait même pas se nourrir convenablement, il ne pouvait prendre le risque de se rendre dans une soupe populaire de peur d'être reconnu. Comme les autres sans-abri, les épaves du Bowery, il se nourrissait du contenu des poubelles.

Bone découvrit ce qu'on ressentait quand on était invisible ; comme il l'avait espéré, peu de gens le regardaient, et ceux qui croisaient son regard accéléraient le pas généralement.

Mais il ne faisait aucun progrès. De toute évidence, l'inconnu ne s'était jamais retrouvé dans une situation telle que celle-ci, et à part le fait d'échapper aux recherches, elle semblait ne présenter aucun intérêt, aucun point de repère pour l'aider dans la recherche de sa mémoire. Il devait étendre son territoire, se déplacer à travers la ville.

Mais combien de temps pourrait-il continuer à vivre ainsi avant de tomber malade, peut-être grièvement ?

L'impulsion de quitter le Bowery lui vint le matin du quatrième jour, lorsqu'une camionnette bleue de la ville se gara le long du trottoir à sa hauteur. Bone disparut rapidement dans une ruelle ; de là, il vit les silhouettes de deux employés du Project Helping Hand descendre de voiture pour s'adresser à trois clochards assis par terre devant une vitrine. Après le départ de la camionnette, Bone ressortit de la ruelle, enfonça son chapeau sur son front et remonta vers le centre de Manhattan ; il avait entendu parler d'un autre endroit où il serait tout aussi invisible.

2

Immobile dans la 42e Rue, Bone contemplait sur le trottoir opposé l'entrée de Grand Central Terminal. Un léger frisson le parcourut. C'était dans le souterrain tout près d'ici qu'il avait été victime de cet accès de panique le matin où il avait quitté le refuge du Bowery. Depuis, il avait appris que la gare elle-même était, comme le Bowery, le lieu de rassemblement des hommes et des femmes les plus démunis et les plus misérables de la ville.

Sur le moment, et même depuis, Bone avait attribué

291

cette panique aux voitures qui le frôlaient à toute allure, aux gaz d'échappement étouffants, à l'obscurité, et peut-être au fait de se retrouver sous terre. Aujourd'hui, il se demandait si toutes ces choses étaient vraiment responsables de son affolement, ne seraient-ce pas plutôt le bâtiment lui-même et ses souvenirs enfouis ? Devant l'imposante façade en pierre de l'édifice, il n'éprouvait aucun sentiment de familiarité, rien qui semble éveiller l'intérêt de l'inconnu.

Mais c'était peut-être différent à l'intérieur.

Bone prit une profonde inspiration, puis, de sa démarche traînante qu'il avait adoptée pour se déplacer dans la journée, il traversa la rue en clopinant et franchit l'entrée voûtée. Il se retrouva dans ce qui ressemblait à une salle d'attente, vieille, où régnait une atmosphère caractéristique de grandeur passée. Il était presque seize heures et Bone se retrouva à avancer à contre-courant du flot épais de piétons ; des hommes et des femmes bien habillés portant des serviettes et des attachés-cases le croisaient d'un pas pressé, le regard fixé droit devant eux ; le visage crispé, sans se regarder et sans le regarder, mais s'écartant en douceur lorsqu'ils arrivaient devant lui comme l'eau d'un torrent autour d'une pierre. Quelques-uns eurent des gestes visibles de dégoût ; une femme détourna la tête en se pinçant le nez.

Je pue, songea Bone. Et il en éprouva une vive honte.

En outre, il tombait de fatigue. Il ne pourrait pas continuer longtemps à vivre comme ça ; il se sentait fiévreux, affaibli, terriblement déprimé. Il perdait son âme au fond des trous dans lesquels il cherchait à se cacher. Il nageait dans l'océan des moins que rien, mais il perdait pied ; il devenait un miséreux lui aussi et se laissait engloutir peu à peu.

Sa première réaction, tandis que le flot de banlieusards bien habillés l'emportait dans son tourbillon, fut la peur d'être reconnu, la peur que quelqu'un le

292

regarde plus attentivement et reconnaisse en lui l'homme dont le portrait-robot faisait la une de tous les journaux. Mais personne ne lui accorda la moindre attention, et bientôt il se retrouva seul, persuadé néanmoins d'attirer tous les regards avec ses haillons. Il regarda autour de lui et découvrit les rangées de bancs disposés de chaque côté de la salle d'attente, comme à l'église.

Devant lui, à l'autre bout d'un couloir petit mais large, il aperçut ce qui semblait être une très grande pièce violemment éclairée avec une énorme horloge surchargée d'ornements suspendue au-dessus d'un guichet d'information. Bone n'osait pas y aller dans son état de saleté, avec sa honte et sa déchéance ; c'était trop en évidence. Pour l'instant, tout ce qu'il voulait, c'était dormir.

Il avait l'impression de s'échapper, de s'évacuer en lui-même. Pour la première fois depuis son réveil, il se sentait véritablement comme l'un de ces sans-abri, ces dépossédés.

C'était affreux.

Il se dirigea vers la gauche en traînant la patte, passa devant les trois premières rangées de bancs où des hommes et des femmes bien mis lisaient le journal ou regardaient dans le vide en attendant leur train. C'est en atteignant les bancs de derrière, près de la porte des toilettes pour homme qu'il vit où il allait passer la nuit et il fut envahi d'une nouvelle bouffée de désespoir. C'était comme dans le Bowery, songea-t-il, à cette différence près qu'ici tout le monde était entassé et il n'y avait pas de place pour s'installer. Une douzaine au moins de sans-abri, des hommes et des femmes vêtus de haillons, étaient blottis les uns contre les autres sur les vieux bancs en bois au fond de la salle d'attente. Malgré la relative chaleur de l'après-midi, tous semblaient revêtus de plusieurs couches de vêtements, avec des chemises, des vestes boutonnées ou fermées jusqu'en haut, des écharpes enroulées autour du cou, des casquettes en laine crasseuses enfoncées profondément sur les oreilles et le front. Deux hommes et quatre femmes dormaient contre leur caddie débordant de vêtements et de déchets ramassés dans la rue. Tous semblaient endormis ou plongés dans un état de stupeur.

La stupeur, songea Bone. Voilà ce qui le guettait ; une sorte de mort à l'intérieur de la vie où, comme tous ces gens couchés sur les bancs près des toilettes, il ne pouvait espérer qu'une seule chose chaque jour : survivre.

Il n'avait plus aucune force ; il n'aspirait qu'au repos.

Avisant un petit espace libre entre deux hommes, il se laissa tomber sur le banc, se renversa contre le dossier et abaissa le bord flottant de son chapeau sur ses yeux. Il sombra presque aussitôt dans un sommeil d'épuisement et de désespoir que ponctuaient violemment des cauchemars fiévreux peuplés de ténèbres, de lumières vacillantes, d'ossements et de cette silhouette orange zébrée de rouge écarlate qui le pourchassait.

3

La Gare Centrale fermait ses portes de une heure et demie à cinq heures et demie du matin ; vers une heure et quart, les membres de la police du réseau ferroviaire du Nord vinrent secouer Bone et toutes les autres personnes, hommes et femmes, endormies sur les bancs. Le comportement des policiers était ferme, mais pas brutal, leurs yeux, constata Bone, étaient étrangement vitreux comme s'ils ne voyaient pas ce qu'ils regardaient.

Bone s'attendait à être jeté dans la rue, au lieu de cela, les autres sans-abri et lui furent conduits dans un large couloir à l'opposé de l'entrée de la gare, puis dans la vaste rotonde, maintenant faiblement éclairée, qu'avait aperçue Bone précédemment. On leur fit traverser la rotonde et passer sous une arche à l'autre extrémité pour déboucher dans une seconde salle aussi grande d'où rayonnaient des tunnels de marbre. Là, d'autres sans-abri furent tirés de leurs lits de marbre froid afin de rejoindre le groupe principal. On les conduisit ensuite dans un tunnel sur la gauche jusqu'à une grande estrade qui s'achevait à un bout par une large et haute porte. Les policiers repartirent et quelques minutes plus tard, Bone entendit une autre porte se refermer violemment dans son dos sur le chemin qu'ils avaient emprunté. Comprenant qu'ils étaient enfermés, Bone éprouva immédiatement un sentiment de claustrophobie. Il savait que les policiers voulaient seulement leur rendre service en leur offrant cet abri pendant la fermeture de la gare, mais Bone regrettait de ne pas avoir quitté le bâtiment pendant qu'il en avait la possibilité.

Bone s'arrêta au centre de l'estrade qui était en réalité une passerelle légèrement inclinée et il regarda autour de lui. A première vue, il y avait environ cent cinquante personnes regroupées dans cet endroit, qui se déplaçaient en traînant les pieds, cherchant un endroit pour poser leurs quelques affaires et leur carcasse afin de replonger dans leur torpeur. Bone descendit la passerelle et s'assit sur le sol en pierre, le dos appuyé contre la porte.

Mais il ne dormit pas.

La Gare Centrale ressemblait à un asile psychiatrique, songea-t-il en regardant un type à moitié nu couvert d'escarres s'enfoncer dans le nez un doigt incrusté de crasse et en ressortir un énorme caillot muqueux. Après s'être curé une narine, il s'attaqua à la seconde, s'essuyant les doigts sur son pantalon sale et déchiré. Un jeune gars au regard fou avec des cheveux noirs gras qui lui tombaient dans le bas du dos se masturbait frénétiquement en se balançant d'avant en arrière et en fredonnant. Peu à peu, comme elle devenait plus forte que sa propre odeur, Bone prit conscience de la puanteur écœurante de la sueur, de l'urine, du vomi et des excréments.

Les quatre heures qu'attendit Bone avant que ne s'ouvre enfin la porte située à l'autre extrémité de la passerelle lui parurent une éternité, et pendant tout ce temps il ne cessa de ressasser dans son esprit tous les événements qui étaient survenus, à la recherche d'un indice, n'importe lequel, sur l'identité de l'inconnu. Avant de conclure que c'était sans espoir. Il avait commis une erreur en essayant de se perdre dans l'océan des plus miséreux des sans-abri. L'inconnu était d'une propreté maniaque, il le savait bien, et quelques jours seulement passés dans des vêtements sales à manger de la pourriture avaient suffi à le vider de toute sa volonté. Il comprenait maintenant que le rôle qu'il jouait ne lui permettrait jamais de découvrir l'identité de l'inconnu. Au contraire, il risquait de perdre sa seule véritable identité, l'identité du fantôme qui occupait le corps de l'inconnu ; à mesure qu'il s'éloignait des habitudes de l'inconnu, il se dissolvait de plus en plus.

Lorsqu'enfin il entendit la porte s'ouvrir à l'autre bout de la passerelle, sa décision était prise. En fait, il l'avait prise deux heures plus tôt et il avait passé le reste du temps à se rasséréner, à chercher un équilibre. Il avait ôté son chapeau à bord flottant et ses lunettes noires. Il ne voulait – il ne pouvait – pas continuer à vivre de cette façon ; il allait se livrer à la police et raconter toute son histoire. Evidemment, Perry Lightning ne le croirait pas et on l'enfermerait certainement. Mais Bone avait décidé qu'il était préférable de vivre dans un pénitencier ou un hôpital psychiatrique, plutôt que dans cet asile improvisé. Il avait besoin de se sentir propre s'il voulait retrouver la tranquillité d'esprit qui lui permettrait de réfléchir.

Au moins, songea Bone tandis qu'il remontait la passerelle avec les autres en direction du réseau de tunnels menant vers le hall et la salle d'attente adjacente, avait-il pris conscience qu'il était vain de rechercher les souvenirs de l'inconnu, les traces de ses deux vies avant et après le coup sur la tête qui avait sans doute causé son amnésie, dans les rues de New York. Il avait pourtant fait de son mieux, et tout ce qu'il avait réussi à découvrir c'étaient des endroits que l'inconnu ne connaissait pas. Et malgré les impressions ambivalentes qu'il avait éprouvées en contemplant les grands canyons de pierre et de verre des rues, il était désormais convaincu que l'inconnu n'appartenait même pas à cette ville. Il venait d'ailleurs.

Mais d'où qu'il vienne, il n'y avait visiblement personne là-bas pour déplorer sa disparition ; l'inconnu était seul même avant sa blessure. Il avait parcouru tout Manhattan, il était retourné sur les lieux où on l'avait aperçu, et il n'avait éprouvé que des sensations négatives. Des deux seules personnes susceptibles de l'aider, Zoulou et Lobo, l'une avait disparu et l'autre cherchait à le tuer. Alors il irait en prison ou dans un établissement psychiatrique. Peut-être serait-il condamné à mort pour finir. Mais en attendant, il était clair qu'il n'avait pas d'autre choix que de se livrer à la police en espérant que la mémoire lui reviendrait un jour spontanément. Il y aurait d'autres psychiatres, d'autres formes de traitement. Tous ses espoirs n'étaient pas morts avec le Dr Hakim, le neuropsychiatre avait fait allusion à certaines drogues qui pourraient peut-être...

Soudain, Bone s'immobilisa et tourna la tête vers la gauche en voyant clignoter et s'allumer un immense panneau publicitaire sur le mur. Il fut pris brusquement de vertiges, son souffle s'accéléra. Mais sa réaction n'était pas motivée par la peur cette fois ; c'était en rapport avec la publicité.

Haletant, le cœur cognant dans sa poitrine, Bone traversa le hall en courant et gravit d'un bond la volée de marches en marbre conduisant à un balcon. Puis il pivota sur lui-même pour regarder encore une fois l'immense panneau publicitaire aussi grand qu'un demi-terrain de football et situé sous un mur de vitres.

Le panneau se composait semble-t-il d'une seule et gigantesque transparence photographique surmontant cette simple légende : *Les Parcs d'Amérique*. La photo en elle-même, brillamment éclairée dans la lumière grise de l'aube, représentait un jeune homme, un randonneur ou un grimpeur de toute évidence, debout sur un promontoire rocheux, la main en visière pour se protéger du soleil naissant, contemplant un paysage de pics escarpés aux reflets mauves. Non loin de là, un aigle prenait son envol.

Bone s'aperçut qu'il avait la bouche sèche tout à coup ; il humecta ses lèvres. Presque inconsciemment, il se surprit à chercher dans son dos quelque chose qui n'y était pas, quelque chose qui aurait dû pendre à sa ceinture...

Il regarda la balustrade en marbre du balcon et caressa la surface lisse, douce et froide. Puis il s'accroupit et plongea ses mains dans un petit tas de détritus à ses pieds, frottant la poussière entre ses doigts tordus.

Non, se dit-il, ce n'était pas de la poussière qu'il cherchait ; ce n'était pas de la poussière qu'il transportait.

Ça s'effrite !
Du talc !
Pourquoi du talc ? Bone se redressa et se replongea dans la contemplation de la gigantesque transparence.

Des montagnes. Un jeune homme sur un promontoire, un océan d'azur infini, un aigle qui s'envole.
Le talc !
5.5 !
Toutes traces de faiblesse, de peur et d'épuisement avaient disparu. Bone se sentait rempli d'allégresse, mais également frustré. Il était très, très près...

C'était là, songea-t-il, juste au bord de son esprit, et cette constatation lui faisait venir les larmes aux yeux.

Il sécha ses larmes, baissa la tête et ferma les yeux, essayant de dompter l'excitation et l'angoisse qui semblaient empêcher le grand saut dans son esprit.

Sauter.

Des montagnes. Quel rapport avec cette ville ?

Bone rouvrit les yeux pour regarder une fois encore le panneau publicitaire et le mur de vitres juste au-dessus. Le hall se remplissait maintenant de la lumière de l'aube, les rayons de soleil filtraient à travers les dizaines de carreaux sales au-dessus de la transparence. Son regard remonta encore davantage... et Bone laissa échapper un hoquet de surprise. Tout là-haut, à peine visibles, on distinguait des taches sur la voûte du plafond vert. Les constellations. Mais quelque chose n'allait pas dans ces peintures.

C'était le zodiaque d'hiver, mais on y voyait un Orion gaucher, ce qui était une erreur, et Pegase arrivait de l'ouest et non de l'est, encore une erreur. C'était le zodiaque d'hiver à l'envers.

Mais comment savait-il tout cela ? se demanda Bone en avalant sa salive pour essayer d'humecter sa bouche sèche. Sans doute parce qu'il avait passé pas mal de temps dehors à observer le zodiaque d'hiver. Il connaissait les étoiles, les constellations...

Il baissa lentement les yeux et fixa de nouveau son regard sur la photo du jeune randonneur perché sur le promontoire. Pourquoi cette photo lui faisait-elle tant d'effet ? D'où lui venait ce sentiment de familiarité ? Parce que... parce que... il se sentait chez lui.

La voix rauque qui s'éleva dans son dos était remplie d'excitation. Et de haine.

– Hé, c'est toi, Bone ?

Bone se retourna lentement et tressaillit légèrement en découvrant face à lui un jeune albinos qui aurait pu tout aussi bien être blanc, hispanique ou noir. Un cache noir masquait son œil droit, mais son unique œil gauche rose brillait avec l'éclat d'une étrange pierre maléfique. Il portait un blouson de cuir gris, un jean et des bottes noires. Derrière l'albinos borgne se trouvaient deux autres adolescents vêtus de manière identique ; ils s'avancèrent chacun d'un côté pour encercler Bone.

– Putain, Johnny avait raison, déclara l'albinos avec dans la voix une trace de zézaiement. Il a dit qu'hier il t'avait vu entrer ici ; il paraît que t'étais fringué bizarrement, mais il était sûr de t'avoir reconnu. On s'est pointés de bonne heure pour surveiller tous ceux qui traversaient le hall. Juste au moment où on entre dans la gare, regardez sur qui on tombe.

– C'est toi Lobo, dit calmement Bone.

L'albinos eut l'air surpris.

– Tu parles maintenant ? T'as retrouvé ta langue ? (Il renifla et plissa le nez avec dégoût.) Mais tu pues la merde comme tous ces salopards de bons à rien qui traînent dans les rues, qui polluent le pays et qui nous ridiculisent aux yeux des Ruskofs.

– Hé, c'est vraiment toi qu'as coupé la tête à toutes ces épaves ?

Bone déglutit. Les deux autres types de la bande s'étaient appuyés contre la balustrade ; ils le touchaient presque.

– J'ai perdu la mémoire, répondit-il avec calme en regardant fixement cet œil rose devant lui dans lequel il ne discernait que cruauté et folie. Je ne me souviens plus de ce qui m'est arrivé, ni de ce que j'ai fait à l'époque où je vivais dans la rue. J'ai oublié qui je suis et d'où je viens. Tu peux peut-être m'aider à me souvenir. J'ai appris que je t'avais... blessé. Je suis désolé. Je ne me souviens pas de ce qui s'est passé.

Les lèvres fines de Lobo se retroussèrent dans un rictus, mais la lueur dans son œil pâle demeura froide et implacable.

– T'es désolé ? zézaya-t-il. Comme c'est gentil, espèce de parasite. C'est très gentil. J'allais me faire tailler une pipe dans la ruelle par cette vieille pute édentée quand t'as surgi de je ne sais où et tu m'as frappé à l'œil avec ton putain d'os. T'as défoncé la mâchoire d'un de mes gars, un autre a eu quatre dents cassées. Mais c'est mon œil que t'as crevé. Les médecins ont dû me l'enlever. A ton avis, Bone, qu'est-ce que je vais t'enlever, moi ?

Bone ne répondit pas. Il n'y avait rien à ajouter. Trois autres adolescents en blouson gris venaient de franchir la porte-tambour derrière Lobo ; ils se déployaient, formant une phalange resserrée autour de lui, le dissimulant aux regards.

Lobo sortit quelque chose de sa poche de blouson de cuir et donna un petit coup de poignet. Il se produisit un déclic lorsque la lame de quinze centimètres jaillit du manche en os du couteau.

– Si t'as envie de parler, Bone, on va parler, déclara l'albinos d'une voix proche du murmure. Mais pas ici. Tu vas nous suivre bien gentiment et ensuite on pourra discuter tant que tu veux... quand tu ne seras pas en train de hurler. J'ai un petit compte à régler avec toi.

Bone projeta ses bras en arrière, écrasant les jointures de ses mains noueuses sur les visages des deux types accoudés à la balustrade de chaque côté. Simultanément, il balança son pied dans le bas-ventre de Lobo, mais celui-ci eut le temps de lui porter un coup d'estoc avec son couteau. La lame déchira sa chemise. Bone sentit une brève sensation de piqûre à l'estomac, suivie d'une sorte d'engourdissement tandis que le sang commençait à couler, chaud sur son ventre.

Lobo était plié en deux, les mains plaquées sur le bas-ventre ; les deux membres de la bande qui entouraient Bone étaient encore étourdis par le coup reçu au visage, mais déjà les trois autres fonçaient vers lui. Bone se retourna, prit appui des deux mains sur la balustrade de pierre et sauta.

Ça s'effrite !

Il bondit dans les airs, par-dessus l'escalier, et

retomba sur ses pieds sur le sol en marbre, se recroquevillant instinctivement et roulant sur lui-même afin d'amortir le choc. En un éclair, il se releva et fonça à travers le hall tandis que les banlieusards matinaux s'écartaient sur son passage.

Deux types en blouson de cuir gris se rapprochaient sur sa droite. La main droite plaquée sur sa plaie au ventre, Bone bifurqua à gauche et gravit deux par deux les marches d'un escalator en slalomant parmi les voyageurs hébétés. En entendant des bruits de pas précipités se rapprocher dans son dos, il franchit une série de portes-tambours et sortit de la gare. Les jeunes Loups enragés sur les talons, il regarda le sang qui tachait sa chemise. Il savait que le couteau n'avait pas traversé la paroi abdominale, mais la lame lui avait bien entaillé la peau et il saignait abondamment ; il ne pourrait aller bien loin dans cet état, et si jamais ces poursuivants le rattrapaient, il craignait d'être massacré sur place sans autre forme de procès.

Bone traversa la rue à toute allure, cherchant désespérément du regard une voiture de patrouille ou un policier à pied. Arrivé sur le trottoir, il tourna à gauche et se précipita dans un passage souterrain surmonté d'une pancarte indiquant *Helmsley Walk*. La main toujours appuyée sur sa blessure sanglante, il fonça vers la sortie du passage pour piétons et déboucha dans Park Avenue.

Les types de la bande des Loups étaient si près maintenant qu'il entendait le souffle haletant et rauque de deux d'entre eux, l'un juste derrière son épaule droite, l'autre sur sa gauche. Une main essaya d'agripper sa manche. Manqué. Dans quelques secondes, il allait mourir.

Juste sur sa droite se dressait un mur de panneaux en verre qui ceignait le terrarium de quatre étages de l'immeuble de la Chemical Bank, parallélépipède lumineux et aéré qui donnait sur Park Avenue et renfermait une délicieuse jungle miniature d'arbres, de fougères et de plantes offrant un contrepoint saisissant avec les arbustes des refuges pour piétons qui coupaient en deux l'élégante artère. Au moment où des mains se tendaient vers lui sur sa gauche et où la lame d'un couteau entaillait sa veste, Bone sauta instinctivement sur le flanc de l'immeuble. Ses orteils rencontrèrent le rebord étroit à la base des panneaux de verre ; ses doigts trouvèrent une rainure dans la bande de plomb qui séparait les panneaux au-dessus de sa tête, et ils s'y accrochèrent. Mais il savait qu'il n'était pas assez haut pour éviter un coup de couteau dans les jambes, et il n'avait pas la force nécessaire pour se hisser davantage. Il baissa les yeux et découvrit l'expression de stupéfaction sur les visages de Lobo et des cinq autres Loups de la bande.

– Hé ! lança Lobo. Tu te prends pour une putain de mouche humaine ou quoi ?

Bone regarda derrière lui le chemin qu'il venait de parcourir, puis son regard remonta la longue artère semblable à un canyon. Park Avenue était pratiquement déserte à cette heure matinale, et pas le moindre policier en vue.

Remis de sa stupeur, Lobo visa les mollets de Bone avec son couteau. Le bout des doigts enfoncé dans la bande de plomb au-dessus de lui, Bone sauta par-dessus l'arc de cercle que décrivait la lame ; il longea avec agilité la corniche de béton qui tournait au coin de l'immeuble, tâtonnant à la recherche d'une prise sur le mur de verre qui lui permettrait d'échapper aux couteaux menaçants.

A quelques mètres de l'extrémité des panneaux en verre se dressait l'immeuble voisin de la 48e Rue, un bâtiment de brique. Entre les deux édifices se trouvait une étroite fissure de sept ou huit centimètres de large. Tandis que Lobo et les cinq autres en bas tentaient de lui tailler les jambes, Bone enfonça sans hésiter sa main gauche dans la fissure, puis il ferma le poing ; les muscles et les tendons se gonflèrent, formant une sorte

303

de cale coincée à l'intérieur de la fissure. Il bondit, enfonça sa main droite dans la fissure, serra le poing et se hissa à la force du poignet tout en libérant sa main gauche. Il continua de progresser ainsi. En cinq secondes, se servant uniquement de ses poings en guise de pitons, et grâce à son incroyable force, Bone avait progressé d'au moins quatre mètres le long de l'espace étroit qui séparait les deux immeubles.

Mais impossible d'aller plus loin. Le devant de sa chemise était imbibé de sang, sa blessure à l'abdomen l'élançait, ses jambes pesaient des tonnes. Le souffle coupé, il essaya d'appeler au secours, mais il n'en avait plus la force.

– Je vais te tuer, saloperie de monstre ! hurla Lobo en lançant son couteau vers Bone. Les deux poings bloqués dans la fissure pour supporter son poids, Bone ne put que rentrer la tête dans les épaules ; le couteau rebondit sur le mur de brique à quelques centimètres de son oreille gauche. Il baissa les yeux et vit un des types de la bande se précipiter au coin de la rue pour faire le guet. La 48e Rue était déserte.

Une voiture tourna au coin de la rue ; elle ralentit tandis que le conducteur jetait un regard ébahi vers Bone, puis elle repartit à toute vitesse lorsque deux membres de la bande s'avancèrent d'un air menaçant.

Lobo fit un signe à un membre de sa bande qui s'empressa de tendre à l'albinos un rasoir à tranchant droit. Un deuxième Loup vint s'adosser à l'immeuble, les mains de chaque côté de la fissure, les jambes écartées, le dos légèrement voûté. Lobo prit quelques pas d'élan et s'élança ; il sauta sur le dos du jeune type et monta sur ses épaules. Il n'était plus qu'à quelques dizaines de centimètres sous Bone ; il pouvait atteindre ses jambes. L'albinos jeta un regard au Loup posté au coin de la rue qui leva le pouce pour lui donner le feu vert. Lobo tendit le bras et fit courir lentement la lame scintillante du rasoir sous la semelle de la chaussure de Bone.

— Je vais te trancher les veines de la cuisse pour te saigner comme un porc, dit l'albinos en brandissant son rasoir.

— Hé, Lobo ! s'écria le Loup posté au coin de la rue en plongeant la main dans sa poche. Fais gaffe ! Voilà... !

Au même moment, le géant noir qui se faisait appeler Zoulou déboucha en trombe au coin de la rue, sa tunique multicolore flottant derrière lui. Sans ralentir, il leva son long bâton et l'abattit avec force sur la tempe du guetteur. Le jeune type au blouson gris décolla de terre et retomba sur le trottoir, les bras en croix.

Lobo et le gars qui le soutenait poussèrent un cri de surprise et d'effroi ; la tour humaine se mit à vaciller, avant de s'effondrer, aidée en cela par Zoulou qui en trois bonds gigantesques avait couvert la distance qui les séparait ; son bâton tournoyant formait un arc flou dans les airs. Le Loup du bas esquiva le coup et le lourd bâton atteignit Lobo aux chevilles. Il se produisit un craquement sec ; Lobo effectua un vol plané en poussant un hurlement, avant de retomber sur le dos.

La vision de Bone se troubla, redevint nette un bref instant et se troubla de nouveau. Il plissa les yeux, secoua légèrement la tête et les rouvrit. En bas sur le trottoir, trois membres de la bande des Loups, le couteau à la main, encerclaient prudemment Zoulou. Le géant noir tenait maintenant son bâton à deux mains ; il tournait lentement sur lui-même, fendant parfois l'air avec son arme primitive redoutable pour maintenir les jeunes Loups à distance.

— Attaquez-le tous en même temps ! hurla Lobo, allongé sur le trottoir et tenant à deux mains sa cheville brisée. Sautez-lui dessus ! L'un de vous finira par l'avoir ! Embrochez-moi ce salopard !

Les trois adolescents en blouson gris se regardèrent, mais aucun ne prit l'initiative de l'attaque. Lobo ramassa le rasoir qui était tombé tout près de lui et se mit à ramper vers Zoulou qui lui tournait le dos et avait toute son attention fixée sur ses trois agresseurs. Lobo continua d'avancer par reptations ; il glissa le rasoir sous la tunique flottante de Zoulou, visant les jambes...

Ça s'effrite !

Bone relâcha la tension de ses poings, et tandis que ses mains glissaient hors de l'interstice étroit, il poussa sur la paroi de verre et le mur de brique de chaque côté, s'élançant dans les airs. Il retomba à pieds joints sur la nuque de Lobo. Il se produisit deux craquements secs presque simultanés, le premier lorsque la nuque de l'albinos se brisa, le second lorsque son visage s'écrasa contre le bitume. Bone roula sur le côté et s'accroupit au sol au moment où le bâton sifflait au-dessus de sa tête pour venir frapper un des Loups dans les côtes et lui broyer la cage thoracique. Dans le même mouvement, Zoulou releva le bâton au-dessus de sa tête, prêt à frapper de nouveau.

Mais les deux Loups encore debout s'enfuyaient déjà dans la 48e Rue.

Deux voitures s'étaient arrêtées, un petit groupe de passants matinaux s'était formé sur le trottoir opposé pour observer la scène d'un air ébahi. Bone dont la vision se brouillait de nouveau tenta de se relever. Une main énorme le saisit par sa veste et le souleva comme s'il ne pesait pas plus lourd qu'un enfant.

– Tu peux marcher, Bone ? demanda Zoulou de sa voix grondante. (Bone acquiesça.) Alors, allons-y.

D'un geste large, Zoulou enveloppa Bone de sa tunique. Tenant son bâton dans la main droite et soutenant Bone avec la gauche, il prit la direction de Park Avenue.

Appuyé contre Zoulou, Bone se laissa à moitié porter jusqu'au coin de la rue où Zoulou tourna à gauche pour repartir vers la Gare Centrale. Bone avait l'impression de flotter ; il avait de plus en plus de mal à bouger ses jambes paralysées. Sa vision s'éclaircit juste au moment où Zoulou tournait à gauche dans une entrée d'immeuble non loin de la Gare Centrale.

– Tu as de la chance que je me rendais au travail, Bone, marmonna Zoulou alors qu'ils descendaient une rampe de béton.

Les gens qui sortaient de la gare s'écartaient rapidement, certains regardaient passer d'un air hébété ce géant noir qui tenait un bâton dans une main et soutenait son compagnon enveloppé dans les plis de sa tunique. Arrivé au pied de la rampe, Zoulou tourna à droite, et Bone s'aperçut alors que la rampe qu'ils venaient d'emprunter était l'une des dizaines reliées au labyrinthe de tunnels qui rayonnaient depuis le hall de la Gare Centrale. Ils passèrent devant un kiosque à journaux qui faisait déjà de bonnes affaires grâce aux premiers banlieusards, une cafétéria, l'enseigne d'un *Oyster Bar*. Ils descendirent une seconde rampe faiblement inclinée qui conduisait à différents passages surmontés de numéros. Bone jeta un coup d'œil à l'intérieur de l'un d'eux, il aperçut des gens, des voies ferrées et des trains.

Zoulou l'entraîna vers la gauche, dans un large couloir. Ils tournèrent dans un second couloir totalement désert qui semblait ne mener nulle part. Puis Zoulou s'arrêta devant la grande porte d'un monte-charge.

– C'est risqué à cette heure de la journée, déclarat-il de sa voix grondante en sortant de sous sa tunique un trousseau de clés.

Après s'être assuré que personne ne les regardait, il inséra une des clés dans la serrure du monte-charge et tourna d'un quart de tour. La porte s'ouvrit. Zoulou souleva la barrière en bois, aida Bone à monter dans la grande cabine et s'empressa de rabaisser la barrière pour appuyer sur le bouton du 3e sous-sol. La porte extérieure se referma et le monte-charge commença sa descente.

– Où va-t-on ? murmura Bone en s'appuyant contre la paroi.

Il se sentait faible ; la tête lui tournait.

– Chez moi, six étages sous terre, répondit le grand Noir d'une voix qui ressemblait au grondement sourd des trains qui se répercutait sur les murs autour d'eux. Je ne manque pas d'espace, tu ne trouves pas ? Vingt hectares en tout, sept niveaux. Bon d'accord, il faut que je partage avec quelques millions de personnes qui vont et viennent d'un bout de l'année à l'autre, mais ils ne me gênent pas, et le loyer n'est pas trop élevé.

Le monte-charge s'arrêta brutalement, la porte s'ouvrit.

Zoulou souleva la barrière, sortit la tête dans le couloir faiblement éclairé et regarda de tous les côtés.

– On a de la chance, murmura Zoulou en se retournant pour saisir Bone par le coude et le tirer délicatement vers lui. Viens, nous sommes presque arrivés.

Ils tournèrent à gauche dans un petit couloir assez large conduisant à une vaste zone d'emmagasinage, puis ils franchirent une large baie qui débouchait sur des voies ferrées plongées dans l'obscurité. Bone vit Zoulou se baisser pour ramasser quelque chose par terre, près du mur en béton. Il y eut un petit déclic et soudain, le faisceau d'une lampe puissante troua les ténèbres. Zoulou conduisit Bone le long des rails pendant une cinquantaine de mètres, jusqu'à une volée de marches en fer menant à une passerelle qui se perdait dans l'obscurité au-delà du faisceau de la lampe. Ils empruntèrent la passerelle, obligés parfois d'enjamber ou de contourner des tas de journaux ou de haillons qui, comme le découvrit Bone avec horreur, étaient en réalité des gens emmitouflés qui levaient vers lui des regards vides.

Zoulou s'arrêta enfin devant une grande porte en fer. Il sortit de nouveau son trousseau de clés, en introduisit une dans la serrure, tourna et poussa la porte en fer qui pivota aisément et sans le moindre bruit sur ses gonds bien huilés. Bone dont la vue s'était presque totalement obscurcie, chancela ; il sentit les mains puissantes de Zoulou le retenir et l'entraîner dans le noir absolu au-delà de la porte en fer. Puis il l'allongea sur une surface molle qui sembla avaler son corps. Bone essaya de parler, mais en vain. Il ferma les yeux et se laissa emporter dans les ténèbres.

Chapitre 14

1

Il y eut les habituels cauchemars peuplés de ténèbres, de lumières de torches ou de bougies vacillantes, d'ossements, et de silhouette orange qui le pourchassait, mais Bone parvint à dormir et finalement, la douleur s'insinua dans ses rêves et le ramena vers un état de semi-conscience. Puis la douleur s'atténua et il plongea dans un sommeil plus profond, reposant et apaisant. Ce fut l'odeur de nourriture qui le réveilla.

Il ouvrit les yeux et constata qu'il était couché sur un matelas pneumatique disposé dans un coin d'une vaste pièce en béton dépourvue de fenêtre mais emplie du léger vrombissement de ce que Bone supposait être des ventilateurs électriques. Il faisait chaud dans la pièce ; heureusement, deux grands ventilateurs placés chacun dans un coin produisaient un agréable courant d'air. Derrière lui, sur sa gauche, Bone remarqua une ouverture dans le mur en béton, mais au-delà régnait l'obscurité.

Il y avait dans un coin une penderie construite à l'aide de cartons épais ; des casiers à livres constitués de cageots en bois étaient soigneusement empilés autour de la pièce. Des livres, des magazines et des journaux débordaient des casiers et se dressaient un peu partout en piles ordonnées. Contre un mur, des cartons contenaient des boîtes de conserve. Il y avait même un rocking-chair, un second matelas pneumatique, des oreillers, des draps, des couvertures. La lumière provenait de deux ampoules nues qui pendaient au plafond ; des fils et des câbles électriques de différentes grosseurs serpentaient le long d'un des murs et disparaissaient dans le trou obscur du mur. Des tableaux de paysages marins et champêtres étaient fixés à des clous plantés dans le béton. L'extrême propreté des lieux rendait Bone encore plus conscient de sa puanteur.

Contre le mur du fond, près des cartons de conserves, se trouvaient deux plaques chauffantes, ainsi qu'une petite cuisinière sous laquelle brulaient deux réchauds à gaz ; la délicieuse odeur qui l'avait réveillé provenait des deux casseroles qui mijotaient sur la cuisinière. Le couvert pour deux était dressé sur une table de jeu recouverte d'une nappe. Il n'y avait qu'une seule chaise, mais une caisse de bouteilles de lait renversée faisait office de second siège. Bone respira à fond, savourant le fumet du plat en train de chauffer. Il ne se souvenait pas d'avoir jamais eu aussi faim.

Il repoussa le drap de coton qui le recouvrait et constata qu'il était nu. Il n'apercevait pas ses vêtements. On s'était occupé de sa blessure au ventre, un travail de spécialiste visiblement. La plaie mesurait dans les douze centimètres, juste au-dessus du nombril, et toute la zone autour avait été badigeonnée d'alcool iodé ou d'éosine. Elle était fermée par six petits clamps étincelants.

Soudain, il y eut un bruit métallique et la lourde porte en fer s'ouvrit sans grincer. Zoulou entra et referma la porte derrière lui. Il tenait son bâton dans une main ; il avait les bras chargés de paquets. Il regarda Bone avec un petit sourire.

– Je ne pensais pas te trouver déjà réveillé.

Bone voulut se redresser ; il grimaça et porta la main à son ventre tandis qu'une douleur vive lui vrillait l'abdomen. Il expira lentement et se laissa aller contre le mur.

311

– Je te conseille d'y aller doucement, Bone, reprit Zoulou en traversant la pièce pour venir déposer les paquets près du matelas pneumatique de Bone. Ce n'est qu'une blessure superficielle, tu as une sacrée chance que la lame n'ait pas transpercé la paroi abdominale. Mais ce genre de blessure pisse le sang ; si tu fais un mouvement brusque et si tu fais sauter les clamps, je vais devoir tout nettoyer encore une fois.

– Tu es Zoulou, n'est-ce pas ?

Le géant noir émit un grognement de surprise.

– Hé, tu es devenu un vrai moulin à paroles, Bone. C'est la première fois que je t'entends parler.

– Mais tu me connais ?

– Si je te connais ? (Le rire tonitruant de Zoulou résonna sur les murs de la salle en béton.) Je commence à avoir l'habitude de te ramasser sur le trottoir pour te conduire chez moi.

Bone sentit son cœur s'accélérer ; il déglutit péniblement et respira à fond.

– Quand m'as-tu déjà secouru ?

– Tu ne t'en souviens pas ? demanda Zoulou en dévisageant Bone.

Celui-ci secoua la tête.

– Non, je... Bon sang, Zoulou, je ne sais pas par où commencer. Ça fait presque une semaine que je te cherche, depuis que je sais que tu peux m'apprendre des choses sur moi.

– J'étais en vacances, répondit Zoulou. C'était bien toi qui me regardais sur le trottoir d'en face l'autre jour, hein ?

Bone acquiesça.

– J'aurais dû venir vers toi. J'ai oublié tout ce qui m'est arrivé depuis un an. Il y a quelques semaines, je me suis " réveillé ", comme je dis, dans Central Park. C'est comme si j'étais né à cet instant. Je n'avais, et je n'ai toujours pas le moindre souvenir de ce qui s'est passé pendant cette année où j'ai vécu dans la rue ; j'ai oublié qui je suis, d'où je viens et ce que je faisais.

Depuis, je suis à la recherche de mon identité. Quelqu'un m'a donné ton nom et quand je t'ai vu l'autre jour, j'ai eu le sentiment de te connaître, ou du moins de t'avoir déjà rencontré.

– Hmm. Tu as changé, Bone, aucun doute. Tu es différent avec tes cheveux courts. Tu n'as plus ce regard vide, tu parles... et sincèrement, tu pues le bouc. Avant, tu étais toujours propre.

Ces paroles affectèrent profondément Bone ; il baissa la tête.

– Je sais. Je suis désolé. J'avais une raison... du moins je le croyais. Y a-t-il un endroit par ici où je puisse me laver ?

– C'est toi qui as coupé la tête de tous ces gens, Bone ? demanda Zoulou d'un ton neutre.

Bone releva brusquement la tête.

– Non.

– Je croyais que tu ne te souvenais plus de ce que tu avais fait pendant un an.

– C'est exact. Pendant un moment, j'ai craint d'avoir commis ces meurtres ; même après mon *réveil* j'avais peur de posséder une seconde personnalité cachée et de continuer à tuer des gens sans m'en apercevoir. Mais le dernier meurtre, celui du Dr Hakim, je sais que ce n'est pas moi qui l'ai commis. Le véritable meurtrier a essayé de me piéger. Le Dr Hakim s'occupait de moi. C'est en allant le voir que j'ai découvert son corps mutilé. J'ai compris alors que je n'avais jamais tué qui que ce soit, mais personne ne voudra me croire. Si je suis si sale c'est que... je n'ai pas pu m'occuper de moi comme je l'aurais voulu.

Zoulou resta silencieux un moment ; il regardait Bone dans les yeux.

– O.K. ! lâcha-t-il enfin.

– O.K. ?

– Je te crois, Bone. J'ai toujours pensé que tu étais un type bien. Je n'ai jamais cru que tu avais tué tous ces gens comme l'ont affirmé les journaux, mais le der-

313

nier meurtre semblait t'accuser pour de bon. Maintenant, tu m'as tout expliqué.

– J'ai un tas de questions à te poser, Zoulou.

– Elles attendront. Tu dois mourir de faim. J'ai préparé un petit repas.

Bone acquiesça. Il désigna la pièce d'un large geste.

– Où sommes-nous ?

Zoulou montra le plafond avec un petit sourire.

– Sous New York, la Métropolis, plus précisément sous la Gare Centrale. Je m'excuse pour la chaleur. Il y a des tuyaux de vapeur sous le sol ; c'est très confortable l'hiver, mais ça devient désagréable quand la saison change. Dans une semaine ou deux, j'irai m'installer dans mes quartiers d'été, à deux blocs d'ici vers l'ouest, dans une autre pièce comme celle-ci située juste à côté de canalisations d'air conditionné.

– Mais cette pièce...

– C'est ce qu'on appelle une salle de contrôle d'aiguillage. Abandonnée. Ils ont simplement emporté tout le matériel d'aiguillage. Tu es prêt à manger ? Je te l'apporte.

Bone secoua la tête et se releva péniblement.

– Je ne suis pas un porc, Zoulou. Je veux me laver d'abord.

– Assieds-toi, Bone, tu vas rouvrir ta blessure. Je t'apporterai de l'eau pour te laver tout à l'heure. Il y a des vêtements dans ces paquets. Je t'aiderai à te laver et ensuite on t'habillera. Mais il faut d'abord que tu manges. Je ne veux pas que tu déchires ta cicatrice sur laquelle, en toute modestie, j'ai fait un joli travail. Ne va pas tout saloper. J'ai tout ce qu'il faut pour les soins d'urgence ici ; on apprend vite à se soigner. L'hôpital ça coûte une fortune et ils te posent un tas de questions indiscrètes.

Bone secoua de nouveau la tête.

– Je ferai attention, Zoulou. Je t'en prie, c'est important pour moi. Il n'y a pas un endroit où je puisse me laver ?

Zoulou poussa un soupir, ouvrit un coffre posé entre deux casiers à livres et en sortit une grande serviette de bain, un savon, un rasoir et un petit miroir. Il mit le tout dans un sac en plastique, posa la serviette sur son bras et désigna la porte d'un signe de tête.

– Viens, je t'y conduis.

– Je peux me débrouiller seul. Dis-moi seulement où c'est.

Zoulou l'observa pendant quelques instants.

– Ne mouille pas ta blessure.

– Ne t'inquiète pas.

Zoulou lui tendit la serviette que Bone noua autour de sa taille, grimaçant de douleur lorsque le tissu rêche frôla la plaie. Puis Zoulou lui donna les affaires de toilette ainsi qu'une grosse lampe électrique.

– En sortant d'ici, tu tournes à gauche. Tu montes sur la passerelle et tu la suis. Au bout de cent mètres environ tu verras un robinet. Tu peux te laver là. (Zoulou l'arrêta d'un geste de la main alors que Bone se dirigeait déjà vers la porte.) Sois prudent. Tu ne rencontreras pas de crocodiles dans ces tunnels, mais tu peux tomber sur des chats mutants et des rats aussi gros que des chiens. Mais c'est surtout des humains que tu dois te méfier.

– Je me souviens d'avoir aperçu des gens en venant ici. Bon sang, je ne comprends pas comment on peut vivre dans ces conditions.

– J'y vis bien moi, non ?

– Oui, mais...

– La plupart des types qui échouent ici sont complètement cinglés, Bone ; ils peuvent être dangereux. Evite-les.

Tenant le sac de plastique d'une main et la lampe de l'autre, Bone sortit de la salle d'aiguillage et gravit une volée de marches en fer conduisant à une passerelle sous trois énormes canalisations. Il avait peut-être parcouru une vingtaine de mètres lorsqu'il s'immobilisa tout à coup en retenant son souffle.

Droit devant lui, à peine visible à l'extrémité du faisceau lumineux, un homme à demi nu assis dans une mare d'urine se balançait lentement d'avant en arrière, le regard perdu dans l'obscurité. Il ne tourna même pas la tête vers la lumière lorsque Bone s'approcha de lui et le contourna avec prudence, le dos plaqué contre le garde-fou. L'homme ne sembla même pas le voir.

Il croisa trois autres types en chemin, simplement assis ou allongés dans le noir. Ils n'avaient ni nourriture ni eau près d'eux et Bone se demanda comment ils survivaient, comment ils faisaient pour aller et venir dans cette nuit permanente à des centaines de mètres sous la ville.

Il trouva le robinet, coinça la lampe contre le garde-fou et se lava rapidement. Il se sentait déjà plus fort, plus confiant. Il se rasa et se lava les cheveux avant de se frictionner vigoureusement avec la serviette en évitant avec soin de toucher sa cicatrice au ventre.

En regagnant la grotte de béton de Zoulou, ses " quartiers d'hiver ", Bone trouva le grand Noir vêtu d'un short de flanelle, d'un T-shirt et d'une paire de sandales. Les vêtements que Zoulou lui avait achetés étaient disposés sur le matelas pneumatique.

– Merci, dit simplement Bone.

Zoulou hocha la tête et désigna les vêtements.

– Habille-toi.

– J'ai mille questions à te poser, Zoulou.

– Mangeons d'abord, on parlera ensuite.

2

– La première fois où je t'ai trouvé, il était à peu près la même heure que ce matin. Tu étais allongé sur le trottoir, la tête dans une flaque de boue, près d'un chantier de construction au coin de la 33e Rue et de la 9e Avenue. Tu étais couvert de boue de la tête aux pieds, j'en ai tout d'abord déduit que tu t'étais blessé en tombant dans le trou des fondations de l'immeuble et que tu avais réussi à remonter tant bien que mal en rampant. Mais tu n'étais pas habillé comme un ouvrier du bâtiment. Tu portais un short en cuir, un T-shirt et des chaussures de marche avec d'épaisses chaussettes en laine. Tu n'avais aucun papier sur toi et tu avais le côté du crâne défoncé...

... Habituellement, je ne passe jamais par là ; je me rends directement à l'église St Thomas où je travaille. Mais ce jour-là, ils organisaient une convention de libraires au Jacob Javits Convention Center et j'étais intéressé par deux ou trois choses.

J'ignore si quelqu'un d'autre t'avait vu en passant, en tout cas personne ne s'occupait de toi quand je t'ai découvert. Tu étais à demi conscient ; quand j'ai posé ma main sur ton épaule, tu as poussé un gémissement et essayé de te relever. Je t'ai aidé à te mettre debout et j'ai voulu te prendre ton os. Pas moyen. Tu serrais ce truc de toutes tes forces même quand tu étais à moitié inconscient, et impossible de te le faire lâcher...

... Je devais prendre une décision. J'ai fait signe à un taxi pour te conduire à l'hôpital. Quand nous sommes arrivés à l'hôpital le plus proche, ils ont fait des difficultés comme je m'y attendais ; ils ne voulaient pas t'accepter parce que tu n'avais pas de papiers, ni d'argent pour payer visiblement. Ils m'ont dit de te conduire ailleurs, dans un centre que je connais bien, mais je savais qu'ils feraient des histoires là aussi. A ce moment-là, tu étais conscient la plupart du temps, mais tu ne pouvais pas parler. Certains dispensaires de cette ville peuvent se révéler des endroits dangereux même pour ceux qui ont l'usage de la parole. A mon avis, tu souffrais d'une sérieuse commotion, mais si tu étais conscient et si tu arrivais à marcher, c'est que le stade critique était passé ; tu avais surtout besoin de beaucoup de repos. Alors je t'ai amené ici, je t'ai lavé et je me suis occupé de toi. Tant que tu ne sombrais pas dans le coma et que tu n'avais pas de poussées de fièvre, les soins que je pouvais te dispenser ici étaient aussi bons, sinon meilleurs, que ceux que tu aurais reçus dans certains hospices ou dispensaires...

... Petit à petit tu as repris des forces, tu ne dormais plus autant. Tu mangeais avec appétit quand tu étais réveillé, alors j'en ai conclu que tu étais presque guéri. Je t'ai acheté des vêtements, un rasoir et d'autres bricoles, et tu as commencé à t'occuper de toi. Tu mangeais la nourriture que je te préparais, tu dormais et tu passais beaucoup de temps à me regarder, mais tu ne parlais jamais. Moi, j'ai l'habitude de parler... beaucoup, alors tu m'écoutais et curieusement, j'avais la certitude que tu comprenais ce que je disais, même si tu ne répondais pas...

... Puis un jour, je suis rentré du boulot et tu avais disparu... avec une de mes lampes électriques. Ça m'a foutu la trouille. J'ignorais où tu étais allé, et j'avais peur que tu ne puisses pas retrouver ton chemin, j'avais peur que tu t'égares dans ce dédale de tunnels, c'est vite fait, crois-moi. Alors j'ai pris une lampe, des piles de rechange et je suis parti à ta recherche. La première chose que j'ai vue, à une vingtaine de mètres d'ici, c'est une grande croix noire tracée sur le mur à l'aide d'un morceau de bois carbonisé. N'ayant jamais vu cette croix, j'ai supposé que c'était toi qui l'avais dessinée. J'ai continué à avancer dans cette direction et j'ai découvert une deuxième croix. Finalement, je t'ai retrouvé à environ un kilomètre d'ici à l'intersection d'un labyrinthe de tunnels qui font partie du troisième réseau de canalisation d'eau qu'ils sont en train de construire. Tu étais là, tenant ta lampe dans une main, ton os dans l'autre ; tu regardais autour de toi. Tu n'étais pas perdu, tu explorais. Tu semblais assez heureux de me voir, mais pas vraiment soulagé. C'est plutôt moi qui l'étais, non seulement parce que tu ne t'étais pas égaré, mais ton comportement indiquait que ta blessure à la tête ne t'avait pas rendu idiot, simplement muet. C'est même toi qui m'as reconduit jusqu'ici ; tu savais exactement où tu te trouvais...

... Après cela, certains jours tu m'accompagnais à St Thomas. Parfois tu te contentais de rester assis sur les marches avec les autres à m'écouter, ou bien tu partais en promenade, j'ignore où tu allais, car tu ne parlais jamais, pas avec moi en tout cas. Les premières fois où je t'ai vu partir comme ça, j'étais un peu inquiet, mais tu étais toujours ici à m'attendre quand je rentrais ; tu avais trouvé un autre moyen de descendre jusqu'ici sans emprunter le monte-charge et je laissais la porte ouverte. D'autres jours, tu restais ici et en revenant, je devinais que tu avais de nouveau exploré les tunnels. Mais tu réussissais toujours à retrouver ton chemin. Sincèrement, je m'étais habitué à ta compagnie. Je savais que tu avais toute ta tête et que tu étais capable de te prendre en charge. Comme tu peux le voir, je suis plutôt un type solitaire. Mais j'appréciais ta présence, même si mon budget piles pour les lampes s'en ressentait...

... Puis un soir, tu n'es pas rentré. Bien que te sachant parfaitement capable de te débrouiller seul, j'étais inquiet malgré tout. J'ai passé une grande partie de la nuit à t'attendre, mais en vain. Le lendemain, je suis parti à ta recherche dans les tunnels, explorant tous les endroits que tu avais visités. J'ai suivi les marques que tu avais faites et j'en ai cherché de nouvelles. Je n'en ai vu aucune et tu demeurais introuvable.

– Des blanchis, dit Bone d'un ton lointain. On appelle ça des blanchis.

– Ah ! fit Zoulou en se redressant sur son siège. Tu te souviens de quelque chose ?

Bone ne répondit pas tout de suite.

– Continue ton histoire, Zoulou. Je t'en prie.

Zoulou émit un grognement et se leva de table. Il

mit les casseroles et les assiettes dans un sac en plastique qu'il déposa près de la porte ; il irait faire la vaisselle tout à l'heure au robinet. D'une cantine il sortit une pipe ; il la bourra de tabac, l'alluma et tira dessus d'un air songeur pendant quelques minutes en observant Bone. Celui-ci semblait perdu, songea-t-il... Il faisait un tel effort pour se souvenir.

– Je ne t'ai pas revu pendant une semaine, Bone, reprit Zoulou en chassant la fumée de devant son visage. (Il alla ouvrir la porte pour laisser la fumée s'échapper dans les tunnels.) J'étais très inquiet, je te l'avoue. J'imaginais que tu avais fait une rechute et que tu étais en train d'agoniser dans l'obscurité. J'imaginais que tu avais été écrasé par un train, agressé ou je ne sais quoi. J'ai passé presque une semaine à te chercher. Mais aucune trace de l'homme à l'os. Je ne pouvais plus rien faire à part retourner travailler. Un dimanche matin, j'étais là à ma place habituelle, presque une semaine plus tard jour pour jour, je venais de finir une histoire. Je regarde autour de moi... et tu étais là. Comme si rien ne s'était passé. Tu étais assis sur la troisième marche et tu portais de nouveaux vêtements, des trucs récupérés à l'Armée du Salut de toute évidence. Mais tu avais toujours ton os. Tu m'écoutais. Quand je t'ai vu, tu m'as souri et tu m'as fait signe avec ton os...

... Tu es resté assis sur les marches de l'église toute la journée à m'écouter, et le soir, tu es rentré avec moi. J'ai préparé quelque chose à manger et nous avons parlé – ou plutôt j'ai parlé – pendant des heures. J'étais si heureux de te revoir sain et sauf. Au bout d'un moment, tu t'es levé, tu t'es approché et tu m'as serré dans tes bras. Et puis tu es reparti. J'ai compris alors que tu t'étais installé quelque part...

... Je t'ai revu pas mal de fois par la suite ; après tout, même si tu ne parlais jamais, on était quand même amis. Tu t'arrêtais devant l'église presque tous les jours pour m'écouter et me faire un signe de la tête

320

ou de la main. Puis tu partais vaquer à tes occupations, quelles qu'elles soient. (Zoulou s'interrompit et le gratifia d'un grand sourire.) Ça fait sacrément plaisir de te revoir, l'ami. Je suis désolé que tu aies des ennuis.

— Tu m'as sauvé la vie, dit Bone. Deux fois.

Le géant noir haussa les épaules.

— Y a-t-il quelque chose dans tout ce que je t'ai raconté qui éveille en toi des souvenirs ?

Bone ferma les yeux pour absorber la chaleur de son environnement et son intimité avec Zoulou.

— Ce matin, avant que Lobo et sa bande ne me tombent dessus, j'ai senti que j'étais tout près de me rappeler qui j'étais et d'où je venais.

Il rouvrit les yeux et s'empressa de détourner le regard en sentant monter les larmes. Il était submergé d'émotions. Zoulou lui avait raconté l'histoire de l'inconnu, il en savait désormais beaucoup plus sur cet homme ; c'était comme retrouver un vieil ami. Maintenant il savait exactement ce qu'il devait faire.

— Ça ne va pas, Bone ? Tu as l'air bizarre.

— Si, ça va.

— Ce que je t'ai raconté a un sens ?

— Un peu. Mais je ne me souviens toujours de rien. J'ai découvert que je devais éprouver les choses, Zoulou ; c'est le seul moyen de connecter les circuits. Quand je t'ai aperçu de l'autre côté de la rue, j'ai eu l'impression de t'avoir déjà vu, mais c'est tout. En revanche, en regardant cette immense photo à la gare...

— La pub Kodak ?

— Ouais. J'ai ressenti cet incroyable sentiment d'identification avec les montagnes et le type sur la saillie. Je me sentais chez moi.

— Ces montagnes sont loin de New York, Bone.

— Oui. Mais j'avais l'impression d'y être allé, de faire partie de ce paysage. Puis quand tu m'as dit que j'avais exploré tous ces tunnels par ici, je me suis souvenu de ce qu'étaient des blanchis. Je me suis senti en terrain connu devant ces montagnes, mais ici aussi, sous terre. Visiblement, je suis capable de m'orienter. Le zodiaque peint au plafond de la Gare Centrale, je l'ai reconnu, et j'ai tout de suite remarqué qu'il y avait une erreur.

Zoulou grogna.

– Peu de gens le savent. Moi je le sais parce que je l'ai lu, mais toi tu t'en es aperçu.

– La nature est mon élément, Zoulou. Je sais me débrouiller en montagne, et peut-être également sous terre, dans les grottes.

Zoulou acquiesça ; il secoua les cendres de sa pipe au-dessus d'une soucoupe en aluminium.

– J'ai l'impression que tu chauffes. Mais ça n'explique pas ce que tu faisais à New York, ni près de ce chantier de construction. (Il leva les yeux.) Et ça n'explique pas pourquoi tu restes dans cette ville.

– Je n'ai nulle part où aller. Je connais l'endroit où tu m'as trouvé, il est marqué d'une croix sur une des cartes que m'a données une travailleuse sociale. L'immeuble est achevé maintenant et il n'évoque en moi aucun souvenir. Je suis peut-être remonté de quelque part sous terre. Le problème, c'est que cet endroit fait sans doute partie des fondations de l'immeuble maintenant. Plus moyen d'y accéder.

– Les tunnels de Penn Central passent à cet endroit, ainsi que les canaux de l'Hudson. C'est une véritable toile d'araignée de tunnels dans ce coin-là, mec. On peut aller jeter un œil si tu veux, mais ça fait un sacré territoire à couvrir.

– Et rien ne prouve que c'est là que j'ai trouvé l'os ; or cet os est peut-être la clé qui ouvre de nombreuses portes. J'irai voir si...

– Nous irons voir, rectifia Zoulou. Tu es mon ami. Je veux t'aider.

– Merci, Zoulou. Nous irons voir. Mais je suis convaincu que je dois *faire* quelque chose si je veux recouvrer la mémoire.

Bone regarda ses mains en songeant à la façon dont

ses doigts déformés s'étaient accrochés au flanc de l'immeuble de la Chemical Bank, et comment son instinct l'avait poussé à escalader le mur pour échapper à la bande des Loups. Il se souvint de ce qu'il avait ressenti devant la photo géante dans le hall de la Gare Centrale ; il comprit alors pourquoi ses mains étaient dans un tel état.

— Zoulou, il faut que je grimpe, déclara-t-il.

— Quoi ?

— J'ai besoin d'escalader.

Bone repensa aux paroles du Dr Ali Hakim : *Cessez de guetter l'apparition d'une montagne ; vous devez la construire vous-même.* Non, pas la construire, se dit-il. L'escalader.

— J'ai besoin... d'une montagne.

— Elles sont plutôt rares à New York, répondit sèchement Zoulou.

— Alors une falaise, un à-pic. Quelque chose de haut.

Zoulou désigna le ventre de Bone.

— Tu n'es pas en état d'escalader quoi que ce soit, mon gars, pas avec cette blessure. Elle risque de se rouvrir et ça va pisser le sang de nouveau.

— J'attendrai que la plaie soit refermée. Peux-tu me trouver quelque chose à escalader ?

Le géant noir hocha la tête.

— Je vais y réfléchir... si tu me promets de ne rien entreprendre avant que la blessure ne soit cicatrisée.

— Promis, répondit Bone avec un sourire.

— Evidemment, tu vas rester un moment ici avec moi.

— Ça pourrait t'attirer de gros ennuis avec la police.

Ce fut au tour de Zoulou de sourire.

— Ne t'inquiète pas pour ça.

— Et pour les types de la bande ? j'ai tué Lobo.

— Il fallait bien que quelqu'un le fasse. Les témoins se souviendront uniquement de moi, pas de toi. Si les flics veulent m'interroger, ils savent où me trouver. Je leur dirai que j'ai surpris Lobo et sa bande de salopards en train d'agresser un clochard et qu'ils m'ont attaqué. Les flics savent que nous étions à couteaux tirés Lobo et moi et à mon avis, ils ne me feront pas trop d'histoires pour ce qui s'est passé. En attendant, essayons de voir ce qu'on peut faire pour te rafraîchir la mémoire.

Bone se renversa sur sa chaise et ferma à demi les yeux.

– Il y a deux zones clés, Zoulou, comme deux serre-livres géographiques. Il y a les environs de Penn Station et du bureau de poste où tu m'as trouvé allongé sur le trottoir avec le crâne enfoncé, et il y a Central Park où je suis sorti de mon espèce de transe. Ça fait une sacrée distance entre ces deux endroits.

– Sûr.

– Il semblerait que mon *réveil* soit lié d'une certaine façon au meurtre de cette vieille femme nommée Mary Kellog. (Bone s'interrompit, il avait presque oublié le médaillon qu'il portait autour du cou. Il le sortit de sous sa chemise.) J'avais son sang et celui du vieil homme assassiné avec elle sur mes manches et l'ourlet de mon pantalon, Zoulou. Et je portais ce médaillon autour du cou, il appartenait à Mary Kellog. Pendant longtemps, même après que la police m'ait remis en liberté, je me suis demandé si ce n'était pas réellement moi qui l'avais tuée, elle et tous les autres. Puis quand je suis entré dans le bureau du Dr Hakim et que j'ai découvert son cadavre, j'ai compris que je n'avais pas tué le psychiatre. Malheureusement, le meurtre qui m'a disculpé à mes propres yeux est aussi celui qui m'accuse formellement aux yeux du public et de la police.

Et sans doute aux yeux d'Anne.

Zoulou haussa ses larges épaules.

– Toi l'assassin de Mary ? j'aurais pu te dire tout de suite que ce n'était pas toi. Vous étiez amis tous les deux.

– Amis ?

– C'est ce que je viens de dire. C'est elle qui t'a donné ce médaillon.

– Comment le sais-tu ?

– Elle me l'a dit, et c'est elle aussi qui m'a raconté comment tu l'avais sauvée de Lobo et de sa bande. Je crois savoir que tu leur as filé une sacrée correction avec ton os.

– Lobo a fait allusion à quelque chose ce matin à la gare...

– Merde, c'est vrai, j'oublie que tu ne te souviens plus de rien.

Bone sentit soudain un goût de sang dans sa bouche ; il s'aperçut qu'il s'était mordu la lèvre.

– Parle-moi de cette femme, Zoulou.

– Mary était ce qu'on appelle un *déchet*. Plus bonne à rien. Les gens de la HRA ne cessaient de la ramasser dans la rue, ils obtenaient l'autorisation du tribunal pour la placer en maison de santé. Elle trouvait toujours le moyen de s'enfuir pour revenir à l'église St Thomas. Elle dormait là, en haut des marches. Sans doute souffrait-elle de schizophrènie. Elle m'a expliqué qu'elle entendait des voix, et le seul endroit où elle se sentait en sécurité c'était là-haut sous une statue de Jésus. C'est ce qu'elle m'a dit, et je suppose qu'elle t'a raconté la même chose.

– Je ne m'en souviens pas.

– Bon sang, Mary était un vrai moulin à paroles avec toi ; ça lui était parfaitement égal que tu te contentes de rester assis près d'elle à l'écouter sans jamais ouvrir la bouche. Il y avait deux personnes que Mary aimait beaucoup, toi et moi. Elle aimait bien aussi deux travailleurs sociaux, mais elle disait que toi et moi on l'aidait à mettre de l'ordre dans ses pensées. Elle passait toutes ses nuits là-haut, enveloppée de journaux ou de ce qu'elle trouvait ; au début, je lui achetais des sacs de couchage, mais elle les perdait ou se les faisait voler, finalement elle m'a dit qu'elle ne voulait plus s'embêter avec ça. Dans la journée, elle errait dans les rues, faisant je ne sais quoi. Mais quand il faisait beau, elle aimait s'asseoir sur les marches pour m'écouter. Quand tu étais là, ce qui arrivait souvent, elle aimait bien s'asseoir près de toi. Tu passais ton bras autour de sa taille, elle posait sa tête sur ton épaule et elle te confiait tous ses malheurs. Elle m'a raconté ce qui s'était passé avec Lobo. Ce dingue et sa bande l'avaient quelque peu malmenée, et Lobo s'était mis dans la tête qu'elle devait lui faire une pipe. Il s'apprêtait à lui mettre son truc dans la bouche quand tu es intervenu. J'aurais aimé être là pour voir ça. Profitant de l'effet de surprise, tu les as attaqués avec ton os. Plus tard, il y eut des rumeurs – qui se sont révélées exactes – selon lesquelles tu avais crevé l'œil de Lobo. C'est après que tu l'aies sauvée que Mary t'a offert son médaillon. Tu l'as aidée de bien d'autres façons, tu l'emmenais avec toi dans les soupes populaires, et d'une manière générale tu veillais sur son bien-être.

C'est elle qui me l'a dit, Bone. Alors sois tranquille, tu n'as pas tué cette pauvre vieille. Soit dit en passant, je suis sûr que ce n'est pas la seule que tu as aidée. Il y a beaucoup de *déchets* dans cette ville, tu sais, des gens totalement démunis mais qui, pour une raison ou une autre, n'accepteront jamais de l'aide. Mais je crois que tu les as aidés avec tes modestes moyens. Voilà également pourquoi je t'aimais bien et pourquoi je n'ai jamais cru tout ce qu'on écrivait sur toi dans les journaux.

Bone sécha ses yeux embués de larmes. Les paroles de Zoulou le touchaient au plus profond ; comme Zoulou, il s'apercevait qu'il aimait beaucoup l'inconnu.

– Je sais que je n'ai pas tué tous ces gens, Zoulou, mais j'ai le sentiment puissant que tous ces meurtres et ces décapitations ont un rapport quelconque avec moi... avec ma vie.

Zoulou fronça les sourcils.

– Pourquoi dis-tu ça ?

Bone lui expliqua, établissant des corrélations entre

326

les meurtres et son séjour dans les rues : les meurtres avaient cessé pendant qu'il était enfermé à l'hôpital, ils avaient repris dès qu'on l'avait libéré. Pour finir, il lui reparla de la découverte du cadavre du Dr Hakim, la tête dans le sac avec son rasoir et son os.

Zoulou acquiesça d'un air songeur.

— Tu as peut-être raison. Mais ce Dr Hakim ne correspond pas du tout au profil des autres victimes.

— Non, en effet. Ce n'était pas un sans-abri.

— Ni un *déchet*.

Bone leva les yeux.

— Que veux-tu dire ?

— Rien de plus. Le fait que le Dr Hakim ne soit pas un vagabond n'est pas la seule chose qui le différencie radicalement des autres victimes, à en juger par ce que j'ai lu dans les journaux. Nous vivons dans un monde très très dur, Bone, au cas où tu ne l'aurais pas remarqué. Mais tous ceux qui vivent dans la rue ne sont pas des *déchets*. Même ceux qui refusent qu'on les aide se débrouillent parfois très bien ; ce sont des gens comme toi par exemple. Toi et moi, on sait se prendre en charge. Mais les *déchets* en sont incapables. Eveillés ou endormis, ils sont couverts de leur crasse. Ils attrapent des gelures et la gangrène pendant l'hiver, il faut ensuite les amputer. Ils mangent ce qu'ils trouvent dans les poubelles. Quand on les ramasse, ils se sauvent à la première occasion, quel que soit l'endroit où on les a placés. Mary Kellog faisait partie de ces *déchets*, et si elle a tenu si longtemps c'est sans doute grâce à toi et moi. Ces meurtres affreux ont fait vendre beaucoup de papier pendant un an. Toutes les victimes dont on a parlé dans les journaux, à l'exception du Dr Hakim, étaient non seulement des sans-abri, mais aussi des *déchets*.

— Je n'avais pas fait attention, répondit Bone.

Il plissa le front. Voilà encore un lien, un fil conducteur... mais où menait-il ? Qu'est-ce qui était lié à quoi ?

327

– Comment aurais-tu pu le remarquer ?

– Il faut que je retrouve le meurtrier si je veux me disculper, Zoulou. Mais il y a une raison encore plus importante.

– Si tu ne le trouves pas, d'autres personnes vont mourir.

– Oui, je le pense. Tant que je suis en liberté, il peut me faire porter le chapeau. Il faut que je retrouve la mémoire le plus vite possible, Zoulou. Il faut que j'escalade.

– C'est encore trop tôt, tu vas te tuer. Je t'ai promis d'y réfléchir. En attendant, il y a d'autres choses à faire.

– Quoi ?

Zoulou haussa les épaules.

– On peut aller voir ce qu'il y a sous terre au coin de la 33ᵉ et de la 9ᵉ Avenue.

– La police me recherche, Zoulou. Je ne ne peux pas marcher comme ça dans les rues.

– Qui t'a parlé de marcher dans les rues ?

3

– Nous sommes maintenant dans le IRT, déclara Zoulou.

Une puissante lampe électrique à la main, le géant noir pilotait Bone dans le tunnel du métro.

– Quand nous croiserons les lignes de Penn Central et de Conrail, on prendra vers l'ouest. Tu te sens en terrain connu ?

– Oui. Je suis déjà venu dans des endroits comme celui-ci.

Depuis le moment où ils avaient quitté la salle d'aiguillage qui servait de demeure à Zoulou pour entreprendre leur étrange voyage dans les ténèbres permanentes sous les rues de New York, Bone éprouvait un sentiment de familiarité avec le monde souterrain. L'inconnu avait effectivement exploré ces tunnels comme l'avait dit Zoulou, Bone n'était donc pas surpris d'éprouver une sensation de déjà vu dans ce décor. Et même s'il ne s'en souvenait pas, il ne serait pas étonné d'apprendre que l'inconnu, comme Zoulou, avait vécu quelque part dans ces galeries, peut-être dans une salle semblable à celle qu'habitait le géant noir.

Mais cela n'expliquait pas sa présence sous terre au départ, comme il en était convaincu, avant sa blessure à la tête. Et il ne savait toujours pas qui était réellement l'inconnu.

Ils étaient prévenus largement à l'avance de l'arrivée d'une rame ; dès qu'ils entendaient approcher le grondement, ils plongeaient dans une des niches du tunnel et se bouchaient les oreilles pendant le passage du train. Parfois, des rats de la taille d'un chiot détalaient devant le faisceau de la lampe. Bone et Zoulou marchaient sur le côté droit, bien à l'écart du troisième rail électrifié et des commutateurs de sécurité qui dépassaient tous les cinq cents mètres environ.

– Des chats, commenta soudain Zoulou lorsque trois créatures au poil blanc traversèrent comme un éclair le cône de lumière. Ce sont des mutants. Vers le début du siècle, à l'époque où ils construisaient ces lignes, les travailleurs ont emmené des chats avec eux pour essayer de chasser les rats. Visiblement, les rats ont survécu, et il y a maintenant des milliers de chats mutants comme ceux-là sous terre. Ils vivent en permanence dans l'obscurité. De temps à autre, une association de protection des animaux envoie des membres pour en capturer quelques-uns et les apprivoiser, mais les rares chats qu'ils attrapent n'entament pas la population féline souterraine.

– Tu m'as l'air de savoir beaucoup de choses sur tout ce qui se passe ici, Zoulou.

– Autrefois, j'étais " responsable de l'entretien des voies ", comme on dit. Pendant les quinze ans où j'ai travaillé pour le MTA, j'ai certainement parcouru plusieurs milliers de kilomètres sous terre. Mon boulot consistait à repérer les fuites de gaz, d'eau ou de canalisations d'égout le long des voies et de ramasser les ordures. De plus, le frottement des roues sur les rails produit une sorte de poussière qui colle à l'acier et qu'il faut gratter en permanence ; si on ne le fait pas, ça engendre des étincelles et des courts-circuits. Si je te disais qu'on ramassait jusqu'à sept cents kilos d'ordures par jour ?

– Comment t'es-tu retrouvé dans la rue, Zoulou ?

Le géant noir répondit par un rire où perçait une bonne dose d'amertume.

– Tu me considères comme un clochard, hein Bone ?

– Excuse-moi, Zoulou. C'était une question personnelle, ça ne me regarde pas. En fait, c'était plutôt un compliment. Tu m'as l'air d'être un homme aux multiples talents et rien ne t'oblige à vivre sous la Gare Centrale.

Ils marchèrent en silence pendant quelques instants, jusqu'à ce qu'ils atteignent l'intersection avec les lignes de Penn Central et Conrail. Convaincu d'avoir vexé l'homme qui lui avait sauvé la vie à deux reprises, Bone ne disait rien de peur d'aggraver la situation.

– Bone, dit enfin Zoulou, combien connais-tu de personnes qui gagnent leur vie en faisant exactement la chose qu'elles ont envie de faire ? Et qu'elles feraient de toute façon même pour rien ?

Si Zoulou s'était senti offensé, sa voix n'en laissait rien paraître.

– Zoulou, tu parles à un homme qui ne sait même pas qui il connaît.

– Exact.

– Mais j'imagine que je n'en connais pas beaucoup.

– Exact encore une fois, répondit Zoulou avec un

330

grognement de satisfaction. Eh bien, tu as devant toi l'une de ces rares personnes. J'ai toujours rêvé de devenir écrivain. Sais-tu combien il y a d'écrivains dans ce pays, d'auteurs publiés, des gens qui vivent de leur plume ? Pas beaucoup. Moi j'avais un travail que je détestais et je voulais être écrivain. J'écris depuis que je suis gosse, je n'ai jamais cessé d'écrire, tôt le matin et le soir, avant et après le travail. Je marchais le long de ces rails et les idées se bousculaient dans ma tête. Mais pas moyen de les transcrire sur le papier. Rien de ce que j'ai écrit n'a jamais été publié. J'ai compris alors que j'étais une autre sorte d'écrivain ; j'écris des histoires dans ma tête, c'est ma façon à moi de les publier ; je publie mes histoires oralement à mesure qu'elles me viennent. J'ai découvert que j'étais sacrément doué pour ce genre de récit. Un jour, j'ai décidé que je n'avais plus envie de faire autre chose, et depuis je ne fais plus que ça. Je vis de ce que j'écris, si je puis dire, depuis plus de sept ans déjà. J'imagine que certains me considèrent comme un artiste des rues. Comme tu as pu le constater, j'ai gardé les clés qu'on m'avait confiées à l'époque où je travaillais pour le métro. Au début, quand j'ai décidé de me consacrer entièrement à l'écriture, je couchais ici quand les temps étaient durs. Puis les choses se sont arrangées et j'ai commencé à gagner de l'argent. Mais je m'étais habitué à vivre ici. C'est un endroit pour dormir, j'ai tout ce qu'il me faut et, comme je te l'ai déjà dit, le loyer me convient parfaitement. Je fais exactement ce qui me plaît, j'aime mon métier et ma vie. Je raconte des histoires dans la rue car j'en ai envie, et je vis sous la Gare Centrale, car c'est là que j'ai envie de vivre.

– C'est ce qu'on appelle la réussite, commenta Bone avant de s'immobiliser brusquement.

Zoulou s'arrêta à son tour, se retourna et posa sa main sur l'épaule de Bone.

– Que se passe-t-il, Bone ? tu as l'air bizarre. Ça ne va pas ?

– La réussite c'est gagner sa vie en faisant ce qu'on aime, dit Bone d'un air lointain.

Zoulou fronça les sourcils.

– Oui, et alors ?

Bone brandit sa main gauche dans le faisceau de la lampe pour examiner la peau abîmée, les cals et les doigts tordus.

– Je crois que j'ai – ou j'avais – connu moi aussi la même réussite, Zoulou.

– Tu te souviens de quelque chose ?

Bone secoua la tête.

– Non, juste une sensation quand tu as parlé d'exercer le métier de son choix et de vivre où on le souhaite. Soudain, j'ai senti que... j'étais comme ça. Je crois que moi aussi je gagnais ma vie en faisant ce que j'aimais.

– En escaladant les montagnes ?

Bone leva son autre main dans la lumière, il la retourna en hochant lentement la tête.

– Alors qu'est-ce qu'on fout là, mec ? Un tunnel ce n'est pas une montagne.

Bone repensa à ses cauchemars, son accès de panique dans le souterrain, son sentiment de familiarité avec l'obscurité.

– Dans un sens, c'est la même chose, répondit-il enfin. De la façon dont tu me le décris, ce réseau complexe de tunnels sur plusieurs niveaux ressemble à une montagne inversée, sous la ville.

– Je n'avais jamais vu ça sous cet angle. Tu as sans doute raison.

– Je sens que je dois grimper pour m'aider à retrouver la mémoire ; l'escalade est peut-être la clé de mes souvenirs. Mais je sens également que le drame qui est à l'origine de mon amnésie et du rapport entre moi, cette série de meurtres et le meurtrier s'est produit ici sous terre. Tu m'as découvert après que j'aie réussi à me hisser, je ne sais comment, jusqu'à la surface.

Zoulou l'écoutait avec attention sans rien dire.

Bone continua à réfléchir, avant de comprendre

qu'il était inutile d'insister. Il abandonna, tourna la tête et leva les yeux vers le visage buriné du géant noir.

– Tu es africain, Zoulou ?

Celui-ci se mit à rire.

– Né à Harlem, 116ᵉ Rue Est. Mon nom de plume [1] fait partie du numéro. Je m'appelle en réalité Horace Thorogood, mais je préfère que tu gardes ça pour toi.

– C'est déjà oublié, Zoulou.

Ils marchèrent encore pendant cinq minutes, quand soudain, Zoulou saisit Bone par l'épaule tout en balayant les environs avec sa lampe.

– Si je ne me trompe pas, nous sommes à peu près à la verticale de l'endroit où je t'ai découvert allongé sur le trottoir.

Bone s'avança de quelques pas, il s'arrêta et regarda autour de lui, mais il n'y avait rien à voir hormis les rails et le tunnel du métro qui s'enfonçaient de chaque côté dans l'obscurité au-delà du faisceau de la lampe. Ce tunnel ressemblait à tous les autres, et Bone n'éprouva aucune sensation particulière. Il ne voyait pas ce qu'il aurait bien pu faire là, ni comment il aurait pu traverser la roche pour regagner la surface.

– Je crois que nous perdons notre temps, soupira-t-il.

– On dirait qu'il n'y a pas grand-chose par ici en effet. Et c'est pareil sur un demi-kilomètre de chaque côté. Je le sais.

– Il n'y a pas moyen d'accéder à la surface ?

– Pas dans ce coin-là.

– Qu'y a-t-il au-dessus de nos têtes ?

Zoulou fit la moue.

– Difficile à dire. Sans doute des câbles de téléphone et des câbles électriques entremêlés comme des spaghettis.

– Et en dessous ?

– Dieu seul le sait, et peut-être les fantômes de quel-

1. En français dans le texte.

ques ingénieurs. Pour ma part, je ne connais que le réseau du métro. Mais il y a certainement des égouts et des conduites d'eau, des trucs comme ça. Certains conduits sont assez larges pour laisser passer un camion. Qu'est-ce que tu aurais fait dans un endroit pareil ? Et comment serais-tu remonté à la surface ?

Bone secoua la tête. Il sentait qu'il assemblait peu à peu les différentes pièces du puzzle, pourtant l'identité de l'inconnu demeurait tout aussi insaisissable.

– Tu es certain que tu m'as trouvé juste au-dessus ?

– A peu de chose près. Tu étais couché sur le trottoir à côté du chantier de construction.

– Le fémur est une autre clé, dit Bone comme s'il se parlait à lui-même.

– En tout cas, tu ne voulais pas t'en séparer.

– Je m'y accrochais parce que c'était important ; lui seul pouvait me dire d'où je venais et ce qui m'était arrivé.

– Peut-être que les ouvriers du chantier ont mis à jour par hasard un vieux cimetière en creusant les fondations.

– Qu'y avait-il à cet endroit avant qu'ils ne construisent le nouvel immeuble ?

– Un parking, et avant cela une épicerie.

Bone secoua de nouveau la tête.

– Je n'ai pas trouvé cet os sur le chantier, j'en suis certain.

– Comment peux-tu en être certain ?

– Je fais des rêves récurrents. Il y a l'obscurité, la lumière des torches... une sorte de grotte, les os jaillissent du sol, des murs et du plafond, ce n'est pas un tunnel de métro. Il y aussi une silhouette entièrement vêtue d'orange... et maculée de sang.

– C'est peut-être quelque chose que tu as mangé, Bone.

Bone esquissa un sourire.

– Il faut que je trouve un moyen de descendre plus profondément.

– Il n'y a peut-être rien d'autre que de la terre et du granit, Bone, et même s'il y a quelque chose sous nos pieds, je ne vois absolument pas comment tu pourrais descendre. Il existe sans doute des moyens d'accéder aux égouts et aux conduites d'eau, mais je ne les connais pas. Et même si je les connaissais, je n'aurais pas envie d'y descendre. Je ne connais personne qui sache exactement tout ce qu'on trouve sous Manhattan.

Bone, lui, connaissait quelqu'un, songea-t-il en rebroussant chemin avec Zoulou. Mais il ne savait pas comment contacter Barry Prindle et même s'il le pouvait, celui-ci refuserait certainement de lui accorder son aide. Apparemment, il n'y avait rien à faire à part attendre que sa blessure au ventre se referme. S'il ne pouvait pas descendre plus profondément sous terre, sa seule solution c'était de monter, vers le ciel, dans l'espoir d'y rencontrer enfin " l'inconnu ". En espérant que cette quête ne lui coûterait pas la vie.

Chapitre 15

1

Fredonnant un cantique, vêtu d'un ciré noir tout neuf et coiffé d'un chapeau assorti, Barry Prindle tourna à gauche sur Broadway pour prendre la 57ᵉ Rue. Marchant d'un pas vif en prenant soin de rester dans l'ombre des immeubles, il parcourut la moitié du bloc et s'engagea dans une ruelle étroite. Arrivé presque au bout, il posa par terre le sac poubelle qu'il transportait, glissa la main à l'intérieur d'une niche creusée dans le mur de brique de l'immeuble sur sa droite et en ressortit un pied-de-biche Puis il s'agenouilla pour ôter la poussière et les détritus qui masquaient une vieille plaque d'égout ébréchée et rouillée sur les bords. On distinguait à peine la date sur le métal usé : 1917. Prindle inséra l'extrémité du pied-de-biche dans l'encoche de la lourde plaque qu'il souleva et fit glisser sur le côté. Il essuya la sueur qui perlait sur son front, puis il descendit lentement dans le trou et s'arrêta sur le troisième barreau de l'échelle en fer pour remettre la plaque en place au-dessus de sa tête. Ceci étant fait, Prindle reprit sa longue descente jusqu'en bas du conduit pour finalement déboucher dans une vaste salle bétonnée qui abritait l'ancien système de valves, désormais inutilisable, d'une partie des installations hydrauliques Croton, première tentative réussie de la ville de New York pour capter les eaux abondantes de l'intérieur de l'État afin d'étancher la soif de sa population et d'évacuer ses déchets. Il sortit une

336

lampe électrique de sa poche d'imperméable et l'alluma.

La rouille avait rongé les joints d'un des panneaux d'acier qui couvraient un mur de la salle. Prindle appuya avec son épaule sur un côté du panneau qui céda sous la pression. Il franchit l'étroite ouverture pour pénétrer à l'intérieur d'une conduite d'eau asséchée mesurant plus de trois mètres de diamètre, tourna à gauche et avança sur une centaine de mètres jusqu'à un endroit où la canalisation s'était fendue, laissant la poussière s'accumuler au fil des ans et former un monticule qui atteignait désormais presque un mètre de hauteur. Prindle jeta son sac poubelle de l'autre côté avant d'escalader le tas de poussière solidifiée pour se faufiler par l'ouverture et se laisser ensuite glisser de l'autre côté le long de la paroi rocheuse abrupte, jusque dans le lit froid et lisse d'une ancienne rivière souterraine. Il posa sa lampe sur une pierre, le faisceau dirigé vers le plafond afin que la lumière se reflète sur la voûte en calcaire de la caverne qui mesurait peut-être trois mètres de haut. D'une pichenette il ôta des flocons de sang séché sur son ciré noir, puis il ouvrit le sac poubelle pour observer encore une fois les trois têtes qui se trouvaient à l'intérieur.

Le sac renfermait les têtes de deux vieilles femmes et d'un jeune gars : Trixie Fein, Elma Dockowicz et Richard Green, deux schizophrènes et un jeune clochard au cerveau irrémédiablement détruit par le PCP. Combien de fois, songea Prindle, Anne et lui avaient tenté d'aider ces gens. Avec la collaboration du Dr Hakim, ils les avaient placés dans des endroits où l'on pouvait s'occuper d'eux, mais ils n'y restaient jamais. Ces trois-là étaient retournés dans la rue pour souffrir inutilement.

Heureusement, il avait définitivement mis fin à leurs problèmes, il les avait envoyés vers ce Dieu qui lui avait joué de si vilains tours. Il demeurait le messager de Dieu, c'est lui qui choisissait ceux qui avaient suffisamment souffert et méritaient d'être soulagés de leurs peines futures.

Cette pensée lui procura une érection. Il avait toujours des érections, certaines douloureuses, après des exécutions, mais il les avait toujours ignorées de son mieux, car l'excitation sexuelle était un fardeau qu'il devait supporter. On lui avait appris qu'il était interdit de se soulager, et il se devait de rester pur pour Anne. Mais désormais, les choses avaient changé ; Dieu lui avait montré qu'il n'avait pas besoin de jouer franc-jeu. Plus rien n'était interdit, pour lui du moins. Anne lui appartiendrait quand même, d'une manière ou d'une autre.

Il baissa sa braguette, sortit son sexe dressé et commença à se masturber furieusement en contemplant les trois têtes tranchées. Il éjacula rapidement. Frissonnant de plaisir, Prindle remonta sa braguette, reprit le sac en plastique et descendit le lit de la rivière asséchée en direction de sa cathédrale. Prindle éprouvait une étrange sensation en suivant le lit de pierre érodé par l'eau. Il avait cru que le Dr Hakim serait son dernier présent à Dieu ; Bone serait arrêté et accusé de tous les meurtres, et lui serait enfin déchargé du terrible fardeau de la responsabilité, et par là même libéré de ses terreurs. Sans l'obstacle que représentait Bone, il serait libre de séduire et d'épouser Anne. Il savait qu'il y serait parvenu si Bone avait été arrêté. Même avec Bone en liberté, Barry avait cru qu'Anne changerait d'attitude à son égard. Pourtant, quand il lui avait proposé de dîner avec lui ce soir-là, elle avait refusé une fois de plus. Pire, il avait senti dans sa voix quelque chose qui l'avait mis hors de lui. Elle regrettait, lui avait-elle avoué, d'avoir été si prompte à condamner Bone ; elle lui avait fait part de la conviction de Bone selon laquelle tous ces meurtres avaient un lien quelconque avec lui, et elle était allée jusqu'à lui demander si lui, Barry, ne pensait pas que le véritable meurtrier avait tué le Dr Hakim dans le but de compromettre

Bone. Plus elle y réfléchissait, avait-elle dit, moins elle comprenait comment et pourquoi Bone avait tué le psychiatre. Elle mourait d'envie de lui parler.

Prindle n'aurait jamais imaginé que Bone puisse s'échapper du cabinet du psychiatre, et il ne comprenait pas pourquoi la police ne l'avait toujours pas retrouvé. Il n'aurait jamais imaginé qu'Anne puisse encore croire à l'innocence de Bone. Ça n'avait aucun sens.

Le monde s'effondrait de nouveau autour de lui. Sa réaction avait été de partir à la recherche de nouveaux sans-abri afin de les envoyer vers Dieu ; après tout, tant que Bone était en liberté, la police le croirait coupable de tous ces meurtres. Prindle se souvenait de la bouffée d'excitation qu'il avait ressentie en comprenant que la remise en liberté de Bone signifiait qu'il était à nouveau libre de poursuivre sa mission.

Il aimait son travail. Il aimait ce pouvoir. Son travail n'était pas plus agréable que le sexe, c'était devenu pareil au sexe. Et ce n'était pas comme s'il faisait quelque chose de mal ; il accomplissait la volonté de Dieu. Excepté la fois où Mary Kellog l'avait surpris alors qu'il venait juste d'envoyer vers Dieu un de ses misérables semblables, Prindle n'avait jamais tué plus d'une seule personne dans la même nuit. Il se demandait maintenant pourquoi il s'était toujours montré si réservé ; il y avait suffisamment de pauvres miséreux à New York qui méritaient de connaître le repos, il les connaissait bien et généralement, il savait où les trouver. Il avait eu tort de se limiter. Il décida d'en tuer au moins quatre demain soir. Le nombre importait peu tant qu'il obéissait aux exigences de Dieu : leur offrir un enterrement décent - à leur tête du moins – comme il l'avait toujours fait.

Le lit de la rivière s'élargit tout à coup et la voûte de l'ancienne voie navigable s'éleva. Prindle atteignit la première des lampes Coleman qu'il avait suspendues à des clous enfoncés dans les fissures du mur de pierre.

Après avoir vérifié le niveau de pétrole dans la lampe, il frotta une allumette. La flamme jaillit ; il la régla à sa puissance maximum. Il fit ensuite le tour de la vaste grotte circulaire en forme de dôme en prenant soin d'éviter le puits de sable mouvant situé au centre et alluma trois autres lampes Coleman, chacune fixée à un point cardinal. Puis, agenouillé face à la pierre plate qui lui servait d'autel, il contempla sa cathédrale avec ses deux cryptes, la première très ancienne et la seconde qu'il avait lui-même commencée et consacrée.

Il y a un an.

Ici, dans cette immense salle de pierre, profondément enfouie sous le West Side de Manhattan, le soubassement de granit avait laissé place à des couches plus poreuses, ainsi qu'à des veines et des poches de terre. A sa droite, de très vieux os fossilisés provenant d'un cimetière aborigène jaillissaient selon des angles bizarres d'un large filon de terre humide qui, au fil des siècles, s'était abaissé jusqu'à ce niveau ; des ossements mis à jour par des secousses souterraines jonchaient le sol rocailleux. La lueur dansante et irréelle des lampes à pétrole se reflétait sur le tapis d'ossements et la surface sombre et luisante du grand cratère de sable mouvant au centre de la grotte. Ce puits était son lieu de sépulture ; c'est là que Prindle enterrait les têtes de toutes ses victimes.

C'est à l'autre bout de sa cathédrale, à l'entrée d'une des trois galeries plus étroites que le dénommé Bone avait tout à coup surgi de nulle part d'une manière inexplicable. Prindle se souvenait encore de l'émotion qu'il avait ressentie quand, alors qu'il dressait le plan du système de canalisation Croton pour un client de Empire Subway, il avait découvert cette ancienne rivière souterraine qui ne figurait sur aucune carte et la grande cathédrale-crypte qui en constituait le cœur. Il avait compris immédiatement : c'était un cadeau de Dieu, un signe, son église qu'on lui avait autrefois refusée. Il savait que c'était la main de Dieu qui l'avait

340

guidé jusqu'à cet endroit dans un but précis... qu'il n'avait pas tardé à découvrir ; alors il avait quitté Empire Subway pour s'engager à la Human Resources Administration.

Prindle se souvenait comment sa mission, la mission de Dieu, avait failli être compromise presque dès le début. Il avait choisi sa deuxième offrande pour Dieu, et il avait ramené la tête en ce lieu pour lui offrir un enterrement décent. Il venait de déboutonner son imperméable, mais il n'avait pas encore ôté son chapeau. Impatient de procéder à la cérémonie, le sexe douloureusement gonflé, il avait sorti d'une main tremblante la tête du vieil homme du sac en plastique pour la déposer, encore ruisselante, sur l'autel de pierre. Alerté par un bruit, il avait levé la tête pour découvrir à l'entrée de la galerie centrale un grand type mince et musclé vêtu d'un short en cuir, d'un T-shirt et de grosses chaussures de marche, les yeux effarés. L'homme portait un sac à dos sur l'épaule gauche, une lampe de mineur autour du front, et il tenait à la main une grosse lampe électrique ; la lampe de mineur et la torche étaient toutes les deux éteintes. Prindle ne l'avait pas entendu venir ; l'homme avait sans doute aperçu la lueur de ses lampes Coleman et s'était avancé sans bruit.

– Bon sang ! s'était exclamé l'homme, les traits déformés par la surprise et l'horreur.

Prindle avait paniqué. Il n'avait pas reçu l'autorisation de tuer ceux qui n'avaient pas besoin du réconfort final de Dieu, mais devant l'apparition subite d'un inconnu surgi de nulle part, il avait craint pour sa cathédrale et la poursuite de sa mission ; une fois de plus on allait le contrarier dans son désir de servir Dieu, comme au séminaire. Il ne pouvait se laisser déposséder une fois de plus. Il avait plongé la main dans le sac en plastique pour s'emparer du rasoir qu'il avait sanctifié et dont il s'était servi pour les exécutions, puis il avait contourné rapidement le puits de sable mouvant pour se ruer vers l'inconnu. Celui-ci, paralysé par le choc, s'était contenté de le regarder avec des yeux exorbités pendant quelques secondes, puis, au dernier moment, il avait arraché un des os qui sortaient du sol sur sa gauche pour se défendre.

Prindle s'était jeté sur lui en donnant des coups de rasoir. Avec une vivacité et une agilité surprenantes, l'homme avait fait un bond en arrière, tout en lui assénant un coup oblique à l'épaule gauche. Puis l'homme avait visé la tête, le manquant de peu, frôlant le bord de son chapeau de pluie ; déséquilibré, Prindle avait glissé sur les os qui s'étaient éparpillés bruyamment dans l'obscurité.

Prindle se souvenait comment l'inconnu s'était alors jeté sur lui en faisant tournoyer son os dur comme la pierre. Il avait esquivé l'attaque et s'était relevé précipitamment, visant avec son rasoir le ventre de son adversaire, tout en se protégeant les yeux du faisceau puissant de la lampe électrique que l'homme avait allumée afin de l'aveugler. De rage, il avait ramassé un des os pour le lancer sur l'homme ; il s'était produit un bruit sourd, la torche était tombée des mains de l'inconnu et s'était brisée sur le sol rocailleux. Alors il était reparti à l'attaque avec son rasoir, obligeant l'homme, visiblement hébété et désorienté, à reculer en titubant dans l'étroite galerie sur sa gauche.

Craignant de suivre l'intrus dans les ténèbres, il avait hésité à l'entrée de la galerie. Soudain, il avait entendu un cri d'effroi, de plus en plus lointain, comme si l'homme tombait dans un gouffre profond. Puis le bruit d'un corps qui heurte la pierre, suivi d'un petit plouf. Ensuite, il n'y eut plus que le silence et le bruit de sa propre respiration haletante. A quatre pattes, Prindle s'était aventuré avec prudence dans la troisième galerie qu'il n'avait encore jamais explorée. Au bout de quelques mètres, ses bras tendus n'avaient rencontré que le vide ; il se trouvait au bord d'un gouffre d'une largeur et d'une profondeur inconnues.

L'homme était tombé dans un cours d'eau souterrain, il n'avait aucune chance de survivre, s'il ne périssait pas noyé ou enterré vivant, il succomberait aux blessures reçues durant le combat et lors de sa chute.

Prindle avait considéré la mort présumée de l'inconnu comme un signe de bon augure ; c'était Dieu Lui-même qui lui avait ôté la vie pour l'empêcher de contrecarrer sa mission.

Quelle n'avait pas été sa stupéfaction quand, quelques semaines plus tard, alors qu'il roulait à bord de la camionnette avec Anne, il avait aperçu dans la rue le même homme qui tenait toujours à la main l'os qu'il avait déterré. Prindle ne comprenait pas comment le type s'en était tiré, mais de toute évidence il était encore en vie, et Anne avait insisté pour qu'ils s'arrêtent et interrogent ce *nouveau venu*. A cet instant, Prindle voyait déjà tous ses plans – les plans de Dieu – réduits à néant. Mais, ô surprise, l'homme était muet. Prindle se souvenait avec quel empressement l'inconnu avait accepté le sandwich, la pomme et le carton de jus d'orange que lui tendait Anne, mais tout cela sans dire un mot. Rien dans son regard bleu glacial n'indiquait qu'il l'avait reconnu. Prindle avait compris alors que l'homme à l'os souffrait certainement de troubles du cerveau consécutifs à sa chute.

La volonté de Dieu.

A moins que cet homme ne soit justement l'envoyé de Dieu. L'inconnu avait surgi de l'obscurité, dans un endroit que Prindle pensait être le seul à connaître et auquel nul ne pouvait accéder. En outre, l'homme avait survécu d'une manière fort mystérieuse, peut-être grâce au miracle de l'intervention divine ; et voilà qu'il venait de réapparaître dans la rue, et compte tenu de son mode d'existence précaire, de l'intérêt et de l'obstination d'Anne, ils se trouvaient fréquemment en contact.

Prindle se souvenait combien tout cela l'avait perturbé à l'époque, et encore aujourd'hui. Si l'homme à

343

l'os était l'envoyé de Dieu, de quel message était-il porteur ?

Prindle était tombé amoureux d'Anne dès qu'il l'avait rencontrée, mais il ne savait pas comment s'y prendre. Jusqu'alors, tous ses désirs sexuels étaient dirigés vers des hommes ; il haïssait ses pulsions, tout comme il se haïssait. Grâce à Anne, il désirait enfin une femme. Il savait qu'elle pourrait l'aider à changer de vie ; il était persuadé que c'était un cadeau de Dieu. Elle était sur terre pour lui, il pouvait donc prendre son temps pour la séduire. Dieu s'occuperait de tout. Mais la présence permanente du vagabond avec son os, l'homme qui l'avait surpris dans sa cathédrale, continuait à le troubler ; il ne cessait de méditer sur la nature du message que lui envoyait Dieu.

Une chose était absolument certaine : depuis la première fois où ils l'avaient aperçu dans la rue, Anne se sentait terriblement attirée par l'homme à l'os. Très souvent, elle lui demandait de faire un détour avec la camionnette pour passer devant l'église St Thomas où l'inconnu venait souvent écouter ce cinglé nommé Zoulou, assis parmi d'autres sans-abri et des passants qui s'étaient arrêtés pour se reposer. Anne lui offrait des sandwichs. Quand il n'était pas assis sur les marches, Anne demandait de ses nouvelles à Zoulou, mais le grand Noir n'avait pas grand-chose à lui dire. Quand ils parcouraient la ville dans la camionnette, Anne ne cessait de se retourner et de balayer du regard la foule des passants sur les trottoirs ; il savait qu'elle cherchait l'homme à l'os.

Impuissant et de plus en plus amer, Prindle avait vu croître l'intérêt qu'Anne portait à cet homme. Quand elle savait où le trouver, elle passait souvent son heure de déjeuner en sa compagnie ; elle lui parlait, essayant vainement d'arracher une réaction à cet individu qui l'écoutait avec une attention évidente, mais qui ne lui répondait jamais. Malgré tout, Prindle demeurait persuadé que cette obsession finirait par disparaître, la volonté de Dieu serait exaucée et Anne lui appartiendrait enfin. Et pendant toutes ces semaines, ces mois, ces saisons, il avait trouvé un réconfort dans l'accomplissement de sa tâche ; au nom de Dieu il apportait le repos éternel à tous ceux qui n'étaient plus d'aucune utilité à eux-mêmes ni à quiconque sur terre.

Puis soudain, il s'était trouvé confronté à un nouveau problème, un nouveau dilemme : le lendemain du jour où il avait accompli son premier double meurtre, l'homme à l'os avait mystérieusement surgi en plein Central Park.

Il était neuf heures du matin quand un appel était parvenu au bureau de Project Helping Hand ; un agent de police s'inquiétait au sujet d'un type, un vagabond visiblement, accroupi dans la boue, immobile et muet, tenant un os à la main.

Anne et lui s'étaient rendus sur place, il avait aussitôt compris qu'il était arrivé quelque chose à l'inconnu, ou quelque chose avait changé en lui. Son regard bleu semblait hanté, perdu dans le vague ; il ne regardait pas Anne quand elle lui parlait, on aurait dit qu'il n'entendait pas sa voix. Ses traits étaient déformés par l'angoisse, mais soudain il prenait un air d'intense concentration, comme s'il essayait de se souvenir de quelque chose. Anne était restée auprès de lui presque deux heures ce matin-là, parlant sans cesse et le suppliant ; n'obtenant aucune réponse, elle était finalement repartie en lui laissant trois sandwichs. Anne avait eu la tête ailleurs toute la journée, et quand elle avait insisté pour qu'ils retournent dans le parc en fin d'après-midi, l'homme à l'os était là où ils l'avaient laissé, dans la même position, les sandwichs devant lui réduits en miettes par les oiseaux et les écureuils, ou les énormes rats qui, au printemps, sortent des tunnels sous la ville pour envahir Central Park.

Bouleversée, Anne s'était approchée de lui ; elle s'était remise à lui parler, à le supplier, à le cajoler, et même à le tirer par la manche. L'homme était resté

345

muet et immobile, seuls ses changements d'expression trahissaient la tempête qui faisait rage sous son crâne.

Prindle ne comprenait pas ce que cela signifiait ; il se souvenait de son malaise grandissant.

Comme la nuit commençait de tomber et que l'homme ne bougeait toujours pas, Anne avait appelé différents organismes municipaux pour réclamer de l'aide, mais malgré la pluie incessante, la température demeurait relativement clémente et Anne s'entendit répondre qu'il n'y avait aucun moyen d'agir légalement ; si un type voulait rester assis dans Central Park, en refusant de parler, sans manger ni boire, c'était son affaire. Ils y étaient retournés de bonne heure le lendemain matin, pour trouver l'homme à l'os à l'endroit exact où ils l'avaient laissé. Anne l'avait supplié de nouveau, sans plus de succès. Il leur avait fallu presque toute la journée pour s'assurer l'aide du Dr Ali Hakim, et pour finir, celui-ci leur avait conseillé d'attendre le lendemain matin pour avoir plus de chances d'obtenir l'autorisation de l'emmener contre son gré dans un des refuges de la ville.

Et au matin du troisième jour, à la surprise générale, l'homme à l'os s'était mis à parler. Prindle se souvint qu'à cet instant, il était convaincu que l'homme allait le reconnaître et que sa mission allait prendre fin. Mais ses craintes s'étaient révélées sans fondement ; non seulement l'homme à l'os ne l'avait pas reconnu, mais il n'avait conservé, semble-t-il, aucun souvenir de l'incident dans la cathédrale. Il avait tout oublié.

Prindle n'avait pas compris sur le moment, et il ne comprenait toujours pas. Dieu semblait s'amuser avec lui. Puis étaient venus les jours et les semaines d'angoisse, à vivre dans la crainte que l'homme retrouve la mémoire et le condamne ; angoisse à laquelle s'étaient ajoutées les affres de la jalousie quand Anne l'avait rejeté, aggravant encore la terrible blessure lorsqu'elle avait accueilli Bone chez elle. Pour coucher avec lui...

Il y avait des limites à ce que pouvait supporter un

homme. Voilà au moins une chose que Dieu lui avait apprise. Il avait été obligé de faire ce qu'il avait fait au Dr Hakim, car lui aussi l'avait rejeté. Dieu lui avait donné pour mission de mettre fin aux souffrances des plus miséreux, mais Dieu s'attendait visiblement à ce qu'il se prenne en charge tout seul. Prindle poussa un soupir et secoua violemment la tête comme pour chasser de sa mémoire tous les souvenirs d'Anne, de Bone et de son propre supplice apparemment sans fin. Puis, sans même accomplir le rituel habituel, il sortit les trois têtes du sac et les jeta au centre du puits de sable mouvant ; elles retombèrent avec trois petits splash et flottèrent quelques secondes avant de sombrer lentement sous la surface sombre.

Le message, songea Barry Prindle en regardant les lueurs vacillantes des lampes à pétrole se refléter dans les yeux morts des têtes en train de s'enfoncer, c'est que Dieu aimait lui faire des crasses.

A son tour maintenant.

2

Chaque jour, pour se rendre à son travail, Anne devait passer devant l'immeuble où avait exercé le Dr Ali Hakim. Dix jours s'étaient écoulés depuis le meurtre du neuropsychiatre et Anne évitait encore de regarder cet immeuble qui faisait naître en elle trop de pensées, de souvenirs et de craintes cauchemardesques. A en croire le bulletin d'informations qu'elle venait d'entendre à la radio, l'horreur avait recommencé. Trois nouveaux vagabonds avaient été décapités durant la nuit. Le meurtrier suivait toujours le même rituel, il coupait les têtes, et parfois les organes génitaux, mais il semblait être passé à la vitesse supérieure.

Mais Bone était-il vraiment le meurtrier ?

Ce matin-là, Anne s'arrêta sur le trottoir et leva délibérément les yeux vers l'étage où se trouvait autrefois le cabinet du Dr Hakim.

Le tueur psychopathe avait recommencé à assassiner des sans-abri, mais il avait dérogé une fois à la règle en tuant Ali Hakim. Pourquoi ?

Ces meurtres ont un rapport avec moi.

Les premiers jours, alors qu'elle était encore sous le choc causé par l'assassinat du psychiatre, Anne avait cru que Bone était effectivement le meurtrier ; les preuves semblaient irréfutables. Alors d'où venait ce doute persistant qui la tenaillait ? Pourquoi était-elle toujours amoureuse de lui ? Elle se souvenait de l'année qu'elle avait passée à essayer d'établir un contact avec lui, de le faire réagir ; elle se souvenait comment, dès la première fois où elle s'était approchée de cet homme, elle avait senti chez lui une telle intégrité.

Mais peut-être existait-il en lui une seconde personnalité meurtrière. Ali Hakim l'avait envisagé, Bone aussi. Avec la tête tranchée du psychiatre, le fémur et le rasoir de Bone retrouvés dans le même sac, comment pouvait-elle encore croire à son innocence ?

Précisément, songea-t-elle, parce que les preuves semblaient presque trop irréfutables, et aussi parce que le meurtre du Dr Hakim ne collait pas avec les autres. Bone n'avait rien d'un imbécile, et s'il y avait un meurtrier en lui, celui-ci n'était pas un imbécile lui non plus. Tuer Ali Hakim et se laisser prendre ensuite serait complètement stupide. De plus, elle était avec Bone lorsqu'il était retourné à son campement dans le parc pour découvrir que ses affaires avaient disparu. Avait-il tout manigancé à son attention ? Le meurtrier qui vivait en lui, la face cachée de son " inconnu ", avait-il transporté ailleurs toutes ses affaires ?

Possible, mais elle n'y croyait pas, plus maintenant. Elle n'y avait jamais vraiment cru, même après le choc causé par la mort du psychiatre.

Ces meurtres ont un rapport avec moi.

Quelqu'un avait essayé de faire porter le chapeau à Bone ; Anne avait honte d'avoir réagi ainsi, de ne pas avoir réfléchi davantage après l'assassinat du Dr Hakim. Désormais, Bone l'évitait volontairement afin de la protéger, se dit-elle, mais s'il l'avait contactée dans les premiers jours, elle n'aurait pas pu lui venir en aide. Elle aurait eu trop peur de lui.

Mais plus maintenant, songea-t-elle en détournant son regard de l'immeuble et en s'éloignant d'un pas vif. Elle devait repartir à sa recherche, car il avait sans doute besoin d'aide.

Dix minutes après qu'elle se soit assise à son bureau pour ranger quelques papiers avant de commencer sa tournée à bord de la camionnette, son téléphone sonna.

– Project Helping Hand, fit Anne en coinçant le combiné contre son épaule.

– Anne, dit doucement la voix à l'autre bout du fil.

– Bone !

– Chuuut !

Anne referma ses doigts autour du combiné et laissa échapper un long soupir.

– Ne t'inquiète pas, je suis seule dans le bureau. Tu vas bien ?

– Je n'ai pas tué le Dr Hakim, Anne. Il était mort quand je suis entré dans son cabinet ; sa tête était dans un sac avec mon os et mon rasoir, près du bureau. C'était un piège. Et je n'ai pas tué les trois personnes qui sont mortes cette nuit. Mais c'est ce qui m'a poussé à t'appeler.

– Bone... pourquoi tu n'as pas appelé chez moi ?

– J'ai pensé que ta ligne était peut-être sur écoute. Et je me suis dit que tu serais moins... effrayée, si je t'appelais ici.

– Je n'ai pas peur de toi, Bone.

Il y eut un long silence à l'autre bout. Puis :

– Tu ne serais pas normale si tu n'avais pas peur de

moi après ce qui est arrivé au Dr Hakim. Moi-même je me faisais peur *avant* d'entrer dans ce cabinet, car c'est à ce moment-là que j'ai acquis la certitude que je n'étais pas le meurtrier. Mais d'un autre côté, je savais bien que tout le monde serait convaincu de ma culpabilité.

– Où es-tu, Bone ? je vais venir te voir.

– Non.

– Il faut me faire confiance. Laisse-moi t'aider.

– Je te fais confiance, Anne, là n'est pas le problème. Si je te dis où je suis et si tu ne préviens pas la police, on t'accusera d'avoir aidé un fugitif. Mais tu peux quand même m'aider, j'en ai besoin.

– Dis-moi ce que je dois faire.

– Ecoute-moi bien, Anne. Je ne t'appellerais pas si je pouvais faire autrement. Je ne veux pas te mêler davantage à tout cela, car je sens qu'il existe un grave danger. Celui qui a tué le Dr Hakim savait que j'allais le voir tous les dimanches matin. S'il connaissait le Dr Hakim, il te connaît certainement toi aussi. Il faut faire très attention, Anne.

– Je serai vigilante, Bone. Dis-moi simplement ce que je dois faire.

– J'ai dû m'enfuir du cabinet du Dr Hakim car je n'avais pas le choix. Depuis, j'ai fait quelques progrès.

– Bone... !

– Ecoute-moi. Je ne peux pas t'en dire plus, car je veux que tu ailles rapporter cette conversation au lieutenant Lightning dès que j'aurai raccroché, et je ne veux pas que tu sois obligée de mentir. J'ai une certaine chose à accomplir, mais pour diverses raisons, je ne peux pas le faire maintenant. Mais après les trois nouveaux meurtres de cette nuit, je sais que je dois agir, voilà pourquoi je t'appelle. Je suis persuadé que le meurtrier me connaît, ou du moins, nous sommes liés d'une certaine manière, et je suis convaincu également que les meurtres auraient cessé si la police m'avait arrêté. Voilà pourquoi le meurtrier a tué le Dr

Hakim ; il voulait cesser de tuer, mais il voulait aussi faire en sorte que l'on m'accuse de tous ses crimes. Autrement dit, tant que je suis en liberté, d'autres sans-abri sont en danger de mort. Je pense que les meurtres cesseront si je me livre à la police, mais alors je ne pourrai jamais me disculper, et je resterai enfermé jusqu'à la fin de mes jours.

— Oh ! Bone, soupira Anne, j'imagine comme tu dois souffrir.

— Je dois attraper moi-même le meurtrier, Anne, ou du moins prouver que c'est lui le coupable. J'ai un témoin qui affirmera que je n'ai pas pu tuer ces trois personnes cette nuit, mais si je me rends maintenant, la police m'accusera quand même des autres meurtres.

— Quel témoin, Bone ? (Anne se tut et écouta le silence à l'autre bout du fil.) Oui, tu as raison, je ne veux pas le savoir.

— D'après ce que je sais, toutes les victimes, à l'exception du Dr Hakim, comptaient parmi les cas les plus désespérés de la population des sans-abri, des gens misérables tombés tout en bas de l'échelle, incapables de se prendre en charge et qui refusaient qu'on leur vienne en aide. Je me trompe ?

— Je n'y avais pas songé, répondit Anne après un silence. Maintenant que j'y pense, je crois que tu as sans doute raison. Mais je n'en suis pas sûre.

— J'aimerais que tu te renseignes. À mon avis, tu découvriras que toutes les victimes, hormis le Dr Hakim, étaient des malades mentaux ou des alcooliques incurables qui refusaient toute forme d'assistance. Essaye de savoir combien d'entre elles se sont enfuies d'hôpitaux psychiatriques ou de centres de désintoxication ; il doit bien y avoir des dossiers quelque part. Et essaye de voir si les victimes ont d'autres points communs. Si j'ai vu juste, je ne sais pas ce que ça signifie, ni si cette information me sera bénéfique, mais c'est un début. Peux-tu faire ça pour moi ?

— Je ferai tout mon possible, Bone. Je ne sais même

pas si toutes les victimes ont été identifiées, et les dossiers des autres risquent d'être plutôt maigres.

– Appelle le lieutenant Lightning. Dis-lui que je t'ai téléphoné et répète-lui mot pour mot tout ce que je t'ai dit. Tu seras protégée comme ça. Il ne voudra pas croire que je suis innocent, mais il t'aidera peut-être à obtenir les renseignements dont j'ai besoin.

– Je crois que je lui demanderai d'abord les renseignements.

– Fais comme tu veux, mais n'oublie pas que Lightning n'est pas né de la dernière pluie. Il voudra savoir pourquoi tu veux ces renseignements, et il comprendra tout de suite que nous avons été en contact. A ta place, je jouerais franc-jeu.

– O.K. !

– Comment ça se passe avec Barry ?

– Euh... très bien, répondit Anne après une brève hésitation, surprise par cette question.

– J'ai besoin d'autres renseignements qu'il pourrait peut-être me fournir. Si je me souviens bien, il m'a dit qu'il avait travaillé pour une société qui fait des relevés souterrains pour les entreprises de construction qui souhaitent creuser dans le sol.

– C'est exact. Empire Subway Limited.

– Barry a toujours cru que j'étais le meurtrier, je ne sais pas comment tu dois lui présenter la chose. Si tu lui dis que c'est pour moi, il refusera peut-être de t'aider.

– De quoi as-tu besoin, Bone ?

– Du maximum d'informations sur toutes les structures souterraines, naturelles et artificielles, d'une vaste zone dont l'épicentre se situe sous un immeuble au coin de la 33e Rue et de la 9e Avenue. C'est là qu'on m'a découvert inconscient, allongé sur le trottoir à proximité d'un chantier de construction il y a un peu plus d'un an.

– Bone ! qui t'a découvert ?

– Je n'ai pas le temps de t'expliquer, Anne, et je ne

352

peux pas te donner d'informations que je ne veux pas transmettre à Lightning. Mais j'ai besoin de savoir ce qu'il y a sous terre à cet endroit. J'ai pensé que Barry le savait peut-être, et il pourrait même te dénicher des cartes des environs, disons sur une vingtaine de blocs. Je sais qu'il y a des tunnels du métro qui passent à cet endroit, mais je cherche autre chose.

– Tu crois que tu as été blessé sous terre quelque part dans ce coin-là ?

– J'en suis quasiment convaincu.

– Peux-tu m'expliquer comment tu l'as su ?

– Pas maintenant. J'ai eu de la chance. A ton avis, combien de temps te faut-il pour obtenir tous ces renseignements ?

– Je vais m'y mettre sur-le-champ ; on verra bien ce que j'ai pu trouver d'ici... disons cinq heures. Comment ferai-je pour te contacter ?

Il y eut un long silence à l'autre bout du fil. Bone dit enfin :

– Lightning fera sans doute mettre ce téléphone sur écoute dès que tu lui auras parlé, si ce n'est pas déjà fait. Mais ça n'a pas d'importance. Il te demandera de coopérer avec lui, et c'est ce que tu feras. Je t'appellerai à ce numéro à cinq heures.

– Bone, laisse-moi te rejoindre.

– Non.

– Si Barry a les cartes, il faudra bien que je te les donne.

– Commence par voir si tu peux te les procurer. Je ne veux pas te faire perdre ton boulot, et je ne veux surtout pas qu'on t'inculpe de complicité. Tu ne risques rien tant que tu informes Lightning de ce que tu fais, et pourquoi.

– Etant donné qu'il s'agit de sauver des vies humaines, je crois que je n'ai pas à m'inquiéter des réactions de la police.

– Moi si.

– Tu crois vraiment que ce téléphone est sur écoute ?

353

– Peut-être pas pour l'instant, mais ça ne saurait tarder.

– Il se peut que je sois obligé de t'appeler plusieurs fois, de différents endroits ; je ne parlerai pas longtemps.

– Ça me paraît très astucieux, commenta Anne avec un petit sourire. Appelle-moi ici à cinq heures. Si je ne suis pas là, c'est que je serai partie me promener... cette promenade devrait me conduire aux abords du hangar à bateaux dans Central Park vers six heures.

– Anne... !

– Tu peux me cacher des choses et refuser de me rencontrer pour me protéger, mais tu n'as pas le droit de m'empêcher d'être au hangar à bateaux à six heures si j'en ai envie. Mais appelle d'abord ici pour savoir si j'ai quelque chose pour toi. Oh ! pendant que j'y pense, j'ai décidé que j'étais amoureuse de toi.

Elle perçut un long et profond soupir à l'autre bout du fil.

– Merci, Anne. Il y a tellement de choses que j'aimerais te dire, mais je ne peux pas. Pas maintenant, pas encore. Je sais que l'inconnu t'aimera.

– Merci c'est gentil. Mais l'inconnu n'existe pas, Bone. Il y a juste un homme honnête, bon et courageux qui a reçu un coup sur la tête et qui a perdu la mémoire. Nous trouverons le véritable meurtrier et nous prouverons ton innocence. Maintenant, laisse-moi voir ce que je peux dénicher pour toi.

– Anne ?

– Oui, inconnu de mon cœur ?

– Je voudrais que tu réfléchisses encore à autre chose ?

– Vas-y, je t'écoute.

– Il me faut un endroit pas trop éloigné pour faire de l'escalade.

– De l'escalade ?

– Une paroi très haute et abrupte. Une falaise.

354

– Brigade Criminelle. Lieutenant Lightning à l'appareil.

– Bonsoir Lieutenant, c'est Bone.

Bone crut entendre une brutale inspiration à l'autre bout du fil, mais il n'en était pas sûr ; il y avait beaucoup de bruits de fond dans la rue derrière la rangée de cabines téléphoniques d'où il appelait. Quand Perry Lightning reprit la parole, il s'était remis de sa surprise.

– Je suis content de vous entendre, Bone. Je me doutais que vous appelleriez.

Bone se raidit.

– Pourquoi dites-vous ça ?

– Comme je vous l'ai déjà dit, j'ai toujours pensé que vous étiez foncièrement un homme bon, avec un énorme problème. Je crois que les trois personnes que vous avez assassinées la nuit dernière ont fait déborder le vase. Vous êtes prêt à tout laisser tomber et à vous rendre, je vous en félicite, sincèrement. Dites-moi où vous êtes, je viendrai vous chercher.

Bone crispa la mâchoire de rage et jeta un regard à Zoulou qui le dissimulait aux yeux des passants, et lui servait en même temps de guetteur et de chronométreur. Le géant noir leva deux doigts.

– Lieutenant, comme je ne veux pas que vous localisiez cet appel, je serai bref. Je ne perdrai pas mon temps à vous convaincre que je ne suis pas le meurtrier.

– Laissez-moi venir vous chercher, Bone. Rendez-vous...

– Anne Winchell, la collaboratrice de la HRA, vous a-t-elle appelé aujourd'hui ?

Il y eut un bref silence ; la voix du lieutenant, quand il répondit, trahit sa surprise :

– Non. Pourquoi ?

– Vous êtes sûr ? peut-être a-t-elle appelé pendant votre absence.

– Tous les appels sont consignés, et je me renseigne toutes les heures environ. On m'aurait transmis immédiatement l'appel d'Anne Winchell ; elle figure en bonne place sur ma liste de priorités étant donné les liens qu'elle entretient avec vous. Elle ne m'a pas appelé. Puis-je savoir pourquoi elle l'aurait fait ?

Bone se tourna de nouveau vers Zoulou qui leva un doigt.

– Je l'ai contactée ce matin, elle devait d'ailleurs vous prévenir. A part vous, je lui ai demandé d'appeler Barry Prindle son ancien coéquipier afin d'obtenir des renseignements dont j'ai besoin.

– Quels renseignements ?

Zoulou posa sa main sur l'épaule de Bone ; de l'autre, il fit mine de se trancher la gorge.

– Peu importe. Ce qui compte c'est que je devais la contacter à cinq heures, ou bien à six heures.

– Il est onze heures passées, Bone.

– Je le sais. Elle n'était à aucun des deux endroits où je devais la contacter, et elle n'est pas chez elle.

Les doigts de Zoulou se resserrèrent sur l'épaule de Bone.

– Je n'ai pas de nouvelles d'Anne Winchell, Bone, répondit Lightning d'un ton brutal. Je crois que c'est encore un de vos petits jeux, mon vieux. Si vous êtes vraiment inquiet pour cette femme, dites-moi où vous êtes et rendez...

Bone raccrocha rageusement et se retourna pour suivre Zoulou – vêtu d'une manière moins voyante que d'habitude, d'un jean et d'un sweat-shirt – à travers la foule de Times Square. Ils tournèrent à droite dans la 42e Rue ; Zoulou se planta devant lui juste au moment où une voiture de patrouille remontait l'artère à toute allure, gyrophare allumé, et pilait dans un crissement de pneus devant la cabine téléphonique où se trouvaient Bone et Zoulou quelques secondes plus tôt.

– Tu aimes prendre des risques, commenta Zoulou à voix basse alors qu'ils atteignaient la 6e Avenue.

Ils attendirent que le feu passe au rouge et prirent la direction de la Gare Centrale.

– Il s'en est pris à Anne, déclara Bone, le cœur battant et le souffle court, sans que leurs pas précipités y soient pour quelque chose.

Zoulou s'arrêta, posa sa main sur l'épaule de Bone et l'attira dans l'ombre d'une entrée d'immeuble.

– Du calme, mec. On dirait que tu vas nous faire une crise cardiaque. On ne craint plus rien. Raconte-moi ce que t'a dit le gentil inspecteur.

Bone prit une série de profondes inspirations ; il essuya la pellicule de sueur sur son front.

– Il affirme qu'Anne ne l'a pas appelé.

– Peut-être qu'il ment.

– Pourquoi mentirait-il ?

– Il essaye de te tendre un piège ; il veut te mettre sous pression.

Bone secoua la tête.

– Elle devait être au hangar à bateaux à six heures, et elle n'y était pas. Et elle n'a pas appelé Prindle non plus. Tu as entendu ma conversation avec lui quand j'ai enfin réussi à obtenir un numéro où le joindre. (Il s'interrompit et respira encore plusieurs fois à fond afin de repousser la vague de panique qui menaçait de le submerger.) Elle a peut-être contacté quelqu'un d'autre d'abord. Le meurtrier.

– Avant d'appeler Prindle ou Lightning ? Voyons, Bone.

– C'est obligé. Elle n'a pas réussi à joindre Prindle, et l'idée de contacter Lightning la mettait mal à l'aise. Alors elle a essayé d'obtenir les renseignements par un autre biais. Elle a dû appeler quelqu'un d'autre : le meurtrier. Il a compris que j'étais sur le point de découvrir – ou de me souvenir – de son identité ; il a paniqué et il s'en est pris à Anne. (Il s'obligea à formuler les mots qui hantaient son esprit.) Peut-être est-elle déjà morte à l'heure qu'il est.

Zoulou le prit par les épaules.

– Calme-toi, Bone, dit-il de sa voix grave. Ce n'est pas en t'excitant que tu pourras l'aider.

– Si elle est morte, Zoulou, c'est ma faute ; je l'ai appelée, je lui ai demandé de m'aider. C'est moi qui l'ai tuée.

– Non, Bone. C'est ta peine qui parle en ce moment, et nous perdons du temps. Si Anne est entre les mains du meurtrier comme tu l'affirmes, et je pense que tu as raison, alors de deux choses l'une : elle est morte ou vivante. Si elle est morte, tu ne peux rien y faire ; si elle est encore en vie et enfermée quelque part, le mieux que tu aies à faire à mon avis, c'est de poursuivre tes efforts pour retrouver la mémoire. Si tu rappelais ce Prindle pour lui demander toi-même ce qu'il y a sous terre à cet endroit du West Side ?

Bone réfléchit un instant, avant de secouer la tête.

– Prindle ne m'a jamais beaucoup aimé ; depuis le début il est convaincu que je suis le meurtrier. Je suis sûr qu'il a parlé de notre conversation à la police. Si je le rappelle pour lui demander les renseignements, la première chose qu'il fera c'est de mettre Lightning au courant. Les souterrains grouilleront de flics et je n'ai vraiment pas besoin de ça.

– Dans ce cas, nous retournerons sur place demain et nous continuerons à explorer les tunnels du métro jusqu'à ce qu'on trouve quelque chose qui éveille en toi un souvenir. On trouvera peut-être un moyen de descendre à un niveau inférieur... s'il y en a un.

Bone secoua de nouveau la tête.

– Ça prendra trop de temps, et on n'est pas sûrs de trouver ce que je cherche. (Il leva les yeux vers Zoulou.) Demain, je grimpe. Tu m'as trouvé un endroit ?

Zoulou fit claquer sa langue en désignant l'abdomen de Bone.

– Si tu fais un effort trop violent, tu vas rouvrir ta blessure.

– Tu sais que je n'ai pas le choix, Zoulou. Tu m'as trouvé un endroit ?

Le géant noir poussa un soupir.

– Oui. A Nyack, de l'autre côté du fleuve à Rockland County là où habite ma sœur. A une heure d'ici
environ. Tu te déguiseras une fois de plus, et on prendra un car le matin. C'est un parc national, mais c'est
le début de la saison et un jour de semaine, on ne
devrait pas être dérangés.

– C'est suffisamment raide ?

Zoulou haussa les sourcils avec un petit sourire.

– A toi de me le dire. Ça s'appelle Hook Mountain.

Chapitre 16

1

– C'est suffisamment haut et raide pour toi, Bone ?
Debout dans le pré, Bone levait les yeux vers l'escarpement abrupt qui se dressait devant lui, l'excitation faisait battre son cœur.

De bon matin ils avaient pris un car à la gare routière de New York pour se rendre à Nyack. Après être descendus dans le centre de la petite ville de bord de mer, ils avaient parcouru à pied les trois kilomètres qui les séparaient encore du parc national de Nyack Beach. A mi-chemin environ, la montagne avait surgi tout à coup à la sortie d'un virage. Dès l'instant où ils avaient aperçu cet escarpement qui se dressait dans le ciel, le temps s'était arrêté pour Bone ; il avait gardé les yeux fixés sur la montagne tandis qu'ils s'en approchaient. Maintenant, parvenu au pied, il respirait à fond, essayant de faire le vide dans son esprit pour se concentrer sur le défi qui lui faisait face.

L'inconnu s'était déjà trouvé dans des endroits tels que celui-ci, songea-t-il. Pas devant Hook Mountain à Nyack, mais devant d'autres parois rocheuses encore plus hautes et plus abruptes.

Bone se sentait en terrain connu.

Il s'agissait d'une montagne jeune surgie de terre durant une ère géologique relativement récente. Il y avait ce plateau sur lequel ils se trouvaient, et derrière eux, la montagne descendait en pente raide mais facile à escalader jusqu'à l'Hudson River ; la paroi qui se

360

dressait face à eux, presque perpendiculaire, faisait peut-être deux cent cinquante mètres de haut.

Exactement ce qu'il lui fallait.

– Je me suis dit que tu pourrais t'échauffer un peu en escaladant la partie du bas, expliqua Zoulou en désignant la trentaine de mètres d'éboulis de roches au pied de l'escarpement. Mais vas-y doucement, mec. Je t'ai bien rafistolé, mais tu risques de faire éclater ta cicatrice si tu tires trop sur les muscles de ton abdomen. Entraîne-toi dix minutes sur ce tas de cailloux pour voir comment tu te sens. O.K. ? Et fais gaffe de ne pas te fouler la cheville.

Bone ne répondit pas. Il était rentré en lui-même, ses yeux examinaient la paroi rocheuse tandis qu'il programmait déjà son ascension. Il ôta son chapeau à bord flottant, ses lunettes noires, son manteau et son pantalon, ne conservant qu'un short en cuir et un T-shirt. Le vent qui montait de l'Hudson River caressa son corps, le faisant frissonner, tout en l'emplissant d'allégresse. Il n'aurait pas froid longtemps, songea-t-il en ouvrant le sac en toile posé à ses pieds pour en sortir des baskets noires à semelles lisses qui faisaient partie des achats qu'ils avaient effectués avant de quitter New York, et il les enfila par-dessus ses deux grosses paires de chaussettes. Il sortit ensuite un petit sac de talc qu'il fixa dans son dos grâce à la ceinture qu'il avait passée autour de sa taille.

Bone entendait parler Zoulou à côté de lui, mais toute sa concentration était désormais fixée sur la paroi rocheuse, la recherche des meilleurs angles, des meilleures prises pour les mains et les pieds. Une fois parti, plus question de faire demi-tour.

Curieusement, il savait qu'une des règles essentielles de ce qu'il allait entreprendre c'était de progresser à un rythme régulier et fluide, dans une sorte de mouvement ininterrompu où son corps en parfaite osmose avec la pierre flotterait littéralement jusqu'au sommet en défiant les lois de la gravité.

S'il trouvait les bons angles, s'il prenait la bonne route.

S'arrêter trop longtemps, faire le mauvais choix, c'était la mort assurée ; ses muscles s'ankyloseraient et ses doigts finiraient par lâcher prise. Bone savait tout cela. L'esprit totalement vidé de tout, excepté cette formidable connaissance de l'escalade libre, Bone s'éloigna d'un pas vif et tourna sur sa droite vers le point de départ de la route qu'il avait choisie.

Hé, Bone, qu'est-ce que tu fous ?

Bone atteignit la base de l'éboulis, monta sur une pierre coincée entre deux énormes rochers et se mit à progresser parmi les pierres branlantes aux arêtes aiguisées, en pensant bien à respirer profondément, à plier légèrement les genoux et à pousser avec ses jambes afin d'économiser ses forces. Il s'agissait certainement d'une paroi cotée 5.1. Très difficile, réservée aux spécialistes. Mais Bone était un spécialiste, il avait fait des ascensions cotées 5.5, considérées comme impossibles il y a seulement dix ans.

Il grimpa sans aucun mal jusqu'au sommet de l'éboulis, atteignant le pied de l'escarpement lui-même. Sans la moindre hésitation, il agrippa à deux mains une minuscule et étroite saillie qui dépassait de la paroi.

Hé, Bone, qu'est-ce que tu fabriques, bordel ? Tu vas te tuer ! Redescends ! Personne ne peut escalader ce truc !

La voix de Zoulou était toute proche, juste en dessous de lui, au pied de l'éboulis, mais c'était la dernière fois que Bone l'entendait, car il était désormais totalement absorbé par le défi que constituait cette ascension. Il ne pouvait plus y avoir ni hésitations, ni repos, hormis ceux qu'il avait prévus, lorsqu'il atteindrait des endroits où il pouvait se suspendre par les jambes. Il ne devait pas grimper trop vite, pour ne pas gaspiller toute son énergie, mais pas trop lentement non plus s'il ne voulait pas être épuisé avant d'arriver au sommet.

L'allure et le rythme faisaient tout. Il n'avait pas de corde, aucun matériel d'aucune sorte pour l'aider dans son ascension, il n'avait que son corps et son esprit à opposer à cette paroi de pierre ; une simple erreur de jugement de son corps ou de son esprit et c'était la mort assurée. Au sommet de son balancement, propulsé par son élan, il lâcha la main droite pour agripper une autre minuscule saillie. Une fraction de seconde plus tard, il lâcha la main gauche et, se balançant de nouveau comme un pendule humain, il fléchit les genoux, releva légèrement les jambes et coinça la pointe de son pied gauche dans une petite cavité. Grâce à cet appui, il se hissa jusqu'à la prise suivante et se déplaça aussitôt vers la droite. Puis il répéta la même suite de mouvements, en se déplaçant cette fois vers la gauche ; poussant sur ses jambes, tirant sur ses bras, suivant les fissures de la roche, il escalada le premier tiers de la paroi d'un même mouvement ininterrompu.

Bone savait qu'il ne pouvait plus faire marche arrière maintenant ; plus question de lâcher prise et de retomber sur le sol pour chercher une autre route moins dangereuse, il était beaucoup trop haut. S'il tombait maintenant, son corps irait se briser sur les éboulis en contrebas.

Bone atteignit une avancée relativement large. Il balança ses jambes par-dessus la saillie, lâcha les mains et se renversa dans le vide, laissant pendre ses bras pour les reposer et faire circuler le sang. C'était un arrêt prévu, un de ceux qu'il avait repérés depuis le bas de la falaise pendant qu'il étudiait son trajet. S'il avait bien calculé son coup, il trouverait encore deux points de repos comme celui-ci avant d'atteindre le sommet.

Suspendu la tête en bas, les bras ballants, Bone leva les yeux vers le ciel d'azur, puis il se cambra légèrement pour regarder en dessous. Totalement immobile, la tête rejetée en arrière, Zoulou suivait sa progression d'un air totalement hébété. Mais ce n'était pas la voix de Zoulou qu'il entendait dans son esprit.

Tu devrais aller à New York, mon gars. Toi qui aimes explorer les grottes, tu devrais voir un peu tout ce qu'on trouve sous cette ville. J'en sais quelque chose, j'y suis descendu.

Des grottes ? Escalader. Grimper et descendre. Il faisait les deux. C'est comme ça qu'il gagnait sa vie.

Non, pas seulement. Escalader, explorer... c'était toute sa vie.

Ses bras avaient retrouvé des forces. Il prit un peu de talc dans le petit sac en tissu fixé à sa ceinture et s'en frotta les mains pour sécher la sueur et s'assurer une meilleure prise. Après une série de profondes inspirations, il se redressa d'un coup de rein, agrippa le bord de la saillie de la main droite et balança ses jambes par-dessus. Il profita du balancement de ses jambes pour se déplacer vers la droite ; il se balança en sens inverse et, dans le même mouvement, il agrippa la saillie de la main gauche et se hissa sur l'avancée rocheuse. Bone sentit quelque chose se déchirer dans son ventre. Une vive douleur. Il baissa les yeux et s'aperçut que le devant de son T-shirt était taché de sang.

Il ne pouvait rien faire pour l'instant. En fait, il ne pouvait même pas se permettre de songer à sa blessure et au sang qui coulait, car il risquait alors de perdre sa concentration et de chuter. C'est là que résidait la beauté de l'escalade libre, l'essence de ce qui l'avait toujours attiré dans ce sport. La pureté. Il n'y avait pas de place pour l'erreur. La grâce était récompensée, tandis que la maladresse et le manque de concentration étaient punis de mort. Plus d'une fois, des gens qui ne comprenaient rien l'avaient traité de fou. Tous les grimpeurs étaient fous, lui disait-on.

Sans doute, songea Bone avec un sourire sardonique. Les grimpeurs étaient fous. Mais dans quel autre sport trouvait-on une telle pureté ?

La deuxième partie de son ascension n'offrait en guise de prise qu'une étroite crevasse qui montait à la verticale sur six ou sept mètres jusqu'à une autre saillie. Bone enfonça sa main dans la fissure et serra le poing. Se servant de son seul poing serré comme d'un piton pour s'accrocher à la paroi de pierre, il se balança, tendit le bras droit, glissa sa main dans la crevasse et serra aussitôt le poing. Il planta ses pieds de chaque côté de la fissure et poussa sur ses orteils tout en se hissant à la force des poignets. Petit à petit, un pied après l'autre, il gravit littéralement la montagne abrupte à coups de poing.

Lorsqu'il atteignit enfin la seconde corniche, Bone avait le dessus des mains à vif, l'acide urique produit par la fatigue lui brûlait les muscles des bras et des épaules. Il coinça ses jambes par-dessus le rebord de la saillie, au-dessous du genou, lâcha prise, se renversa et laissa pendre une fois de plus les deux tiers de son corps dans le vide.

Zoulou n'était plus qu'un point noir dans l'herbe tout en bas. Il demeurait immobile, comme un grand arbre noir qui avait pris racines, témoin silencieux.

Tu es un type bien, Granger ; un peu bizarre peut-être, mais je respecte ce que tu fais, et tu es un esprit libre. Puisque tu es aussi doué pour explorer les grottes que pour escalader les montagnes, intéresse-toi au sous-sol de New York. Je travaille pour une société qui s'appelle Empire Subway Limited ; on explore ce qu'il y a sous terre et on dresse des cartes pour les entreprises de construction publiques ou privées.

Il avait commencé l'escalade libre quand il était entré à l'université du Colorado. Il y avait un club à la fac ; le prof leur avait d'abord fait escalader de gros rochers, sans autre matériel qu'un sac de talc pour assécher la transpiration des paumes et avoir de meilleures prises. Bone s'était rapidement découvert un talent inné pour l'escalade libre ; il possédait non seulement une force et une agilité prodigieuses dans le haut du corps, mais aussi une grâce dans ses mouvements et un instinct presque surnaturel pour trouver la " bonne " voie qui le mènerait au sommet des barrières de pierre impitoyables. Des rochers, il était passé aux bâtiments du campus, puis il avait abandonné ces colonnes de brique raides mais sans surprises et ces rebords de fenêtre pour les parois abruptes et imprévisibles des falaises. Chaque week-end, durant l'année scolaire, il partait escalader, souvent en compagnie d'autres mordus, les différentes falaises de la région. Bientôt, il devint évident qu'il était le meilleur de tous, meilleur même que tous les professeurs. Quatorze mois après sa première tentative pour escalader un rocher, il réalisait des ascensions de niveau 5, des ascensions considérées comme la limite extrême du possible, le degré ultime de la difficulté.

Tu es un sacré guide et un sacré prof, Granger, tu m'as fait voir des tas de trucs là-dessous dans les endroits où tu m'as emmené. Maintenant j'aimerais te faire découvrir des trucs moi aussi. Je t'enverrai des cartes de la compagnie. En te promenant sous New York, t'apprends un tas de choses sur l'histoire de cette ville ; à la pointe de Manhattan on voit les systèmes hydrauliques en bois conçus et construits par Aaron Burr. Va y faire un tour. Si tu décides de venir, passe-moi un coup de fil à ton arrivée. Moi aussi je réussirai à t'épater, tu verras. Si tu n'es jamais venu à New York, c'est une expérience que tu n'oublieras pas.

En effet, songea Bone avec un sourire amer.

Il avait laissé tomber l'université au début du deuxième cycle, car il savait déjà ce qu'il voulait faire dans la vie. Il exerça différents petits boulots pour gagner sa vie, et dès qu'il avait économisé suffisamment d'argent, il partait en voyage à la recherche de nouvelles falaises ou montagnes auxquelles se mesurer, vivant dans des pensions ou des auberges de jeunesse, partout où il trouvait un lit.

Sa réputation s'était étendue, et bientôt, il reçut de nombreuses propositions pour enseigner les techniques de l'escalade libre dans différentes écoles d'alpinisme, aussi bien aux États-Unis qu'en Europe.

C'était un travail très bien payé, et il avait mis à profit le temps libre que lui procurait cet argent pour expérimenter de nouvelles techniques et escalader à mains nues des parois réservées jusqu'alors aux grimpeurs munis du matériel traditionnel des alpinistes. C'est d'ailleurs à cause de lui que l'échelle de cotation des difficultés fut étendue jusqu'à 5.5. Il se déplaçait sans cesse, voyageant à travers le monde pour enseigner et grimper. Il sympathisa avec des gens de différentes nationalités, et sa popularité ne cessa de croître parmi les grimpeurs. Mais ses amis étaient depuis longtemps habitués à ne pas avoir de ses nouvelles pendant de longues périodes, car il pouvait très bien camper seul dans une chaîne de montagnes quelque part entre le Colorado et l'Himalaya ; ses amis avaient appris à le voir surgir à l'improviste et jamais ils ne s'inquiétaient d'une absence prolongée ; ils supposaient qu'il était en train d'escalader une paroi quelque part dans le monde.

Viens à New York, Granger. Viens explorer ce qu'il y a sous terre. Si jamais tu trouves quelque chose dont nous ignorons l'existence, la compagnie saura te récompenser.

La spéléologie lui était apparue comme le prolongement naturel de ses dons ; au lieu d'escalader les montagnes, il descendrait sous terre. Bone aimait l'idée de progression et d'exploration, quelle que soit la direction. De fait, il avait bientôt entendu parler de célèbres galeries souterraines telles que le puits fantastique de la grotte d'Ellison en Georgie, auquel ne pouvait accéder qu'un alpiniste chevronné. Il avait stupéfait le monde de l'escalade en descendant sans aucun équipement les cent cinquante mètres de profondeur du puits de Valhalla en Alabama.

Une fois introduit dans cet univers souterrain, Bone avait découvert qu'il prenait presque autant de plaisir à explorer le sous-sol qu'à escalader les parois abruptes qui menaient au ciel. La spéléologie possédait sa propre fascination et ses propres défis, et avant long-temps, il était devenu un champion des explorations souterraines. C'était un membre important de la Fondation pour la Recherche en Spéléologie et il faisait partie du Comité de Sauvetage de Spéléologie, prêt à se rendre sur-le-champ sur n'importe quel site du globe afin de venir en aide à des spéléologues en difficulté. Il avait découvert des dizaines de nouveaux réseaux souterrains et aidé à répertorier des centaines de kilomètres de galeries à Carlsbad, dans les grottes du Mammouth, les cavernes de Shenandoah et de Curry, ainsi que d'autres réseaux souterrains moins importants.

Bone sentait maintenant le sang chaud s'étaler sur son ventre ; le devant de son T-shirt taché de rouge sombre lui collait à la peau. Suspendu dans le vide, le sang coulait le long de ses bras et gouttait au bout de ses doigts. Ses bras avaient retrouvé leur force et leurs sensations, mais il se savait diminué. Le danger était grand, et s'il n'accélérait pas l'allure, il n'arriverait jamais au sommet ; il perdrait le bénéfice de toutes les visions qui maintenant submergeaient son esprit. Il avait fini par retrouver l'inconnu, mais celui-ci mourrait s'il ne reprenait pas son ascension.

Et s'il mourait, Anne mourrait elle aussi. Si elle n'était pas déjà morte.

Bone banda légèrement les muscles de ses cuisses et se redressa juste assez pour apercevoir la prochaine corniche où il pourrait s'arrêter ; elle se trouvait peut-être à soixante-dix mètres au-dessus. A partir de là, l'ascension paraissait plus aisée jusqu'au sommet, mais ces soixante-dix mètres étaient extrêmement difficiles ; dans son état d'épuisement, ils pouvaient même s'avérer mortels. Il aurait besoin de toutes ses forces restantes, de volonté et surtout... de concentration. S'il voulait arriver en haut, il devait flotter le long de la roche.

Bone essuya le sang qui lui coulait dans les yeux, se

cambra et saisit le bord d'une étroite crevasse sur sa droite. Il relâcha l'étau de ses jambes et se balança une fois de plus dans le vide, cherchant un appui du bout du pied, il en trouva un, le perdit. Sa main commençait à glisser dans la crevasse. Bone songea alors qu'il n'y arriverait pas, tandis qu'il continuait à se balancer dans le vide et que ses doigts peu à peu lâchaient prise. Une seule erreur était généralement synonyme de mort. Il n'avait pas fait d'escalade depuis plus d'un an, et tout le sang qu'il perdait l'affaiblissait.

Il tendit le bras gauche, glissa la main dans la crevasse, ce qui lui permit d'arrêter son balancement latéral ; il raffermit sa prise en plaquant ses pieds contre la paroi. Il lâcha la main droite pour la plonger dans son sac de talc. Il se talca la main droite, puis la gauche. Bone savait qu'il devait accélérer l'allure. Mais il ne devait pas lutter contre la roche, seulement la survoler plus vite...

Maintenant !

Il tendit la main droite et trouva une prise. Il s'élança, saisit une seconde prise, s'aida de ses genoux, il poussa, se hissa de nouveau... *Flotter*, se hisser, pousser, se balancer, s'agripper, *flotter*.

Le sang, chaud et collant, coulait maintenant le long de ses cuisses. Mais il continuait d'avancer ; une musique dissonante et lointaine résonnait à ses oreilles. Un faux mouvement... n'y pense pas. Continue ! Flotte !

Il atteignit enfin l'arrêt suivant. Haletant de fatigue, il coinça ses jambes autour de la corniche, se renversa dans le vide et tenta de reprendre son souffle. Il avait l'impression d'avoir les bras et les mains plongés dans l'huile bouillante, mais il ne pouvait se permettre de se reposer trop longtemps, car le sang qui s'échappait de sa plaie au ventre coulait de plus en plus abondamment.

Un jour, les cartes étaient arrivées, envoyées par le New-Yorkais dont Bone avait guidé le groupe de spéléologues amateurs dans une partie peu connue des grottes de Carlsbad à l'époque où il enseignait dans une école d'escalade de l'Utah. Il avait étudié les cartes et avait été fort intrigué en effet par ce monde étrange, à la fois naturel et artificiel, sous les rues de New York, plus particulièrement sous Manhattan. Bone n'était jamais allé à New York ; il évitait d'une manière générale toutes les grandes villes, leur préférant les montagnes et les vastes étendues de l'Ouest. Obéissant à une sorte de caprice, il avait décidé de s'y rendre, peut-être pour explorer en solitaire une partie de son monde souterrain. Il n'avait dit à personne où il allait ; il n'avait pas non plus prévenu l'homme qui lui avait envoyé les cartes, car il ignorait combien de temps il resterait.

Arrivé à New York, Bone était descendu dans une auberge de jeunesse et avait payé plusieurs nuits d'avance avant de se promener seul dans les rues pour voir les curiosités de la ville. Impressionné par l'énergie qui émanait de cette gigantesque cité, il regrettait de ne pas y être venu plus tôt.

Grâce aux cartes, il entreprit l'exploration du sous-sol.

Il commença par le quartier de Wall Street où certaines installations souterraines remontaient à l'époque des premiers colons hollandais qui s'étaient établis à la pointe de l'île de Manhattan.

Fasciné par ce qu'il découvrit, Bone décida d'étendre ses explorations pour essayer d'aller au-delà des voies indiquées sur les cartes. Finalement, à force de ramper à travers d'étroites fissures creusées dans le calcaire et le granit, il découvrit une citerne naturelle dans laquelle on avait creusé des puits des centaines d'années plus tôt. Des galeries naturelles rayonnaient à partir de la citerne ; il les explora toutes l'une après l'autre et finit par découvrir le lit asséché d'une rivière non répertoriée qui s'était frayé un chemin à travers le soubassement de Manhattan à une époque préhisto-

370

rique. Excité par sa découverte, Bone passa des jours et des jours à explorer le lit de la rivière et ses minuscules affluents, du sud au nord, s'enfonçant de plus en plus profondément dans cette artère obscure sous la ville.

Presque une semaine après avoir commencé son exploration, alors qu'il estimait être remonté environ jusqu'au milieu de l'île en effectuant des relevés, quelle ne fut pas sa surprise d'entendre devant lui une sorte de chant étouffé. Il y avait quelqu'un dans les ténèbres ! Après avoir éteint sa lampe, il aperçut en effet une faible lueur dans cette direction. Se servant de cette lumière comme d'une balise, Bone avança prudemment, progressant à tâtons dans le noir. Ayant franchi un passage étroit, il se retrouva soudain à l'entrée d'une vaste rotonde de pierre que les eaux tourbillonnantes de la rivière disparue avaient taillée dans le calcaire mou et presque pur. Des lampes Coleman fixées dans les parois aux quatre points cardinaux baignaient la grotte d'une lumière vacillante et irréelle, et Bone s'aperçut tout à coup qu'il se trouvait au centre d'une étendue d'ossements blanchis qui non seulement jonchaient le sol, mais dépassaient aussi des parois et du plafond de ce qui ressemblait à une anomalie géologique, un petit noyau, une poche de terre qui veinait la pierre, un très ancien lieu de sépulture qui s'était enfoncé progressivement au fil des siècles.

Entouré de ce buisson d'ossements, il se surprit à contempler un terrifiant tableau. Au centre de la grotte scintillait la surface noire de ce qui était sans aucun doute un puits de sable mouvant, autre anomalie suintante qui pouvait s'avérer mortelle pour le spéléologue amateur qui ne se méfie pas, certainement alimentée et lubrifiée par des sources vives encore plus profondes. De l'autre côté du puits, un homme était agenouillé, vêtu de pied en cap d'un ciré orange vif zébré de sang, ouvert sur le devant et laissant deviner ce qui ressemblait à une chasuble de prêtre pourpre couverte de brocarts. Sous le regard horrifié de Bone, l'homme plongea la main dans un sac poubelle noir et en ressortit la tête d'une vieille femme dont les longs cheveux blancs étaient collés par le sang.

– Bon Dieu !

L'homme en orange leva la tête et le vit ; aussitôt, il replongea la main dans son sac poubelle et sortit un objet qui scintillait dans la lumière vacillante des lampes Coleman.

L'homme avait presque contourné le puits de sable mouvant pour se ruer sur lui, lorsque Bone s'aperçut que l'objet qu'il tenait à la main était un rasoir. Bone arracha un os du mur de terre sur sa droite et le soupesa ; le fémur qu'il avait déterré était aussi lourd et dur que la pierre.

L'homme tenta de lui donner un coup de rasoir. Bone se jeta en arrière pour éviter l'acier mortel. Puis il bondit en avant et visa avec son os la tête de son adversaire, il manqua son coup mais l'atteignit au bras. En même temps, il se servit de sa main libre pour allumer sa lampe électrique et braquer le faisceau sur le visage de l'homme ; il vit alors, sous le bord flottant du chapeau de pluie et au-dessus du col relevé, une paire d'yeux verts brillants où luisaient la folie, la panique et la fureur.

L'homme glissa et tomba, mais il se saisit immédiatement d'un os qu'il lui lança au visage. L'os dur comme de la pierre l'atteignit à la tempe gauche. A demi assommé, Bone laissa tomber sa lampe électrique qui se brisa sur le rol rocailleux. La vue brouillée, la main plaquée sur la tempe, il savait que l'homme au rasoir allait repartir à l'attaque ; il recula en titubant sur sa gauche, jusque dans l'étroite galerie qui n'était pas celle par laquelle il était venu. Soudain, il se sentit tomber dans les ténèbres, heurtant dans sa chute des parois de pierre, se cognant de nouveau la tête, percevant ce qui ressemblait au grondement et au sifflement d'un train de marchandises lancé à toute vitesse dans son crâne et qui menaçait de le broyer. La douleur explosa derrière ses yeux dans une lueur blanche aveuglante qui s'éteignit brusquement, le laissant suspendu dans un vide de néant. Bone ignorait combien de temps il était resté inconscient, sans doute pas plus de quelques secondes, sinon il serait mort noyé. Comme dans un rêve qu'il savait ne pas en être un, il se retrouva plongé dans une eau glaciale agitée d'un violent courant. Il essaya désespérément de fermer les yeux, de chasser d'une manière ou d'une autre la douleur dans son crâne et le froid dans son corps ; la musique discordante dans son esprit semblait jouer en contrepoint du sifflement de l'eau qui bouillonnait autour de lui et l'aspirait. Mais Bone savait que s'il fermait les yeux dans l'obscurité, s'il se permettait de se laisser aller, de dormir, de s'évanouir, c'était la mort assurée. Alors le désir de vivre l'envahit ; il fit un effort pour se mettre sur le dos, toussant et crachant, le dos arqué, battant doucement des pieds, repoussant les flots avec ses mains, luttant pour surnager dans l'écume de l'eau grondante. Comme il l'avait fait un nombre incalculable de fois lorsqu'il s'accrochait du bout des doigts à une corniche étroite à des centaines de mètres au-dessus du sol, il s'obligea à se concentrer sur une seule chose : ce qu'il devait faire pour rester en vie. Garder la tête hors de l'eau sans se soucier de l'endroit où le conduisait ce voyage souterrain glacial.

Il avait perdu toute notion du temps et de l'espace ; il ne savait même plus qui il était, où il était, ni ce qu'il était ; dans l'obscurité, le froid et la souffrance, il ne lui restait qu'un terrible désir de vivre, de vaincre ce nouveau péril. Pendant ce qui lui parut une éternité, il se laissa emporter par les eaux déferlantes, repoussant les ténèbres qui menaçaient d'engloutir son esprit.

Finalement, il découvrit peu à peu qu'il ne bougeait plus ; il était allongé dans la boue, et il s'enfonçait. Il se retourna sur le ventre et se mit à patauger, luttant pour garder la tête hors de la vase collante. Il entr'aperçut soudain l'éclat d'un rai de lumière au-dessus de sa tête, sur la droite. Le ciel bleu. Il constata alors qu'il tenait toujours le fémur. Il se servit de l'os pour s'accrocher et ramper dans la vase, gravissant centimètre par centimètre une pente faite de terre boueuse et de pierre. Il atteignit ainsi une petite ouverture qu'il élargit à l'aide de l'os, tandis que l'étroit tunnel qu'il venait de parcourir en rampant commençait à s'écrouler autour de lui, menaçant de l'ensevelir vivant...

Bone s'élança vers l'avant, vers le ciel, hors de ce tunnel éphémère qui s'était ouvert et refermé tout aussi rapidement. Il rampa encore dans la boue jusqu'à ce qu'il atteigne un mur de béton et une passerelle en bois qui conduisait à l'extérieur du puits. Il continua à ramper, se hissant à l'aide de l'os, s'agrippant du bout des doigts, poussant avec l'os, sur le bois brut...

C'était la dernière chose dont il se souvenait.

Mais c'était suffisant. Bone ôta le sang de ses yeux et prit une poignée de talc dans le sac qui pendait à sa ceinture. Puis il effectua un rétablissement, saisit le bord de la saillie et balança ses jambes dans le vide pour entreprendre la dernière partie de son ascension vers le sommet de la paroi et vers son identité.

Curieusement, le ciel semblait s'assombrir et Bone se demandait pourquoi. Il se demandait pourquoi cette affreuse brûlure dans ses bras et ses épaules, et la douleur dans son ventre avaient disparu ; il se demandait pourquoi il ne sentait pratiquement plus rien...

2

Le première réaction de Zoulou en voyant Bone se suspendre sans hésiter à une corniche étroite au sommet de l'éboulis de pierres et se hisser le long de la paroi de l'escarpement avait été d'essayer d'escalader tant bien que mal l'amas de pierres branlantes afin de retenir Bone qui, Zoulou en était convaincu, avait perdu la tête et cherchait à se tuer.

Il se précipita, mais s'arrêta au pied de l'éboulis. Trop tard pour arrêter Bone ; même si Zoulou parvenait à gravir cet amoncellement de rochers sans glisser, ce dont il doutait fort, il n'aurait rien d'autre pour s'accrocher ensuite que la pierre et l'air. En l'espace de quelques secondes, Bone réussit à grimper hors d'atteinte le long d'une paroi rocheuse qui, aux yeux de Zoulou, semblait totalement lisse, hormis ici et là quelques fissures et légères protubérances.

Zoulou n'avait jamais rien vu de tel – du moins le croyait-il au début, jusqu'à ce qu'il repense au bond fantastique qu'avait dû effectuer Bone sur le mur de l'immeuble de la Chemical Bank pour échapper à Lobo et à sa bande de Loups. Et maintenant, non seulement il réussissait à s'accrocher à cette surface lisse, mais en plus il progressait.

Il l'appela plusieurs fois, mais Bone poursuivait son ascension comme s'il ne l'entendait pas. En désespoir de cause, Zoulou se mura dans un silence hébété, assistant au spectacle qui se déroulait devant ses yeux d'un air stupéfait et incrédule. Zoulou essaya de trouver dans sa mémoire un exploit comparable à celui-ci, mais en vain ; il ne voyait pas à quoi pouvait bien s'accrocher Bone et pourtant, celui-ci continuait à gravir la paroi rocheuse dans un enchaînement presque ininterrompu de mouvements fluides qui trahissait une énorme confiance en soi. De fait, c'était cette aisance autant que le défi lui-même qui emplissaient Zoulou d'un effroi mêlé d'admiration. Bone semblait défier la gravité à mesure qu'il escaladait, sans se presser, presque sans effort, la paroi rocheuse tel un singe blanc plein de grâce ; ses cheveux flottaient comme un drapeau dans le vent venu de l'Hudson.

Subjugué, Zoulou ne quitta pas Bone des yeux jusqu'à ce qu'il atteigne son premier point de repos ; c'est au moment où il coinça ses jambes autour de la corniche pour se renverser dans le vide que Zoulou aperçut la tache de sang sur le devant de son T-shirt.

Bone va mourir, songea Zoulou, soudain paralysé par un pressentiment. Bone avait eu de la chance de grimper jusque-là, mais il avait gravi moins d'un tiers de la paroi. Malgré ce qu'il venait de voir, Zoulou continuait à penser qu'il était impossible à un homme *sans* blessure au ventre de grimper jusqu'au sommet de cet escarpement, et il ne voyait pas comment Bone pourrait redescendre avant que, affaibli par la perte de son sang, il ne lâche prise pour venir s'écraser sur les rochers en bas.

Et Zoulou ne pouvait absolument rien faire pour éviter le drame, songea-t-il, abasourdi et terrifié par ce sentiment d'impuissance. Inutile même de crier, il ne lui restait plus qu'à assister en témoin silencieux à un incroyable exploit de courage et d'agilité qui ne pouvait s'achever que par la mort.

Zoulou avait toujours la tête renversée, la bouche grande ouverte, lorsque Bone atteignit le deuxième arrêt ; une fois de plus il coinça ses jambes autour de la corniche et se laissa pendre dans le vide. Il était maintenant si haut que Zoulou ne discernait plus ses traits ; par contre, il distinguait la tache cramoisie sur son T-shirt qui le faisait ressembler à un barbouillis blanc et rouge sur la pierre brune.

Quand Bone, après ce qui parut une éternité à Zoulou, abandonna enfin son perchoir pour reprendre son ascension, l'idée qu'il pouvait atteindre le sommet effleura pour la première fois le géant noir.

Mais soudain, alors qu'il ne lui restait plus qu'une vingtaine de mètres à parcourir, Bone glissa. Son pied gauche se déroba sous lui, sa main droite lâcha prise, mais les doigts de sa main gauche restèrent agrippés au rebord de la saillie. Le souffle coupé, le cœur battant à tout rompre, Zoulou vit la main droite de Bone remonter lentement, trouver une prise, tandis que ses jambes cherchaient et trouvaient un appui. Bone reprit son ascension. Mais il avait perdu son rythme fluide. Les mouvements des bras et des jambes étaient devenus laborieux ; Zoulou comprit qu'il assistait au spectacle d'un homme qui pouvait perdre connaissance d'une seconde à l'autre sous l'effet de la douleur et de l'épuisement.

Durant les dix derniers mètres de l'ascension, Zoulou hurla des paroles incohérentes en sautant sur place, encourageant son ami, et lorsque Bone se hissa sur le plateau de la falaise et roula hors de vue, Zoulou se mit à sangloter de joie.

Il interrompit brutalement ses démonstrations d'allégresse en s'apercevant qu'il ne savait pas comment accéder au sommet.

– Merde !

Il traversa à toutes jambes le petit pré jusqu'à la route qui descendait vers North Broadway et ensuite Nyack Beach. Il continuait à s'injurier en descendant la route en courant. Il était tellement persuadé que Bone n'arriverait jamais jusqu'en haut de la falaise qu'il n'avait pas pensé à ce qu'il ferait si, par miracle, Bone atteignait le sommet. Conclusion, son ami était en train de se vider de son sang là-haut, tout seul. Zoulou devait conduire Bone à l'hôpital de Nyack, mais l'hôpital était à plus de trois kilomètres et il ne savait même pas comment aller chercher Bone. Il avait besoin d'aide, et vite.

Zoulou atteignit l'entrée de North Broadway, la longue avenue qui conduisait à Nyack Beach, passa sans s'arrêter devant la guérite vide du gardien du parc et continua à courir en direction de la plage. Une centaine de mètres plus loin, il atteignit la petite construction de brique qui abritait le bureau d'information ; il laissa échapper un juron en constatant que le combiné de la cabine téléphonique installée devant le bureau avait été arraché.

Il se retourna juste à temps pour voir une voiture de

patrouille de la police de Nyack s'arrêter devant la barrière métallique qui interdisait l'accès au parc. L'agent, un jeune type avec une moustache fine, descendit de voiture et resta derrière la portière ouverte, la main sur la hanche près de la crosse de son revolver, ne sachant visiblement quelle attitude adopter face à ce grand Noir de plus de deux mètres à l'air impétueux qui gravissait à toutes jambes la pente raide de la colline.

– Je m'appelle Horace Thorogood, déclara Zoulou d'une voix haletante en atteignant enfin le sommet de la colline et en s'appuyant contre la barrière en face du policier. Mon ami est en train de perdre tout son sang là-haut au sommet de la falaise. Il faut aller le chercher.

Le jeune policier recula d'un pas, déglutit et plissa les yeux.

– Vous êtes complètement camé ?

– Nous n'avons pas de temps à perdre, Monsieur, répondit Zoulou en se glissant sous la barrière. (Il ouvrit la portière du côté passager et se glissa sur le siège avant.) Je viens de vous dire qu'un homme était en train de mourir. Allons-y.

Le policier dévisagea d'un œil hésitant le géant noir essoufflé assis sur le siège avant de sa voiture de patrouille, puis il prit une décision. Il sauta derrière le volant, enclencha la marche arrière et fit vrombir le moteur. La voiture recula dans un crissement de pneus. Le policier freina, passa la vitesse et la voiture pie s'élança sur North Broadway. Il tourna à droite à la première intersection, accélérateur au plancher. La voiture de patrouille fonça vers le sommet de la colline escarpée ; arrivé en haut, le policier effectua un virage à angle droit sur les chapeaux de roues pour s'engager sur un chemin d'accès. Il redressa la voiture, puis décrocha le micro de son émetteur-récepteur pour réclamer une ambulance.

– Par là ! hurla Zoulou en désignant sur sa droite un bosquet de sapins. Arrêtez-vous là ! Il doit être dans les parages ! J'ai aperçu les arbres du bas de la falaise !

La voiture s'arrêta en dérapage, Zoulou en descendit aussitôt pour se précipiter vers les arbres ; il pénétra dans le bosquet en priant pour qu'il ne soit pas trop tard. Il se retrouva soudain à la lisière des arbres, au bord de la falaise.

Bone avait disparu.

– Alors, où il est votre ami ? demanda sèchement le policier qui avait rejoint Zoulou. Mon gars, si vous essayez de...

Zoulou fit demi-tour et repartit en courant vers la gauche, longeant le bord de l'escarpement, jusqu'à ce qu'il aperçoive des taches de sang sur la pierre et dans l'herbe. Il s'engouffra au milieu des arbres, s'immobilisa et laissa échapper un grognement en découvrant Bone assis par terre, adossé au tronc d'un arbre, plié en deux, plaquant les plis de son T-shirt imbibé de sang sur la plaie béante de son ventre.

– Bone ! s'exclama Zoulou en s'agenouillant auprès de son ami. Tu m'entends ? (Bone acquiesça doucement ; Zoulou baissa la tête, ferma les yeux et respira à fond pour tenter de maîtriser son tremblement. Il entendait au loin la sirène d'une ambulance qui se rapprochait rapidement.) Les secours arrivent, dit-il d'un ton calme. Tiens bon.

Bone releva la tête.

– Zoulou, murmura-t-il d'une voix rauque. Je m'appelle John Granger. Il faut prévenir Anne... Préviens aussi Lightning et dis-lui où je suis... dois lui parler. Le meurtrier est Barry Prindle.

Chapitre 17

1

Le lieutenant Perry Lightning, la bouche pincée dans un rictus, sortit de l'ascenseur au deuxième étage de l'hôpital. Accompagné d'un policier de Nyack, il tourna à gauche et marcha d'un pas décidé jusqu'à la chambre située au bout du couloir. Il fut surpris de découvrir Bone – extrêmement pâle, ses yeux bleus bordés de cernes – assis dans son lit, le dos appuyé contre deux oreillers. Près du lit, un trépied supportait un flacon de plasma qui s'écoulait dans le bras gauche de Bone grâce à un système de goutte à goutte. Le géant noir que Lightning connaissait sous le nom de Zoulou était assis sur une chaise près du lit, l'air à la fois inquiet et légèrement stupéfait.

– Avant de me poser la moindre question, Lieutenant, déclara Bone d'une voix faible mais ferme lorsque Perry Lightning entra dans la chambre, dites-moi si vous avez réussi à localiser Anne Winchell.

Lightning jeta un bref regard à Zoulou qui le lui rendit avec impassibilité. Puis il se retourna et glissa un mot au policier en uniforme. Celui-ci quitta la chambre, mais resta debout près de la porte ouverte.

– Non, répondit Perry Lightning en se retournant vers les deux hommes. Barry Prindle a disparu lui aussi.

– Oh ! bon sang, Lieutenant, chuchota Bone dans un soupir en fermant les yeux. Alors j'avais raison ; Prindle l'a enlevée... ou bien elle est morte.

L'inspecteur approcha une seconde chaise près du lit, s'assit, se laissa aller contre le dossier et croisa les jambes. Son visage et son œil valide ne laissaient rien paraître.

— C'est ce que vous dites, répondit-il du même ton froid. Votre copain Zoulou est très convaincant, Bone, c'est pourquoi je me suis déplacé en personne. Mais l'histoire qu'il m'a racontée au téléphone paraissait plutôt insensée. J'ai du mal à y croire.

— Vous êtes vraiment un cas, Lieutenant, répliqua sèchement Zoulou. Si vous n'y croyez pas, allez chercher du matériel d'alpinisme... ou une grue. On retournera à Hook Mountain, vous pourrez escalader la falaise en suivant les traces de sang de Bone jusqu'au sommet. Qu'en dites-vous ?

Le regard de Lightning effleura le visage de Zoulou et revint se poser sur Bone.

— Je vous le répète, Bone, votre ami sait se montrer très convaincant. J'ai transmis un avis de recherche à toutes les brigades pour retrouver Anne Winchell et Prindle. Vous imaginez ce que ça représente en hommes et en temps ?

Bone secoua la tête ; il serra et desserra les poings.

— Vous ne les trouverez pas. Si Prindle n'a pas tué Anne, il l'a emmenée quelque part sous terre ; il s'y sent parfaitement à l'aise, comme dans les rues. (Il s'interrompit, déglutit avec peine et détourna la tête.) Et Anne a la phobie de l'obscurité.

— Ecoutez-moi bien, Bone, répondit Lightning. Je viens de vous dire que tous les flics de la ville les recherchaient, alors cessez de vous inquiéter pour ça ; vous feriez mieux de songer à vos propres problèmes. Vous êtes un fugitif et l'histoire de votre copain comme quoi vous avez escaladé une falaise sans aucun équipement ne prouve – ni ne change – absolument rien.

— Vous oubliez un détail important, Lieutenant, intervint Zoulou. Je vous ai dit que Bone était avec moi la nuit où les trois dernières victimes ont été assassinées. Je suis son témoin.

– Ça signifie seulement que vous avez aidé et protégé un criminel en fuite ; ça ne signifie pas qu'il n'a pas tué les autres.

– Je n'ai tué personne, s'emporta Bone. Aurais-je demandé à Zoulou de vous prévenir si j'étais le meurtrier ?

– Je l'ignore. Je ne vous ai jamais accusé de manquer d'intelligence.

– Si vous pensez qu'il est juste intelligent, déclara Zoulou avec une très légère trace d'amusement, vous devriez le voir escalader les falaises.

Lightning continua à observer Bone.

– Vous semblez particulièrement sûr de vous quand vous affirmez n'avoir tué personne, vous n'avez pas toujours été aussi catégorique. Auriez-vous retrouvé la mémoire ?

– Oui.

– Tiens ! fit le lieutenant en haussant les sourcils. Eh bien, je vous écoute.

– Je m'appelle John Granger, et il se trouve que je suis un grimpeur de renommée mondiale.

– Un grimpeur ?

– J'escalade des falaises, des montagnes, n'importe quoi, sans l'aide d'aucun équipement, à mains nues.

– Conneries.

– Oh ! là ! s'exclama Zoulou. J'espère que vous n'avez pas laissé votre intelligence de l'autre côté du fleuve, Lieutenant.

– Faites attention à ce que vous dites, Zoulou.

– Je suis également un très bon spéléologue, j'explore les grottes, reprit Bone avec impatience, perturbé par la pensée d'Anne. Il vous suffit d'appeler le Comité National de Sauvetage de Spéléologie pour vérifier. Demandez-leur de vous décrire John Granger, demandez-leur ce qu'il fait et quand on l'a vu pour la dernière fois. Quand vous aurez terminé, je vous donnerai les noms de plusieurs dizaines d'écoles d'escalade et d'organismes à travers le monde. Renseignez-vous sur John

Granger et vous me direz ensuite si je raconte des conneries.

Perry Lightning dévisagea Bone pendant quelques instants, puis il se leva brusquement, marcha jusqu'à la porte et s'adressa à voix basse au policier posté à l'entrée de la chambre. L'officier répondit par un hochement de tête et s'éloigna.

Lightning revint se planter au pied du lit. Il passa sa main sur son crâne rasé et frotta d'un air absent son œil vitreux.

— Pour quelqu'un qui a, paraît-il, reçu un coup de couteau dans le ventre et couvert de sang la paroi d'une falaise, vous ne m'avez pas l'air trop mal en point.

— Ce n'était pas un coup de couteau, juste une estafilade. Zoulou m'a rafistolé. Ce n'est pas très profond, mais il est vrai que j'ai beaucoup saigné. Il paraît que j'ai perdu un litre et demi de sang durant l'ascension. Les médecins m'en ont déjà remis un litre. Si vous ne croyez pas Zoulou, demandez au flic et à l'ambulancier ce qu'ils ont vu quand ils sont venus me chercher.

— Bone est un coriace, Lieutenant, expliqua calmement Zoulou. A vrai dire, c'est sans doute le type le plus coriace que vous rencontrerez jamais. Foutez-lui la paix.

Lightning émit un grognement.

— Qui a voulu vous planter, Bone ? Lobo ?

Ne sachant quoi répondre, Bone détourna la tête. Lightning enchaîna.

— Je suppose que votre blessure au ventre n'a rien à voir avec les cadavres des trois membres de la bande des Loups qu'on a retrouvés dans la rue il y a quelques jours ? Lobo avait la nuque brisée et les deux autres avaient le crâne enfoncé. Et vous, Zoulou ? vous savez quelque chose ?

— Il se trouve que je suis au courant, Lieutenant, répondit Zoulou d'un air détaché. J'en ai tué deux, et Bone a tué Lobo accidentellement. Légitime défense. Ils ont d'abord essayé de tuer Bone, et ensuite ils s'en sont pris à moi. Bone m'a sauvé la vie en sautant sur Lobo.

– Et Zoulou m'a sauvé la vie, Lieutenant, ajouta Bone.

– L'idée ne vous est pas venue de prévenir la police, déclara sèchement Lightning en inclinant la tête vers Zoulou.

Le géant noir haussa ses larges épaules.

– Ça m'est sorti de la tête ; je vous le dis maintenant. Si je n'avais pas oublié, nous ne serions pas dans cette chambre en ce moment, n'est-ce pas ? Et Bone n'aurait pas identifié votre meurtrier. Si vous voulez m'inculper, ce sera pour avoir abandonné des saletés sur le trottoir.

– On en reparlera plus tard, répondit l'inspecteur après un long silence. (Il souriait presque.) Si ça ne me sort pas de la tête.

– Comme vous voulez, Lieutenant.

– Vous vous souvenez d'autre chose, Granger ? demanda Lightning en se tournant de nouveau vers Bone.

– Je pratique l'escalade à mains nues depuis presque quinze ans, j'explore les galeries souterraines depuis dix ans. Je suis un professionnel. Je grimpe dans le monde entier, pour mon plaisir, et l'on me paye pour enseigner dans des écoles d'alpinisme et de spéléologie, dans ce pays et à l'étranger. Le temps que je consacre à l'enseignement dépend de la somme d'argent dont j'ai besoin pour l'expédition suivante, qu'il s'agisse de gravir une montagne ou d'explorer un réseau de galeries souterraines. Je bouge beaucoup. J'ai une poste restante à Denver, mais elle ne sert pas beaucoup. Mes amis sont habitués à me voir disparaître pendant de longues périodes, voilà pourquoi on n'a jamais signalé ma disparition...

... Parfois, si l'on m'offre assez d'argent, je sers de guide à des groupes qui possèdent une bonne pratique de l'alpinisme et de la spéléologie et qui veulent décou-

384

vrir des galeries rarement explorées. Il y a deux ans, j'ai accompagné un groupe de New-Yorkais. On a passé une semaine à explorer les grottes de Mammoth dans le Kentucky que peu de gens ont vues. J'ai sympathisé avec un type du groupe. Il travaille pour une société nommée Empire Subway Limited. Vous en avez entendu parler ?

— Oui, je connais, répondit Ligthning.

— Barry Prindle a travaillé pour cette société, lui aussi, avant de devenir employé municipal ; c'est comme ça qu'il a découvert tout ce qui se cachait sous les rues de New York. Quoi qu'il en soit, ce gars qui faisait partie du groupe que j'accompagnais m'a conseillé de venir à New York pour explorer le sous-sol ; plus tard, il m'a même envoyé des cartes.

— Comment s'appelle cet homme ?

— Matthew Tolovitch ; je suis sûr qu'il travaille toujours pour Empire Subway. Sinon, ils vous diront comment le joindre. Il vous confirmera tout ce que je viens de vous raconter.

— Vous ne l'avez pas prévenu de votre venue ?

— Non, et je ne l'ai pas contacté en arrivant. Je ne suis pas très sociable, et j'ignorais combien de temps j'allais rester. J'étais surtout curieux de voir les aqueducs construits par les colons hollandais au XVIIe siècle, sous le quartier de Wall Street.

— Où logiez-vous ?

— J'avais loué une chambre au YMCA dans ce coin-là.

— Pourquoi n'ont-ils pas déclaré votre disparition quand vous n'êtes pas venu rechercher vos affaires ?

— Ça, il faudra leur demander.

— Bien, continuez.

— A force de fureter sous terre, je suis tombé sur un immense et complexe réseau de galeries naturelles qui ne figurait sur aucune des cartes que m'avait fournies Tolovitch. De toute évidence, c'était un territoire vierge. J'ai pris tout mon temps, je traçais le plan des galeries en progressant vers le nord. Une semaine environ après avoir commencé mon exploration, je crus entendre tout à coup quelqu'un psalmodier devant moi. Et j'aperçus une faible lueur. J'éteignis ma lampe et marchai en direction de cette lumière. Je découvris alors une vaste caverne au toit voûté creusée par la rivière dans la roche calcaire plus tendre. Il y avait également des os provenant d'un lieu de sépulture préhistorique. Et Prindle était là.

– Vous avez vu son visage ?

– Non. Il portait un ciré orange, avec un chapeau à large bord assorti. Il avait déboutonné son imperméable, mais gardé son chapeau.

– Si vous n'avez pas vu son visage, comment pouvez-vous être certain qu'il s'agissait de Barry Prindle ?

– J'ai vu ses yeux ; il n'y a pas beaucoup d'hommes qui ont des yeux aussi verts que Prindle. De plus, il portait un habit de prêtre sous son imperméable ; Prindle est allé au séminaire pour devenir prêtre. Et puis, il y avait sa carrure. L'homme que j'ai vu était bien Barry Prindle.

Le regard de Perry Lightning se perdit dans le vague pendant quelques instants ; il hocha la tête, l'air songeur.

– Continuez.

– Je l'ai vu sortir une tête de femme d'un sac poubelle. Il l'a posée sur une corniche près du puits de sable mouvant au centre de la grotte.

– Comment avez-vous vu tout ça ?

– Des lampes à pétrole étaient fixées aux murs tout autour de la grotte. Compte tenu de la psalmodie et des habits de prêtre, je suppose qu'il accomplissait une sorte de rituel avec la tête, un service funèbre. Voilà pourquoi on n'a jamais retrouvé les têtes ; elles sont dans le puits de sable mouvant.

– Intéressante spéculation, commenta Lightning d'un ton neutre. Notre meurtrier se prend pour un prêtre et il veut offrir à ses victimes un enterrement décent. Comme il ne peut pas descendre les corps sous terre, il prend juste les têtes.

– J'ai poussé un cri. Il a sorti un rasoir de son sac et s'est jeté sur moi. J'ai saisi la première chose qui me tombait sous la main pour me défendre, un des os qui dépassaient de la paroi de terre en l'occurrence. Nous nous sommes battus ; Prindle m'a lancé un os à la tête. A moitié assommé, j'ai reculé dans une galerie étroite et je suis tombé dans un gouffre. J'ai fait une très longue chute durant laquelle je me suis cogné la tête contre la paroi rocheuse. A partir de là, ça devient plus confus, mais j'ai dû tomber dans une rivière souterraine agitée d'un fort courant, celle-là même qui traverse la roche et la terre pour former le puits de sable mouvant. J'ai réussi à surnager tandis que le courant m'emportait ; ensuite je me souviens m'être retrouvé sur une avancée de pierre à l'entrée d'une galerie très étroite qui menait à la surface. Je ne saurais vous dire comment j'ai fait pour ramper jusqu'en haut, mais j'ai réussi. Zoulou m'a trouvé allongé sur le trottoir à proximité d'un chantier de construction. Ce n'est qu'une supposition, mais la rivière souterraine devait être reliée à d'autres cours d'eau passant sous le chantier. Les travaux de terrassement ont sans doute mis à jour la partie supérieure d'une fissure naturelle dans le sol. C'est par là que je suis remonté. Je n'avais aucun papier sur moi et j'avais perdu tout mon matériel durant l'affrontement et la chute, mais j'avais réussi à conserver l'os. Par la suite, bien que privé de mémoire, je ne me suis jamais séparé de cet os, car je savais, même inconsciemment, que c'était un lien avec ce qui m'était arrivé. C'est juste une hypothèse, mais je ne vois pas pourquoi, sinon, je me serais trimbalé en permanence avec cet os.

– Dois-je comprendre que vous ne vous souvenez toujours pas de ce que vous avez fait durant l'année où vous avez vécu dans la rue ?

– Je n'ai pas dit ça. J'ai dit que je ne me souvenais

pas exactement pourquoi je ne me séparais jamais de cet os. Je peux juste supposer, à juste titre je pense, que je l'ai conservé instinctivement, à cause de l'endroit où je l'avais trouvé ; c'était la clé de mon identité. En fait, je me souviens de cette année, mais c'est comme un rêve. Le rêve de quelqu'un d'autre plus exactement. Je m'en souviens assez bien pour savoir que je n'ai tué personne. Je vivais dans un tunnel sous Penn Station ; je vous y conduirai en sortant d'ici. Vous y trouverez les quelques vêtements et objets que je possédais ; mais vous ne trouverez pas de taches de sang, et certainement pas des têtes coupées.

Le policier de Nyack réapparut à la porte ; il se racla discrètement la gorge. Lightning le rejoignit, ils échangèrent quelques mots à voix basse, puis l'inspecteur revint au chevet de Bone.

– O.K. ! votre histoire est confirmée, Granger.

– Je n'ai tué personne, Lieutenant.

– Je vous crois.

Zoulou, les lèvres retroussées par un petit sourire, frappa trois fois dans ses mains.

Lightning noua ses mains dans son dos et hocha légèrement la tête.

– Granger, pouvez-vous me conduire dans cette grotte souterraine ?

– Oui. (Bone esquissa un sourire.) Pensez à mettre de vieux vêtements.

– Vous êtes certain que le meurtrier, l'homme que vous avez vu dans cette grotte est bien Barry Prindle.

– Absolument.

– Pourquoi fait-il ça ?

– Je n'ai pas la moindre idée de ce qui se passe dans le cerveau de Prindle, Lieutenant. Comment le pourrais-je ?

– Vous n'avez peut-être pas bien vu le visage du meurtrier, mais lui en revanche a vu le vôtre. S'il s'agit bien de Prindle...

– Il n'y a pas de " si ", Lieutenant. Prindle est le meurtrier... et il s'en est pris à Anne.

– Si c'est Prindle, pourquoi ne vous a-t-il pas tué durant cette année où vous viviez dans la rue ?

– Je l'ignore, répondit Bone en détournant le regard.

– Il a dû recevoir un sacré choc en voyant que vous étiez vivant.

– Sans doute. Mais j'avais perdu la mémoire, je ne représentais pas une menace pour lui. Et je n'étais pas le... genre de victimes qu'il recherchait.

– Vous étiez un sans-abri.

– Oui, mais pas irrécupérable. Exception faite du Dr Hakim qu'il a tué pour me tendre un piège, je pense que Prindle choisissait ses victimes parmi les cas les plus désespérés. C'est une chose que je voulais vous demander... par l'intermédiaire d'Anne.

– D'accord, mais quand vous avez *repris connaissance* comme vous dites dans Central Park, là vous étiez une menace pour lui ?

Bone réfléchit ; il se souvint de l'agressivité de Barry Prindle, une agressivité qu'il avait mise sur le compte de son inquiétude pour Anne. Il s'apercevait maintenant que la réaction de Prindle pouvait être interprétée de deux façons.

– Je n'ai pas d'explication, Lieutenant, répondit-il enfin. De toute évidence, il ne pouvait pas me tuer immédiatement, en plein jour, à moins qu'il ne soit prêt à tuer en même temps Anne et le Dr Hakim. Or, il ne pouvait pas tuer Anne, il était amoureux d'elle ; par la suite, il s'est rapidement rendu compte que je n'étais toujours pas une menace pour lui ; j'avais l'esprit vif, je parlais, mais je n'avais pas retrouvé la mémoire.

– Mais vous cherchiez à vous souvenir.

– Pourquoi ne m'a-t-il pas tué ensuite c'est cela ? Peut-être parce qu'il n'était pas certain de pouvoir le faire. Si j'ai bien compris sa façon de procéder, aucune de ses victimes n'était en mesure de se défendre, excepté le Dr Hakim qu'il a sans doute pris par surprise.

Lightning émit un grognement ; lorsqu'il parla, Bone perçut une note de respect dans sa voix.

– Je pense que vous avez raison, Granger. Mais pourquoi avez-vous subitement repris connaissance au bout d'un an ? Vous vous en souvenez ?

– Je crois que... c'est à cause de Mary Kellogg. Je... me souviens d'avoir découvert par hasard son corps, et celui du vieil homme. J'ai reconnu ses vêtements. Le terrible choc émotionnel que j'ai ressenti m'a tout d'abord plongé dans le désespoir, j'ai eu envie de mourir. Et puis, quand Anne a réussi à me *réveiller*, le même choc émotionnel a déclenché en moi le désir de vivre, c'était le début de ma guérison.

– Bone et Mary Kellogg étaient très proches, Lieutenant, intervint Zoulou. C'est Bone qui lui a évité de se faire violer par Lobo ; en guise de remerciement, elle lui a donné ce médaillon qu'il portait autour du cou. C'est elle-même qui me l'a dit.

– Une autre raison pour laquelle Prindle n'a pas cherché à me tuer, reprit Bone, c'est que j'étais le suspect numéro un pour tous les autres meurtres ; quand on m'a remis en liberté, il a compris que je serais accusé de tous les meurtres à venir. Tant que je ne retrouvais pas la mémoire, je ne représentais pas une menace pour lui ; et tant que je me promenais en liberté dans les rues, j'étais un bouc émissaire bien commode.

– O.K. ! Granger, dit Lightning. J'accepte cette explication.

– Hé, Bone ! s'exclama Zoulou de sa voix de baryton, inquiet de voir son ami grimacer de douleur, se redresser dans son lit et essayer de poser les pieds par terre. Où tu vas comme ça ?

– Il faut que je sorte d'ici, Zoulou.

– Pas question. Tu as entendu ce qu'ont dit les toubibs pendant qu'ils te transfusaient ; tu dois rester ici quelque temps. Tu as besoin de beaucoup de repos.

– S'il n'a pas tué Anne, il l'a emmenée dans sa grotte, ou quelque part sous terre. J'en suis sûr.

– Pourquoi, Granger ? demanda l'inspecteur Lightning. Comment pouvez-vous en être si sûr ? Il descendait sous terre pour jouer au prêtre et enterrer les têtes de ses victimes. Pourquoi y emmènerait-il un otage vivant ? il se prendrait lui-même au piège ?

Bone réfléchit un instant et trouva la réponse.

– Il est chez lui sous terre. N'oubliez pas que c'est un dément, et quand Anne l'a appelé – ce qu'elle a certainement fait, car je le lui ai demandé – il a compris que j'étais sur le point de retrouver la mémoire. Il a paniqué, il a enlevé Anne et s'est enfui. Mais où pouvait-il bien aller ? Il se sent en sécurité sous terre. Il a travaillé pour Empire Subway, c'est comme ça qu'il a découvert l'existence de ces galeries au départ, ensuite il a continué à explorer de son côté. Il se sent invincible dans sa grotte. Et surtout, il sentira qu'Anne est totalement en son pouvoir. Même sans sa phobie de l'obscurité, elle serait absolument incapable de sortir de ce labyrinthe sans son aide. Voilà ce qu'il désire le plus : avoir Anne à sa merci. Je sais qu'il est sous terre avec Anne, Lieutenant, dans ce qu'il considère comme son monde. Il faut que je descende la chercher.

– Je ne suis qu'un pauvre artiste de rue, Lieutenant, intervint Zoulou, mais ce que dit Bone me paraît plein de bon sens. Sauf quand il dit qu'il veut descendre sous terre.

Perry Lightning jeta un regard à Zoulou et hocha la tête, avant de reporter son attention sur Bone assis sur le bord de son lit, plié en deux par la douleur.

– Expliquez-moi comment accéder à cette grotte.

Bone secoua la tête.

– Impossible, c'est trop compliqué. Je ne peux même pas vous dessiner un plan, du moins un plan qui vous empêcherait à coup sûr, vos hommes et vous, de vous perdre ou d'avoir un accident.

– Ne jouez pas les cracks avec moi, Granger, répliqua sèchement le lieutenant. Vous vous croyez plus fort que la police new-yorkaise ?

– Je ne mets pas en doute vos capacités, Lieutenant,

ni celles de vos hommes, répondit Bone entre ses dents. Mais je doute qu'il y en ait beaucoup parmi eux qui soient formés aux techniques de la spéléologie, et s'il y en a, vous découvrirez que ce sont des spéléologues amateurs. Je suppose que Prindle a trouvé un moyen d'accéder aux galeries depuis le centre de Manhattan. Mais je ne connais pas ce chemin. Le seul que je connaisse part des environs de The Battery. Il m'a fallu deux semaines pour arriver jusqu'à la grotte et...

– Bon sang, Granger. Vous voulez dire qu'il nous faudra deux semaines pour y accéder ?

– Non, je prenais mon temps et j'effectuais des relevés au fur et à mesure. Ce que je veux dire, c'est qu'il s'agit d'un réseau complexe truffé de ramifications et de culs-de-sac dans lesquels une personne non expérimentée peut aisément s'égarer. Et si vous vous perdez dans ces galeries, vous mourrez. J'ai laissé des repères pour baliser le chemin, mais...

– Nous suivrons vos marques.

Bone secoua de nouveau la tête.

– Ce n'est pas aussi simple. Même si vous parveniez à suivre mes marques, il vous faudrait franchir des passages très difficiles et dangereux qui nécessitent une excellente technique. Loupez une marque, prenez le mauvais embranchement et vous êtes mort. Il faudrait que je vous guide et même dans ce cas, il n'est pas certain que vous arriviez à suivre.

– Eh bien, nous essaierons quand même de suivre vos marques, Granger, car vous n'êtes pas en état de nous accompagner. Vous ne pouvez pas prendre le risque de rouvrir votre blessure ; ça ne rendra service à personne si vous descendez et que vous vous mettez soudain à pisser le sang.

– Laissez les médecins se soucier de mon état, Lieutenant. Je crois que vous ne m'avez pas compris. Vos hommes et vous n'ont aucune chance de trouver cette grotte sans mon aide, c'est une certitude. Mais ce serait trop compliqué, et surtout trop long pour moi de conduire tout un groupe de novices à travers ces souterrains. Seul, je peux espérer atteindre la grotte en moins de douze heures. Je ne sais pas combien de temps ça prendrait avec des débutants, ils sont trop maladroits. De plus, le son porte très loin dans ces galeries, et les débutants font beaucoup de bruit sous terre. On ne peut pas se permettre d'alerter Prindle. Notre seul espoir, c'est qu'il ait épargné Anne afin de passer un peu de temps avec elle, et peut-être même la convaincre de se donner à lui. Mais il n'a rien à perdre en la tuant, un simple coup de rasoir et elle est morte. Le problème n'est donc pas seulement d'arriver jusqu'à la grotte, mais d'y arriver en faisant le moins de bruit possible.

Lightning baissa les yeux et s'absorba dans la contemplation du sol.

— Vous ne pouvez même pas vous lever, dit-il enfin. Vous allez nous faire un plan le plus détaillé possible et nous ferons appel à d'autres spéléologues chevronnés pour nous guider.

— Non. J'aurai récupéré une bonne partie de mes forces dans un jour ou deux. Les chirurgiens peuvent me faire une autre série de points de suture et me bander solidement le ventre. Ça devrait tenir au moins douze heures, je ne demande pas plus.

— Bon sang, Bone, dit Zoulou. Et la douleur ?

— C'est mon problème, Zoulou. J'irai seul... avec un fusil équipé d'un viseur, et si vous pouviez me trouver, Lieutenant, une paire de lunettes à infrarouge comme celles qu'utilise l'armée pour les combats nocturnes. Pas de lumière. Si je réussis à m'approcher de lui sans bruit, je devrais l'avoir.

— Vous serez obligé de l'abattre, vous le savez, répondit l'inspecteur. Il ne vous laissera pas le choix.

— Dans ce cas, je l'abattrai.

— Avez-vous déjà tué un homme, Granger ?

— Ne vous inquiétez pas, Lieutenant, je ne me dégonflerai pas. Je le tuerai s'il le faut.

393

Perry Lightning réfléchit un instant, fit la moue et secoua la tête.

– La municipalité ne peut autoriser un civil à se substituer aux forces de police pour accomplir une mission périlleuse, à plus forte raison quand il s'agit de jouer les tireurs d'élite. Impossible.

– Lieutenant...

– Un seul homme, Granger. Pourriez-vous atteindre la grotte en moins de douze heures si vous n'emmeniez qu'une seule personne ?

– Si cet homme a une bonne condition physique, quelque chose dans le ventre, s'il n'est pas claustrophobe et s'il n'a pas peur de l'obscurité, et si cet homme fait exactement ce que je lui dis de faire... oui. Ça prendrait peut-être une heure ou deux de plus, mais ça ne poserait pas de problème ; le problème c'est de trouver l'homme en question.

– Moi, Granger, répondit calmement Perry Lightning. Je vous accompagnerai. Faites-moi la liste du matériel nécessaire, je m'en occupe. Et s'il faut ouvrir le feu, c'est moi qui m'en chargerai. Je suis payé pour ça.

– Avez-vous déjà fait de la spéléo, Lieutenant ?

– Non, et je ne peux pas dire que je sois emballé à l'idée de descendre dans l'obscurité pendant douze heures ou plus. Mais c'est mon devoir. Pour ce qui est d'avoir du cran, vous me servirez de modèle, Granger. Je suis votre homme.

– O.K. ! répondit simplement Bone. J'apprécie votre décision, Lieutenant.

– Et moi dans tout ça ? demanda Zoulou.

Bone et Lightning se retournèrent comme un seul homme vers Zoulou qui s'était renfoncé dans son fauteuil au pied du lit, les jambes croisées.

– Mon ami Bone souffre, enchaîna-t-il en regardant l'inspecteur. Il va lui falloir beaucoup de courage et de chance pour avancer sans rouvrir sa blessure ; il ne peut rien porter. Vous, Lieutenant, vous transporterez déjà un fusil à lunette et vous serez suffisamment encombré à mon avis. Il vous faudra des provisions, de l'eau, une trousse de secours, peut-être même une civière pliable. Vous ne savez pas dans quel état vous allez retrouver cette femme, et si vous capturez Prindle vivant, il faudra quelqu'un pour le tenir en respect pendant que vous les faites remonter. Il vous faut au moins une paire de mains supplémentaires. (Il s'interrompit, soupira et haussa les sourcils.) Je vous servirai de porteur pour cette expédition. Ça me distraira.

– Vous êtes trop grand pour descendre, Zoulou.

– Vous même vous n'êtes pas un nain, Lieutenant, et je suis très souple. Je constate que vous ne critiquez pas mon raisonnement.

Lightning jeta un regard interrogateur à Bone. Celui-ci répondit par un petit hochement de tête.

– Bone dit qu'il est d'accord, Lieutenant, reprit Zoulou.

– Merci de votre proposition, Zoulou, répondit Lightning après une pause. Mais je prendrai un de mes hommes pour porter le matériel. C'est une affaire de police. J'ai besoin de Granger, mais pas de vous. Il n'y a aucune raison pour que vous risquiez votre vie.

Zoulou se redressa sur son siège et s'accouda sur les barreaux en fer au pied du lit.

– Bone ? C'est toi le chasseur blanc responsable de cette expédition. Je veux vous accompagner. Je suis l'homme qui convient. Tu sais que je peux me débrouiller sous terre. Pour ce qui est de la discrétion, je vis sous la Gare Centrale depuis sept ans et personne ne m'a jamais trouvé. Qu'en dis-tu ?

Lightning se tourna vers Bone avec un petit sourire.

– Qu'en pense le bwana ?

– D'accord, fit Bone. Nous descendrons tous les trois... et je peux peut-être nous faciliter les choses. Il faut que vous alliez parler aux chirurgiens, Lieutenant, expliquez-leur pourquoi j'ai besoin d'être recousu encore une fois, solidement. Je vais vous faire la liste du matériel nécessaire, essayez également de me dégoter une carte Niele-MacLain, les services municipaux de l'environnement en possèdent peut-être.

– Qu'est-ce qu'une carte Niele-MacLain ?

– Vous verrez bien. Si on a de la chance, c'est quelque chose qui pourrait nous faciliter grandement la tâche.

2

Assise sur la pierre froide et dure, Anne regardait avec des yeux vides le feu qui rougeoyait sur la saillie légèrement surélevée en face d'elle. Au-delà de la corniche, les flammes faisaient briller la surface vert sombre de ce qui ressemblait à une large flaque de boue. Anne avait jeté une pierre dans la boue et l'avait regardée disparaître ; elle se demandait si la mare était profonde. Elle avait envisagé un instant de se suicider et de sonder la profondeur de la mare de boue en se jetant dedans, mais le courage lui avait manqué. Bien que terrorisée, elle n'était pas encore prête à se tuer. Au début, la terreur que lui inspira Barry Prindle et le monde de ténèbres dans lequel il l'avait entraînée étaient tels qu'elle avait cru que son cœur allait cesser de battre ou éclater. Maintenant, elle était seulement... transie de peur. Et de froid. Mais le froid était sans doute davantage dans sa tête que dans son corps.

Il lui semblait qu'il y avait des limites à tout, même à la terreur. Il était temps d'envisager la question de la survie. Anne esquissa un petit sourire désabusé en songeant que ses choix futurs avaient intérêt à être meilleurs que celui qu'elle avait fait en décidant d'appeler Barry Prindle avant le lieutenant Lightning. Elle avait joint Barry à son bureau juste avant qu'il ne parte faire sa tournée à bord de la camionnette.

Elle comprenait maintenant qu'il avait fait le rapprochement, il avait deviné que Bone l'avait contactée dès qu'elle lui avait demandé les renseignements, mais elle s'était laissé abuser par sa réaction. Barry paraissait excité et enthousiaste, il croyait maintenant à l'innocence de Bone, affirmait-il. Quand il lui avait suggéré de ne pas prévenir la police avant qu'il ne l'ait rencontrée pour lui montrer les cartes qu'elle réclamait, Anne avait accepté volontiers. Il l'avait assurée que Bone et elle possédaient désormais un allié, et il était sans doute préférable qu'ils se débrouillent tous les trois sans alerter la police, ce qui ne ferait que compliquer les choses.

D'accord.

Anne se souvint de s'être demandé comment il avait obtenu la permission de quitter son poste, car il était passé la prendre à son bureau une demi-heure plus tard. Elle était montée dans la camionnette ; au moment où elle se retournait vers Barry, il lui avait appliqué sur le nez et la bouche un chiffon doux imbibé d'une forte odeur médicinale. Elle s'était débattue brièvement, mais c'était la dernière chose dont elle se souvenait avant de se réveiller... ici. Les bleus sur son corps indiquaient que Barry avait eu du mal à la transporter dans cet endroit, quel qu'il soit ; elle s'était cognée et éraflée un bon nombre de fois en chemin.

Où était donc passé Prindle ? Anne repensa à la panique suffocante qui l'avait envahie lorsqu'à son réveil elle s'était retrouvée seule au milieu des ténèbres. Elle avait tout d'abord cru qu'il l'avait abandonnée là pour la laisser mourir, puis elle avait aperçu les importantes réserves de nourriture et d'eau entassées dans un coin de la vaste grotte...

Anne promena son regard alentour, elle frissonna une fois encore en voyant les ossements entremêlés qui jaillissaient du plafond et des murs de la caverne de l'autre côté de la mare de boue sur sa droite. Bone était venu dans cet endroit, songea-t-elle, c'est là qu'il avait

397

trouvé son fémur. Elle comprit alors que l'homme qu'elle aimait avait surpris Barry Prindle en train de faire... quelque chose.

Mais que venait donc faire Bone par ici ?

Son regard se posa sur la corniche de pierre tachée de sang devant elle et elle frémit. Un bruit sur sa gauche la fit sursauter ; elle détala à quatre pattes et vint se plaquer contre la paroi sous une lampe à pétrole tremblotante, tandis que Prindle avançait vers elle.

— N'approchez pas, Barry, souffla-t-elle d'une voix rauque. Je vous en prie, n'approchez pas.

Prindle s'arrêta à un mètre d'elle. Il éteignit la lampe de mineur qu'il portait autour du front, s'agenouilla, les avant-bras posés sur les cuisses, et il la dévisagea longuement. La flamme des lampes Coleman se reflétait dans ses yeux verts éclatants.

— Je ne veux pas vous faire de mal, Anne. Je vous aime.

Anne déglutit, essayant d'humecter sa bouche sèche.

— Si vous m'aimez, pourquoi m'avoir amenée ici de force ? J'ai une peur panique du noir et des espaces clos. Vous le savez.

— Je n'avais pas le choix, Anne. J'ai bien compris que Bone était sur le point de retrouver la mémoire.

— Il vous a surpris ici, n'est-ce pas ? Vous transportiez une tête coupée.

— Oui, répondit Prindle avec le même calme.

— Que faisait-il ici ?

— Je l'ignore.

— Que lui est-il arrivé, Barry ?

— Je ne sais pas ; je veux dire, je ne sais pas comment il a survécu. On s'est battus. Il a disparu dans cette petite galerie en face et il est tombé dans une sorte de gouffre. J'ai cru qu'il était mort. (Il s'interrompit, avant de murmurer :) Rien n'est jamais aussi simple qu'il n'y paraît.

— Comment ?

— Rien. C'est sans importance.

– Barry, pourquoi avez-vous tué tous ces gens ? Je n'aurais jamais cru que vous puissiez faire du mal à quelqu'un.

– Je ne leur ai pas fait de mal, Anne. Je les ai débarrassés de leurs souffrances. Je les ai envoyés vers Dieu. (Il ôta sa lampe de mineur, la posa par terre à côté de lui et passa une main dans ses cheveux en soupirant.) Je pensais que vous comprendriez.

Anne déglutit avec peine ; son esprit fonctionnait à toute vitesse. Comment faisait-on pour essayer de raisonner un fou ou pour se montrer plus malin que lui ?

– Je crois que je comprends, dit-elle. Tous les gens que vous avez tués étaient... comme ça ?

– Tous sauf le Dr Hakim, oui.

– Comment avez-vous pu tuer Ali, Barry ?

– Il m'a trahi. J'étais en colère.

– Ali vous a trahi ? Comment ?

– Peu importe. Je n'ai pas envie de parler de ça. Ça n'a aucun intérêt.

– Mais tous les autres ? Vous étiez en colère après eux aussi ?

– Oh ! non, Anne. Mon cœur était rempli de pitié pour eux.

– Pourquoi alors ?

– Je suis prêtre, Anne ; le Tout-Puissant m'a confié une mission spéciale. Voilà pourquoi j'ai envoyé tous ces pauvres gens misérables vers le royaume de Dieu ; c'était mon travail. En ce qui concerne Bone et Ali... j'ai nagé dans la confusion pendant un moment. Je croyais que Dieu essayait de me tendre un piège en m'envoyant Bone pour vous arracher à moi.

– Je ne vous ai jamais appartenu, Barry. Vous ne comprenez donc pas ?

Prindle secoua la tête.

– Vous avez tort. Le fait que vous soyez là avec moi prouve que vous avez tort. Dieu a voulu me tester en se servant de Bone. J'ai échoué une fois, mais Il m'a donné une seconde chance. Vous m'avez appelé en premier, souvenez-vous. Il était écrit que je devais vous conduire jusqu'ici, dans mon église.

Anne regarda autour d'elle en réprimant un soupir. Elle répondit d'une voix ferme :

– Vous dites que vous m'aimez, Barry. D'accord, je vous crois et je vous remercie. Mais moi, je ne veux pas rester ici. Si vous m'aimez vraiment, vous devez me ramener immédiatement à la surface. Je resterai auprès de vous, je vous le promets. Mais nous devons aller trouver la police pour leur dire ce que vous avez fait. Vous avez besoin d'aide, Barry. On vous aidera, si vous me faites sortir d'ici. Ça me ferait tellement plaisir.

Prindle secoua lentement la tête.

– Je vous en prie, Anne, ne me prenez pas pour un imbécile.

– Barry, je vous promets que je resterai auprès de vous et je ferai tout ce qui est en mon pouvoir pour qu'on vous apporte l'aide dont vous avez besoin.

– Au mieux on m'enverra dans un hôpital psychiatrique car personne ne comprendra. Et comment pourrions-nous vivre ensemble dans ce cas ?

– Je n'ai pas dit que nous passerions notre vie ensemble, Barry. J'ai dit que je resterais près de vous.

– Vous ne m'aimez pas ?

– Vous m'avez demandé de ne pas vous prendre pour un imbécile. Me croiriez-vous si je vous disais que je vous aime ?

– Non. Voilà pourquoi nous allons vivre ici quelque temps.

– *Vivre* ici ?

– Oui, répondit nonchalamment Prindle. Ceci est mon église, Dieu me l'a donnée. Je vous assure que vous y serez bien. Je m'occuperai de vous. Vous n'avez rien à craindre.

– Barry, répondit Anne en humectant ses lèvres et en s'efforçant de garder son calme, et si jamais il vous arrivait quelque chose ? Je suis incapable de remonter seule. Je mourrais ici.

– Il ne m'arrivera rien, Anne, déclara Prindle avec un sourire d'enfant. Vous voyez bien que nous ne manquons pas de provisions ni d'eau. Il y a une bonne ventilation, du kérosène en quantité pour les lampes et j'ai descendu du bois pour faire du feu. Il y a plein de couvertures pour vous tenir chaud. J'ai économisé plusieurs milliers de dollars, je peux acheter tout ce dont nous avons besoin. S'il nous faut quelque chose, je remonterai le chercher.

– Oh ! mon Dieu, Barry. Combien de temps allons-nous rester ici ?

Prindle se releva lentement ; son sourire disparut. Il s'avança et posa timidement la main sur l'épaule d'Anne.

– Vous tremblez.

– Oui, Barry, je tremble. Qu'est-ce que vous espérez, bon Dieu ? J'ai peur.

– De moi ?

– De vous, de cet endroit.

– Nous resterons ici jusqu'à ce que vous n'ayiez plus peur, jusqu'à ce que vous appreniez à m'aimer, Anne. Quand ce jour viendra je le sentirai, alors peu importe ce que vous direz. Je saurai au fond de moi que vous m'aimez vraiment. (Il se tut et caressa timidement le sein gauche d'Anne avec le dos de sa main.) Nous allons être heureux tous les deux, Anne. Vous verrez. Quand je sentirai que vous m'aimez et que vous n'essaierez pas de vous enfuir, alors je vous ramènerai à la surface. D'ici là, la police aura cessé de nous rechercher, ils penseront que nous sommes morts tous les deux. Nous irons vivre dans un autre Etat. Nous nous marierons et nous aurons des tas d'enfants. C'est la volonté de Dieu.

– Barry, répondit Anne dans un murmure, vous oubliez Bone. Il commence à retrouver la mémoire ; il viendra nous chercher ici.

Prindle haussa les épaules et regarda derrière lui en direction de l'étroite galerie d'où il avait surgi.

– J'en doute, mon amour. Mais au cas peu probable où il retrouverait son chemin jusqu'ici, je lui ai préparé quelques vilaines surprises. Il ne pourra pas en réchapper.

– Qu'avez-vous fait, Barry ?

– Un homme a le droit de défendre sa maison, répondit-il en se retournant vers Anne.

– Des pièges, murmura la jeune femme.

Prindle caressa les épaules d'Anne.

– Je vous désire depuis si longtemps, dit-il d'une voix rauque. Vous êtes la réponse à tant de problèmes.

Anne frissonna au contact de la caresse de Prindle, mais d'une main tremblante, elle commença à défaire les boutons de son chemisier.

– Je ne suis la réponse à aucun de vos problèmes, Barry. Mais si vous avez l'intention de me violer, je ne pourrai pas vous en empêcher, alors autant en finir le plus vite possible.

– Non, ne faites pas ça, je vous en prie, s'exclama Prindle en saisissant le poignet d'Anne. Pas maintenant. Je ne veux pas vous prendre comme ça.

Anne vit avec angoisse son ravisseur pivoter sur ses talons et se diriger vers la saillie de pierre où il avait déposé un sac poubelle. Il plongea la main à l'intérieur et en ressortit une chasuble de prêtre mauve brodée qu'il enfila par-dessus la tête.

– Barry, qu'est-ce que vous faites ?

– Je suis prêtre, Anne. Je vais nous marier avant que nous fassions l'amour.

– Si vous nous mariez, ce ne sera plus un viol ?

– Exact, un mari ne peut pas violer son épouse.

En dépit de sa terreur persistante, Anne eut soudain envie d'éclater de rire.

– Barry, à moins que des changements soient intervenus au sein de l'église sans que je le sache, je doute que les prêtres aient le droit de se marier.

– J'ai une autorisation spéciale. Dieu veut que l'on se marie.

Sa plaie au ventre consolidée par une seconde série de points de suture, des clamps et un bandage serré, Bone était assis à une petite table qu'on avait installée dans la chambre d'hôpital. Zoulou et le lieutenant Lightning regardaient par-dessus son épaule tandis qu'il étudiait de près les plans détaillés qu'il avait étalés devant lui sur la table et par terre tout autour.

– C'est donc ça une carte Niele-MacLain ? commenta Zoulou de sa voix grondante. Pour moi, ça ressemble à toutes les cartes.

Bone fit courir son doigt le long d'un trait sur une des cartes.

– Tu as raison. Les cartes Niele-MacLain sont constamment remises à jour. Elles recensent tous les cours d'eau souterrains, les lacs et je ne sais quoi encore dont on connaît l'existence. Elles indiquent également les installations créées par l'homme au siècle dernier et qui ont pu être oubliées. Matthew Tolovitch m'avait envoyé des cartes comme celles-ci. Je voulais juste vérifier que le réseau de galeries que j'avais découvert n'était pas répertorié. Malheureusement.

Bone s'agita sur sa chaise, sa douleur au ventre le fit grimacer ; il sortit un stylo-feutre de sa poche de chemise. Il regarda par terre autour de lui jusqu'à ce qu'il trouve la carte qu'il cherchait ; il l'étala sur la table et traça un petit cercle autour du centre de Broad Street.

– C'est par là que je suis descendu la première fois, expliqua-t-il. Je voulais voir l'aqueduc construit par la compagnie des eaux d'Aaron Burr. Ensuite, j'ai bifurqué. Au bout d'un moment, je suis tombé sur une grotte très exiguë tout en haut d'une paroi de la galerie principale ; ce n'était pas le genre d'orifice que beaucoup de gens ont envie d'explorer – surtout ceux qui sont payés pour ça – de peur de rester coincés. Je m'y suis risqué, et c'est comme ça que j'ai découvert la rivière asséchée.

– Qui ne figure pas sur la carte, conclut Lightning. Et merde !

Bone fouilla parmi les cartes jusqu'à ce qu'il en trouve une qui concernait une petite zone située sous le West Side. Il traça un large cercle au centre de la carte.

– A mon avis, la grotte où j'ai découvert Prindle est située quelque part par là.

Lightning intervint.

– On sait que la camionnette de la HRA que conduisait Prindle a récolté des P.V. au coin de la 9e Avenue et de la 48e.

Bone acquiesça.

– Visiblement, Prindle a trouvé un autre moyen d'accéder au réseau de galeries, et pour une raison quelconque, il n'a jamais signalé sa découverte à Empire Subway.

– Mes hommes vont commencer à explorer le sous-sol à cet endroit.

– Inutile, Lieutenant. ils ne trouveront que les tunnels du métro, les canalisations d'eau et de gaz indiqués ici. Ils pourraient chercher pendant des mois sans découvrir le chemin que Prindle emprunte pour pénétrer dans les galeries, peut-être même qu'il l'a dissimulé maintenant.

Lightning poussa un profond soupir.

– Dans ce cas, il faudra prendre le chemin le plus long et le plus difficile.

– Exact, répondit Bone.

4

Allongée nue dans une flaque de lumière vacillante, Anne regardait la roche alvéolée de la voûte au-dessus d'elle. Au fond d'elle-même la peur se mêlait à la pitié. Elle savait qu'il aurait été inutile de résister aux avances de Barry Prindle ; en outre, elle le sentait capable de passer en un éclair d'un sentiment à un autre. Pour survivre, elle devait non seulement éviter qu'il la tue, mais également le convaincre de la faire sortir de ce gigantesque cercueil de pierre. Elle dépendait totalement de lui. Elle ignorait si Bone saurait retrouver son chemin jusqu'ici ; elle ne savait même pas si Bone et la police comprendraient qu'elle était retenue prisonnière. En fait, maintenant qu'elle savait que Prindle avait posé des pièges, elle n'était pas sûre de souhaiter que Bone vienne à son secours.

Comprenant que ses meilleures chances de survie consistaient à convaincre le tueur psychopathe, son ancien collègue, de la conduire à la surface, Anne avait fait de son mieux pour se montrer coopérative après leur *mariage*.

Leur tentative d'accouplement avait été un désastre ; il ne lui avait pas fallu longtemps pour comprendre que Prindle était impuissant. Qu'importe ce qu'elle lui faisait, ou lui laissait faire, il était incapable d'avoir une érection. Epuisé, il avait fini par renoncer. Il ne s'était pas rhabillé. Il était maintenant agenouillé à quelques pas d'elle, face à la paroi opposée, en silence. Voilà presque une heure qu'il n'avait pas bougé. Une ou deux fois, Anne avait cru l'entendre sangloter, mais elle n'en était pas certaine.

Ce dont elle était certaine en revanche, sans savoir exactement pourquoi, c'est qu'elle courait un danger beaucoup plus grand depuis que cet homme l'avait *épousée* et essayé en vain de lui faire l'amour.

Chapitre 18

1

De toute évidence, rares étaient les travailleurs souterrains qui mesuraient plus de deux mètres aux XVIIIe et XIXe siècles, songea Zoulou avec un sourire mi-figue mi-raisin en suivant, plié en deux, Perry Lightning et Bone dans un aqueduc en bois construit avant la Guerre de Sécession.

Trois jours s'étaient écoulés depuis que Bone avait escaladé Hook Mountain. Les médecins voulaient qu'il attende au moins une semaine avant d'entreprendre cette expédition à travers le réseau de galeries sous Manhattan, mais Bone avait répondu qu'il se sentait prêt. Zoulou savait que son ami souffrait, même si son visage et son comportement n'en laissaient rien paraître.

Zoulou avait senti son pouls s'accélérer dès qu'ils avaient pénétré dans le très ancien système de canalisations Croton pour s'enfoncer ensuite dans d'autres installations encore plus vieilles. Zoulou portait deux sacs à dos, un sur chaque épaule, remplis de matériel de premiers soins, d'eau, de nourriture, d'une civière pliante et de tout l'équipement réclamé par Bone.

Perry Lightning portait un fusil à lunette, tandis que Bone qui marchait en tête avait enroulé autour de ses épaules une longue corde en nylon aussi légère que résistante. Conformément aux recommandations de Bone, tous les trois étaient vêtus de pantalons de toile et de chemises épaisses, avec des baskets. Chacun avait une lampe de mineur autour du front et tenait à la main une puissante lampe électrique. Dans un des sacs à dos de Zoulou se trouvaient des piles de rechange ainsi que des lunettes à infrarouge pour un usage ultérieur.

Les galeries grouillaient de rats. D'énormes bêtes détalaient sur le bois, la pierre et la terre dès que les faisceaux des lampes les frôlaient. Bone semblait ne pas y prêter attention, alors que le lieutenant Lightning ne cessait de sursauter en étouffant des jurons. Zoulou quant à lui commençait à s'habituer aux rats, il avait néanmoins glissé le bas de son pantalon dans ses baskets.

Soudain, Bone s'arrêta et pointa le faisceau de sa lampe sur le haut de la paroi de terre sur leur gauche.

– C'est ici, annonça-t-il.

Zoulou et Lightning levèrent les yeux vers des vestiges de pilotis et de placages en bois qui, en pourrissant, avaient laissé apparaître ce qui ressemblait à l'embouchure d'une minuscule galerie.

– Elle fait une vingtaine de mètres, reprit Bone, et débouche dans le lit de la rivière asséchée. Zoulou, tu passeras en premier. Prends un peu d'huile d'olive pour t'enduire les épaules.

– Pourquoi lui en premier ? interrogea Lightning.

– A cause de sa taille, répondit Bone en se tournant vers Zoulou. Si jamais tu restes coincé, ce sera plus facile de te tirer d'ici que de te pousser de l'autre côté. Tu vas te sentir à l'étroit du début à la fin, mais si tu emploies la technique que je t'ai expliquée, en poussant avec les talons et les paumes, tu devrais pouvoir passer. Tes épaules risquent d'enfler. Surtout, reste calme, respire lentement avec la bouche sur le côté, et ne force pas.

– Et si je ne passe pas ?

– Dans ce cas, la promenade est finie pour toi.

Zoulou ôta la lampe de mineur autour de son front, posa les sacs à dos, en ouvrit un et sortit la bouteille d'huile d'olive.

– J'y arriverai.

Après avoir ôté sa chemise, Zoulou s'enduisit les épaules et le torse d'huile d'olive, puis il se tourna pour que Bone et Lightning puissent lui en étaler dans le dos. Ensuite, Bone s'agenouilla pour nouer un bout de la corde autour de la cheville de Zoulou.

– Quoi qu'il arrive à l'intérieur du boyau, dit-il en se relevant, ne panique pas. Si tu es coincé, on te tirera, ne t'inquiète pas. Mais surtout, n'essaye pas de passer en force. Si tu crois que tu es en difficulté, c'est certainement vrai. Si tu sens que ça devient trop étroit, ne pousse pas, ça ne servirait qu'à te coincer davantage. Arrête-toi et préviens-nous ; on te décoincera. Si tu réussis à passer, tu hisseras le matériel et on passera ensuite. Toujours partant, Zoulou ?

– Ouais. Je risque de rencontrer des rats là-dedans ?

– C'est possible, répondit Bone d'un ton détaché. Mais mieux vaut ne pas y penser.

– D'accord, répondit Zoulou avec un sourire crispé. Je n'y penserai pas.

– Avance la tête la première en plaquant les bras le long du corps, les épaules rentrées au maximum. Evite les mouvements brusques de la tête. Tu dois progresser uniquement avec les poignets, les chevilles et les talons ; tu auras rapidement les muscles en feu, mais continue de pousser. Mais surtout, je te le répète, n'essaye pas de forcer.

– Bon Dieu, Bone. Tu es rentré dans ce truc tout seul ?

Bone haussa les épaules.

– Parfois, il faut prendre le risque d'explorer les endroits exigus pour découvrir les endroits plus vastes qui se trouvent derrière. Prêt ?

– Prêt, répondit Zoulou en s'approchant de la paroi.

Avec l'aide de Perry Lightning, il se hissa jusqu'à l'embouchure de la galerie, se retourna, plaqua ses bras le long du corps et se mit à ramper à l'envers dans le tunnel. Comme l'avait prédit Bone, il sentit tout à coup son cœur s'emballer, la peur d'être enterré vivant envahit son esprit. La tête tournée sur le côté, il s'efforça de respirer lentement et profondément pour tenter de se calmer. Pas de panique, se répétait Zoulou tandis qu'il fléchissait les chevilles, plantait ses talons dans le sol et poussait. Le boyau semblait se rétrécir de plus en plus. A moins que ce soit simplement un effet de son imagination. Pas de panique ; la panique le ferait gonfler.

Si tu crois que tu es coincé, c'est vrai.

Zoulou s'arrêta en constatant qu'il avait du mal à respirer.

Garde ton calme.

Il avait lu quelque part que les épaules d'un homme pouvaient presque toujours passer dans un orifice assez large pour laisser passer sa tête ; il l'avait lu, mais il n'y avait jamais cru.

Si tu es bloqué, n'essaye pas de forcer. Tu te coinceras davantage.

Je ne suis pas encore bloqué, se dit Zoulou en reprenant sa lente reptation sur le dos. Sa peur était sans doute insignifiante comparée à celle de cette femme. Il devait atteindre le lit de la rivière ; on avait besoin de lui.

Soudain, Zoulou sentit quelque chose de doux et de fin frotter le sommet de son crâne. Il crut d'abord qu'il s'agissait d'une toile d'araignée, mais la chose en question remua. Un rat était en train de lui renifler le cuir chevelu ! Zoulou poussa un hurlement.

– Zoulou ? (La voix de Bone lui semblait étrangement lointaine, étouffée qu'elle était par son corps qui obstruait toute la largeur du boyau.) Tout va bien, Zoulou ? que se passe-t- il ?

Ce qu'il se passe, songea Zoulou, c'est qu'il était mort de trouille. En fait, le rat avait sans doute eu encore plus peur que lui, car les moustaches avaient disparu.

– Ça va !

Sa voix résonna à l'intérieur de ce cylindre de pierre et de terre qui lui faisait penser – beaucoup trop – à un cercueil.

– Tu veux qu'on te tire ?

– Non !

Zoulou se remit à progresser en poussant sur ses talons.

Quelle distance avait-il parcouru ? Depuis combien de temps était-il dans ce boyau, pris en sandwich entre des tonnes de pierre ? Soudain, il sentit ses épaules heurter la roche.

Si tu penses que tu es coincé, c'est certainement vrai. N'essaye pas de forcer.

Et voilà, songea Zoulou. Fin du voyage. Il avait rampé jusqu'ici pour rien. Il faudrait le tirer par les pieds pour le libérer, et cela pouvait encore prendre une heure ou plus. On avait besoin de lui, mais il serait obligé de rester en retrait. Il pouvait essayer de continuer en se tortillant. Mais s'il restait coincé pour de bon... S'il restait coincé, il mourrait. Et son cadavre bloquerait le passage.

Mais on avait besoin de lui.

Il expira lentement, plaqua ses bras le long de son corps et rentra les épaules jusqu'à ce que la douleur irradie dans les muscles de son dos et de son cou. Il fléchit les chevilles, planta ses talons dans la terre et poussa de toutes ses forces. Zoulou sentit la roche se resserrer davantage autour de ses bras et pendant un instant terrifiant, il pensa avoir commis une erreur stupide et fatale qui allait lui coûter la vie. Puis il s'aperçut que sa tête était sortie du boyau, il pouvait la bouger dans tous les sens. Il flottait dans l'air un parfum diffus et sec qui offrait un contraste saisissant avec la forte odeur de moisi de l'étroite galerie. Il avait atteint – sa tête du moins – le lit asséché de la rivière souterraine.

Maintenant, il fallait extraire le reste du corps. Le flot d'adrénaline qui l'envahit atténua momentanément la douleur intense qui lui brûlait les épaules, les poignets, les chevilles et les talons. Il se tortilla furieusement, tout en poussant avec les talons. En quelques secondes, il parvint à progresser suffisamment pour libérer ses bras. Il prit appui sur la pierre lisse du lit asséché, de chaque côté du boyau d'où sortait son corps, et poussa de toutes ses forces. Il réussit enfin à dégager ses hanches. Il se retourna à moitié, roula sur son épaule gauche et dégringola le long d'une pente concave, pour finalement se retrouver en boule sur une surface dure parsemée de galets. Poussant un cri de triomphe et de joie, il se releva d'un bond dans l'obscurité, ôta la corde nouée autour de sa cheville et la suivit jusqu'à ce qu'il sente le bord de l'embouchure du boyau d'où il venait d'émerger.

— Je suis passé ! cria-t-il dans la galerie, surpris par l'écho amplifié de sa voix. Envoyez le matériel ! Ne vous en faites pas, Lieutenant, c'est du gâteau !

2

Elle avait froid ; elle ne se souvenait pas d'avoir jamais eu aussi froid. Emmitouflée dans des couvertures, elle était blottie près d'un feu à quelques pas du puits de sable mouvant, les bras resserrés autour de la poitrine. Elle devrait manger, se disait-elle, mais elle n'avait pas faim, et elle craignait de tout vomir. Etait-elle malade ?

Anne était désormais quasiment convaincue qu'elle allait mourir, car quelque chose était mort en Barry Prindle. Deux fois encore, il avait tenté de lui faire l'amour, mais son sexe était resté désespérément mou. D'après les quelques paroles qu'il avait marmonnées lors de ses tentatives fiévreuses pour entrer en érection, elle avait compris qu'il comptait sur elle pour l'aider à devenir un homme à part entière. Mais elle avait échoué, et maintenant il l'évitait, assis dans la lumière faible et froide de l'autre côté de la mare de sable mouvant, à broyer du noir.

L'impuissance de Prindle pouvait la tuer. Si elle voulait demeurer en vie, Anne savait qu'il lui fallait trouver un moyen de satisfaire sexuellement son ravisseur, le convaincre qu'elle restait sa meilleure chance de mener une existence normale.

– Barry, dit-elle d'une voix douce qu'elle espérait enjôleuse. Venez par ici. J'ai froid et j'ai envie de vous sentir près de moi. Essayons encore une fois.

Anne attendit une réponse, mais en vain. Elle ouvrit la bouche pour l'appeler de nouveau, mais s'interrompit en entendant soudain Prindle se mettre à respirer bruyamment. Son souffle rauque se fit de plus en plus haletant, et lorsqu'elle entendit le bruit de la chair qui claque, Anne comprit qu'il se masturbait. Sur quoi fantasmait-il pour réussir à s'exciter ? se demanda Anne. Tout compte fait, elle préférait ne pas le savoir.

Elle eut encore plus froid tout à coup.

3

A son grand désespoir, le lieutenant Perry Lightning s'apercevait qu'il n'était physiquement pas prêt pour participer à cette expédition de sauvetage et de chasse. Il tombait de fatigue, bien qu'il fasse tout son possible pour n'en rien laisser paraître. Pendant la première heure qui avait suivi ce terrifiant passage à travers l'étroit boyau pour accéder au lit de la rivière, il avait été frappé de stupeur en songeant qu'il était seulement la troisième personne – la quatrième si Prindle était passé par là – à emprunter ce labyrinthe de pierre souterrain ; malgré la présence de ses deux compagnons, il se sentait isolé et seul. Au-dessus de sa tête se trouvait une ville peuplée de plusieurs millions d'habitants, à cette heure, les rues et les trottoirs grouillaient de gens qui marchaient d'un pas vif, d'automobilistes bloqués dans les embouteillages qui lançaient des injures et klaxonnaient furieusement. Mais ici, dans ce monde souterrain, le silence imposant n'était brisé que par leurs respirations rauques et le frottement de leurs semelles en caoutchouc sur la pierre.

Depuis, la stupéfaction avait laissé place à l'épuisement. John Granger avait raison, songea Lightning. Sans lui pour servir de guide, personne n'aurait jamais trouvé ce passage ; à vrai dire, il n'aurait jamais eu assez de courage pour ramper dans ce tunnel semblable à une tombe. Il se demandait encore comment Zoulou y était parvenu. Mais l'inspecteur se réjouissait de la présence de Zoulou, car celui-ci portait plus que son propre poids. Le géant noir faisait preuve d'une résistance inouïe, mais aussi d'une souplesse et d'une agilité étonnantes. De fait, Ligthning avait l'impression que le poète des rues, bien qu'il transpire abondamment, prenait plaisir à ce défi physique qui consistait à longer des corniches sur la pointe des pieds, à escalader et à descendre, en écoutant attentivement les instructions précises de Granger pour marcher, grimper et se faufiler dans les orifices les plus étroits.

L'escalade et la spéléologie, songea le lieutenant avec un sourire crispé en remontant sur son épaule sa carabine enveloppée d'une housse, n'étaient décidément pas des activités de mauviettes. Granger était un homme absolument remarquable si l'on considère toute la force et la résistance condensées dans son corps noueux. Lightning savait qu'il devait souffrir le martyre, pourtant il continuait à les guider stoïquement, d'un pas décidé, à travers le dédale de galeries, comme si de rien n'était.

L'inspecteur observait fréquemment le devant de la chemise de Bone, mais il n'y avait aucune trace de saignement, pour l'instant. Seules la pâleur de son visage, la contraction des muscles de son cou et de sa mâchoire trahissaient l'épuisement et la douleur.

Perry Lightning se dit qu'il se trouvait en compagnie de deux des hommes les plus remarquables qu'il ait rencontrés, et il ne les aurait jamais connus sans ce curieux enchaînement de circonstances qui avait conduit John Granger a reprendre conscience dans son secteur. Il était fier d'être avec ces hommes, et honteux de ce qu'il considérait comme sa propre faiblesse, car il devait faire appel à toute sa volonté pour continuer d'avancer et porter le fusil. Mais il savait que son heure viendrait, il devait marcher à pas mesurés, garder des forces. Au bout du chemin, il faudrait avoir assez de sang-froid et de force pour viser et atteindre la cible.

— Repos, déclara sèchement Bone en s'arrêtant.

Il s'assit péniblement sur un rocher au milieu du lit de la rivière, très large à cet endroit.

— C'est pas trop tôt, commenta Zoulou.

— Mangez un peu et désaltérez-vous, Messieurs. Nous repartirons quand vous serez bien reposés. La prochaine étape va nous prendre environ deux heures, pas question de manger ni de boire, si vous avez envie de pisser, vous pisserez dans votre pantalon.

Affalé sur la pierre, Lightning promena le faisceau de sa lampe alentour en fronçant les sourcils.

— Où est le problème, Granger ? on pourrait faire passer un train dans ce tunnel.

— Oui, mais c'est un cul-de-sac. (Il pointa sa lampe sur la paroi opposée où s'ouvrait une étroite crevasse que Lightning n'avait même pas remarquée.) C'est par là qu'il faut passer, directement jusqu'en bas, encordés. Ça fait une vingtaine de mètres de profondeur, la roche va vous frotter le ventre et le cul pendant toute la descente.

— Merde, grommela Lightning en s'emparant de sa gourde.

414

Ils étaient de nouveau allongés côte à côte, en sueur et épuisés après la nouvelle tentative manquée de Prindle pour posséder Anne, dans la lumière vacillante de la lampe Coleman fixée au-dessus de leur tête.

– Barry, vous ne devriez pas vous acharner à ce point, souffla Anne sur la peau moite de la poitrine de l'homme. Peut-être que si vous n'aviez pas essayé aussitôt après vous être masturbé...

– Je ne me masturbais pas ! répliqua Prindle en se levant d'un bond.

– Il n'y a pas de quoi avoir honte, Barry. Vous avez besoin de vous soulager sexuellement, comme tout le monde. Vous devriez peut-être... me laisser faire.

– Taisez-vous ! Ne parlez pas comme ça, Anne ! Je ne me masturbais pas !

– D'accord, vous ne vous masturbiez pas, soupira Anne en se redressant.

Prindle récupéra ses vêtements et s'éloigna d'un air digne pour retourner dans la pénombre de l'autre côté du puits de sable mouvant. Anne se rhabilla lentement ; elle s'aperçut qu'elle avait faim et soif. Un peu plus tôt, Prindle était remonté à la surface pour remplir leur réserve d'eau potable ; Anne estimait que cela lui avait pris moins d'une heure. Cela signifiait que la route menant à la surface était relativement proche, mais elle aurait pu tout aussi bien se trouver à des millions de kilomètres, Anne savait qu'elle n'avait aucune chance de remonter sans l'aide de Prindle.

Elle n'avait nul endroit où fuir, si ce n'est vers sa mort, dans des ténèbres plus effrayantes encore que les cauchemars qui l'avaient terrorisée toute sa vie.

Elle ouvrit une boîte de thon et but un peu d'eau. Elle aurait préféré une tasse de thé, mais elle n'avait pas la force d'allumer le réchaud à gaz. Allongée sur la couverture, elle laissa errer son regard à travers la grotte voûtée, de l'autre côté du puits de sable mouvant, vers les embouchures des trois petites galeries et l'entrelacs d'ossements qui sortaient des murs et du plafond de la caverne sur sa droite. C'est de là qu'avait dû arriver Bone, songea-t-elle. Reviendrait-il ? Avait-il enfin retrouvé la mémoire ? Si oui, comprendrait-il que Barry Prindle l'avait conduite ici ? Que pourrait-il faire contre le rasoir de Barry ? Et elle, que pouvait-elle faire contre le rasoir de Barry ? Quels genres de pièges avait-il tendus ?

Un bruit sur sa gauche, tout près, la fit sursauter. Elle tourna la tête et découvrit avec stupeur Barry vêtu de ses habits de prêtre. Elle ne l'avait pas entendu approcher.

– Que se passe-t-il, Barry ? Que faites-vous ?

– Ça ne marche pas, Anne, répondit Prindle d'une voix tendue et caverneuse. Ça ne marchera pas. Je vais fermer mon église. Je dois tout... enfouir... dans mon passé. Alors vous me contenterez enfin.

Il sortit sa main droite de derrière son dos. La lame du rasoir scintilla dans la lumière dansante. Anne comprit alors sur quoi fantasmait Barry en se masturbant, et elle comprit que son heure venait de sonner. Si elle voulait vivre, elle devait réagir, elle devait fuir. Mais où ? Prindle n'aurait aucun mal à la rattraper.

A moins qu'il ne soit obligé, lui aussi, d'avancer dans l'obscurité la plus complète. Sa seule chance de survivre était de risquer sa vie dans les ténèbres terrifiantes. Une fois sa décision prise, Anne agit avec détermination et rapidité. Elle se rua sur sa droite, là où était empilé tout le matériel et commença à le jeter dans le puits de sable mouvant ; les lampes électriques et les piles, les gourdes... excepté celle qu'elle avait passée autour de son cou à l'aide de la courroie, tout cela atterrit dans la boue et s'enfonça aussitôt. Elle s'empara ensuite de la lampe Coleman la plus proche et la lança au centre de la mare mortelle.

– Qu'est-ce que vous faites ? hurla Prindle. Arrêtez !

416

Anne profita de la stupéfaction de Prindle pour lancer dans le puits le reste des torches électriques et des piles. Elle contourna le périmètre étroit de la mare de sable mouvant en direction de la deuxième lampe à pétrole.

– Vous allez nous tuer tous les deux !

– Vous me tuerez de toute façon !

Remis de sa surprise, Prindle se lança à sa poursuite, mais il trébucha en arrivant à la hauteur de l'ancien cimetière, il perdit l'équilibre et s'étala parmi les ossements.

Anne se saisit de la seconde lampe et la lança dans le puits.

– Vous êtes folle !

Anne fit de même avec la troisième ; elle atteignit la quatrième et dernière lampe à pétrole une fraction de seconde avant Prindle. Elle se baissa pour esquiver le coup de rasoir et projeta la flamme de la lampe en direction de son visage. Prindle recula en poussant un hurlement de douleur ; Anne en profita pour lancer la dernière lampe dans la mare de sable mouvant.

Elle se retrouva tout à coup plongée dans une obscurité plus intense qu'elle ne pouvait l'imaginer.

Et le silence absolu. Prindle n'était qu'à quelques pas, pourtant elle n'entendait aucun bruit de pas ni de respiration.

Avec une extrême lenteur, en retenant son souffle, elle s'accroupit légèrement et recula vers le réseau de galeries derrière elle. Elle avait parcouru une dizaine de mètres peut-être, lorsqu'elle entendit la voix de Prindle, un simple murmure, dans l'obscurité :

– Nous allons mourir tous les deux, Anne. Vous nous avez tués.

Anne prit une série de profondes inspirations ; elle s'accroupit et tâta le sol sous ses pieds, c'était encore de la pierre lisse. Sachant qu'elle devait s'éloigner au maximum de Prindle, elle continua à reculer.

– Anne ? Où êtes-vous ? Nous sommes morts quoi

qu'il arrive, alors mourons ensemble. Moi même je suis incapable de remonter sans lumière. Comme vous, j'ignore ce que c'est que de mourir de soif, mais ça ne doit pas être agréable. Anne, où êtes-vous ? Je vous en prie, parlez-moi. Je ne veux pas mourir seul, pas comme ça. J'ai... peur. Restez près de moi. Je sais combien vous avez peur de l'obscurité, je peux vous éviter de souffrir. Je ne veux pas mourir de soif, je vais me suicider. Je vous tuerai pour que vous n'ayiez plus peur. Ça ne fera pas mal, je vous le promets. Je vous en supplie, ne me laissez pas seul comme ça, Anne. Prindle parlait toujours lorsque Anne qui avait continué à reculer, sentit soudain dans son dos le bord rocailleux d'une des petites galeries.

– Anne ? vous êtes là ?

Anne faillit hurler. Elle n'avait pas entendu l'homme s'approcher, mais la voix de Prindle était maintenant tout près d'elle. Elle se retourna, baissa la tête et s'engouffra dans la galerie.

Chapitre 19

1

Bone leva la main pour faire signe à Zoulou et Perry Lightning de s'arrêter et de rester silencieux. Il s'accroupit et observa attentivement la formation rocheuse qui se dressait juste devant lui dans l'étroite galerie. La configuration de la pierre n'était pas comme dans son souvenir. Il y avait quelque chose de bizarre.

Bone ferma les yeux et respira plusieurs fois à fond pour essayer de redonner de la force à ses membres en feu et chasser la douleur fulgurante qui irradiait de sa blessure au ventre. Il baissa la tête et s'aperçut que le tissu épais de sa chemise était taché de sang. Toutefois, les chirurgiens avaient fait du bon boulot ; apparemment, la plupart des points de suture tenaient bon et la blessure ne s'était pas rouverte. Il lui suffisait de tenir le coup encore un peu et espérer contre tout espoir qu'il retrouverait Anne dans la grande caverne, et qu'elle serait en vie. Bone étudia de nouveau la formation rocheuse qui se dressait sur leur chemin, et il comprit.

Il se tourna vers ses deux compagnons ; le spectacle qu'il découvrit lui donna un choc. Zoulou et Perry Lightning semblaient au bord de l'évanouissement. Tous les deux avaient le visage et les mains couverts d'égratignures sanguinolentes et d'ecchymoses.

– Il a déplacé les rochers qui sont devant, déclara Bone, surpris par la rugosité de sa voix ; il n'avait pas parlé depuis des heures.

– Quoi ? demanda Lightning.

– Buvez un peu d'eau, tous les deux.

– Il n'en reste plus beaucoup, Bone, répondit Zoulou.

– Buvez quand même. Et mangez un peu de viande séchée. Parlez à voix basse. La grotte n'est plus qu'à soixante-dix mètres environ. Mais soixante-dix mètres difficiles. Reposez-vous. Il faut que je découvre ce que Prindle a manigancé. C'est un système d'alarme ou bien une sorte de piège mortel.

Les deux hommes débouchèrent leurs gourdes pour boire, Zoulou sortit d'un sac des provisions enveloppées dans du papier aluminium. Bone but une gorgée d'eau et s'avança en rampant. Il avait conservé le souvenir d'une crevasse au centre du boyau ; pour la franchir, il fallait se mettre sur la pointe des pieds et progresser centimètre par centimètre le long d'une corniche étroite en prenant appui avec les mains sur la paroi opposée. Or, la crevasse était masquée par un bloc de pierre recouvert à son tour de cailloux. Mais les cailloux n'étaient pas de la même couleur que la roche environnante ; on les avait posés là, comme le bloc de pierre au-dessus de la crevasse. Le premier à poser le pied sur la pierre en équilibre instable dégringolerait vers sa mort, ou du moins ferait-il tomber les cailloux au fond du gouffre, trahissant ainsi sa présence.

La voix rauque et profonde de Zoulou résonna soudain à son oreille droite.

– Que se passe-t-il, Bone ?

Ce dernier tenait sa lampe braquée sur la pierre devant eux.

– Si je ne me trompe pas, ce bloc de pierre est posé en équilibre au bord de la crevasse ; si quelqu'un marche dessus, elle bascule. Si l'un de ces cailloux tombe, Prindle l'entendra et il saura que nous sommes là. Tu peux essayer de l'agripper par les côtés ?

Avec un grognement, Zoulou s'allongea à plat ventre, tendit les bras et saisit les côtés de la pierre.

— Je l'ai. Tu as raison, il n'en faudrait pas beaucoup pour la faire basculer.

— Tiens-la bien.

Bone s'agenouilla en grimaçant de douleur et entreprit d'ôter les cailloux éparpillés sur le bloc de pierre. Lorsqu'il eut terminé, il posa sa main sur l'épaule de Zoulou et sentit les muscles contractés.

— Tu peux la tirer – doucement – juste assez pour qu'on puisse passer dessus sans la faire tomber ?

Pour toute réponse, Zoulou respira à fond, voûta les épaules et commença à tirer sur la pierre. Il y eut un léger crissement ; il s'immobilisa. La pierre s'était déplacée de presque cinq centimètres.

— J'ai peur de faire du bruit, Bone.

— Ça suffit peut-être. Relâche très lentement la pierre pour voir.

Zoulou desserra sa prise avec une infinie précaution... et la pierre se mit à basculer. Il émit un grognement et la tira encore un peu vers lui avant de faire une nouvelle tentative. La pierre pencha un peu et se stabilisa.

— O.K. ! Bone, soupira Zoulou. Je pense qu'elle tiendra si on ne s'amuse pas à faire des claquettes dessus.

Bone fit signe à Lightning de les rejoindre, puis il s'adressa aux deux hommes, en pivotant légèrement pour qu'ils ne voient pas le sang qui maculait le devant de sa chemise.

— Vous êtes prêts tous les deux ? (Zoulou et l'inspecteur répondirent par un hochement de tête, Bone poursuivit :) Si vous faites exactement comme moi, vous ne devriez pas avoir de problème pour passer. Ensuite, on mettra les lunettes à infrarouge. Restez bien derrière moi, posez le pied au même endroit que moi et essayez de ne pas faire de bruit. Une fois que nous aurons franchi cette crevasse, nous serons tout près du but.

Assis dans l'obscurité, le dos appuyé contre la pierre froide, ses lunettes à infrarouge sur le nez, Bone essayait de maîtriser les battements de son cœur et de repousser le sentiment de désespoir qui menaçait de le submerger. Durant toute leur longue expédition souterraine commencée maintenant depuis presque quinze heures, ses réserves d'énergie avaient été alimentées principalement par l'espoir. Désormais, cet espoir avait presque disparu. Il se tenait au sommet d'une déclivité, à une quinzaine de mètres de l'extrémité de l'ancien cimetière enseveli et d'une des entrées de l'immense grotte. S'il y avait quelqu'un à l'intérieur, il aurait dû apercevoir une lueur vacillante. Mais il ne voyait que les ténèbres. Il avait risqué leurs vies à tous les trois dans une expédition qui conduisait vers d'autres ténèbres vides.

Il respira à fond, fit signe à Zoulou et Lightning de le suivre, puis commença à descendre la pente en prenant soin de ne pas marcher sur les ossements. Arrivé à l'entrée de la grotte, il se plaqua contre la paroi, risqua un œil à l'intérieur et faillit pousser un cri.

Barry Prindle, vêtu de sa chasuble mauve de prêtre, était allongé à plat ventre, les bras en croix, devant son autel de pierre.

Mais aucune trace d'Anne.

Au signal de Bone, Lightning – qui avait déballé son fusil et fixé la lunette de visée – s'avança, suivi de Zoulou. Lightning adressa un signe de tête à ses deux compagnons ; les trois hommes ôtèrent leurs lunettes à infrarouge. Bone et Zoulou allumèrent leur lampe électrique au moment où l'inspecteur mettait en joue la silhouette toujours immobile de l'autre côté du puits de sable mouvant.

– Allez, salopard ! s'écria Lightning d'une voix claire et puissante malgré son évidente fatigue. Le

moindre geste et tu reçois une balle entre les omoplates.

— Ne le tuez pas surtout ! chuchota Bone.

Lightning secoua la tête.

— Ne vous inquiétez pas, répondit-il à voix basse, je
veux juste lui faire croire que j'en suis capable. Allez,
Prindle ! aboya-t-il, relève-toi lentement !

La silhouette drapée et immobile de Barry Prindle
ne bougea pas ; Bone n'aurait su dire s'il respirait. Il
promena le faisceau de sa lampe tout autour de la
grotte, toujours aucune trace d'Anne.

— Restez ici tous les deux, ordonna l'inspecteur.
C'est à moi de jouer maintenant.

La main sur la détente, Lightning s'aventura dans la
grotte, contourna le puits de sable mouvant, s'approcha avec prudence de Prindle et lui enfonça la pointe
de sa chaussure dans les côtes. N'obtenant aucune
réaction, l'inspecteur s'agenouilla près de Prindle et
tendit la main vers son poignet droit pour tâter son
pouls.

Bone ressentit un picotement dans la nuque.

— Attention, Lieutenant ! cria-t-il. Il a... !

Il y eut une suite de mouvements confus. Prindle se
retourna brusquement ; le rasoir qu'il tenait à la main
scintilla dans la lumière des lampes. Lightning fit un
bond en arrière, levant le bras pour se protéger la
gorge ; la lame lui entailla le poignet et l'avant-bras. Le
sang jaillit. L'inspecteur poussa un hurlement et tomba
à la renverse ; son fusil lui échappa, ricocha sur la
pierre et disparut dans l'obscurité. Prindle se releva
aussitôt. Il s'empara de la lampe de Lightning et balaya
le sol derrière lui jusqu'à ce qu'il aperçoive le fusil. Il
se précipita.

Au premier geste de Prindle, Bone et Zoulou avaient
bondi.

Zoulou dérapa et s'affala parmi les ossements, mais
Bone continua à courir sur l'étroite bordure autour du
puits de sable mouvant, passant devant un Perry

Lightning blessé et hébété, et fonçant vers la silhouette en chasuble qui se penchait pour ramasser le fusil.

Soudain, Prindle se retourna, Bone se baissa juste au moment où le rasoir fendait l'air au-dessus de sa tête. Il plongea dans les jambes de Prindle et manqua son coup. Mais il réussit à poser la main sur le fusil... pas pour longtemps. Prindle le repoussa d'un coup de pied. Bone se releva péniblement ; ramassé sur lui-même, il recula à pas lents tandis que Prindle s'avançait vers lui en donnant de grands coups de rasoir dans le vide ; ses yeux verts étincelaient d'une lueur de folie dans la lumière qui se reflétait sur les parois. Bone parvint à esquiver le premier assaut, mais il était à bout de forces ; ses jambes se dérobèrent sous lui et il s'effondra sur le sol. Déjà Prindle se penchait au-dessus de lui, le rasoir levé, prêt à lui trancher la gorge.

Les doigts d'une main gigantesque se refermèrent autour du poignet de la main qui tenait le rasoir, exercèrent une torsion et tirèrent d'un coup sec. Il se produisit un craquement qui résonna à travers la grotte, et le rasoir tomba sur le sol.

Prindle poussa un hurlement de douleur et de rage ; il continua de crier tandis que Zoulou le soulevait sans peine de terre pour le conduire jusqu'au bord du puits et le balancer dans les airs. Le corps de Prindle décrivit un arc de cercle et retomba sur le dos, les bras en croix, au centre de la mare de sable mouvant ; il commença aussitôt à s'enfoncer. Ses hurlements se firent plus aigus.

— Je n'ai rien ! s'écria Bone en voyant Zoulou revenir vers lui. Occupe-toi du lieutenant !

Zoulou acquiesça et rejoignit Perry Lightning qui, malgré le choc, avait eu la présence d'esprit de comprimer son avant-bras, juste au-dessus de l'entaille ; la veine sectionnée avait cessé de saigner. Zoulou s'empressa d'ôter sa ceinture pour l'enrouler autour du bras de Lightning en guise de garrot.

— Ne vous en faites pas, Lieutenant, dit-il d'un ton

rassurant. J'ai emporté ma trousse de soins, Bone vous dira que je suis très doué pour recoudre les blessures.

Lightning se redressa et saisit l'extrémité de la ceinture.

— Merci, Zoulou. Allez voir si Granger n'a besoin de rien.

Bone, la main plaquée sur son ventre ensanglanté, s'approcha du bord du puits et regarda Prindle presque enlisé aux trois quarts. Il avait cessé de hurler ; il gémissait comme un enfant, les yeux écarquillés de terreur.

— Arrête de te débattre, déclara calmement Bone en promenant le faisceau de sa lampe au-dessus de la tête de Prindle. Si tu gardes ton calme, tu t'enfonceras moins vite. A vrai dire, il paraît même qu'on peut nager dans les sables mouvants, si on sait s'y prendre. Pour ma part je n'ai jamais essayé, alors je crains de ne pas pouvoir t'aider. D'ailleurs, j'ai l'impression que tu es déjà trop enlisé.

Prindle se remit à hurler.

— Bon Dieu, fit Zoulou. Combien de temps va-t-il mettre à disparaître ?

— Je ne veux pas mourir ! hurla Prindle d'une voix stridente.

— Tous ceux que tu as tués non plus, répondit Bone sans se départir de son calme.

— Je l'ai fait pour leur bien !

— Et le Dr Hakim ?

— Par pitié... je ne veux pas mourir comme ça ! C'est là que j'ai enterré toutes les têtes ! Elles sont là, elles m'attendent ! Je sens leurs dents qui s'enfoncent en moi !

Bone déglutit ; il s'aperçut qu'il avait la bouche sèche.

— Qu'est-il arrivé à Anne ?

— Elle est morte ! Pitié, ne me laissez pas mourir de cette façon ! Je ne veux pas être enterré vivant dans un cimetière !

– Tu l'as tuée, Barry ?

– Non ! Elle a jeté toutes les lampes et le matériel là-dedans et elle s'est enfuie dans les tunnels derrière vous ! Elle s'est suicidée !

Bone sentit son cœur s'accélérer ; il réprima un sourire.

Une femme intelligente, songea-t-il. Et très courageuse.

– Bone ! hurla Prindle alors que son menton commençait à s'enfoncer dans les sables mouvants ; il devait pencher la tête en arrière pour respirer. Je m'enfonce ! A l'aide !

– Comment va le lieutenant, Zoulou ? lança Bone par-dessus son épaule.

– Je vais bien, Granger, répondit Perry Lightning.

– Avez-vous entendu la confession de cet homme ?

– Je ne serais jamais descendu ici avec vous, Granger, si je ne pensais pas m'être trompé à votre sujet. Vous le savez bien.

– Je voulais juste m'en assurer, répondit Bone tandis que la tête de Prindle disparaissait enfin sous la surface du sable mouvant.

Bone s'empressa d'aller récupérer sa corde qu'il avait abandonnée en chemin pour revenir ensuite au bord du puits ; il noua la corde autour de sa taille.

– Donne-moi un coup de main, Zoulou. Prends l'autre bout.

– Hé, qu'est-ce que tu fous, Bone ? Tu ne pourras pas sauver Prindle. Il a disparu.

Mais Bone s'élançait déjà dans les airs. Il retomba au centre du puits, presque à l'endroit où avait disparu la tête de Barry Prindle. Il remua les jambes et frappa la surface du plat de la main pour éviter de s'enfoncer trop profondément. Puis il plongea la main dans le sable jusqu'à ce qu'il sente le crâne de Prindle et saisisse une poignée de cheveux.

– O.K. ! Zoulou, tire ! Pas trop fort, lentement !

Le géant noir s'arc-bouta sur ses jambes et se mit à

tirer sur la corde. Bone se laissa traîner, tirant derrière lui Barry Prindle ; au bout d'un moment, la tête de celui-ci creva la surface. Son visage était cramoisi, les yeux lui sortaient de la tête à force de retenir sa respiration. Son souffle refoulé jaillit dans une sorte de toux bruyante, et il se remit aussitôt à hurler comme un dément, incapable désormais de se contrôler.

Il aurait sans doute été plus charitable de le laisser mourir, songea Bone en atteignant la bordure de pierre au bord du puits, avant de hisser Prindle hors du sable mouvant. L'ancien travailleur social avait senti les dents aiguisées de ses nombreuses victimes et il avait sombré désespérément dans une folie inaccessible.

Zoulou le fit taire d'un crochet du gauche au menton. Puis il ôta la boue qui maculait le visage et le corps de Bone.

— Bon Dieu, Bone, dit-il en secouant la tête, je n'arrive pas à comprendre pourquoi tu as fait ça. Tu aurais dû laisser crever ce salopard. Le lieutenant est en état de choc ; il gardera son bras tant que je m'occuperai de son garrot, mais je ne vois pas comment on va faire pour repartir par où on est venus.

— Ne t'inquiète pas, répondit Bone d'une voix faible en écartant légèrement les jambes pour conserver son équilibre.

Il avait senti ses points de suture lâcher pendant qu'il hissait Prindle à la surface du puits, et il se demandait combien de temps il lui restait avant de perdre connaissance. Si Anne avait su garder son sang-froid en s'enfuyant dans les ténèbres, tout espoir n'était pas perdu.

— Je ne devrais pas m'inquiéter ?

— On n'empruntera pas le même chemin pour repartir. Il existe un chemin plus facile.

Zoulou réfléchit.

— Le chemin de Prindle ?

— Exact.

Zoulou désigna du menton l'homme inconscient habillé en prêtre.

– Ce type est complètement parti, mec. Il a disjoncté. Ça m'étonnerait qu'il nous renseigne.

– Inutile. Le chemin est sans doute indiqué.

– Comment ça ?

– Mets les menottes à Prindle et occupe-toi du lieutenant. Je reviens tout de suite.

– Ecoute, Bone...

– Garde la foi, Zoulou. Si pour une raison ou une autre, je ne reviens pas, commence à explorer les entrées de ces grottes de ce côté. Tu devrais tomber sur des sortes de marques. Suis-les.

Bone découvrit presque aussitôt les marques laissées par Prindle, de grands et larges X tracés au pastel rouge des deux côtés de la grotte située à son extrême droite. Dix minutes plus tard, il découvrit ce qu'il n'osait pas espérer découvrir.

Dans la grotte secondaire du milieu, presque à l'entrée, un bout de mouchoir de femme en soie était coincé sous une petite pierre. Dix mètres plus loin se trouvait un autre bout. Il découvrit Anne un quart d'heure plus tard, à deux cents mètres de l'entrée de la galerie environ. Assise sur le sol d'une petite cavité, les genoux repliés contre la poitrine, elle buvait à la gourde. Lorsque Bone déboucha au coin du tunnel et braqua sa lampe sur elle, la jeune femme lui adressa un sourire crispé et un petit signe de la main.

– Oh ! mon Dieu, comme je suis heureuse de te voir, soupira-t-elle tandis que Bone s'agenouillait près d'elle pour la prendre dans ses bras. J'ai entendu beaucoup de bruit là-bas tout à l'heure et ensuite, je t'ai entendu avancer dans la galerie.

– Pourquoi n'as-tu pas crié ? demanda Bone d'une voix rauque.

– Je... j'avais peur que ce ne soit qu'un rêve, Bone. J'avais peur de me réveiller. Barry...

– Il ne fera plus jamais de mal à personne.

– Seigneur, tu es dans un sale état, dit Anne en s'écartant légèrement pour le regarder. (C'est alors

428

qu'elle découvrit le sang frais qui marbrait la boue séchée sur sa chemise. Elle poussa un petit cri.) Bone, tu saignes !

Bone se releva péniblement, les deux mains plaquées sur sa blessure à l'estomac.

– Ça va... ça va aller. Je crois que nous ne sommes pas très loin de la surface.

Anne se leva à son tour ; elle parvint à glisser son épaule sous le bras droit de Bone qui avançait en chancelant.

– A mon tour de te venir en aide, dit-elle, tandis qu'ils retournaient vers la cathédrale de pierre et l'air libre.

Epilogue

Bone, Anne, Perry Lightning et Zoulou, magnifique dans son ample tunique multicolore, son bâton à la main, se tenaient devant le guichet de contrôle de la porte d'embarquement conduisant au terminal d'American Airlines à l'aéroport J.F. Kennedy.

– Oh ! John, soupira Anne en étreignant Bone de toutes ses forces, tu vas me manquer.

– Toi aussi, répondit Bone en lui caressant tendrement les cheveux. Le moment est venu de retourner chez moi, pour un temps du moins.

– C'est ici chez toi, Bone, tu peux survivre n'importe où.

– Chez moi, c'est là où je me sens à l'aise.

– Oui, je sais, répondit Anne dans un soupir. Je ne devrais pas être si exigeante. Nous avons passé un mois merveilleux ensemble.

– Et merci à vous trois. Vous m'avez fait découvrir New York... comme il convient. Tu es en vacances le mois prochain, Anne. Tu pourras venir me voir, dans mon monde.

Anne recula d'un pas en frissonnant légèrement.

– Mais pas d'expéditions dans les grottes, mon amour.

– Promis, pas de grottes. Juste quelques randonnées sur des pentes faciles. Je possède un chalet dans la montagne. (Il lui adressa un clin d'œil.) Nous passerons du bon temps.

– C'est moi qui vais explorer les grottes, annonça Zoulou avec fierté. Je crois avoir fait preuve d'un certain talent dans ce domaine. Pas vrai, Bone ?

Bone sourit à son compagnon de voyage.

– Sans aucun doute.

– Vous me manquerez vous aussi, dit Anne en serrant la main de Zoulou entre les siennes. Je penserai à vous chaque fois que je passerai devant l'église St Thomas. Personne ne pourra vous remplacer.

Zoulou se pencha pour déposer un baiser sur la joue d'Anne.

– Il est temps pour moi d'aller voir ailleurs, Anne. Bone affirme que je gagnerai une fortune à Denver avec ce qu'il appelle mon *numéro*. J'ai envie d'essayer, histoire de changer un peu. Et si j'en ai assez de ce décor, je peux toujours retourner vivre sous la Gare Centrale.

– Passez me voir avant de redescendre sous terre, Zoulou, intervint Perry Lightning. Si vous revenez à New York, vous aurez toujours une place chez moi... aussi longtemps que vous le souhaitez. Pigé ?

– Merci, Lieutenant.

– C'est valable également pour vous, Granger.

Bone acquiesça.

– Quand viendrez-vous me voir, Lieutenant ?

Perry Lightning sourit.

– On verra. Je crains que tout cet air frais me rende malade. Bonne chance à tous les deux.

Lightning leur serra la main ; Bone embrassa Anne. Les deux hommes ramassèrent leurs bagages et descendirent la passerelle. Arrivés en bas, ils se retournèrent pour faire des signes de la main, avant de disparaître dans un couloir. Bras dessus, bras dessous, Anne et le lieutenant Lightning quittèrent le terminal.

Rivages/noir

Jim Thompson
  Liberté sous condition (n° 1)
  Un nid de crotales (n° 12)
  Sang mêlé (n° 22)
  Nuit de fureur (n° 32)
  A deux pas du ciel (n° 39)
  Rage noire (n° 47)
  La mort viendra, petite (n° 52)
  Les Alcooliques (n° 55)
  Les Arnaqueurs (n° 58)
  Vaurien (n° 63)
  Une combine en or (n° 77)
  Le Texas par la queue (n° 83)
  Écrits perdus (1929-1967) (n° 158)
  Le Criminel (n° 167)
  Écrits perdus (1968-1977) (n° 177)

Masako Togawa
  Le Baiser de feu (n° 91)

Armitage Trail
  Scarface (n° 126)

Marc Villard
  Démons ordinaires (n° 130)
  La Vie d'artiste (n° 150)
  Dans les rayons de la mort (n° 178)

Donald Westlake
  Drôles de frères (n° 19)
  Levine (n° 26)
  Un jumeau singulier (n° 168)

Janwillem Van De Wetering
  Comme un rat mort (n° 5)
  Sale Temps (n° 30)
  L'Autre Fils de Dieu (n° 33)
  Le Babouin blond (n° 34)
  Inspecteur Saito (n° 42)
  Le Massacre du Maine (n° 43)
  Un vautour dans la ville (n° 53)
  Mort d'un colporteur (n° 59)
  Le Chat du sergent (n° 69)
  Cash-cash millions (n° 81)
  Le Chasseur de papillons (n° 101)

Harry Whittington
  Des feux qui détruisent (n° 13)
  Le diable a des ailes (n° 28)

Charles Willeford
Une fille facile (n° 86)
Hérésie (n° 99)
Miami Blues (n° 115)
Une seconde chance pour les morts (n° 123)

Charles Williams
La Fille des collines (n° 2)
Go Home, Stranger (n° 73)
Et la mer profonde et bleue (n° 82)

Timothy Williams
Le Montreur d'ombres (n° 157)

Daniel Woodrell
Sous la lumière cruelle (n° 117)
Battement d'aile (n° 121)

Rivages/mystère

Francis Beeding
La Maison du Dr Edwardes (n° 9)

Algernon Blackwood
John Silence (n° 8)

John Dickson Carr
En dépit du tonnerre (n° 5)

William Kotzwinkle
Fata Morgana (n° 2)

John P. Marquand
A votre tour, Mister Moto (n° 4)

Anthony Shaffer
Absolution (n° 10)

J. Storer-Clouston
*La Mémorable et Tragique Aventure
de Mr Irwin Molyneux* (n° 11)

Rex Stout
Le Secret de la bande élastique (n° 1)
La Cassette rouge (n° 3)
Meurtre au vestiaire (n° 6)

Josephine Tey
Le plus beau des anges (n° 7)

Achevé d'imprimer en juin 1994
sur les presses de l'Imprimerie Hérissey
27000 Évreux
Dépôt légal : août 1993
N° d'imprimeur : 65770
2e édition